STABLE
ISLAND

稳定岛

张莹 著

重庆出版集团 重庆出版社

图书在版编目（CIP）数据

稳定岛 / 张莹著. — 重庆：重庆出版社，2019.12
ISBN 978-7-229-14653-5

Ⅰ. ①稳… Ⅱ. ①张… Ⅲ. ①科学幻想小说－中国－当代Ⅳ. ①I247.5

中国版本图书馆CIP数据核字(2019)第261555号

稳定岛
WENDING DAO
张 莹 著

责任编辑：陶志宏　何　晶
出版策划：秦金海　余凌娣
责任校对：刘小燕
装帧设计：吕　刚

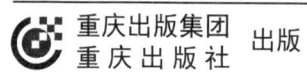

重庆出版集团 出版
重 庆 出 版 社

重庆市南岸区南滨路162号1幢　　邮政编码：400061　　http://www.cqph.com
三河市金元印装有限公司制版
三河市金元印装有限公司印刷
重庆出版集团图书发行有限公司发行
E-MAIL: fxchu@cqph.com　　邮购电话：023-61520646
全国新华书店经销

开本：710mm×1000mm　1/16　印张：16.5　字数：302千
2019年12月第1版　2019年12月第1版第1次印刷
ISBN 978-7-229-14653-5
定价：50.00元

如有印装质量问题，请向本集团图书发行有限公司调换：023-61520678

版权所有　侵权必究

目 录
contents

01 时间黑洞 / 001
02 虚拟时空 / 006
03 "蚩尤计划" / 010
04 伊甸园 / 014
05 红桃皇后 / 019
06 叶小茵 / 023
07 柳文星 / 027
08 博物馆 / 029
09 千岁兰 / 033
10 石磷之玉 / 036
11 记录仪 / 039
12 地下湖 / 042
13 鬼火 / 046
14 向死而生 / 049
15 事故调查 / 052
16 彩虹 / 055
17 孤独 / 059
18 维多利亚瀑布 / 061
19 嗜睡症 / 063
20 进化陷阱 / 066
21 撒哈拉 / 072
22 时间的方向 / 074
23 选择性无视 / 077
24 被动局面 / 081
25 池塘 / 085
26 星图 / 089
27 凝聚态 / 092
28 蜻蜓胸针 / 096

目 录 contents

- 29 心病 / 100
- 30 电影 / 103
- 31 火光 / 106
- 32 囚徒困境 / 111
- 33 游戏副本 / 113
- 34 多维时空 / 116
- 35 前尘往事 / 119
- 36 水胆玛瑙 / 122
- 37 晋卿岛蓝洞 / 129
- 38 洞潜 / 133
- 39 突发 / 136
- 40 阴阳鱼 / 138
- 41 猜测 / 140
- 42 海红豆 / 144
- 43 地物所 / 147
- 44 "盖亚" / 152
- 45 通天塔 / 153
- 46 又是蜻蜓 / 160
- 47 天狼星 / 163
- 48 诡梦 / 167
- 49 永动机 / 170
- 50 白血病 / 174
- 51 砒霜 / 177
- 52 误会 / 180
- 53 悖论 / 185
- 54 邪恶病 / 189
- 55 叠加状态 / 192
- 56 津巴布韦 / 194

目录 contents

57 立场 / 197

58 森林 / 201

59 "胜利女王" / 207

60 奇异非混沌系统 / 212

61 整数溢出 / 215

62 车祸 / 219

63 蓄意事件 / 222

64 恐惧 / 224

65 桃色绯闻 / 227

66 实验室 / 231

67 马太福音 / 235

68 稳定岛 / 238

69 超维空间 / 242

70 蜻蜓密码 / 245

71 猜测 / 249

72 钥匙 / 252

01 时间黑洞

就像触电一样，疼痛的感觉在麻木的肢体里复苏，张翼从凄冷的黑暗中渐渐恢复了意识。

因为长期的昏睡，张翼的眼睛对光线极度敏感。即便是柔和的灯光也能让他的眼睛刺痛，他本能地闭眼，躲避这突如其来的刺目光线。

适应光亮后，张翼眯着眼睛微微发怔。

对面墙壁上的电子时钟显示的日期为：8月23日。

从黑暗中逃离，张翼的脑海里只残留了些许模糊的片段，很多重要的细节都被他选择性地遗忘了。

此时的张翼对所处的环境感到了极度的不适应，大脑里一团混乱。虽然自己还活着，但这种飘忽不定的感觉，让他以为自己的意识会随时飘离出身体。

张翼头部也受了重创，身上还有多处骨折。随着意识的苏醒，疼痛感也渐渐清晰起来。他动了动连接心率监测仪的右手食指，随后莫名地陷入恐惧之中。虽然已经记不起发生了什么，以及又是如何来到这医院中的，但那种恐怖的印记已经烙在他的潜意识里，无法抹去。

张翼呆滞地望着天花板，惨白的嘴唇微微抽动。重伤未愈，虽然他心中有很多疑问，但还无法开口说话。

查房的护士留意到张翼有话要说，于是拿来一支笔递到张翼右手边，让他在白纸上写下自己想说的话。

张翼勉强转动僵硬的手腕，在白纸上写下了歪歪扭扭的三个字"柳文星"。

护士露出疑惑的表情，稍稍皱了皱眉头。她给出的答案让张翼倍感失落——并没有一个叫作柳文星的人来探望过。

疼痛到了极限，就成了麻木。周遭一切似乎与感知剥离，一切是那么不真实。

张翼眼前萦绕的迷幻白光，如同幽冷旋涡一样，将他再次卷入幽寂的黑暗之中……

东方天空泛起鱼肚白，晨曦微光从云层间射落。山间清晨的凉风夹带着草叶上的露水，拂过张翼冰冷的脸颊。这一瞬间，张翼对外界的感知又回归了。

"第一次参加地质考察，是不是很兴奋？"一个女孩的声音让张翼从破碎的时空中清醒过来。女孩手上拿着一本记录本，本上记录着今日的考察日志。

"8月18日。"张翼看见了日志开头的日期，嘴唇翕动，带着难以置信的表情看着眼前笑容灿烂的女孩，不自主地念出了她的名字，"柳文星？"

"啊？怎么了？"柳文星匆忙做着记录，抬头对张翼嘟嘟嘴，催促道，"还有正经的考察任务，苏教授等着，快点！"

一瞬间，世界又变得有些恍惚。这一阵眩晕过后，周边又变得嘈杂起来。一行人从张翼身边走过，招呼着他赶紧跟上。

张翼茫然地笑了笑，跟上众人的步伐。方才梦魇般的感觉，已经渐渐淡去。

"大家小心点啊！都说这里闹鬼呢！"一名队员用着戏谑的口吻招呼大家都跟上。

老石带领着考察队来到了传说中"闹鬼"的毛竹林，对苏教授说："这里山洞比较多，这山上就有一个特别深的，村里人管这个洞叫'神仙洞'。"

老石是考察队的向导，带队的是地质专家苏合清教授，而后面几位是……

张翼微微顿住，看着眼前的人，努力回忆着记忆中跟他们有关的线索片段。

那，自己呢？

张翼牙关微微打战，隐隐觉得这是一场离奇的梦，或许一会儿梦就该醒了。他下意识打开背包，搜寻着关于自己的一切。除了在背包里找到一枚水晶坠子，其余的一无所获。

张翼的目光从这一队人身上掠过，又落在了柳文星的身上。

他皱了皱眉，还在回忆那些被暂时遗忘的细节，一缕光线又将他拉回现实。

在朦胧间，他似乎看见黑暗中有些许幽绿的光亮，他的意识跟随那一缕幽光飘浮在寂静的空间里。

猛然间，张翼感觉身子突然下坠，重重地砸在床板上，这种急速的下落让他的痛觉又回到了身体内。

张翼的胸口猛烈地起伏着，一只手紧紧地握着床铺的栏杆，疲累的眼睛布满了血丝。这时他才发现，在昏暗中看到的那缕幽光就是那枚水晶坠子发出的。

张翼顿时一惊，心也在一瞬间被揪紧。他之前并没有发现这条坠子在夜晚会散发出荧光……不对，这条坠子之前肯定不会有这种荧光……到底发生了什么？

而在此时，房门被推开，两人一前一后地走了进来。

张翼眼皮微微抖动着，茫然地看着眼前的两位神色严肃的男士——一人头发花白戴着眼镜，另一人则穿着警服。

"你们是？"

"我是地质所的周扬，这位是刘安超刘警官。"周扬补充说明道："这次我跟刘警官过来，是想询问你一些关于神仙洞考察的细节。"

"发生了什么？"张翼此时仍然沉浸在支离破碎的梦境中。

周扬神色凝重，点头说："我们从现场找到了记录仪和样品，不过有些细节还需要你为我们再补充一下。"

张翼微微转过头，神情极度漠然。他的注意力全部落在了床头柜上的那枚水晶坠子上，右手的食指不断地轻轻敲着病床的边沿。

张翼的嘴唇微微抽动着，仿佛想到了什么，之后自言自语地喃喃念着："为什么会发光？"

而那串水晶坠子所散发的幽光没有被屋内灯光遮挡。

为了打破僵局，周扬顺着张翼的话题说道："一般来说，寻常的晶体在受到来自周围环境中的放射性核辐射时，晶格内部电子会通过转移轨道来储存辐射能量，而这种能量在受热或者受光的情况下会以光子的形式再度释放出来。"

这段话引起了张翼的强烈共鸣，他记得以前的某个时候，有人也对他介绍过类似的原理。

张翼猛然间抬起头看着到访的这两人："之前发生了什么……"

周扬直截了当地回答："从你身体的检测报告来看，你曾经在短时间内遭受到大剂量伽马射线辐射，这坠子突然发光应该和神仙洞内的伽马射线暴有关系。"

张翼立刻明白过来，这枚白水晶的坠子肯定是在遭受了大剂量伽马射线辐射后，才具备了散发荧光的特性。

张翼回想起了一些细节，眼睑微微颤动着。

刘安超察觉到张翼的这个微表情，下意识询问道："张先生，是不是想起了什么？"

张翼苍白的嘴唇微微颤抖着，无数个片段从脑海里闪过。他木然地点了点头，用沙哑虚弱的声音回答："我在洞里见到了很多发光的石头。"

"跟'石磷之玉'有关吗？"

张翼茫然地抬起头，"什么是'石磷之玉'？"

"你们这次考察的任务，就是探究'石磷之玉'的形成条件。"周扬递过来几张图片和资料。

图片中那颗貌不惊人的白色小石球便是"石磷之玉"，但张翼已经忘掉了关于这颗石头的一切。

刘安超眉头紧锁，忧虑地与周扬对视一眼。医生已经跟他们交代了张翼的情况——因为这场突如其来的灾难，他出现了短暂失忆和应激障碍的情况。

"'石磷之玉'是去年发现的一颗六方晶系陨石金刚石，十分罕见。"周扬耐心解释着，"而'蚩尤计划'则是由你们公司主导的一次地质考察计划，调查'石磷之玉'的形成条件，也是'蚩尤计划'启动后的第一个项目。"

张翼茫然地摇了摇头，他不记得什么"石磷之玉"，也不知道什么是"蚩尤计划"，只依稀记得梦里那个叫作柳文星的女孩。

此时刘安超递来一张照片，张翼立马认出了照片中站在最中间的，便是方才梦境里出现过的"苏教授"。旁边穿着破旧的迷彩外套、一脸沧桑的，正是那位向导老石，而张翼自己则站在第一排右二的位置。

张翼的目光在照片上搜寻着，他急于找到一个人的身影，却无所获。

"柳文星……怎么不在照片里？"张翼默念着这个名字，用疑惑的目光看着眼前的两人。

"柳文星？"刘安超的眉头动了动，摇头说，"这是考察队出发前的合影，但并没有你提到的柳文星。"

刘安超的声音变得飘忽不定、越来越远——张翼又陷入那诡异的黑暗之中。

……

"以'神仙'命名的洞穴不少，有的跟传说故事有关。这里的神仙洞，有什么特别的传说吗？"苏教授来这里的目的就是寻找跟"石磷之玉"有关的一些线索，也对这里的传说格外感兴趣。凭借多年的野外工作经验，有些看似荒唐的传说背后，也可能隐匿了一些常人觉察不到的真相。

老石解释说："听村里的老人说这山洞里住着神仙，不能闯。如果是女人都要绕着山洞走，离洞口近了还可能'落洞'哩！"

"什么是'落洞'？"张翼眉头微微一皱。

老石点点头，继续说："就是洞神看上了年轻姑娘，便把她的魂留在洞里。这姑娘就算被救了出来，也是没了魂的，呆呆笨笨不说话。"

张翼听到这个说法眉头动了动，尴尬地笑了笑，"刚才我是不是也落洞了？"

老石神色凝重地摇头否定了这个猜测："啧，只有女的才会落洞，你一个后生仔怎么可能落洞？"

……

短暂的黑暗之后，张翼感受着耳边呼啸而过的山风，莫名战栗。

乱石堆砌的山岗上，苏教授眺望远方，"这里闹鬼的说法也和这个洞有关？"

老石点头说："村里人都知道神仙洞附近有鬼火出没，不过那群来挖宝贝的人还以为我们在唬他们。这些来求财的人都是不怕死的，没听说过哪些偷坟掘墓的人是被吓跑的。"

老石顿了顿，神情显得有些忧虑，压低了声音说："说来也奇怪，我们这里的鬼火和别个地方的不一样，大白天都看得见。"

"白天也看得到？"

"看得到，隔了四五里都看得到，亮着哩！"

"你亲眼见过？"

"见过啊！"老石神秘地笑了笑，"那还是四十多年前，中午的时候看见过，蓝幽幽绿莹莹的。"

考察队的人听到老石的描述，都不禁皱了皱眉。

"见到鬼火的人多吗？"苏合清眉头动了动。

"说多也不多，说少也不少。"老石故弄玄虚。

"为什么这么说？"

老石清了清嗓子，小声说道："鬼火最近一次出现，也是四十多年前的事情了，现在的后生仔里并没有亲眼看到鬼火的人。所以我说，说多也不多。"

"那'说少也不少'是什么意思？"

老石拍了拍手，笑着说："这鬼火都出没千百年了，古代的地方志里都有记载。这么多年累积下来，见过的人也不会太少。只不过，没几个活着的。"

"老爷子还挺幽默的啊！"一位队员笑了出来。

"岁数大了，过一天是一天。"老石眼神里闪烁着微光。

通常说的"鬼火"，是死去生物体内的磷元素形成的磷化氢的自燃现象。这种现象必须在高温的环境下才会发生，所以磷化氢的自燃都是发生在炎热的夏季。又因为夏季白天光线强烈，所以磷光更容易在晚上被人观测到，所以得名"鬼火"。

而刚才老石说，在白天也能见到，那么这里的"鬼火"所呈现的亮度绝对不是磷化氢的自燃能达到的。

"听老一辈的人说过，这鬼火能吞人。我小的时候，村里有人到后山挖葛根失踪了，据说就是被这鬼火吞了的。村里也来这片地方找过，但尸体都没找着。也有人说他是跌到山崖下摔死的，但也没找到线索。村里的人比较忌讳这个，见到鬼火都躲得远远的。"老石四下看了看。

"会不会跟'石磷之玉'有关？"一位队员突然问起。

"这次萤尤计划能够顺利开展，也是因为'石磷之玉'的发现。这是一个契机，也是一个挑战。"苏合清的声音很低沉，带着隐隐的忧郁。

石磷之玉、萤尤计划……

张翼还想再问，突然感受到一阵强烈的电流从身体里穿过，再次从荒诞的"梦境"里抽离。

02 虚拟时空

暗夜中，水晶坠子的荧光投落在墙壁上，留下斑驳的光影。那些原本被遗忘的片段，渐渐浮上脑海。

梦里的灯光被点亮，照亮了那一片熟悉的角落。

张翼回到了位于深圳南山区的住所中。

一切是那么"顺其自然"，张翼丝毫不觉得有什么异样。他随手将水晶坠子放置在书柜里，漫无目的地在房间里来回踱着步子。

随后，张翼穿戴上游戏装备，进入了《伊甸园》的游戏世界。

游戏是对现实生活的调节，张翼沉浸在《伊甸园》虚无缥缈的"梦中之梦"里。每当他从梦中醒来，继而再回到现实生活中的时候，也会有"庄周梦蝶"的错觉。他需要一段时间去调节认知上的偏差，才能回归现实生活。

梦境是对现实很好的调节，科技达到能构建梦境的水平，生活的意义又被拓展到全新的领域。

张翼也不知道，再次醒来又会身处何地。时空和记忆的碎片犹如无数个被抛掷的骰子，在梦境里翻转跳跃。

6点，闹钟准时响起。

张翼缓缓坐起身，他还需要片刻时间恢复正常思维。过了几分钟，张翼将游戏设备取下，长舒一口气后，环顾身边的场景。

张翼就职于深圳君耀珠宝公司，是策划部的部门经理。他这天按照记忆中的路线早早来到公司，就接到总经理许家恺派下的棘手任务。

"海月云山琴……"张翼翻阅着手中的资料。

资料上介绍了一张名为"海月云山"的宋代名琴，传世唐琴存世稀少，宋琴亦是珍罕难得。加之古琴价格近年屡创新高，连连拍出天价。这张伏羲式海月云山琴为桐木胎、金徽玉轸、鹿角沙漆灰、通身蛇腹断纹、额有冰纹断。相传曾为北宋濂溪先生周敦颐之琴，后入宋徽宗"万琴堂"珍藏，"靖康之乱"金人掠夺北宋皇室财宝北上，这张琴也在其中。金国末年，此琴传至金国萧王完颜承宁。金国灭亡，又辗转到了元相耶律楚材的手里。有记载，耶律楚材曾立下遗嘱，待他离世后，以海月云山琴随葬。耶律楚材下葬十年后墓葬被盗，这张颇具传奇色彩的海月云山琴也重现于世。海月云山琴数度易主，后被清朝乾隆帝收于圆明园，清末战乱时又辗转流落海外。

这张琴现在的主人是一位旅居德国的华人，尉林。

海月云山琴年代久远、做工精美，保存也算相对完好，且音色圆润浑厚，加之又有详细传承记录，这就让业内对海月云山琴价值的估算一升再升。今年2月份，在佳士得拍卖会上，此琴拍出了2600万欧元的天价。但让在场的人始料未及的是，即便海月云山琴拍出了天价，但是因为没有达到委托人的保留价格，没有人拍得这张古琴。虽然此琴流拍，但也因此名声大噪，业界对它的关注度甚至超越了几张传世唐琴。

君耀珠宝的董事长陈寰宇是一个对中国古董爱到偏执的人，对这张海月云山琴更是情有独钟。他曾经多次遣人与这张琴的主人尉林先生商谈，愿出高价购买海月云山琴，不过都无功而返。

这些时日，琴主人尉林正好在香港，陈寰宇就让得力干将君耀珠宝的总经理许家恺帮忙游说笼络。这位总经理也是个混迹商场多年的老狐狸，他虽然没有跟尉先生有过直接接触，可也知道这个人不好应付，所以干脆把这个烫手山芋扔给了张翼。

因为张翼比别人多一个优势，就是他的围棋下得不错，而据说这位尉先生也十分喜欢下棋。要说服一个人，如果能投其所好，往往就事半功倍了。

下午3点，大家终于见到了这位神秘的尉林先生。

这位尉先生跟那种混迹文化圈附庸风雅的俗人简直是云泥之别。他一身看似随意的休闲装束，长相上绝对称得上一表人才，出场时也是自带气场和光环。而且尉林的言语谈吐亲切随和，让人没有距离感和生疏感。他的出现立刻让君耀珠宝的那群"花痴"女人大呼惊艳。理所当然地，尉林这个名字一下子就取代了张翼，而成为公司"八卦"女们的话题核心。

尉林这次来深圳，是为了筹备即将在香港和深圳的历史博物馆举办的"中国古代科技史"文物展，其中有不少是因为战乱和盗窃而流落海外的珍贵文物，大部分都是首次在国内亮相。君耀珠宝公司也是这次"中国古代科技史"文物展的赞助方之一，连董事长陈寰宇也贡献了几件从来不示人的珍贵私藏。

张翼这段时间的核心工作就是围绕着这场展览而展开，他也不由自主地被这些珍贵展品所吸引，虔诚地欣赏着每一件展品，仔细阅读展品前电子屏幕上的相关介绍。

这时候，有一件不太起眼的文物引起了张翼的格外关注——那是四张破损的黄色纸张，上面画满了黑点、白圈，还有特别的图案注释。

看着电子屏上的介绍，这几张图被标注为现存最古老的手绘星图，距今已有1300余年。看资料说是此几幅图被英国人斯坦因从敦煌藏经洞带走，后来又被华人收藏家拍得。

大部分游客的兴趣并不在这几张不起眼的破损泛黄的纸张上，草草看了几眼也就离开了。但张翼在这几幅星图前看得出神，静静站了十几分钟，仿佛被那些奇异的图形所催眠。

"你在这里站了很久。"尉林的声音将张翼的思绪从神游里拉回现实。

尉林微笑着继续问："从星图的天书里悟到什么绝世武功没？"

张翼摇头，保持着客气的笑容问："尉先生也对星图感兴趣？"

"那当然。"尉林笑了笑，指着其中电子屏上的细节放大图，"看出什么特别的地方了吗？"

张翼看着那处，摇头温和地笑着："看不太懂。"

"这一幅对应的是紫微垣的星图，不过和明代流传下来的《天官图》有差异。你看这里，这上面标注的是'北极星'。"尉林解释着，一边示意张翼看着面前可操控的电子屏幕上的那幅星图的细节图片，又说道，"这个北极星是'纽星'，从东汉开始到唐代末年是被当作北极星的。但我们现在的北极星是'勾陈一'，和这个不一样。"

张翼似懂非懂地点点头，客气地笑着，"听说过北极星是会变动的，但并没有深入研究过。"

尉林浅笑着，微微眯着眼，"这一场'中国古代科技史'展里藏了不少秘密，我们都低估了古人。"

张翼的意识在片刻间有些模糊，摇头不解，"我太孤陋寡闻了。"

张翼对尉林的了解也仅仅限于他是海月云山琴的主人，他隐隐感觉到这个人身上藏着很多秘密。

尉林与张翼闲聊几句后，便转身走开。

张翼不经意一转头，看见不远处一位穿着T恤、扎着高马尾的女孩正望着他微笑。

张翼的心突然被揪紧，迟迟不敢走上前。

女孩向张翼走来，保持着甜美的微笑，对着张翼点点头，目光落在张翼所佩戴的工作牌上，小声念道："张翼……"随后女孩抬起头，对张翼介绍自己："我叫柳文星。"

柳文星……张翼的心里莫名一颤，隐隐觉察到了什么，却又难以捕捉。

眼前的一切不知是真实，还是梦境。

这时，柳文星又被一只银镂空的香囊吸引，电子屏幕上介绍这只香囊出土于唐代贵族墓葬，法门寺地宫也出土过类似的香囊，都是唐代精美工艺的代表之作。这只香囊是由多个同心镂空圆球所组成，最里面的半球盛放香料，这个香囊最特别的地方在于不论怎么转动、抛接，香囊里面的香料都不会洒出来。唐代香囊与现代陀螺仪原理相同，陀螺仪被广泛使用于航空航天等高科技领域，而在古代的中国却是香闺之内的精巧物件。

柳文星看着展示柜里那只精巧的香囊，"说不定现代很多看似厉害的东西，在很早以前都已经有了。"

张翼点点头，"传说中黄帝曾经发明过一辆指南车，不论怎么转动，指南车上木头人的手始终指着南方。这个与唐代香囊和现代陀螺仪的原理相近，虽然只存在于传说中，但我觉得它说不定真的存在过。"

"说不定是真的呢？"柳文星拿出纸和笔认真地记着笔记，她采取的是最原始最简单的记笔记的方式。

张翼留意到，柳文星左手挂着一枚水晶坠子，不自主多看了几眼。

张翼反复念着"柳文星"的名字，似乎这三个字对他而言有着独特的意义。当他还想再与女孩多聊几句时，眼前的人物和景象都已经变得面目全非。

03 "蚩尤计划"

张翼已经习惯了这种突如其来的场景切换，短暂的恍惚后，他出现在君耀珠宝大楼的走道里。

迷离的光线从走廊的尽头投落，映出一个人模糊的身影。随着规律的脚步声响起，那个身影逐渐走近，正是柳文星。

柳文星带来了一份名为"蚩尤计划"的可行性研究报告，希望能得到君耀的资金支持。每年都会有很多拿着一本不着边际的计划书来寻求资金支持的人，大部分不是不切实际、异想天开，就是子虚乌有、坑蒙拐骗。公司对付这样的人也是相当有经验，一般也就随便打发了。

但这次总经理许家恺还是安排了时间召开会议。

在小会议室里，除了认真讲解的柳文星之外，还有总经理许家恺和其他几位副总和经理，当然也包括策划部的张翼。

柳文星认出了张翼，抿着嘴点头微笑。随后，她将自己准备好的一大摞资料分发到在座几人的手中。在这间不大的会议室里，呈现出3D立体投影。柳文星开始认真地向在场的几人讲解这个名为"蚩尤计划"的宏大构想。

柳文星的脸上挂着乐观的笑容，希望通过讲解能让企业的决策者们愿意将资金投入到这个名为"蚩尤计划"的地质考察计划中。

"蚩尤计划"是一项通过民间资金运转的商业项目。考察项目涉及之广、难度之大远超以往的其他项目。

总经理许家恺略略看了看这本报告，然后很直接地问道："如果君耀投资了这个计划，会得到什么实质性的好处吗？"商人的眼光自然会更加功利实际一些，所以毫不客气地问出了最关键的问题。

柳文星笑容平和，"君耀集团以往在社会公益以及环保科研上投入了大笔资金，也借此树立了企业形象。去年，君耀集团的董事长陈寰宇先生买下一个编号为MA995376J的类地行星的命名权，但那颗现名为'君耀'的类地行星距离我们有87光年的距离，而地质考察需要探寻的秘密就在我们所生活的这颗蓝色行星上。'蚩尤计划'所涵盖的内容和我们的生活息息相关，也关乎着人类未来的命运发展。投资这样一项研究'人类社会发展趋势'和'地球生态演变规律'的公益项目对塑造企业形象有极大的帮助，一旦获得突破性成功，投资方也能在矿产开发、远洋航运，以及清洁能源研究上获得更多利益。不谋万世者，不足谋一时；不谋全局者，不足谋一域。"

在座的几人神情略微妙，互相看了看。而身为策划部经理的张翼则坐在一旁认真做着记录，时不时用鼓励赞赏的目光望向柳文星。

会议室的3D投影首先呈现的是银河系的模拟图像，美丽壮阔的银河系在宇宙幽暗深邃的背景中缓慢旋转着。随后视角逐渐聚焦到银河系缓慢旋转的一条旋臂上，视角逐渐放大定位到旋臂边缘一个不起眼的小星系，这就是太阳系。随后视频的视角迅速放大，又将焦点落在了太阳系中那颗美丽的蓝色地球上，随后镜头掠过大海又潜入深深的海底，从洋中脊上迅速飞过后又来到了海沟热泉，随后镜头快速升起又呈现出陆地之上群山沟壑的景象。镜头快速穿过茂密的丛林、越过浩瀚的沙漠、飞临巍峨雪山，转而又落入幽深漆黑的溶洞深处……

最后的画面落在了俄罗斯西北部一个非常不起眼的科拉半岛上，镜头中央的位置出现了一张俄文标志牌，屏幕上的中文翻译显示出了这里的特殊性：科拉钻孔，深12263米。

柳文星微笑着望向许家恺与张翼等人，继而耐心地讲解："人类的视野随着'哈勃'、'盖亚'以及中国的'无极'等几个大型望远镜的相继升空有了极大的提升，而且人类制造的飞行器也早已飞出了太阳系。但我们对脚下这颗赖以生存的地球又有多少了解呢？通过望远镜，我们能看到几百亿光年范围内的宇宙，接收到来自数亿年前的光信号。但人类目前在地球上能探测到的最深距离只有12000多米，我们的钻探设备甚至还没有突破地壳与地幔结合处的莫霍面。地球内部的结构只能通过其他间接手段来获取，比如地磁及电场变化、地震波检测，还有因为火山喷发而到达地面的地幔物质，甚至还得借助与地球地幔构成相似的陨石进行研究。目前无法做出地震预报，也无法得到完全准确的气象预测，更无法正确预言科技对世界的未来将带来什么样的影响。近十年来的气候异常及地震频繁已经严重影响到人类的生活。现在的地球正处于间冰期的末期,有预言认为地球会再次进入大型冰期,也有预言认为温室效应会造成气候的持续升温。与追寻天上的繁星相比,'蚩尤计划'是一项与我们生活息息相关的且脚踏实地的研究项目。'蚩尤计划'的涵盖面很广,除了地质勘探生态学调查,还包括了古人类及史前文明遗迹研究,这是一次大学科综合考察项目。目前地球上最深的钻孔离地壳与地幔的分界层莫霍面还有上万米,因为地壳的厚度各个地区不一,钻探难度也不同。所以我们的'蚩尤计划'打算从我国的南海洋壳着手,因为南海洋壳缺失上地壳,从而更接近莫霍面,借助石油钻探平台进行深层钻探,从而取得有价值的岩心资料。到达莫霍面以验证之前的猜想和推断,更新和完善现有的地球数理模型,以求在未来能对突发的地质灾害和环境气候变化做出更准确预测。"

张翼认真地听完柳文星的讲述,不经意间,瞥见了角落里的尉林。

"确实很有吸引力,也是很有野心的项目。不过你们项目的筹资方式和合作方式让人有些担忧,广泛吸纳社会资源参与到这个计划中,那成果的独有性和保密性应当如何保证?"许家恺的想法和大多数商人的想法是一样的。

柳文星微笑着点头解释说:"所以我们将'蚩尤计划'定义为一场为全体人类未来投资的公益项目,因为单凭一两家很难构建一个完整的系统模型。如今的商业社会,共享往往比垄断更容易取得成功,例如有很多开放源代码的系统更容易获得更多受众。在庞大用户基数下,'蚩尤计划'的投资方可以有多种盈利模式,在商业运作方面许总经理是行家。"

许家恺点点头,微笑着又问:"那你能解释一下为什么你们会给这次地质考察计划取名为'蚩尤'吗?"

柳文星从容自若地笑着,切换着投影屏幕。这时会议室中央的投影画面中出现了一群身着盛装、载歌载舞的美丽苗族姑娘。

"湘西当地的苗族人将蚩尤供奉为祖先,苗族姑娘银冠上特有的牛角形装束就是对祖先蚩尤的缅怀纪念。"柳文星将苗族姑娘头顶银冠部分的牛角形装饰放大。

"这样的取名是不是有些随意了?"许家恺显得有些失望,眉毛稍稍一挑,浅笑着望向柳文星,等待她进一步的解释。

柳文星听得出许家恺语气里的不屑,但她仍然从容地微微笑着,平静地解释说:"还有,蚩尤也算是我们地质学的祖师。"

"哦？挺有意思的说法。"许家恺对柳文星的这个说法有了兴趣。

柳文星抿嘴笑了笑，这时候3D投影中出现了蚩尤的塑像以及简介："《龙鱼河图》里说：'蚩尤兄弟八十一人，兽身人语，铜头铁额，威震天下，诛杀无道。'而且在其他部族还在用木头和石器作为兵器的时候，蚩尤部族已经开采金属矿冶炼金属。蚩尤曾经与黄帝逐鹿中原。他虽然兵败，但在后世记载中也少有恶名。比如蚩尤不好色，他唯一的问题就是'贪'。史书上对蚩尤'贪婪'的记载也很独特，不论金玉还是砂石都属于蚩尤收集的范围，这点和我们野外考察采集样本是一样的。也许正是他对不同矿物的收集及研究，使得他对金属的性能有了更早更全的了解，也在科技上领先于其他几个部落。我们从事地质工作的人，同样也很贪心，不会满足于已有的资料和现有的成果。"

"很有意思。"许家恺眉头微微一动，随后微笑着点头说，"你们很有想象力，但并不能说服人。例如传说中蚩尤的那一套和现代地质学显得格格不入。"

柳文星笑容温和平静，继续耐心解释："当然，因为现代地质学是西方人定义的格式模板，而中国的是独立发展的体系，自然不能生硬地套入西方的格式中。奇书《山海经》因其年代久远，以及抄录和传承的疏漏，造成很多地方不可解，但从这本书里仍然能得到一些线索，结合现代地质学中魏格纳的板块漂移学说，很多问题就迎刃而解。时间的久远，加之穿插太多神话传说，使得很多真相被当作谬论而被封存。大胆猜测是科学研究前进的原动力，很多独特的见解并不见得就没有道理。假如没有法门寺地宫出土的银香囊，有人说唐代的人已经发明并且应用了类似陀螺仪的东西，恐怕大多数人都不会相信。不过由于时代久远和战乱损毁，很多文物及文献记录都没有得到很好的保存。君耀集团在深圳博物馆里举办的'中国古代科技史'展览的序言写道：'我们也许过分地高估了自己，也过分地低估了我们的祖先。'虽然据记载麻沸散是华佗发明的，可惜除了'麻沸散'三个字之外，没有任何配方和其他证据来佐证麻沸散曾经存在过。所以现代医学全身麻醉的鼻祖也只能认为是日本的华冈青洲。在一本名为《中国历史未解之谜》的书中，第一篇就是关于蚩尤的故事。作者大胆猜测这位蚩尤其实是一个进行地质考察的智能机器人，因为史书上对蚩尤样貌的记载很容易令人联想到现代的智能机器人，而且蚩尤头上的两角也可能是信号接收器或者是地质探测设备。史书上说蚩尤兵败后被黄帝'解'于岐山，'解'这个字用得很有意思，结合传说故事里还说蚩尤是食砂吞石怪物,'智能机器人'的猜测也并不违和。"

坐在一旁的张翼始终没有说话,他很喜欢柳文星讲述的故事,独特、新颖,也能激发他内心的热情。

会议结束后,张翼送柳文星来到门口,微笑着说:"没想到这么快又见面了。"

"是啊,没想到这么快又见面了。"柳文星看了看门口繁忙的街道和这个由密集的水泥钢筋组成的繁华城市。

"附近有间芙蓉轩餐厅不错,我请客。"张翼看了看左手手腕上的手表,点头说,"现在是晚饭时间。"

"好啊,谢谢。"柳文星也并不拘谨,很大方地接受了张翼的提议。

04 伊甸园

这家芙蓉轩是一间主打粤菜的高档餐厅,张翼选择在一处适合欣赏夜景的角落里就餐。

"你生日哪天?"柳文星突然问道。

张翼有些疑惑,不解地问:"8月26日,问这个是要送礼物吗?"

"处女座。"柳文星浅浅笑着,随后又问,"你是完美主义者吗?"

"这就是'巴纳姆效应'吧,很多人总是容易相信那些笼统的、模糊的描述。我看十二星座的性格描述的时候,觉得每一个星座都跟自己的性格很像。"

"没想过自欺欺人?至少心里好过一些。"柳文星眨了眨眼睛。

"自欺欺人的方法有很多,例如游戏。我喜欢游戏,游戏世界是对现实的调节。"

"玩什么游戏呢?"

"我们公司的总经理许总,他以前还参与开发了一款模拟人生的网络游戏《盛世长安》。我在游戏里扮演了一位生活在开元盛世的长安小官吏,在游戏里也得按部就班地生活。许总也是唐文化的专家,游戏中的场景布局还是他提出的方案。"

"你玩这个是出于工作需要!否则就是不给领导面子,对吧?"

柳文星神神秘秘地笑了笑,稍稍点头说:"你说的这个《盛世长安》还有英国那套名为《重回维多利亚时代》的游戏和其他的虚拟现实没太大的区别，都是通过智能VR眼镜达到构建虚拟场景的目的。大多数的游戏都缺乏全面的真实感受的体验，这是通病了。"

"的确。"张翼意味深长地笑了笑。

柳文星稍稍抬眼看着张翼，继续问："还有别的游戏吗？"

"《伊甸园》。"

听到这个答案，柳文星的眼眸里闪着异样的光晕，"《伊甸园》？"

张翼动了动眉头，思索几秒钟后，点点头，"连续好几年的世界年度科学大事件，一款开放源代码的脑控虚拟游戏。"

"你有多痴迷这款游戏？"

张翼抬抬眉头，思索着说道："《伊甸园》能通过脑电控制头盔和生物传感器模拟出真实的感受。这个游戏的理念和一般的网游完全不同，它是模拟了地球不同时期、不同地域的生态系统。总体是基于'贝叶斯统计'和'遗传算法'，不仅能模拟现在的环境，还能根据'遗传算法'模拟出过去的环境，还能预测整个系统以后的发展趋势。最关键的是，这款游戏还是开放源代码的，所以每一个购买了游戏终端的用户都有参与设定修改游戏的能力。地球的生态系统太过复杂，所以游戏的开发者采取了这种集思广益的思维模式。这样就能在全球范围内更全面地收集信息、整理数据，再反馈到数据中心由专业人员进一步筛选和修订。"

柳文星思索地笑着，点头赞同，"非常聪明的办法，不仅能整合全世界大量的资源，省下了一大笔研发费用，世界各地还有那么多充满热情的志愿者提供免费的义务劳动。当然也需要专业人员筛选修订，管理人员的工作量不小。"

"不过每个人都乐在其中啊，每个人都各尽所能、各取所需。"张翼赞叹着说着，感叹道："完美社会就在虚拟的网络世界里实现了。"

柳文星抿嘴笑了笑，摇头说："这个游戏还不能做到完美。"

"你也关注过《伊甸园》？"张翼期待地看着柳文星的眼睛。

"现有的《伊甸园》离完美这个概念还差着十万八千里，因为我们连地球最基本的特性都还没有弄清楚，例如对地球莫霍面及更深的地核的考量都仅停留在推测和猜想的层面上。我们的地球，是一个巨大的黑箱。"柳文星的目光里虽然透着些失落，却没有丧失那份坚定的信念。

张翼眉头微微皱着，认真地听着柳文星的讲述，思考片刻后点头赞同道："《伊甸园》的游戏近乎真实地还原了地球上大部分的生态环境，让游戏参与者能够身临其境真实地感受到自然环境带给人的刺激体验，它还能根据化石记录大体模拟出过去的气候状态，但因为缺乏资料，所以在对未来的预测模拟上做得不够完美。"

柳文星左手托着下巴，眯着眼睛微微出神，问道："你还喜欢《伊甸园》的什么体验？"

"角色扮演。"张翼神秘一笑。"这个游戏通过脑控操作和生物传感技术，让玩家更容易代入到角色中去。在《伊甸园》的系统里可以扮演世界各地不同肤色、不同国家、不同民族、不同宗教背景、不同职业的人类角色，这也是吸引我的地方。"

"还可以扮演不同的动物，我喜欢在游戏里扮演动物。"柳文星对着张翼眨了眨眼睛。

张翼稍稍露出诧异的神色，虽然知道在《伊甸园》的系统中可以扮演各种动物，但他从未想过去体验动物的生活……

"你作为《伊甸园》的资深玩家，居然没有体验过游戏里动物的生活？"柳文星目光里充满向往，兴奋地继续介绍着，"《伊甸园》能非常逼真地模拟自然界很多动物的生存状态，我第一次参与游戏就选择了海豚。变成海豚的那一瞬间，我真的以为自己就是海豚，能感觉到海水和同伴的召唤。还有一次我是选择做了一只大雁……在飞越山峰的时候，那种感觉真是……太特别了！我都找不到词语来形容。"柳文星眉飞色舞地说着在游戏里的奇幻的体验。

"我还没体验过动物的生存状态，或许当人当得太久，太容易自以为是。"张翼笑了笑。

"你还不能算资深玩家。"

"我是全服第一。"张翼显得有些得意。

柳文星耸耸肩，"真正懂《伊甸园》的人，不需要当全服第一。他要做的是全身心地融入到这个游戏之中。"

"是我太肤浅了。"张翼很欣赏眼前率性真诚的柳文星，因为在现有的工作环境里已经很难见到这样洒脱随性又充满梦想的人。以前的张翼也有很多梦想，不过随着年龄的增长，他的那些"不切实际"的想法，也消失得无影无踪。"坚持梦想"这个词说的人多，但能坚持下去的，恐怕就十之无一了。

"在《伊甸园》中变成动物，还会保留人的意识吗？"张翼难免好奇。

"我在扮演的时候，会与扮演的动物融为一体。人的理智也很快会被那种真实的体验覆盖。"柳文星眉头微蹙。

张翼的心不由自主被柳文星的介绍所吸引，他开始反思自己玩游戏的方式。

此时，柳文星却突然转换了话题，"想不想听故事？"

"有什么新奇的故事？"张翼温和地看着柳文星，他已经不自主被这个女孩所吸引。

"确实有很多奇特的故事，例如考古。"柳文星很开心与张翼分享自己的野外考察经历，开始滔滔不绝地介绍在野外工作中遇到的新奇事情。

"你们也会参与到考古项目中？"张翼对柳文星谈的话题十分感兴趣。

柳文星得意地笑着，点头说："当然，尤其是涉及测年断代的项目。"

张翼微微动了动眉头："这几年盗墓题材的小说和影视剧都挺流行的，猎奇题材的受众还是挺多的。"

柳文星眉头微蹙，变得略有些严肃，"我跑个题，别介意。"

张翼不解地笑了笑，很期待柳文星接下来的话题。

柳文星认真地说道："因为工作原因会参与一些考古项目，所以我很不喜欢将考古和盗墓两件事情相提并论。"

张翼面露诧异的神色，随后又温和笑着，问道："详细说说，也好给我科普下。"

柳文星一本正经地解释说："我经常在一些地方见到这样的言论，说考古就是官方盗墓，有人错误地认为考古人员跟盗墓贼一样。"

张翼不由自主地皱着眉头，若有所思地点头说："确实见到过，之前弄文物展的时候，也有同事这么说。"

柳文星摇头说："这两者之间的差别大了。你有没有注意过一些考古新闻？为什么很多墓葬都是在被盗墓贼盗过后，考古人员才抢救性发掘？比如轰动全国的九王墩，因为盗墓贼挖了太多盗洞严重破坏了墓葬结构后，文物局考古所才组织了一次抢救性的发掘。那条新闻的评论里，还有人指责考古人员做什么都比盗墓贼慢一步。实际情况根本不是这样，哪个地方有墓葬或者遗迹，文物部门早就知道，但他们是不会主动去发掘的。而且墓葬分布范围广，加之地点偏僻，保护难度也是非常巨大。"

张翼思索着点点头，继而微笑着看向柳文星："确实，我之前也纳闷，为什么总是盗墓者洗劫后，文物局的人才会进行抢救性发掘。"

能被张翼理解，柳文星感觉到很畅快。她就像遇到知己一样，连连拍手说："对的啊！不过好多人就是人云亦云。一方面骂考古人员后知后觉，另一方面又说考古人员是官盗，跟盗墓贼没区别。哎，欲加之罪何患无辞呢？总而言之，有些人总觉得自己就是道德制高点，说什么都是对的。除非墓葬已经被破坏，否则考古人员是不太可能主动发掘的。不过也有例外，例如明定陵，但这样的情况很少见。"

"那些盗墓者实在可恶，有些东西他们没办法带走，就会想办法毁掉。夯土层和墓志铭可能都会被破坏，这样就很难判定地层年代以及墓葬主人的身份。有很多有价值的墓葬，就是这样被毁掉的。"

柳文星又小声地叹了口气，"欧洲的那些考古学家最开始就是明目张胆地盗墓，古埃及的帝王谷就是被这群人盗空的。不过也不能因为这个就把正儿八经的考古发掘以及抢救性保护诬陷为官盗。"

张翼点头赞同，"以前看新闻，欧洲的核子能机构曾经提出合作建议，要发掘秦始皇地宫。他们还说愿意提供全部资金和技术支持，被我国严厉地拒绝掉了。"

"必须拒绝！"柳文星目光沉稳神色严肃地点头。

张翼很认真地听着，点头表示赞同。

过了一会，柳文星问："那天在博物馆，你好像对星图很有兴趣，你喜欢仰望星空吗？"

张翼眯着眼看着眼前的女孩，微笑点头，"那你呢？"

柳文星两手托腮，抿嘴笑着，"我喜欢星空，最喜欢没有光污染和云彩的纯净星空，银河就像一团巨大的发光云团。"

张翼也被柳文星所描述的美景所触动，他在读书的时候还会抽空去爬山或者骑行，但工作以后整个人已经完全被繁忙的工作束缚住了。

张翼浅浅地笑着，思索片刻后问："住在城市里的人，也就偶尔见到零星的几颗星星。像我这种宅一点的，干脆就到游戏里去欣赏景色了。古时候的生活会单调许多，很多人到了晚上就会看看星星来打发时间吧？我玩《盛世长安》的时候背了一句诗：'天阶夜色凉如水，坐看牵牛织女星。'"

柳文星抿了抿嘴唇，点头道："古人对星象的了解远远超乎我的想象，他们通过观察星象来辨别方向、确定历法、预测农时，天象的变化和地上的变化息息相关。在很长的一段时间里，人类的确是靠天吃饭，所以古人自然而然地将天象和人间联系到一起。"

"你喜欢星空，所以你叫'柳文星'？"张翼微眯着眼，平静地注视着柳文星。

"你猜。"

张翼点头思索片刻后说："借助最先进的望远镜所观察到的恒星其实都是它们过去的样子，那是它们在数十亿年前发出的光亮，这些久远的恒星也许早就不存在了，那是逝去恒星的'鬼魂'。"

"观察遥远的星光也是穿越时空的一种手段，能帮助我们了解宇宙诞生初期的环境，最大的射电望远镜天眼（FAST）在贵州省。最适合观测星空的地方是在南美洲智利的阿塔卡马沙漠，因为东面的安第斯山脉挡住了来自亚马孙河流域的湿空气，导致那片沙漠非常干燥，降雨量几乎是零。那里的空气是地球上最干净的，加之海拔又有5000多米，所以在那片沙漠能看到地球上最纯净、最壮丽的星空。"

张翼在听过柳文星的描述后，也对那片星空充满向往。

柳文星的目光里闪烁着微光，"对我们而言，仰望星空和脚踏实地并不矛盾。"

05 红桃皇后

张翼点头思索着，"就像你说的，地球就是我们浩瀚宇宙中的一颗行星，先将离自己最近的地方了解透彻，才有可能通往更辽阔的领域。"

柳文星继续说："发生在138亿年以前的大爆炸开始后的几秒钟产生了最基础的氢元素，之后2亿年诞生了第一批恒星。恒星内的核聚变就是新元素合成的过程，不过到了铁元素就没办法再聚变，这些元素在恒星晚年时期的超新星爆发中再次得到升华，进一步合成更重元素。超新星爆发后还不是结束，新的恒星、行星会在上一季的星际废墟中诞生——其实我们都是由星际物质组成的。"

"所以喜欢金银的人，其实是对超新星的缅怀。"张翼自嘲地笑着。

"拜金也可以有这么冠冕堂皇理直气壮的理由。"柳文星也被逗乐。

张翼见柳文星的鸳鸯奶茶已经喝完，又给她要了份杨枝甘露。

服务生用奇怪的眼神打量了张翼，随后转身嘀咕了几句。

"这次在"中国古代科技史"展览见到了很多新石器时期的文物，精美程度令人叹为观止。我有时候会想，它们真的是诞生于那个久远的时代吗？"

张翼微笑着，"常用核素法和热释光法为文物测定年份，也会用到地质学的断代方法，比如古地磁和铀系法。这些方法能大体确定一件文物被制造的时间范围。"

柳文星仿佛遇到了知音，"你应该听过'夏商周断代工程'吧？"

"宏大的工程项目，可惜最后没有通过国家验收。"张翼神色略带严肃，稍稍点了点头。

柳文星摇头说："虽然没有通过验收，但这个项目也有重大的收获，例如用到星象知识确定了武王伐纣中'牧野之战'的准确时间。在这之前，学术界对'牧野之战'的具体时间存在不小的争议。参照《国语》的星象记录，'昔武王克商，岁在鹑火，月在天驷，日在析木之津，晨在斗柄，星在天'，从而计算出'牧野之战'的时间在公元前1046年1月20日的清晨。"

张翼微笑着点点头，感叹说着："我因为工作需要学习了一些考古知识，仿佛开启了新世界之门。"

"你之前学什么的？"柳文星好奇地问，微微眨了眨眼睛。

张翼有意打趣地说："学习'如何努力地奔跑还能保持在原地'。"

柳文星微微皱眉，思索着说道："这是红桃皇后理论，出自《爱丽丝梦游仙境》。这本书的作者刘易斯是牛津大学的数学教授，所以……你是学数学的？"

"是。"

"哪所学校？"

"港大。"

"为什么去了珠宝公司？"

"嗯……"张翼蹙眉思索了好一会，"你相信命运吗？"

"为什么这么说？"

"我做了个梦，梦里有人让我去珠宝公司应聘。"张翼仿佛又沉浸在虚无缥缈的梦境之中。

"什么样的人？"

"不记得了。"张翼迷茫地笑了笑，微眯着眼看着柳文星，"也许跟你一样。"

"君耀珠宝，全球第二的珠宝公司。"柳文星注视着张翼的眼睛，"很多人都想来这里工作吧！"

张翼的眼睛闪过几分迟疑，摇头说道："我学的是数学，跟珠宝也扯不上太多关系。"

"有关系啊！"柳文星的眼神里闪过异样的光彩，"如果'蚩尤计划'能顺利进行的话……"

"嗯?"张翼注视着柳文星清澈的眼眸,等待她进一步的解释。

"'蚩尤计划'的基础是概率学,根据贝叶斯统计来预测事情发生概率。"柳文星将手轻轻地搭在张翼的手背上。

张翼点头笑着说:"我本科专业是应用数学,博士阶段是经济学,主要研究非合作博弈均衡,也就是在博弈竞争中寻求平衡。"

"我看过讲述约翰·纳什生平的电影《美丽心灵》。"

"对,这部电影不错。"

"那你说的'均衡'又是什么概念呢?"柳文星笑容浅淡,却让人迷醉。

张翼微微抬了抬眉毛,双手交叠放在桌上,一边整理思路,一边点头说道:"有一个很经典的比喻:将一张揉皱的中国地图放在境内的任何一个地方,地图上总有一个点会与真实的地点重合对应——这就是'均衡点'。纳什均衡的核心内容就在'平衡点'上,表明事物处于平衡或者稳定的状态。这个很好理解,比如化学反应和物理运动,都是从不平衡的状态向均衡点发展。生态系统、化学系统、物理系统、社会系统都在寻求稳态,预测一个系统的未来状态就是确定这个系统如何达到稳定状态。获得稳态所需要的条件,就可以预测系统的发展趋势。这也是'蚩尤计划'最核心的目的吧?"

"通过'蚩尤计划'完善现有的地球数理模型,进而预测未来地球的发展趋势,也要思考该如何调整和适应这种发展趋势。"柳文星表现得很有兴致,点头表示赞同。

"在港大读书的时候,我也做过类似的工作。"

"说来听听。"

"那会儿跟室友一起看球赛,想通过概率学的手段预测哪支球队能获胜。"

"找到方法了吗?"柳文星冲着张翼眨了眨眼睛。

"没有。"张翼意味深长地一笑,又说道,"但我们找到一种在买球的时候不输钱的办法。"

"说说看。"

"各大博彩公司对于每场球赛开的赔率都不一样,在理论上能通过计算,从而得到一个平衡的方案——在不同的博彩公司组合购买,不论哪一支球队赢,都能保证最后自己不输钱。"

"好深奥的样子哦!"柳文星不解地摇了摇头。

张翼浅浅一笑,"这种做法只不过是在各大公司的博弈中寻找一个'平衡点',虽然能做到不输钱,但是也不会赚太多。"

柳文星若有所思地点点头,皱眉思考片刻后,又问:"你有没有试过这种方法呢?"

张翼无声地笑了笑,摇头说:"作为一个数学课题可以研究,但指望这个赚钱就不现实了。只要不赌,就一定不会输。"

柳文星长叹口气,摇头说着:"说了等于没说。"

"心理学有个'赌徒心态',就是不甘心放弃'沉没资本',被套牢后越陷越深。"张翼望着柳文星温柔地笑着。

难得遇到一个愿意听这些枯燥理论的听众,张翼的演讲兴致也被调动起来,继续说道:"除了预测客观事物,也可以对在社会环境中的人类行为进行大致的预测,这就是经济学和社会学的基础。小到蚂蚁的行为规则,大到国与国之间的关系,都可以适用——有点'万金油'的味道。"

柳文星思索着摇头说:"万金油这个词不好,其实可以理解为:不论是客观规律还是主观动机,都有一个潜在的规则?"

"可以这么说,但也不完全正确。你知道的,虽然不能确定微观粒子的具体状态,但由微观粒子组成的宏观事物还是会以整体的形式表现出一定的规律性。但社会中人类的行为和圆周率一样毫无规律可言,而且一个小事件也有可能引发一系列连锁反应。所以很多在经济学教科书中无懈可击的概念模型,到了现实世界会漏洞百出。"

"嘿嘿,就像大气学中最著名的理论'蝴蝶效应'?"柳文星点头笑着。

"可以这么说吧!"张翼会意一笑,继续说,"混沌系统中,初始值小小的变化,未来的路径会发生巨大的变动,比如你刚刚说的'蝴蝶效应'。湍流问题也一直是流体力学中一个难解的谜题,因为它就是一个混沌系统。"

柳文星瞪大眼睛听着,然后恍然大悟地笑着说:"红桃皇后理论的核心,就是在运动中追求平衡,对吧?"

"不停地跑,还要保持在原地。这个世界,不就是这样吗?"张翼长舒一口气,微笑着看着挑了挑眉毛。

这时候张翼突然间摸到了口袋里的一颗石球,微微发愣。

……

就在这一瞬间,张翼又跌入了冰冷的黑暗。

06 叶小茵

梦境中的惬意和温暖早已不见了踪影。张翼睁开眼睛的时候，又看见了周扬和刘安超二人。

"刚刚……我是睡着了吗？"张翼神色有些恍惚。

周扬表情平静地点头，"睡了十三分钟。"

才十三分钟？张翼有些不敢相信，还在努力回忆梦境里的片段。

"考察队里，确实没有一个叫作柳文星的人。"刘安超补充说明，又回到了之前的话题里。

"也许是苏教授的学生？"张翼目光充满怀疑。

"苏教授的学生里，也没有一个叫柳文星的人。"周扬的回答十分肯定。

"考察队其他人呢？"张翼看着合影照片，神色变得焦急。

周扬的表情略微迟疑，随后他告诉了张翼一个残酷的现实——

除了张翼，考察队的其他人都已经在事故中遇难了。

……

张翼的思维停滞了许久，他并没有料想中的那样震惊，反而出奇平静。

刘安超清了清嗓子，说道："等你情况好转后，会将消息转告你的家人。"

"他们……还不知道吗？"张翼的这句话有些没头没尾。

"事故中有太多难以解开的谜团，所以暂时未对外界披露。"刘安超注视着张翼。

张翼的情绪出现了波动，"这次考察既然是跟'蚩尤计划'有关，怎么可能没有柳文星？'蚩尤计划'不是柳文星带到君耀公司的吗？！"

"据我所知，'蚩尤计划'是旅德华侨尉林与君耀公司的董事长陈寰宇牵头的地质考察项目。"周扬仔细观察着张翼的一举一动，隐隐有种担忧。

"尉林？"张翼再次听到这个名字。他的眼神变得惊恐，捏着水晶坠子的手也不自主开始颤抖起来。

……

一阵强烈的电流从张翼虚弱的身体穿过，仅存的意识让他发了疯地想要从未知的恐惧中逃离。

此时的张翼，发现自己被困在银色的金属盒子内。狭小的空间里，孤独的身影被四面光滑明亮的金属墙壁映照得扭曲……

一声电梯到达的提示音，让张翼陡然从恍惚中清醒，自己的身边莫名多了许多人……那些突然出现的人让狭小的空间变得拥挤异常。

张翼留意到他们佩戴的工作牌，这些人都是君耀珠宝的同事。

在电梯门关闭的那一瞬间，一位身着短裙、脚踩"恨天高"的年轻女孩急急忙忙冲了进来。慌忙中她一个踉跄没站稳，迎面跟张翼撞了满怀，她手里刚喝了一半的热咖啡就这么直直地泼在张翼身上。电梯里的其他人都带着惊讶又有点幸灾乐祸的神色看着这滑稽的一幕，强忍住没笑出声。

"啊！对不起，对不起啊！"叶小茵的脸憋得通红，不停地道歉，连忙取出纸巾帮张翼擦拭咖啡渍。

张翼婉拒了叶小茵，尴尬地摇头说："没事，不用了。"

电梯到了6楼，叶小茵憋红了脸低着头快步走出电梯，一起跟出来的同事快步跟上来，对她说道："哎，小茵，刚才你故意的吧！"

叶小茵，25岁，君耀珠宝公司的设计师，张翼的同事。公司八卦女协会的名誉掌门人，外号"斋啡"。凡是张翼那边有啥风吹草动或者鸡毛蒜皮的事情，她都能率先打听到，然后在她的那个八卦女联盟的聊天群里传遍。叶小茵对张翼的关注度很显然已经超出了单纯八卦的范围，就算是瞎子都看得明白叶小茵那点小心思。虽然叶小茵自己并不承认，但公司里的人早就心知肚明、心照不宣的，也就叶小茵自认为掩藏得很好。

"什么故意的啊！巫婆静你别乱猜好不？"叶小茵脸涨得通红，连耳廓都是滚烫的，极力摇头否认周静的这个猜测。

所以今天这一撞，周静及其他同事当然有理由相信叶小茵是故意的。

"斋啡！你绝对故意的！哈哈。"这位周静还要继续追问，一副不肯罢休的样子。

"上班呢！"叶小茵带着央求的语气，希望这位聒噪赛过八百只鸭子的周静能稍微消停点。她已经窘迫难堪到了极点，恨不得找个地缝钻进去。

叶小茵回到自己的办公桌旁坐下，若有所思地咬着嘴唇，点开了张翼的头像，写道："对不起啊！要不衣服我帮你拿去洗了？"

张翼刚刚来到办公室，看着身上的咖啡渍，也无可奈何地皱着眉。

这时办公室的门被推开，公司人事部的曹睿敏提着一件男式衬衫从门外走进来，对张翼说："杨超刚好有套衣服干洗了没拿回去，你换上吧。"

"这是雪中送炭啊！"张翼笑着接过来，对曹睿敏说道，"杨超他没意见吗？"

"他敢有意见吗？"曹睿敏扑哧一下笑了出来，侧了侧头微眯着眼看向张翼，将那件男式衬衫往衣帽钩上一挂，随后转身走出办公室，轻轻关上房门。

张翼刚将衣服换好，就看到叶小茵的留言，回复道："没事，不用了。"

看到张翼的回复，叶小茵有些失望地叹了口气，又发了一个鞠躬道歉的表情过去。随后她仰面靠坐在椅子上，木然地望着头顶的天花板发呆。

这时，那位同事兼室友的周静又凑了过来，拍了拍还在发呆的叶小茵，在她耳边小声说："斋啡——"

"干什么？！"叶小茵被吓了一跳，连忙拍着胸口小声喘气。

"笨啊你！"周静戳了戳叶小茵的头。

"巫婆你又怎么了？"叶小茵瞪着一双无辜的小眼睛。

"刚才曹睿敏又去找你男神了。"周静神神秘秘地小声说着。

叶小茵一脸不在乎的样子耸耸肩，问道："他们一个策划部一个人事部，见见面不很正常？"

"曹睿敏还拿了一件男士衬衫过去。"见刚才的爆料杀伤力不够，周静决定加大火力。

"啊？"叶小茵露出一点诧异的神色，但她很快掩饰过去。

周静见颇有成效，立刻乘胜追击，绘声绘色地说："你好不容易找准机会泼人家一身咖啡，居然让曹睿敏抓准机会去送了套衣服。"

叶小茵那双不大的眼睛露出尴尬，一时语塞。

周静略带幸灾乐祸地感叹着："你看你，长得不够漂亮，胸前也没啥'资本'，还不抓准机会献个殷勤。人家曹睿敏每天打扮得那么靓，还是人精，你怎么斗得过？"

"胡说什么啊？我对张翼没那个意思，就是觉得长得还可以，看看养养眼。"叶小茵撇撇嘴，装出一副泰然自若的样子，又反问道，"曹睿敏不是有个'富二代'男友吗？据说那个人身家十几亿，你当曹睿敏傻啊，会看上一个年薪才几十万的部门经理而抛弃身家十几亿的'富二代'？"

周静斜靠在一旁的柱子上，斜乜着一旁的那盆绿萝，又惬意地挑挑眉毛，若有所思地小声感叹："曹睿敏不傻啊，是你傻呗！"

"跟我有什么关系？"叶小茵噘着嘴反问。

张翼坐在电脑前，看着电脑上的数据表，神色凝重。恍惚中，他觉得自己是在做一个混乱的梦，他感觉自己在梦里经历了很多，但此时却记不起梦里的分毫。

张翼搜索着关于自己的一切信息，找到了一份履历表，还有不少照片，有不少是他与妈妈的合影。

张翼的心微微一动，下意识想拨打电话。打开抽屉寻找手机的时候，却发现一条水晶坠子就静静地躺在里面。这一刻，他仿佛遭受了电击，一瞬间无数片段涌向脑海，却又在同一瞬间全部遗忘。

张翼将坠子拿在手中，反复摩挲。

传来几声敲门声，叶小茵蹑手蹑脚地推开门，探头进来，挤出一个尴尬的笑容。

张翼认出了叶小茵，就是刚才泼他一身咖啡，又给他留言的那位。

"我刚好有楼下洗衣店的干洗票，我帮你拿去洗了吧。"叶小茵忐忑地望着张翼。

"水晶会有荧光效应吗？"张翼看着手里的水晶坠子，突然问了一句。

"啊？"叶小茵微微一愣，走到张翼身前，从他手中接过水晶坠子。

观察了片刻，叶小茵摇头说："这是普通的白水晶，通常没有荧光效应。那种晚上能发光的'夜明珠'啊，一般就是萤石或者是加了荧光粉的冰洲石。"

张翼微微一怔，然后问道："除了这些，还有什么矿物有荧光效应？"

"很多啊，晶体固体在接受来自周围环境中的放射性辐射后，会通过内部电子的转移储存辐射能量。这种能量在受热或者受光的情况下，会以发光的形式将能量释放出来，分别称为'热释光'和'光释光'。"

"例如呢？"张翼想得到更多的信息。

"钻石也会有荧光效应，在钻石分级中，会用到365nm的长波紫外光进行荧光强度检测，荧光效应有时候会影响品质评级。"叶小茵微微皱着眉头，认真地解释说。

"你是地质专业的吗？"张翼认真审视着眼前的这个叫叶小茵的女孩。

"我读的是珠宝设计。"面对突然的关心，叶小茵愈发紧张。

张翼的态度旋即又恢复了平淡，礼貌地笑了笑，不再说话。

待叶小茵离开后，张翼又抱头望着天花板发呆。天花板的线条逐渐扭曲，一切又变得迷离起来。

07 柳文星

病房的灯光柔和，水晶坠子的光芒却突然变得刺眼。

又做梦了吗？张翼微微垂眸，不像是梦。

周扬和刘安超坐在一旁，耐心地等待着。

"刚才说到哪里了？"张翼看着眼前的两人，苍白的嘴唇微微翕动。

"这次考察是为了调查'石磷之玉'的形成条件。"周扬很耐心地解释，"'石磷之玉'是苏教授取的名字，是一颗六方晶系陨石金刚石。"

"金刚石，钻石？"张翼尝试着去回忆细节，却一无所获。

"虽然'石磷之玉'和寻常所说的钻石都是碳元素组成，但两者的晶体结构截然不同。"周扬从专业角度耐心分析。

"钻石是等轴晶系，而'石磷之玉'是六方晶系，区别在于晶体结构，对吧？"张翼脱口而出，话音刚落，他对自己突然说的这段话深感惊奇。

"对。"周扬望着张翼的眼睛点点头。

这时候，一位医生走进病房，对周扬和刘安超说道："病人还需要休息，你们的探视时间到了。"

周扬和刘安超两人站起身，对张翼说道："我们下次再来探望，你好好休息。"

"公司里的人知不知道这件事？"

"你们公司只有少数高层知道。"

"等事故调查结束，我们会通知你的妈妈。"刻板的刘安超一改严肃的表情，眼神里也带了些许同情。

张翼不再追问，他已经感觉到这件事情十分不同寻常。

······

夏末的夜晚，窸窸窣窣的虫鸣随着风声飘荡。

朦胧间，张翼随着风声飘出了窗外，飘散在了空虚时空之中。

四周的景物已消散无踪，不远处一个女孩的身影逐渐清晰起来，她的周身被朦胧的白光笼罩。

"柳文星？！"张翼怀疑眼前的场景是梦境，他尝试着提醒自己要保持清醒。但努力徒劳无功，不过几秒钟，便已经忘记了他是如何来到了这里。

"张翼，你送检的那颗石球有点特别。"柳文星的笑容仿佛具有催眠的力量，让张翼挣扎的思绪渐渐恢复平静。

张翼眉头微微皱起，小声问："有什么特别的？"

"现在的鉴定结果是六方晶系陨石金刚石。"柳文星回答说。

无数细碎的片段涌上张翼的大脑，但随即又消散无踪。

柳文星笑容恬静，"六方晶系的结构，与一般金刚石不同。几位专家也不敢贸然给出鉴定结果，所以还要在地大再鉴定一次。"

"这颗石头，跟我有关？"

柳文星微微侧头笑着，"不记得了吗？"

"抱歉，我不记得了。"张翼望着柳文星的眼睛，渴望得到解答。

"你在湖南旅游的时候，从当地农户手中买来的'夜明珠'。据说那家农户的儿子病了，一直昏睡不醒，家里人才拿出这颗'夜明珠'换医药费。"柳文星的声音很轻柔，仿佛能走进张翼的思绪。

张翼一言不发，继续听柳文星讲述这颗石头的来历。

柳文星微笑着叹了口气："别人都认为你被骗了，你倒是不以为然。回深圳后，你将这颗石头送去鉴定。"

张翼有些难以置信地摇了摇头，一脸茫然。

柳文星冲着张翼眨了眨眼，"初步的鉴定结果显示，这颗石球与石墨、金刚石在元素组成上是一致的，都是碳元素的同质异构体，导热性良好，莫氏硬度在10之上。"

张翼有点糊涂了，压低声音问："我不太明白你的意思，也就是说这颗石头的价值不一般？"

柳文星点头应道："如果真的是六方晶系的话，那价值确实难以估量了。"

朦胧的白光渐渐淡去，又化作轻柔的云雾。

此时的张翼坐在飞机上，眺望舷窗外瑰丽的云海景色。

飞机降落在武汉天河机场，张翼走出到达大厅，见到了已经等候在这里的柳文星。

柳文星释然笑着，连连点头说："你当时怎么就想着要买下这颗石球呢？"

张翼眉头微动，脑海里突然浮现出一些模糊的片段。

等到张翼回过神来，看着身边笑容爽朗干净的柳文星，两人相视默契一笑。

"那边在修路，有点堵，绕路没关系吧？"出租车司机回过头对张翼说道。

"好。"张翼点头答应。

"右边车门没关好，先生麻烦你再关一下。"司机说道。

张翼迟疑几秒后，伸手关上了车门。

这是一位能胡侃连天的司机，一路上介绍着武汉的景点和小吃。

张翼礼貌性地回应着，而坐在一旁的柳文星却保持着微笑，始终一言不发。

到了地质大学，柳文星带路，来到了苏合清教授的办公室。

这间办公室布置得简单清雅，门口和桌上各摆着一盆春兰，书柜也是按博古架的模样，在一旁的木案上还摆有一套精美的青瓷月白天青的茶具，正对面的墙壁上悬挂着一幅书法作品，上书"知行合一"四字。

苏合清面容和善、精神矍铄，起身跟张翼握手，示意他坐下。张翼侧过头，发现跟着他走进来的柳文星则始终靠在盆栽的一旁，平静地望着张翼。

苏合清点头说道："你送来鉴定的那颗石球也引起了很多位专家的重视，之前虽然已经进行了探针分析、红外光谱分析等多项检测，但因为这颗石头的特殊性，也不能轻易下定论。"

张翼神色略微复杂，沉默片刻后，又释然浅浅笑了笑。

苏合清眉头微皱，平静地说道："这种情况我们也是第一次亲眼见到，我曾经在美国华盛顿大学博物馆里见到过同类矿物，名为'朗斯代尔'（Lonsdaleite）。这颗石头目前已经送到珠宝鉴定室，明天会再进行一次X射线衍射测定晶体结构。"

张翼此时心里也是充满疑惑，他茫然地看着一旁的柳文星，不知所措。

与苏合清道别后，张翼同柳文星一道离开了办公室。

柳文星笑容优雅，"还没到晚饭时间，要不去地质博物馆看看？"

张翼点头赞同柳文星的提议："听说地大博物馆是全国高校里为数不多的4A级景点，不能错过。"

08 博物馆

蓝色地球模型悬浮在大厅中央，这个模型之所以著名，是因为它是通过磁悬浮技术悬浮，且与黄道面呈66°34′夹角稳定旋转。

柳文星望着缓缓旋转的地球仪，若有所思地说："物体在空间中的运动规律成为了衡量时间的一个标准，我们用地球的自转和公转计算时间，不过这也只是度量手段，而不是时间本身。即便是号称最精确的铯原子钟，也会出现闰秒的问题。"

张翼稍稍抬了抬眉毛，"'闰秒'会造成整数溢出，如果处理不当，会是灾难性的。"

"这么严重吗？"柳文星微微侧过脸，看着满腹心事的张翼。

"好在这种整数溢出可以提前预知，做好准备就没问题。"张翼看着地球模型旁的显示屏中显示的太阳系与银河系的想象模型。

"如果没有做好准备呢？"柳文星试探着问道。

张翼浅浅一笑，却没有答复。

此时，柳文星往前探了探，介绍说："地球在自转的同时，围绕着太阳公转。太阳则带着太阳系里的兄弟们围绕着银河系中心旋转，而银河系也在广袤的宇宙里飞奔。"说到这里的时候，她神神秘秘地笑了笑，换了一种口吻说道："其实星际旅行一点也不遥远，我们就乘坐着'宇宙飞船'在宇宙中前行。"

张翼被柳文星的这番话逗乐，内心的郁结也顿时消散。

两人来到地质博物馆里古生物区，张翼的目光被一只巨大古生物模型吸引，那是一只翼展超过一米的蜻蜓。

张翼微微眯着眼，"远古的时候真有这么大的蜻蜓？"

"石炭纪比现在温暖许多，大气中的氧气含量为35%，远远大于现在的21%。石炭纪时期的大陆连接为一个超级盘古大陆，那是一个巨兽横行的时代，就像《山海经》中描述的神奇世界一样！"柳文星的眼神里闪着清澈的光芒，充满幻想憧憬，"如果混沌体系内的蝴蝶扇动翅膀能引发一场大风暴，那么这石炭纪的巨型蜻蜓扇动翅膀引发的风暴，恐怕得到木星'大红斑'的级别吧？"

柳文星的神情略带调皮，冲张翼眨了眨眼，"远古时代的神奇动物，像不像《山海经》里神奇的异兽？"

"说不定《山海经》也是一部纪实地理志。"张翼看着身旁那些奇幻生物的复原模型，"只可惜这么长的历史中，能以化石形式保存的古生物实在太少。"

柳文星微微眯着眼，浅浅一笑，"化石形成的条件极其苛刻，还得在机缘巧合下被地质学家和古生物学家发现，这就难上加难。恐怕还有更多难以置信的物种曾经生存在这个地球上，只不过它们的痕迹都被抹去了。对于地球的研究还远远不够，欧美启动了新莫霍计划，我们也希望通过'蛰尤计划'取得重大突破。"

"羡慕你能保持着这么纯粹的梦想。"张翼不免稍稍感叹,他这次确实是被这个女孩震撼到了。

"地球已有46亿年的历史,真是'沧海桑田'的变迁啊!"张翼的目光落在一块巨大的菊石上。

"地球上最古老的岩石年龄,是探讨地球年龄的直接证据。因为测定方法和测量仪器的不断完善,所以地球的年龄一直被刷新。比如在格陵兰伊苏亚沉积岩中的锆石U-Pb法测得的年龄为38亿年,加拿大西北地区采集的片麻岩得到的结果是39亿年,而在澳大利亚发现了有41亿年年龄的岩石样本。研究古老的陨石,有参考价值的陨石年龄集中在40亿年到48亿年之间,学术界一般认为46亿年前是陨石形成的重要时期。"柳文星的声音时而接近,时而飘远。

张翼的思绪飘荡,"那地球的年龄,又是如何确定的呢?"

柳文星神秘一笑,"参考地—月体系的统一性,对月球岩石和土壤样品进行同位素分析测定年龄,一般认为地球年龄的下限应该是46亿年。所以在46亿年以前地球已经形成,但地球形成的具体时间可能更早。不仅是地球,宇宙年龄的估算也是在不断刷新的。目前观测到的最遥远的光,诞生于138亿年以前。但光速也是有限的,很有可能有的光线还来不及传到地球这里。或者遥远区域的膨胀速度大于光速,导致那片区域的光线无法到达地球。所以我们现在的宇宙概念里,也分为'可观测宇宙'与'不可观测宇宙'。"

张翼恍然大悟般点头笑着说:"也不难理解,比如复数概念里的实数与虚数。"

柳文星得意一笑,"学数学的果然不一样啊!理解能力超群,我科普起来也省了好多力气。"

张翼一边参观一边听着柳文星的讲解,也不由感叹:"从直立人算起,人类到现在也才200万年的历史,真正的文明史也不过万年的时间。放到宇宙发展和地球环境演变的历史中,真的就是一眨眼的工夫。"

柳文星微微眯着眼,"在过去46亿年中,地球经历数次毁天灭地的灾难,也出现过很多极端的气候环境。3万年前第四纪冰川结束,地球再次进入了温暖的间冰期,普遍认为这个间冰期是人类文明的温床。不过根据目前的研究,这个短暂的间冰期很快就可能被下一纪冰河期所取代。"

柳文星注视着张翼的眼睛,认真地说:"地球很有意思,似乎是在有规律地调节体温,就像哺乳动物一样,都有调节体温的神经中枢系统。地球环境与人类生存息息相关，这次'蚩尤计划'除了研究大陆地壳和大洋地壳的形成时间和形成原因之外，也包括了对地幔物质的钻探取样。完善现有的地球模型，弄清楚地球气候变化规律以及地质运动规律，希望能在未来让人类更好地在地球上生存繁衍，而不是像这里的化石，变成地球岩石书页中的一个过去。"

张翼的目光沉静，"生存、进化都是博弈，是在竞争中寻求动态平衡。只有了解地球的过去、现在，才能有效地预测地球的未来。用数理统计的方法，总结并发现规律，从而建立预测未来演变的模型。"

柳文星眯眼浅笑，"宇宙里有很多常数，不过最特别当属'精细结构常数'，这类无量纲的常数是宇宙本质的数学概括。如果精细结构常数有那么一点点偏差，那么这个宇宙里的数学物理定律都不再适用，物质之间很难聚拢，也不会有行星、恒星，也没有核聚变——自然也没有我们。所以之后的这一系列演化发展都不会再出现，你有没有想过，我们的世界为什么刚好是这个样子呢？"

张翼停住脚步，平静地低头笑着，"可以这么想，正是因为我们存在于这里，所以才会有人去思考这个问题。如果我们都不存在，也不会有人去思考：'为什么我们的世界刚好是这样？'"

"你的这个解释，让人无法反驳。"柳文星伸展胳膊深呼吸。

来到一块画有鲜艳壁画的石壁面前，柳文星介绍说："这是西班牙阿尔塔米拉洞穴岩画的复制图，你看这头牛画得怎么样？"

张翼微微吃了一惊，稍稍蹙眉，仔细看着那张图片的微末细节，赞叹着说："很写实，很像一幅现代人的素描绘画作品。"

柳文星狡黠笑着，继续说："这是在西班牙的阿尔塔米拉洞穴发现的史前壁画，已经是距今3万年的画作。"

虽然这图片并不是实物，但却足以吸引张翼的眼球。

张翼微微一怔，岩画上的动物形象逼真，完全不像原始人的粗糙涂鸦。

柳文星微微侧了侧头，低声叹气，"阿尔塔米拉洞穴的壁画是在1875年被发现的，发现者是一位地质学家。他经过考证，认为这是万年前的人类画作。但那时候地质测年手段十分有限，又因为壁画上的动物太过写实，让世人误以为这是为了沽名钓誉而伪造的。这位地质学家在众人的质疑声中含恨离世，直到地质测年法确立后，才确定这些壁画是3万年前史前人类的作品。"

"'现代病'中有一个就是太自以为是，就跟当年固执地认为耶路撒冷是世界中心、地球是宇宙中心一样。"听完这段话，张翼也难免心生感触，怅然一笑。

走到了恐龙展厅，张翼仰面看着巨大的恐龙骨架，"我对恐龙这种生物的了解也仅仅停留在银幕上，现在才发现自己原来这么渺小。"

柳文星狡黠一笑，小声问："有没有兴趣听一个毁童年的真相？"

"很有兴趣。"张翼很喜欢听柳文星的科普。

柳文星煞有介事地将双手抱在胸前，一本正经地说："这种庞然大物其实没有发声器官，也就是说它们根本就不会吼叫。"

张翼眉毛微微一动，惊异地笑了笑，等待柳文星继续解释。

柳文星抿嘴笑着，右手的食指托着下巴，稍稍低头颔首故作深沉地继续说道："古生物学家反复研究过恐龙的骨骼结构，确定他们是没有声带的，而且恐龙的近亲比如蜥蜴和鳄鱼也是没有声带的。不过影视作品里为了震撼，就用狮虎大象等大型哺乳动物的声音合成了所谓的'恐龙的吼叫声'。"

张翼微笑着点点头，认真听着柳文星的讲解。

柳文星侧过脸问道："恐龙不会发出那种让人战栗恐惧的吼叫，是不是就没那么恐怖了？"

张翼浅笑着思考片刻，摇头否定了柳文星的这个推断："我倒是觉得，不会吼叫的恐龙更吓人了。"

"为什么呀？"柳文星露出诧异的神情。

张翼嘴角微微上扬，故意拖长语调，"试想一下，雷克斯暴龙这样的庞然大物一声不发地靠近猎物——悄无声息，恐怖致命。"

柳文星无可奈何地摊了摊手，"影视剧为了追求震撼而引入了恐龙的吼叫，但科普片中也这么做，就太缺乏考据精神了。我们看到的所谓'真相'，大多数是加工改造的结果，到底存不存在真正的'真相'呢？"

张翼思绪翻飞，突然又笑了起来，"'海森堡测不准'原理，只要去观测了，就会对原本的真相产生影响。这就是个不确定的世界，对吧？"

09 千岁兰

张翼跟随柳文星来到了一片硅化木化石之前，这些硅化木是百万年前的树木，因为地质原因而被深埋水下，二氧化硅逐渐替换树木的内部成分，从而形成了这种特殊化石。硅化木还保留着树木形状和纹理，还有独特的玉石光泽，在灯光的照耀下显得格外美丽。

柳文星指着这一片已经玉化的树木主干对张翼说："沧海能变桑田，树木也能变成玉石。"

张翼笑了笑，"'点石成金'需要超新星的爆发，但'化木为玉'在地球上就能实现。之前君耀珠宝卖出过一组由硅化木做成的桌子和小凳，卖出了上亿的天价。"

"物以稀为贵。"柳文星摊摊手笑着，示意再往前游览。

随后，二人来到一株有着独特外表的植物模型前，这株植物看起来像一只张牙舞爪的巨形章鱼，但它并没有章鱼的八只触手，只有两片颀长且卷曲的叶子。

柳文星对张翼说道："这种植物名字叫'千岁兰'，非常古老的物种。"

"千岁兰？"张翼看着介绍栏上对千岁兰的介绍。

柳文星微笑着解释："原本学术界都以为这种植物已经灭绝数亿年了，但地质学家在西非沙漠寻找古老陨石的时候，又发现了这种植物，真是奇迹。千岁兰幼年有四片叶子，两片子叶会凋谢，另外两片为真叶。这两片真叶一经长出，就与整个植株终生相伴、不离不弃，它也不会再长出别的叶子来替代。千岁兰的寿命都很长，满百年才会开花。用碳14法测定千岁兰的叶子，发现的最长寿的千岁兰植株已活了2000多年。活一百岁是很多人的愿望，但对于千岁兰来说，就是一朵花开的时间。"

"它很像神话里的蟠桃，每隔千年才会开花结果。"张翼莫名被触动。

"千岁兰非常稀少，对生存环境的要求也极其苛刻。"柳文星双手互抱放在身前，一脸向往的样子，"我的梦想就是飞越东非大裂谷，穿越撒哈拉沙漠，再沿着非洲西海岸搜寻千岁兰的踪迹。如果幸运，就能亲眼见见千岁兰的花朵。再然后来到好望角，再从好望角乘坐热气球沿着非洲的东海岸往回飞行，降落在乞力马扎罗山上，亲眼看看方形山顶上终年不化的积雪。"

"也许那里还会有一只雪豹。"张翼的目光也变得迷离。

罗曼·罗兰曾经评价过，大部分人在二三十岁时就死去了，因为过了这个年龄，他们只是自己的影子，此后的余生则要在模仿自己中度过。日复一日年复一年，装腔作势地机械重复着以前的所作所为。见多了一掷千金的游戏，差点忘了原本梦想可以如此纯粹。

柳文星点点头，说道："那是海明威的雪豹停留的地方，也是我的梦想所在。"

"你会去探索非洲的沙漠吗?"张翼温柔地看着柳文星。

柳文星目光里带着憧憬,"'蚩尤计划'的考察范围并不局限于亚洲,而且越是人迹罕至的地方,越有可能找到有价值的岩石和陨石样本,比如很多陨石都是发现于南极洲和极端的沙漠环境。"

"沙漠里也许藏着很多秘密。"张翼与柳文星相视一笑。

博物馆中的宝石馆,各种宝石让人眼花缭乱。

柳文星痴迷地看着一只手镯对张翼说:"看看这只镯子。"

张翼看着手镯的简介是"水胆玛瑙手镯"。

"在数亿年前,灼热的地幔物质冲破地表,由于温度和压力的骤降,岩浆就会迅速冷却凝固,同时溢出大量含有二氧化硅的溶液。玛瑙形成的过程中,二氧化硅热液也会把空洞中的水分包裹起来,这就形成了'水胆玛瑙'。这只镯子的特别之处远不止于此,这块玛瑙原石的水胆是一个近乎完美的圆形,又被工匠发现并雕琢成了这样一只手镯。在光照下能看到手镯水波流动,真是造化天成啊。"

"需要多少种巧合,才能成就这样一只镯子?"张翼眯着眼睛,"据说宝石散发的光彩会有一种奇特的催眠效果,能让人言听计从,就像传说中的迷魂汤。"

"不只是人,很多动物也会收集五颜六色的小玩意。"柳文星走到一个展柜前,看着里面一块穿插双晶的钻石晶体原石。这颗钻石重属于Ia型的钻石,黄色,原石重67ct(克拉),产于南非。

张翼若有所思地说道:"人类的行为学很复杂,我也怀疑过奢侈品存在的意义,但后来恍然大悟。奢侈品作为一种必需的存在,是某些人身份地位的象征。"

柳文星一边走一边介绍道:"0.3ct以上的钻石才有可能较好地体现钻石的明亮度,而0.7ct以上的才有可能拥有较好的火彩。全世界有6500多个已经探明的金伯利岩筒,但是有工业开发价值可以进行生产运作的只有50多个。世界上品位最好的钻石原矿,品位为8ct/t,也就是每挖一吨矿石只会出产8ct的钻石原矿,而其他地方的金伯利岩筒的品位就更加低了。出产的原矿中达到宝石级别的不到20%,而且钻石切磨的耗损率为50%至75%。也难怪钻石能成为许多人竞相追逐的对象,毕竟物以稀为贵啊!"

张翼仔细看着眼前的那颗微黄色钻石原石,问道:"这种钻石和六方晶系陨石金刚石的区别在于晶体结构,对吗?"

"X射线衍射检测的就是晶体结构,你看这里有晶体排列的示意图。"随后柳文星将电子展览屏幕拨动到晶体结构那一栏,跟张翼仔细讲解,"等轴晶系的成员很多,除了钻石,还有萤石等也属于等轴晶系,这类矿物通常呈现立方体、八面体或者立方体穿插双晶的晶体形态。而六方晶系的矿物通常呈现为带锥面的六方柱,晶体的集合体呈现粒状、块状或者结核状,六方晶系的代表就是著名的绿宝石之王:祖母绿。"

这时候张翼问出了心中的疑问:"如果那颗石头是六方晶系的陨石金刚石,那价值是多少?"

柳文星侧过脸仰面看着张翼,神情调皮地笑着:"在估价上,你们珠宝公司的才是行家。"

"估价通常要参考类似珍品的往年拍卖价格,但目前并没有见过类似的。"张翼心事重重。

柳文星莞尔一笑,有点试探的意思,"为什么刚好是你买下了这颗石头?"

张翼渐渐回想起被遗忘的细节,"那天在《伊甸园》里,我做了一个梦。"

"在游戏里也会做梦?"柳文星注视着张翼。

"是啊,在游戏里也会做梦。"

"所以,你根据梦里的指示去买下了石球。"柳文星并不惊讶。

那些被遗忘的记忆渐渐被勾起,张翼的目光变得凝重。

突然,张翼感觉有股寒意从骨髓透出,声音颤抖起来,"也许不是我找到了它……是它找到了我?!"

10 石磷之玉

张翼与柳文星,就这么面对面看着对方。在空旷安静的博物馆中,默默地对望了许久。

仿佛时间都已经停滞……

一缕阳光从玻璃窗透入,落在了张翼冰冷的脸颊上,让他从这凄迷的梦里渐渐清醒。

地大的珠宝鉴定室外,张翼静静地等待鉴定结果,无意中又瞥见了法国梧桐树下笑容明媚的柳文星。

10点40分,苏合清教授从鉴定室里走出,将一份报告递到张翼手中,语气里充满欣悦,"你看,完美的六条谱线,这就是六方晶系陨石金刚石。"

这样的消息的确很让人鼓舞,但张翼却平静得出人意料。

回到办公室中,苏合清请张翼坐下,他也没有拐弯抹角,直接说道:"这颗石头的研究价值重大,市场价暂时无法估量,对于研究早期地球环境也有非凡的意义。"

张翼微笑看着笑容慈蔼的苏合清教授:"其实我不是这颗石头的主人,石球暂时存放在地大,等联系到真正的主人后再完璧归赵。"

这样的回答多少有些出乎苏合清的意料,他赞许地笑了笑。

张翼回忆并讲述着那些曾经被遗忘的细节,他记起那位卖石头给他的吴德勇曾经告诉过他:石头是在连山乡一个名为神仙洞的溶洞里发现的,而石头的发现者就是他的儿子吴小龙。村子里传说神仙洞里藏了宝贝,但村里人对神仙洞向来敬而远之,但吴小龙却不忌讳。吴小龙悄悄溜进神仙洞之后,带回来了这颗会发光的石头……但没几天,吴小龙开始变得嗜睡,常常一睡几天都不醒。后来情况愈发严重,就连省城里的大医院也束手无策。

张翼认真地说道:"'蚩尤计划'缺的是社会关注度,而吴家人最缺的是治病用的钱。不论对于'蚩尤计划'还是吴家人,这颗石球都是一个很好的切入点。"

苏合清仔细听着张翼的讲述,点头表示赞同。

张翼整理了下思路,继续说:"可以将这次发现作为'蚩尤计划'的一项重要成果,联系媒体宣传报道。打响知名度后,不仅可以宣传'蚩尤计划',也能让这颗石球的身价水涨船高。君耀正在深圳博物馆举行'中国古代科技史'展,可以利用这个机会好好宣传。"

苏合清点头赞同:"君耀公司牵头的'蚩尤计划'是很有野心的项目,几个月前你带着'蚩尤计划'的项目书来到地大,我就很有兴趣了。"

张翼眉头微动,他心里有很多疑问,但却忍住没有发问。

苏合清笑容平静,"这颗石头是在会同县连山乡发现的,这个地方很特别。"

张翼的手微微发抖,背脊上渗出一层冷汗。

"20世纪90年代,我国曾经开展了规模宏大的'夏商周断代工程',你听过吗?"

张翼有些恍惚,木然地点了点头。

苏合清神色凝肃,稍稍点头说道:"'夏商周断代'中最难确认的,就是夏朝以及夏朝之前的那一段历史。而且从已经解读的甲骨文中,并没有发现'夏'的痕迹。夏朝之前的历史,大部分属于半神话以及神话时代,例如炎帝与黄帝的故事。而这个连山乡,也被认为是炎帝部族曾经生存活动的地区之一。而且连山乡的名字,应该来源于早已失传的《连山易》。"

张翼两道眉头拧紧,"我知道易分'三易':《连山易》《归葬易》《周易》。《连山易》与传说中的炎帝部族有关吗?"

"如今学者普遍认为,《连山易》与《归葬易》的一部分内容已经并入了易学分支中的'风水堪舆'。史书上记载炎帝有'连山建木之典',而这个'连山建木',指的就是地形环境的考察,还有城市建造的规范,所以炎帝又名'连山氏'。而炎帝和神农氏是不是同一个人,历来都有争议。有研究认为'神农'是一个世袭王朝,炎帝是神农朝中的一位帝王。古代自然灾害频繁,也多有战乱,很可能这个神农王朝多次迁都,部族也随之频繁迁徙。《连山易》应当就是炎帝时期的易学。"

张翼眉头微皱,认真听着苏教授的讲述。

苏合清目光沉静,花白的眉毛不由自主地皱起,继续说着:"言归正传。美国的地质学家曾经发现过一颗六方晶系陨石金刚石,命名为'朗斯代尔'。不过那颗'朗斯代尔'并不具有荧光特性,所以我不建议将这颗石球称作'朗斯代尔'。"

张翼立刻明白了苏教授的用意,点头笑着,"苏教授是希望重新给这颗石球命名?"

苏合清会心一笑,"古书记载,炎帝曾经拥有一颗稀世珍宝夜明珠,名为'石磷之玉',所以我想将这颗石球正式命名为'石磷之玉'。如你所说,君耀公司牵头的'蚩尤计划'也需要一个启动项目,不如就从'石磷之玉'开始。"

张翼疑惑地看了看一旁默不作声的柳文星,转而又看向苏合清,问道:"苏教授也准备参与'蚩尤计划'吗?"

"当然,我很荣幸能够参与这一项宏伟的地质考察项目。"

张翼莫名觉得恐惧,他努力挖掘着脑袋中那些一闪而过的恐怖画面,却徒劳无获。

"'石磷之玉'的形成条件很独特，我们要调查当地有没有陨石坠落的痕迹，还需要再采集岩石样本带回实验室分析。"苏合清已经开始制定接下来的考察计划。

张翼在不知不觉中来到了湖畔，漫无目的地走着。

湖畔的垂柳在风中摇曳，扭曲化成无数的线条，被黑暗抽离吞噬。

11 记录仪

8月24日，清晨。

刘安超和周扬又来到了病房探望张翼，这次他们带来了一只记录仪。

"记录仪是在你身上找到，经过技术修复后，恢复了大部分视频资料，但仍然有一部分无法修复。"刘安超用手提电脑播放着记录仪中的视频记录。

张翼靠坐在病床上看着视频里那些人，柳文星并没有出现。

那些被张翼选择性遗忘的片段，也随着视频的展现，逐渐浮现出来：

8月18日，清晨5点12分。

一行人在山间蜿蜒崎岖的小路上鱼贯而行。

走到了一条小溪的旁边，向导老石指着对面山头说："前面就是神仙洞。"

苏合清向老石所指的方向看去，洞口不大，是那种喀斯特地区常见的石灰溶洞。

考察队员登上山顶的时候正好赶上日出，从这个角度看远处两山之间的日出景色，竟然出现了类似"曼哈顿悬日"的壮丽美景。

这样的景色，就连住在这个村里几十年的老石都没有见过，不免啧啧称奇。

老石是个好奇心很重的老头，他也想借这个机会跟专业的考察队员一起进入洞穴考察，但他的要求被苏合清拒绝了。因为老石不具备专业知识，也没有专业装备。但老石却很不服气，他自认为自己身体很健朗，但因为拗不过考察队，只好悻悻而返。

苏合清等人还未进入洞穴，就在洞穴旁的山谷内发现了冰川擦痕和红褐色泥砾。

"是大理冰期冰川痕迹遗存。"苏合清查探着洞穴附近的地质环境。

"传得那么神乎的'鬼火'是不是球形闪电？"张翼看着一旁的队员用地质锤敲击岩石搜集样本。

一位队员接过张翼的话题，摇头说："从目前的研究资料来看，球形闪电容易在空旷的野外形成。"这人叫杨帆，是苏教授的学生。

苏合清点点头，补充了杨帆的说法，"而且球形闪电维持时间较短，一般持续几秒到十几秒，最高的观测记录也不过一分钟。但是据这里老石说，他看到的'鬼火'持续时间能长达几个小时。"

"会不会是老石吹牛呢？"有人立刻提出了怀疑。

"有可能啊！村里见过鬼火的人没几个，他说四十年前见到过，也无法考证。"

"但古代的地方志里确实有记载啊！"

"说不定就是以讹传讹，有人杜撰了一个故事，被后面的人添油加醋。"

这时候，一块黄铜矿和一块闪锌矿的样本引起了杨帆的注意。

这块黄铜矿表面呈现出斑驳的蓝紫色、带有金属光泽。而这块淡黄色的闪锌矿呈现出较好四面体晶体结构，这是金属单质含量很高的时候才会呈现的形态。

杨帆思考片刻，提出了自己的猜测："这里的金属矿藏丰富，加上又有充沛的地下水资源，有没有可能在河水的作用下，埋藏在山里的不同的矿藏被置换出金属离子，从而产生了一种天然的'电池效应'，电离了洞穴内的空气形成了'等离子体'。"

苏合清教授沉思片刻后，"'天然电池'能不能达到电离空气形成等离子电浆的程度？在理论上这种可能微乎其微。"

"也有可能这座山就是一座天然的电容器。"张翼补充了之前的那个猜测，他的目光落在了这座钟形的巨大山峰之上。

苏教授顺着张翼的目光看去，说道："如果这种传说中的'鬼火'真的存在，还需要拍到它的清晰图像再结合光谱进行分析，或许能够知道其中所含的成分，破解这个谜团。"

8月18日，6点29分。

洞口散落了一些空瓶子和红白蓝编织袋，一根长长的缆绳被丢弃在一侧，乱草堆里还有简陋的装备，都是那些来寻宝的人遗留在这里的。这些人的可恶程度并不亚于偷坟掘墓的盗墓贼，他们的一顿乱挖会给自然环境的景观资源造成难以修复的破坏。

杨帆将矿泉水倒进一只小铁壶里，这小铁壶的皮管连接着头顶的一盏小灯。

张翼不由走上前，好奇地问："这是做什么的？"

"壶里面的碳化钙遇水会产生乙炔气体，乙炔燃烧点亮小灯。山洞考察很危险，经常会遇到氧气不足的情况，当灯熄灭的时候，就是提示我们不能再往前走了。"杨帆解释说。

一旁的人补充道："人体对氧气反应具有滞后性，虽然有仪器能测量氧气含量，不过也会受到很多不确定因素影响，不见得比这乙炔灯更直观。就像那些盗墓小说里写的，古代的那些摸金校尉在进入墓室之前，会点一盏灯，其实就是测氧气浓度。就是做个比喻，我们跟他们不一样的。"

8月18日，6点50分。

进入山洞，考察队借助头顶的照明灯，看清四周分布着很多由方解石组成的钟乳、石笋和石幔，岩壁上晶莹洁白的晶花和石葡萄折射着微光。但最初见到的石笋和钟乳多数残缺不全，让人惋惜。被人为凿断的石笋和钟乳也被堆放在一旁，早些进入洞穴的人敲下这些石笋钟乳准备卖钱，但不知是什么原因并没有带走。

"这里属于雪峰山脉，有很多第四纪冰川的遗迹。"苏合清指着羊背石上的擦痕，"这就是冰川运动留下的痕迹，刚才说的大理冰期是大冰期其中的一个亚冰期。地球总是很有规律地自动调节体温，但具体原因还没有定论。也许和太阳活动有关，也可能和地球内部的活动有关，也可能和太阳系在银河系中的运动位置有关。"

张翼像是在自言自语："地球会有规律地调节体温，所以有学者认为整个地球就是一个智能生命。"

越往深处走，空气就变得越来越浑浊，第一次参加洞探的张翼感觉胸闷不适。

旁边的队员对张翼微笑着说："这还算好了，有些洞穴里充满了动物腐烂尸体和蝙蝠粪便，那才是要窒息的感觉。"

杨帆这时候也不忘调侃："所以说，长得太高了也不见得好。比如洞穴考察的时候，很多狭小低矮的缝隙钻不过去，还有就是心肺压力会很大。"

当众人沿着狭小的通道鱼贯而行,来到一块大石台上,发现了一些不同寻常的迹象。石台有明显的冰川磨蚀痕迹,除此之外还有一些有规律的条纹。

"这也是冰川侵蚀的痕迹吗?"张翼留意到这些凿痕似乎比较规律,不像冰川擦痕。

张翼将手放在石壁上,缓缓挪动指尖感受细微模糊的凹凸感,再借助灯光仔细观察,小声说:"是不是人为刻上去的?"

苏合清摇了摇头,在昏黄灯光的映衬下显得有些严肃,说道:"根据侵蚀状态来看,应该是在冰川运动前就形成了。"

"啊?"张翼稍稍有些吃惊,"这些痕迹都被腐蚀得太严重,这一组应该是同心圆。"

张翼在这石壁前停留片刻后,也跟上了大队伍。这次考察的重点并不在冰川遗迹,他们还有更重要的任务。

……

即便是在盛夏时节,这神仙洞内依然阴冷异常。洞内的流水虽然不深,却寒凉刺骨。

刚开始的坡降并不大,但往洞中摸索前进了大约300米后,出现了一个大约5平米的平滑石台,石台前方是幽暗漆黑的垂直深洞。

带队的杨帆往下扔了一颗石头,通过石头落地的声音断定,这处陡崖大约有10米。

众人考虑到苏教授年事已高,劝阻他暂时不要进入洞穴,不过苏教授执意要去。众人只好多加了道安全绳,让两位男性队员先下去探路,确认下降的地方安全后,再护送苏教授下降。

12 地下湖

考察队携带了先进的激光探测设备,以便测量后绘制洞穴系统的详细地图。

水流沿着石壁滴落,发出如钟磬般的声响。沉淀的钙华又为岩壁镀上了一层异色,在灯光的照耀下,反射着独特的光芒。

张翼在沿着绳索下降,他身前的石壁因为流水的常年作用而变得相对光滑。张翼无意中又摸到一组奇特的凹痕,这些凹痕纵向排列,刻痕的粗细、长短几乎一致，大约是宽1厘米、高10厘米，但每道刻痕之间的间隔却略有不同。

安全降落后，张翼说出了刚才的发现，但并没有引起其他人的重视。

还有人调侃张翼所描述的是"条形码"，笑着说道："再弄下去'二维码'也该出现了"。

大家更好奇的是洞穴深处的环境，而不想被这些不知所谓的刻痕耽误了时间。

众人在阴冷的洞穴里缓慢前行，脚下的道路崎岖曲折，前方等待着他们的，是一片未知的领域。

北斗定位仪已经接收不到外界信号，而指南针也因为山中丰富的金属矿藏而失灵。

这一处洞穴系统支系极多又分为数层，情况复杂，此次考察只能作为初探。众人小心翼翼地沿着地下河流的方向，向深处走去。有时候，必须侧着身子、贴着石壁才能勉强钻入狭小的空间。

考察队员的头灯亮度仅能照亮身前的一小块区域，还得借助手中照射范围更广的照明手电，才能继续前行。张翼的耳朵里充斥着地质鞋与岩石摩擦的声音、登山杖和岩石碰撞的声音，除此之外还有山洞里独有的流水声。

"这个洞不太正常啊……"杨帆幽幽地说了一句，他头顶的乙炔灯还亮着，说明氧气含量还是安全的。

"那种恐怖小说看多了吧？"有人反问了一句，"难不成认为这洞里有脏东西？"

杨帆语气坚定，一板一眼地解释说："不是脏，是干净得过头了。"

"什么？"有人不理解杨帆的意思。

杨帆摸着身侧的岩壁，认真地说："除了洞穴的入口处有那么一点植物之外，这个洞穴里面找不到生物生存的痕迹。不仅没有燕子、蝙蝠，就连西南地区常见的洞穴生物都看不到。"

杨帆的话音刚落，就听见有人惊呼了一声。

"啊呀！"正在做水样检测的博士耿华小声惊呼了一下，众人把目光聚集在他身上。

"怎么了啊？"众人望向耿华。

"水样温度7℃，洞穴温度14℃。"耿华看着手中的仪器说道，"pH值7.3，中性偏弱碱性水。"

"水质报告很正常，刚才怎么大惊小怪的？"有位队员的语气里带着不满的情绪。

耿华的声音变得严肃，"微生物快速检测仪显示水样中微生物含量为零。"

这个结论让在场的所有人都大为震惊，他们在进入山洞之前对河流上游做过水质监测，pH值、矿物质、微生物等各项指标都正常，怎么到了洞穴里，不仅连动植物都绝迹了，连地球上适应能力最强、无孔不入的微生物都没了踪迹？

"难道这水里有什么物质能抑制微生物的生长繁殖？"有人猜测着。

耿华思索片刻后，摇了摇头，"水质一切正常，没有检测到有毒物质。"

"有毒物质也不至于让所有的微生物都消失得无影无踪。"杨帆这时候补充说道，他也隐隐感觉到不正常。

"进山洞之前，已经对这一带的水文地质进行了系统考察，这水从山洞流出来后汇入地表水系，周边生态环境都正常。如果真的存在有毒物质，怎么可能对山洞外的地表水系、生态环境没有一点影响？"耿华说出了问题的关键。

"会不会是检测仪器坏了？仪器罢工的事情也发生过，别大惊小怪，水样采集回去还要做进一步检测的。"有人已经不耐烦，他的这个理由其实也是有可能的，说不定真的是仪器失灵而造成的误测。

耿华站起身，将采集好的水样放入包裹内。

众人继续沿着地下河向前探寻，穿过一处狭长的石缝，洞穴深处传来水花的轰鸣声。

从入口处算起，这时候已经下降到神仙洞的第四层。

"大家先停一下。"苏合清示意考察队暂时停下，他凭借经验判断这水声是白水的声音。这类湍急的白水中空气含量能到60%以上，导致它的密度只有普通水的40%，即便是善水的人到了这里也很难泅渡漂浮。所以在考察中遇到这样的急流一定要当心，不能盲目前行。

这里有一处光滑平整的岩石，一行人正好在这里停下休息。

张翼的手触碰到岩壁，又感觉到了一组不同寻常的凹痕。他的神经仿佛触电一样，在一瞬间绷紧到了极致。这是一组不同寻常的刻痕，很像当时在"中国古代科技史"展览中见到的那组星图。

张翼的手指不断地在岩壁上摸索搜寻，仿佛进入了一种着魔的境界，完全被突然出现的"星图"吸引。直到有队友拍了拍他的肩膀，他才从梦境中惊醒，慌忙追上前行的队伍。

这时，手电的光线落到暗河对面，对面的岩石上竟然遗留了一只鞋子，是这一带人家中常见的胶鞋。

突然出现的胶鞋让人有种不祥的预感，这里地形环境复杂多变，而且又有湍急水流，贸然进入的人如果没有充足准备，很容易就陷入危险。

苏合清面露忧虑，"前面的水声湍急，肯定有很大的坡降。大家小心一点，不要走散了。"

众人沿着暗河旁边狭窄的岩石，小心翼翼地挪动步子。

漆黑幽暗的洞穴，让时间的流逝都变得缓慢。

张翼看了看时间，原来他们已经进入洞穴4个小时了，但他感觉才过了1个小时而已。如果不是有现代的计时工具，他对时间的感知能力都会被独特的洞穴效应改变。

随着进一步深入，地下暗河的河面变窄，水流也变得湍急起来。

眼前出现的景象让所有人都倒吸一口凉气，就连见多识广的苏合清也不例外。

地下暗河形成了落差为100多米的瀑布，在这瀑布之下，是一片广袤的地下湖泊。湖泊之上笼罩着岩石穹顶，瀑布震耳欲聋的轰鸣声在这个隐秘的空间里回旋震荡。

借助回声定位和3D激光扫描设备探测出这片湖泊的面积足有1.7平方千米，穹顶的最高处距离湖面的垂直高度大约有300米。可惜这次并没有携带专业的洞穴潜水装备和水下声呐，所以还无法测算这片地下湖泊的深度和容量。

抬头望去，巨大岩石穹顶上点缀有许多发光的晶体，就如同夜空里闪烁着清冷辉光的星河，朦朦胧胧、似真似幻，让这片幽寂壮阔的地下湖泊增添了更多神秘。

耿华等人采下几块发光石头样品，经过初步检测，大部分是方解石，也有少数斜长石。

"可惜不是六方晶系的金刚石。"耿华将样品收入背包，又疑惑地问旁边的队友，"这里的方解石和斜长石居然具备荧光性质，这跟'石磷之玉'的形成原因有关吗？"

苏教授目光深邃，仰头望着这处不可思议的地下"星空"。

眼前的壮阔景致让见多识广的老教授都震惊不已，但疑惑也随之而生：矿物质在获取能量后可能会产生荧光效应，通过荧光效应将获取的能量逐步释放。如果没有能量补充，荧光也会逐渐消失。这个地方常年与世隔绝、不见阳光，这些能发出荧光的石头又是从哪里获得能量的呢？

被探灯照亮的幽碧湖面反射着粼粼波光，如此广袤的地下湖泊在国内外均为首次发现，他们头顶的记录仪为他们记录下了这一重大的发现。

这时候，苏教授也难以掩盖内心的激动，他还想看得更真切一些。在几人的小心搀扶下，他小心翼翼地来到崖壁的边缘。

只恨照明设备的光照不够，不能穷尽眼前壮阔的景色。

"苏教授，前面没有路了，需要回去再制定一个详细的考察方案。现在是中午的12点57分，我们进来已经有6个多小时，我们还得原路返回。"杨帆在这个时候提醒道。

"地下空间里，居然有这么多具备荧光效应的石头，它们的能量从哪里补充？"耿华说出了自己的疑惑。

考察队陷入了诡谲的情绪，一种莫名的寒意笼罩着众人。

苏合清目光不舍，转身说道："回去吧。返回地面后，我们再做分析，制定下一步考察计划。"

13 鬼火

一行八人沿着原路返回，行至半程，灯光照见了一些堆在地上的物品。

众人走近才看清，发现是已经坏掉的手电筒、一小段绳索，还有一堆散乱的衣物。

"什么人留在这里的？"有队员看着这堆突然出现在返程路径上的物品发问。

"刚才来的路上并没有看见，是在之后才有的？"

"怎么把衣服丢在这里？"众人面面相觑。

"时间不早了，还是赶快赶路回去吧。"有人催促着说。

张翼目光直直地落在那堆衣物上，用不太确定的口吻说道："这衣服，怎么像……老石穿的？！"

被张翼的这句话提醒，众人这才惊讶地发现，这身衣服的确是老石的。

众人心里狐疑：难不成他也跟着进来了，但怎么会把衣物都丢在这里？

"老石估计也离开了，我们先赶路吧！等回去后再问问怎么回事。"杨帆惴惴不安地催促大家离开。

众人在这幽深湿滑的山洞里小心迈着步子,他们的心情阴沉压抑,被恐惧支配着。

洞穴里回荡着流水声、脚步声,还有众人疲累的喘息声……除此之外,似乎还能听见自己的心跳声。

这时候,走在最后的孙贵麒突然问道:"是不是有谁掉队了?"

一行人停下脚步,不安地看着孙贵麒,不解地问:"我们8个都在这里,怎么突然这么问?"

孙贵麒心里微微一怔,小声说:"我刚看见有亮光从后面照过来,还以为是谁又走到了后面。"

众人的心猛地一惊,像是被什么恐怖的东西扼住了喉咙。

杨帆责备孙贵麒不该在这时候说一些疑神疑鬼的话,小声说:"说不定是跑进来找宝贝的村民,你就别大惊小怪了,不晓得人吓人,吓死人啊?"

尽管多数人都是见过世面的专业人员,但接连出现的诡异事件也难免让他们忐忑难安。

正在众人准备继续前进的时候,一团亮光突然出现,瞬间将漆黑的洞穴照亮。

神秘的光线又在一瞬间消失无踪,后方的空间仍然是一片幽深黑暗。

考察队的成员都被这莫名其妙出现的光亮揪紧了神经,呼吸也变得急促起来。

"是不是'鬼火'?"

"有可能。"

"刚才一路都没见到,现在突然冒出来……"

"快走快走,回去了再讨论。"

众人都加快了脚步,很快上至了这座洞窟的第2层。

这一层的水流极其缓慢,潭水平静无波,在探灯的照射下呈现镜面效果。将石幔、钟乳映入其中,诡谲静美。

此时,洞穴的深处传来异样的蓝色闪光,闪光时间持续不到半秒。众人在惊异之余,闪光又随即消失无踪。

"是'手电'还是'鬼火'?"

"不……不知道。"

突然,幽深的洞穴深处又飘来一道夺目的亮光。

众人携带的电子设备受到了强烈的电磁干扰,记录仪呈现雪花状斑点,耳麦中传来刺耳的电磁噪声。

……

记录仪的视频记录,就到这一刻戛然而止。

病房内的氛围压抑,张翼额头上青筋突起,身体不停地颤抖。

"你们遇见的,就是之前提到的'鬼火'吗?"周扬尽量让声音保持平和,不去刺激张翼脆弱的神经。

张翼的身体抖动得更加剧烈,冷汗将衣衫湿透。

显然,此时的张翼不能再受强烈刺激,刘安超与周扬两人只能暂且离开。等张翼情绪平复后,再继续事故调查。

这天夜里,张翼始终不敢闭眼,恐惧从骨髓里渗出,蔓延到身体的每一处。

恍惚中,他又坠入到了神仙洞,又回到了视频记录停止的那一刻……

一个闪光球迅速飞出,闪烁着诡异的蓝光,伴随着刺耳的嗞嗞声,将这幽暗狭长的通道照亮,犹如白昼。

就在一瞬间,光球如幽灵附体般从孙贵麒的口鼻钻入。

在众人惊恐的叫声中,一团蓝色的火焰从孙贵麒的体内钻出。他痛苦地跌入地下河,哀号挣扎。

在水中,那团蓝焰仍然放肆地燃烧着,在不到5秒的时间内,孙贵麒的躯体已经被灼烧成了灰烬,但他所穿的衣服却依然完好地漂浮在水面上。

恐怖的声音已经平息下来,水面上的波纹仍然有阵阵抖动,阴冷洞穴的空气中弥漫着刺鼻的气味。

就在众人惊魂未定的时候,苏教授突然跳入及腰深的水潭,他想将孙贵麒的衣物拉回来。

苏合清突如其来的举动吓坏了众人,几人跳入水中将他拽上岸来,又将孙贵麒遗留下的物品捞起后,慌忙收好。

"快走,快走!"杨帆催促着慌乱的众人赶快离开这个恐怖的地方。

苏合清嘴唇乌紫,冷汗已经将衣襟浸透,突然一下子瘫软摔倒,几个队员手忙脚乱地搀扶起苏合清,继续向洞外逃命。

在本能的应激反应的驱使下,为了求生,大家发疯一般向外逃命。

突然,从洞穴深处传来一声闷沉的响动。

在这声响动后，洞穴开始剧烈摇晃，钟乳、石幔纷纷坠落。幽深平静的水面翻腾喧嚣起来，仿佛夹带着来自地底的嘶吼。

轰鸣巨响从地底深处传来，在黑暗中惊慌失措的众人不辨方向，呼喊声被巨石碎裂的巨响淹没。

脚下的石台在一瞬间突然陷落，众人猝不及防跌入那片翻腾的暗河。

冰冷刺骨的河水一瞬间将张翼淹没，绝望也在此时将他吞噬，意识也随着翻腾的河水流走。

那一刻，仿佛感觉时间被无限拉长。麻木的身体在冰冷的暗河里不停下旋，坠入深渊。

……

这种感觉，就是死亡吗？

在黝黑深邃的空间里，一切似乎都是停滞的，只有意识漂浮在一片漆黑的空间内。

在黑暗中，传来异样的哭声——像人，又不像人……

14 向死而生

猛然间，像是从高空坠落。张翼的肢体强烈地收缩着，对外界的感知在这一瞬间回来了。

张翼躺在湿软的淤泥中，四周仍然是一片黑暗。他强忍着剧痛，支撑着重伤的身体艰难地坐起身。

"咳咳……啊！啊……"剧烈疼痛让张翼无法大声说话，他努力呼唤着其他人的名字，但并没有听到期待中的回应。

张翼的大脑里一片空白，短暂的意识障碍让他无法正常思考。他木然地坐在泥潭里，半睁着眼睛看着眼前漆黑的一片。他右手手指在身旁的淤泥中碰到了一个东西，触电一样让他浑身一颤。他猛地将那个物品从泥泞中拽出来，这是他原本戴在头上的记录仪。

虽然记录仪已经不能再录影摄像，但好在还能勉强照明。他抖动着已经不太灵活的手指打开了记录仪的照明装置，才勉强看清楚周围的环境。

这是一处被地下水流侵蚀而出的狭小洞穴，洞内堆积有大量淤泥。

看不见苏教授和其他几名队员的下落，只有张翼孤单一人坐在泥泞之中。

黑暗中，张翼在淤泥里摸到了一只背包的背带，几番努力才将背包从泥泞中拽出。

张翼并没有放弃最后的希望，他借助头顶记录仪的光亮四处搜寻线索。

随着时间流逝，张翼的体力也在慢慢耗尽。原本强烈的求生欲望也渐渐淡去，被黑暗和绝望吞噬殆尽。

张翼瘫倒在泥泞淤泥中，意识开始涣散。突然间，在无意中似乎触碰到了一只冰冷的手。

就在这时，张翼看见灯光投落的地方出现了一个熟悉的身影。

柳文星穿着一件白色T恤和牛仔裤，扎着高马尾，嘴角微微翘起，目光平静恬然。

张翼半张着嘴，不知所措。两个人在这黑暗幽深的洞穴里互相对视，却始终沉默不语。

又有几声诡异瘆人的哭声从远处传来，回荡在幽暗的洞穴内，若即若离。

"我好像听见哭声。"张翼终于打破了方才的沉默。

"是娃娃鱼的叫声。"柳文星笑容平静。

"娃娃鱼？"张翼循着那哭声传来的方向望去。

"出口就在那个方向。"柳文星微微扬起手，指着娃娃鱼哭声传来的方向，继续解释，"这一带的地下水系发达，溶洞支系也极多，出口和入口的落差也会很大。"

张翼努力扶着洞穴石壁站起身，将被泥水裹满的背包背在身上，又重新调整了头上照灯的位置。

在那盏照明灯的引领下，在没及膝盖的泥潭中，张翼扶着石壁走了十几米的路程。虽然距离很短，却也耗费了剩余不多的体力。

从泥坑中挣脱出来，终于踩到了坚硬的岩石。

张翼靠着岩壁喘息着，看着身旁依然笑容恬静的柳文星。

"会死在这里吗？"张翼的嘴唇微微抽动着，他也知道在这时候不该问出这样的问题。在这种情况下，相比恶劣的环境和沉重的伤势，消极的心理暗示更容易要了他的命。

"你觉得有遗憾吗？"柳文星被柔光笼罩，静静地等待张翼的回答。

"我都想不起来了。"张翼靠着湿冷的岩壁，声音虚弱无力。

"你现在想什么？"柳文星微笑着问。

"如果困在这里，我会留一句遗言。"张翼疲累且苦涩地笑了笑，带着自嘲和迷茫。

"什么遗言？"柳文星笑容恬静地望着张翼问道。

张翼敲了敲石壁，笑着说："我会在石壁上刻一句话，'我已经解开了黎曼猜想'。"

柳文星的目光始终温和平静，带着浅浅的笑意。

"我这么沽名钓誉、自欺欺人，老天肯定舍不得我就这么死了。"张翼苦涩地笑着，微微停顿片刻，"以前总觉得自己不会死，现在离死这么近，突然又觉得好像从来就没有活过。"说完这段话，他疲累的眼皮险些合上。但就在要睡着的那一瞬间，他又陡然惊醒，连忙瞪大眼睛，强迫自己做深呼吸，以此保持头脑的清醒。

柳文星微微侧了侧头，"死亡只是一种状态，人生的函数曲线注定会进入死亡的象限。这就是一个倒计时，从出生开始就决定了。"

这个时候，张翼的思绪中充满了各种零碎的片段。

张翼疲累地笑了笑，就这样靠在岩壁喘息着："我现在皈依还来得及吗？"

"不是临时抱佛脚？"柳文星目光恬淡平静，看不见半点波澜。

"啊……"张翼靠着湿冷的岩壁苦笑一声，费力地喘着气。

柳文星对着张翼微微眨了眨眼睛。

张翼点了点头，浅笑着回应。

柳文星平静地说："一部电影里，主角站在桥头看那群逆流而上的鱼，前路明明就是死，为什么还是那么奋不顾身？因为这都是生命的一部分。"

特殊的洞穴效应，让张翼对时间的感知都变得迟钝，就连身上的疼痛也渐渐不觉。

定位装置和电话依然无法使用，这个山体里富含金属，就是一个巨大的屏障，隔绝了人间与这里的一切联系。

那只记录仪最后一缕闪烁不定的灯光也熄灭了，一切又重新归于黑暗。被黑暗包围的张翼，这才如梦初醒般从梦魇中清醒过来。

从远处又传来娃娃鱼的哭声，这瘆人的哭声回荡在幽深黑暗的洞穴内。

张翼将电量耗尽的记录仪放入背包中，向着哭声传来的方向走去。

张翼的脑海里闪过很多零碎的片段，就犹如之前听说过的回光返照的描述一样。

疼痛超越极限，也就变得麻木了。

在求生本能的趋使下，张翼一步步迈着步子。

终于，隐隐微光从水面反射过来，刺痛了张翼的眼睛。

长期处于黑暗环境中的人，对光线的刺激格外敏感。

那一夜是农历的十六，清冷的月光从洞外的水面折射到了洞内，这点微弱的亮光却照亮了张翼生存的希望。

张翼用防水袋将背包中的电子设备层层裹紧，以防止泅渡过程中珍贵资料被损坏。他缓步走入平静的水潭中，咬牙拼尽身体内仅剩的力气，奋力向微光浮动处走去。

在水潭中不过30多米的距离，却比之前数小时的路程更加艰难。洞口处的岩壁不到1米宽，离水面最低的地方仅10厘米。

张翼小心翼翼地躲过头顶锋利的岩石，踩着水潭底部松软的淤泥，缓慢地向生存的希望走去。

通过狭窄的洞口，张翼瘫倒在石滩之上。

天空上悬挂着一轮清冷的白月，石滩上嶙峋怪异的巨石，在月夜下显得格外苍白。

张翼咬开定位设备上的防水袋，用颤抖的手指拨通了紧急电话。电话接通后，那头传来工作人员焦急的声音，但张翼已经无力回答，只能微微地喘着气，又再度陷入昏迷。

15 事故调查

8月26日。

张翼又见到了周扬与刘安超。

"在神仙洞里见到很多发光的石头，以方解石和斜长石为主。"张翼主动说起了那天的经历。

周扬稍稍皱了皱眉，"据搜救人员描述，是在一处天坑发现了你。那一处天坑，应当是受陨石撞击及流水侵蚀的双重作用而形成。在连山乡发现了陨石撞击点，也在另一个方面证实了那一带具备形成'石磷之玉'的条件。你背包内的样品已经送去做专业鉴定检测，我们也在等待进一步的检验结果。"

张翼的眉头微动，清癯的脸颊微微抽动着，刻意压制着痛苦。

周扬双眉紧锁，思考片刻后继续问："记录仪的最后影像是在下午的

16点23分,也就是在你们进入洞穴的第9个小时后遭遇到强烈的电磁干扰后失灵。从最后的影像来看,你们遇到了'鬼火'。"

听到这段话,张翼木然的脸突然扭曲起来。恐怖的回忆在一瞬间又涌入了他的脑海,窒息的感觉再次将他逼近死亡的边缘。

刘安超缓了语调,继续说:"之前公安部门也接到过另一起离奇的失踪案。起因是附近村子的5位村民听说连山乡发现了宝贝,所以就相约去神仙洞挖宝。后来这伙人仓皇地回到了村里,5个人一起去的,回来的只有4个,对于另外一人的去向,这4个人总是含糊其词、遮遮掩掩。失踪人员的家属报了案,怀疑是其他几个人害死了失踪者。警方跟这4个人分别谈话,经过审讯,他们这才说出了那个同伙失踪的原因。这4个人异口同声地说,那个失踪的同伴是在神仙洞里被鬼火烧成了灰。多数听闻这个故事的人,都不会相信这样的灵异现象。所以开始也推断这几个人是不是因为分赃不均而闹了人命,再用一个'鬼火'的谎言欺骗警方。"

张翼双眼紧闭两手团握,但那一幕幕诡异恐怖的场景仍然如电影放映一般呈现在他的眼前。

"那些人没撒谎,孙贵麒也是被鬼火吞没了。"张翼的声音断断续续,"就在视频中断的时候……"

刘安超迟疑几秒钟后,又说道:"老石也失踪了,他的家人认为老石跟你们一起进了洞。"

"考察队没有带老石进神仙洞,是他自己跟进来的。"张翼他用嘶哑微颤的声音断断续续地叙述着8月18日那天的经历,"我们在返回的路上见到了老石留下的衣物。老石人不见了,但衣物用品都堆放在原地……这个,你们在看记录仪资料的时候也看到了。"

刘安超和周扬两人神色严肃地听着讲述,虽然这样的经历太过惊世骇俗,但传闻和影像资料却进一步佐证了张翼的说法。

刘安超用笔记本和录音设备做着记录,思考着询问:"虽然传说中这种鬼火会吃人,但公安机关的记录里并没有任何鬼火伤人的记录。宋代的时候,连山乡一带就有了对鬼火的文字记录。明清时期的地方志和文人笔记,也都有过相关记载。根据历史上的目击记录,这种'鬼火'白天夜晚均有可能出现,而且都是在神仙洞附近出没。"

刘安超找出一段记录,指与张翼看,"'丙戌年,十月初三,丑时。火出连山,见如客星,色靛且白。忽见忽没,或行或止,不可推算。'这是明代地方志中对于连山乡神秘火光的记载。按照文中描述,相距数十里都能见到。"

说到这里刘安超又微微顿了顿，继续分析道："民警去走访调查过，当地村民对神仙洞以及其'鬼火'都十分敬畏，很少会贸然进入神仙洞。只是前段时间吴家得了'石磷之玉'，引来外面的人贸然进洞寻宝，进而出现了后续的神秘失踪事件。"

周扬继续问道："那位队员就是因为接触到了那个神秘光球而自燃，但衣服却完好无损？"

张翼清癯苍白的脸上挂满了汗珠，身上的衣襟早已被冷汗浸透，木然地点了点头，回答道："是的。"

周扬眉头微微一皱，又问道："即便是在水中也无法阻止身体的自燃？"

"是的。"张翼浑身颤抖双目紧闭，缓缓点头。

周扬陷入了沉思，对张翼的描述也表现出了极大的困惑。

刘安超眉头微微一动，似乎是联想到了什么。

张翼眼帘紧闭痛苦抽搐着，记忆里各种细碎的片段胡乱拼接，但构不成一幅完整的画面。

这时护士走进房间为张翼做一些常规的身体检查，对周扬和刘安超说道："病人还需要休息，今天的探访时间到了。"

周扬站起身，又交代道："我们也在等权威的鉴定结果，有新的消息也会及时通知你。这几天安心静养，我跟刘警官先离开。"

刘安超对张翼点点头，与周扬离开了病房。

刘安超问道："周教授，你说神仙洞里的那个光球会不会是'球形闪电'？"

周扬并没有肯定这个猜测，摇头说："目前我们对于球形闪电的成因和特性都了解得太少，也有疑似球形闪电导致人体自燃的事件发生，但跟神仙洞的情况不同。而且根据现在的线索，那个光球和神仙洞内的伽马射线暴有关，但现在并没有球形闪电会引发伽马射线暴的记录。"

刘安超继续问道："如果神仙洞里会发生伽马射线暴，为什么没有对洞外的生态环境造成影响？"

周扬稍稍愣了愣，他感觉这位不苟言笑的古板警官果然是不可貌相。在刚开始和刘安超合作调查这次事故的时候，他其实并不乐意，他总觉得这样的合作会有一种"秀才遇到兵"的尴尬。但这段时间合作下来，周扬彻底改变了对刘安超的看法。刘安超沉着稳重，而且在面对这些非常规以及超自然的现象时，拥有出人意料的冷静。

"蚩尤计划"出师未捷，对这项计划的打击可谓致命。这项由民间商业资本投资运作的地质考察项目很可能就此夭折，也不会再有企业和财团投资"蚩尤计划"。但从科考角度来说，这次事故的背后，似乎隐藏了更多有待发掘的秘密。

返回住所后，周扬拨通了电话，"我明天返回北京，这里的情况需要当面向您汇报。"

16 彩虹

北京，高能物理研究所。

周扬面色凝重，说道："神仙洞不是天然形成的山洞，山体内嵌有数层致密的金属防护层。"

常钧言目光深邃，"可以大胆猜测。"

周扬顿了顿，思索着说道："这是一个高能的反应装置，山体内部的致密金属层，是反应装置的屏蔽层。神仙洞的山体因为多年的地质演变，还有地下水流的腐蚀切削而遭到了破坏，造成了神秘火光偶尔外溢，但这层屏蔽层仍然阻挡了绝大部分的射线能量，所以目前没有影响到山洞外的生态环境。"

常钧言看着手中的资料，问道："这个'反应装置'建成，距今有多久了？"

"在'大理冰期'之前就存在了。"

"'蜻蜓'给我们留下了神仙洞的坐标，是暗示什么？"常钧言来回踱着步子，他也陷入了深深的困惑。

"常教授，'蜻蜓'有新的指示吗？"

"我们与'蜻蜓'失去了联系。"

……

9月1日，张翼的妈妈在叶小茵的陪同下，赶到了医院。张妈妈的眼睛还红肿着，笑容里饱含着苦涩和忧心。

张翼7岁的时候，父母就离了婚。他的父母原先在广州做服装生意，赚了些钱又在老家清远当地办了一家小工厂，也算是混得风生水起。于是，就出现了很多故事里都有的情节，他的父亲在发迹后就跟工厂里一个年轻女人有了婚外情。

在张翼儿时的记忆里,这个破坏他家庭的女人庸俗肤浅,但她唯一的,也是最有利的资本就是年轻。这个女人为了能尽快逼张翼的父母离婚,竟然闹到了家里。他亲眼看见妈妈被欺负,而他的爸爸就跟个窝囊废一样在一旁无动于衷。母亲是个很要强的女人,这件事情之后,她果断带着儿子离开了这个支离破碎的家庭。

张翼早些年寄居在舅舅家,后来因为舅妈的闲言碎语伤了妈妈的自尊,于是他妈妈又带着张翼回到了广州,开了一家小店谋生。好在张翼读书也算争气,考上了名校,博士毕业后也顺利进入了名企工作,他妈妈也算是熬到了出头的一日。

工作后,张翼想将母亲接到深圳一起生活,但他妈妈还是放不下自己在广州经营的店铺。妈妈觉得儿子工作早出晚归,母子俩就算住在一起也难得说上几句话,而且她也不习惯无所事事的生活。所以她跟张翼说,等张翼结婚有了孩子的时候,需要她过来帮忙带带孩子,她自然会过去的。要不然她一个人待在家里也没意思,还是回去经营小店铺过得充实点好。

张翼能理解这位辛劳了一辈子的坚强女性,妈妈不想成为孩子的负担,而且也想着为孩子多攒一些积蓄。

坎坷的成长经历让张翼比同龄人更加稳重,但内心的裂痕始终无法愈合。

可能是他父亲压根没把儿子放在心上,也可能是那个女人不允许他们父子相见。7岁之后,张翼就再也没见过自己的父亲,连照片都没有再见过。张翼也害怕再提及父亲会伤害母亲,所以他再也不去提及跟父亲有关的任何消息。

张翼不忍心见到母亲脆弱的模样,一把将这个瘦小的女士抱在怀里。

叶小茵在一旁抹着眼泪,欣慰地笑着,看着眼前的这一幕。

张翼的目光在叶小茵这里停留了片刻,迟疑了几秒钟后,认出了她。

张翼这段时间瘦了很多,精神也萎靡憔悴,和昔日意气风发、清澈阳光的青年截然不同。

张翼现在的情况也不适合回深圳上班,公司让他回广州休整一段时间。

张翼同妈妈一起坐上了返回广州的飞机,这是张妈妈第二次坐飞机。叶小茵目送着张翼乘坐的飞机起飞,又一次忍不住大哭了起来。

飞机从机场起飞后,很快爬升到了万米云海上。透过舷窗向外看去，飞机上空碧蓝澄清的天际和下方迷蒙苍茫的云海，给人了一种空间倒转的错觉。

张翼靠坐着，始终一言不发，望着舷窗外飘浮聚散无定无形的云气。飞在一万米的高空，他却处于人生最低谷的时刻。

机长通过广播告诉大家在飞行方向的右手边，有一个难得一见的奇景——圆形的彩虹（Halo）。这种圆形的彩虹就像一枚指环镶嵌在高耸的云峰之中，七彩斑斓，令人心醉。

周围的乘客欢呼雀跃，而张翼依然无动于衷。

张翼望着那一枚宛如指环的彩虹，又沉浸在回忆中，渐渐睡去……

梦中的柳文星，落在了彩虹的光影里。

柳文星冲他笑着，"彩虹的'虹'字为什么是'虫'字旁？"

张翼稍稍抬抬眉头，"和虫子有关吗？"

柳文星指着幽蓝天边的那道彩虹，说道："古人认为彩虹其实是一种叫作蝃蝀的虫子，一边是头一边是尾，诗经里也写过。"

"很有意思，古人想象力丰富。"张翼抬头看着头顶飘落的一片羽毛在空气中逐渐气化为五彩霞光。

柳文星得意地笑着说："完整的彩虹就是圆形的，不过通常情况下只能看到圆弧的一部分，另外一部分被隐藏了。"

"就像生与死……"张翼突然感叹道，"还有哪里能见到圆形的彩虹？"

柳文星抿嘴笑了笑，不过这笑容里略带遗憾，"在非洲南部维多利亚瀑布，有机会能看见圆形彩虹。"

"在瀑布那儿就能见到？"张翼对这个话题十分感兴趣。

柳文星摊摊手说："只有瀑布的容积和高度达到一定的时候，才有机会见到完整的彩虹。另外，从高空俯视彩虹也能看到一个完整的圆形，不过这得有极好的运气。如果你在坐飞机的时候遇见了，记得许愿。"

……

那些零散的记忆碎片，反复地被揉捻撕碎，又再次拼凑出支离破碎的现实。

张翼不止一次幻想过：乘坐热气球穿越东非大裂谷，再沿着非洲西海岸的沙漠寻找千岁兰的踪迹，欣赏广袤野性的稀树草原，再从好望角乘坐热气球飞越乞力马扎罗山。

之后，他的非洲之行的愿望清单上又多了一条新的愿望：去维多利亚瀑布，守候圆形彩虹的降临。

……

同样无心欣赏美景的，还有张翼的妈妈。看着儿子呆滞的面孔，她的内心也承受着痛苦的煎熬。

……

航班顺利降落在了广州白云机场。

回到熟悉的环境里，有利于灾变后的心理创伤的康复。

妈妈为了照顾儿子，暂时关掉了经营的店铺。她每天的日常就是陪着儿子到他曾经生活学习过的地方转转，也变着花样地为儿子煲各种各样的靓汤。

而张翼也努力让自己表现得正常一些，他明白自己颓废的样子只会成为妈妈的负担，而且一味地躲在这里逃避现实，始终解决不了内心的症结。

"瑶柱汤煨了一晚上，已经没有水味了。"张妈妈解开炖盅的盖子，叫唤张翼过来喝汤。

"好香。"张翼装作一副开心的模样。

张妈妈皱了皱眉，盛了一碗汤放在餐桌边，摇头说："你以前就爱喝，多喝点。"

"都说大难不死必有后福，我还等着享福。"张翼站在他妈妈身后，帮妈妈捏着肩膀。

张妈妈微笑着说："我以前说没水味了，你就要笑我。"

"以前不懂事。"说完这句话的时候，张翼微微顿了顿，悲痛的情绪又再次袭来。但他很快调整了情绪，没有让母亲发现异常。

这天晚饭时间，张翼对妈妈说出了想回深圳的想法。张妈妈沉默片刻后，没有说太多。她尊重儿子的选择，又多盛了一碗瑶柱汤，嘱咐他多喝一点。

张翼返回深圳的这天，总经理许家恺作为公司代表专程来广州迎接。

与妈妈拥抱道别后，张翼跟随许家恺上车返回深圳。

这段时间，许家恺因为奔波劳累显得疲累不堪，这次事故让投资方受创不轻，君耀股票暴跌，人心涣散。

张翼回到了深圳，但不用去上班。公司给张翼安排了带薪长假，也为了让他有一个宽松的环境休整疗养。

17 孤独

张翼回到位于深圳南山区的家门口,开门的时候,手都变得不利索。

刚刚关上房门,张翼隐忍许久的眼泪在这一刻奔涌而出,蜷缩在角落里失声痛哭。作为一个30岁的男人,这样绝望的痛哭在他记忆里从7岁之后就没再有过。

张翼被黑暗悲痛的情绪笼罩包裹着,尚未愈合的灵魂又被撕得粉碎。前些天装出的若无其事,在这时候已经土崩瓦解。

这样无休止的吞噬撕扯一直折磨着张翼,直到一连串急促的电话铃音将他从黑暗中拉出。

张翼的头昏沉疼痛,手脚都感觉麻木迟钝了不少,几经努力后才拨动了接听键。

妈妈打来的电话,询问张翼现在的情形,需不需要她过来照顾一段时间。

张翼立刻调整好自己的状态,"我现在挺好的!别担心了。"

"真的没事?"张妈妈又多问了一句。

"我都30岁了,你要是担心的话就来深圳,把那个店铺关了吧!经营起来也累,我的工资能养你的。"张翼的回答很直接干脆,也没有让他妈妈再起疑心。

"算啦算啦!这店铺开了20多年,跟我的孩子一样,怎么能说不要就不要啊?你没事就好,记得给我打电话。"张妈妈听到张翼的答复也稍稍宽慰了些,又说,"趁我还能赚点钱,先帮你攒点吧。你现在供着房贷,以后还要娶媳妇。等你有了孩子的时候,我再过来吧!请外面的人靠不住,工资他们要得也高。哎,不是又听说哪家的保姆虐待婴儿了吗?防不胜防啊!只有自己的妈妈靠得住,对吧?"张妈妈是一个很爱操心的人,在电话里不停地碎碎念,又开始念叨着要张翼娶媳妇,她要抱孙子的事情。

在先前的时候,这些话让张翼的耳朵都听得起了茧子,但现在听妈妈这么念叨,反倒让他宽慰了不少,至少他能感觉到妈妈又恢复了以前的状态。

通话结束后,张翼将电话放到一边,刚才的坚强此时荡然无存。他目光呆滞地看着天花板,脑袋里思绪翻飞,耳朵里充斥着嗡嗡的响声。

突然,又是一阵手机铃声响起。张翼恍惚中接起电话,是叶小茵,她想邀请他去看电影。

张翼委婉地拒绝了叶小茵的好意，挂断电话后，他又坐在沙发上对着昏暗的房间发呆。房间里并没有开灯，路灯橙黄色的光从窗户外落进屋内。屋子里，如死般寂静。

深圳这个城市有着喧闹和静谧两面，但此时不论是哪一面都与现在的张翼没有任何关系。

张翼感觉现在的自己相当混乱，混乱到他都不知道自己到底在想些什么……

张翼穿戴上游戏装备，进入到《伊甸园》的游戏中。他想要催眠自己，忘掉暂时的痛苦——然而，一切都只是徒劳。

失落的张翼绝望地退出了游戏，将游戏头盔随手扔在沙发一旁。他一头栽倒在沙发上，昏昏沉沉地睡去。

这一睡就是十几个小时，再次醒来已经是第二天的下午1点。

张翼专注地盯着墙上时钟走动的秒针，但他的思维仍然是停滞的。手机的低电提示灯不停闪烁，他才发现竟然有十多个未接来电。

张翼给总经理许家恺回了电话，原来公司担心他的精神和身体恢复情况，所以为他安排了定期的心理辅导和体检。道谢后，张翼也婉拒了公司的好意。

张翼挂断电话，手机因为电量耗尽而自动关机。他也懒得充电，索性将手机扔在一旁，仰面靠在沙发上，呆呆地看着雪白的天花板，眼睛一动不动。

这种游离的状态又持续了几个小时，张翼才缓缓地站起身，翻箱倒柜搜索着食物。还好，他翻出了一小箱子饼干，能够应付一段时间。

在接下来的几天里，张翼就如同机械一样单调地运转着，他都不知道自己这样的状态算不算"活着"。除了在偶尔接到妈妈的电话时，他能稍微表现得正常一点，其余时候跟行尸走肉没有太多区别。饿了就吃点饼干，渴了就喝点水，困了就随意倒在沙发上睡一觉……醒过来的时候除了发呆，也会偶尔想起《伊甸园》。

在现实世界中，张翼感觉不到自己是活着的，仿佛已经没有了思想、没有了灵魂。在进入《伊甸园》游戏后，在游戏里扮演一个虚拟角色，他才能重新感受到活着的感觉。

再度从虚拟的游戏里醒来，张翼机械地吃掉一包饼干，又坐在沙发上发呆。

18 维多利亚瀑布

残破的碎片不断地涌现,张翼的眼神被复杂的情绪填满。

这样的状态持续了大约几分钟,随后张翼又迫不及待地进入到《伊甸园》的世界里。

他这次选择了上帝视角的意识感知模式,而地点坐标则选定在赞比西河中游的维多利亚瀑布。

《伊甸园》通过感应头盔的微电流刺激大脑放电,大脑的前脑岛被激活,这种奇特的感觉在持续不到一秒之后,那股微电流迅速放大,犹如风暴一般席卷整个大脑,他的意识随着这股强大的风暴被迅速抽走。

恢复意识感知的时候,张翼已经如云雾一样飘浮在维多利亚瀑布氤氲的水汽之间。

在这种独特的视角体验下,张翼感觉不到身体四肢的存在。视觉、听觉、触觉等都被连成了一体,成为唯一的"通感"。

张翼与那枚指环般的彩虹一同浸润在这片氤氲蒸腾的水汽中。他的意识穿越那片白雾,来至维多利亚瀑布的魔鬼池,继而潜入水中,又随着倾泻而下的水流飞越而下,再化作水汽蒸腾上升,直至云端。盘旋在这片辽阔的空间中,追逐着云气,又向着稀树草原飞去。

墨色的雷暴云峰高达数千米,宛如黑色巨岛飘浮在稀树草原的上空。云峰之中雷电交织,犹如世人想象中的炼狱场景。

飘浮的意识在交织的雷电密网中快速穿行飞移,穿过雷电与雪雹后,随之来到了这座雷云孤岛的顶端,感受着前所未有的壮阔激荡。

这时,云层顶端突然亮起了红色光晕,这种光晕持续时间不到0.01秒,但仍被敏锐的意识捕捉到。此时的张翼能觉察到细微的变化,时间仿佛已经放缓。

红色的光晕消失之后,在雷雨云的顶部又迅速飘过一片蓝色的闪电,犹如激流涤荡。

飘忽的意识从云顶坠落,又滑入了一片漆黑的空间。

从《伊甸园》的游戏退出后,张翼缓缓睁开眼睛,面对着依然漆黑空荡的房间木然发呆。

这种飘忽迷离的状态大约持续了几个小时,随后张翼才缓缓地将脑电感应的头盔和生物感应装备取下。

张翼通过查询刚才的游戏记录，得知在雷雨云上所见到的是"红色闪灵"和"蓝色激流"。这种雷电现象，通常见于雷雨云的顶端，虽然和见到的幽灵鬼火有些相似，但本质却截然不同。

张翼用大拇指按压着太阳穴，两肘支撑在桌面上闭目苦思，他想不到闪电与神仙洞鬼火之间有何联系……

《伊甸园》虽然能在很大程度上"真实"地模拟自然界中的环境，但毕竟它不是真正的大自然。《伊甸园》只能作为一个辅助参考，还不足以解开张翼心中的疑惑。

张翼在网络上用搜索引擎尝试着各种不同的关键词，搜索着与"鬼火"、"自燃"、"球形闪电"等的相关信息。漫无目的地搜索得到的结果，以虚构编造的故事居多。即便有些真实的成分，也是夸大其词、故弄玄虚。

就在张翼准备放弃这种低效率的搜索方法时，不经意间瞥过的一行搜索结果，引起了他的注意。点开链接，原来是一则在鬼话论坛里连载的灵异故事。大多数的读者就是抱着猎奇的态度来看看，很少有人会去考虑这帖子里描写的那些惊奇诡谲的故事，是不是真实发生过。

在这篇名为《撒哈拉之眼》的故事里，开篇就描述了撒哈拉沙漠中有一处名为"魔鬼之眼"的禁区。这片神秘的禁区严禁任何个人和机构闯入，就连航空公司航班的飞行路线都会刻意绕开那片区域的上空。

张翼是通过"球形闪电"、"人体自燃"这几个关键词搜索到了这篇小说，但作者在故事里也说明，这种火光其实并不是球形闪电，而是一种真空能的聚集效应。而最让张翼觉得不可思议的，是文中对沙漠"魔鬼眼"的描述与他所见的神仙洞"鬼火"极其相似。

《撒哈拉之眼》里写道：居住在撒哈拉一带的图阿雷格部族将这种神秘的火光称为"魔鬼眼"。他们认为那些"自燃"的人坠入"魔鬼眼"后，从而堕落到了魔鬼的世界。

不过，与连山乡的"鬼火"不同，这个"撒哈拉魔鬼眼"的出现是近些年的事情。故事中说，"魔鬼眼"与欧洲核子能机构9年前在撒哈拉沙漠腹地进行的一次秘密空间实验有关。

作者在故事中这么描述这种神秘能量：真空中会随机产生一正一反两个粒子，它们成对出现，但在相遇后又湮灭无存。但有的时候，也会出现例外。比如，高维空间罅隙会产生一种类似于"黑洞"的效应，如果"粒子对"中的一个粒子陷入了高维的空间黑洞，便会打破之前的动态平衡。虽然这样的概率不大，但真空中粒子的诞生、湮灭无时无刻不在发生，如果有一个相对稳定的高维空间"黑洞"存在，就会出现显著的累积效应。根据文章中提供的理论显示，五维以上空间"黑洞"对粒子的吸收具有选择性。而撒哈拉沙漠中心的高维空间，正是一个五维的克莱因瓶结构。而撒哈拉沙漠中行如鬼魅能吞噬生物的"魔鬼眼"，就是这种真空能的聚集。

张翼的手指也在不停发抖，恐怖从骨髓里渗透出来。他现在没有条件到撒哈拉沙漠确认有没有这样一块区域的存在，只能通过别的途径去验证真假。

张翼几经周折，才从一位在航空公司工作的朋友那里获得了一份相对全面的全球航线图。果然如文章的描述一样，穿越非洲大陆的航线都是绕开了撒哈拉沙漠中心腹地那片可疑区域的——这仅仅只是巧合吗？

张翼随后咨询了那位在航空公司工作的朋友，得到的答复是，"那片区域容易发生'晴空湍流'，为了航班安全所以特意绕开"。

这个答案如果成立，那么那篇故事里所说的理由就不成立了。

张翼详细查阅资料，得知"晴空湍流"出现的概率很低，而且极难预测。就算被传得神乎其神的"百慕大魔鬼三角"也没有明令禁止航班和船只穿越，反而是航运十分繁忙的区域。

9年前，撒哈拉沙漠上空，在同一天内发生了4起航班失踪事故，震惊世界。其中一架飞机的残骸出现在了南极海域，飞机的机身嵌入冰层、严重扭曲，但没有找到乘客的遗骸，而其余3架飞机至今下落不明——之后，这片区域成为了"禁区"。

19 嗜睡症

昏睡中的张翼隐隐约约听见门铃的声音，打开房门，却意外地见到了尉林。

尉林温和地笑着问道："我方不方便进去？"

"可以。"张翼神色冷漠，侧过身请尉林进屋。

尉林侧过头就看见了沙发上散乱摆放的《伊甸园》装备。

"感觉怎样？"

"嗯？"

"《伊甸园》，这款游戏怎样？"

"你也玩？"

"当然。"尉林浅笑着。

"尉先生今天有事吗？"张翼的目光涣散。

"有，关于吴小龙和'石磷之玉'。"尉林没有拐弯抹角，"你们公司将吴小龙接了过来，安顿在医院里接受专业治疗。"

张翼恍了恍神，才回想起吴小龙便是那个发现"石磷之玉"后昏睡不醒的人。

张翼转过头看着尉林，又问道："还有呢？"

"你们公司将要组织一场'石磷之玉'的拍卖，给吴小龙筹钱治病。"

"恐怕是为了再度引发舆论关注吧！"张翼的嘴角微微牵动，他了解商业帝国的运转原则。

"可以这么说。"尉林点头同意张翼的推断，"吴小龙这几天有苏醒的迹象。"

嗜睡症的成因很复杂，心理因素的作用比较大，在治疗上也相对困难。据吴小龙的父亲吴德勇描述，吴小龙发病初期也只是睡个两三天，清醒过来的时候虽然不说话总是发呆，但也知道吃点东西。但到了后期吴小龙的病情加重，沉睡的时间越来越长，身体也越来越虚弱，只能靠针剂维持着生命。从入院到现在他已经睡了9天，专家在经过会诊后，制定了治疗方案。吴小龙除了心理暗示和药物治疗外，还接受了电极刺激大脑和虚拟现实治疗。

吴德勇和妻子这些时日也住在医院陪护，医院里设施齐全、环境一流，珠宝公司负责吴家人在这里的一切开销。此时的吴小龙依然躺在病床上睡着，头发已经剃光，头皮上被连接了许多电极，用于监控睡眠时大脑神经元的放电情况。

而这时，监控显示吴小龙控制思维的大脑区域有了明显的放电反应，出现了苏醒的迹象。医护人员播放一段带有明显节奏鼓点的乐曲，随着鼓点声有规律地出现，吴小龙的脑电波也出现相应峰值。即便中断了鼓点声，脑电波图形仍然出现了明显的波峰，这说明他在听这段音乐的时候也在随着音乐声思考，而不是机械的条件反射。而在前段时间，他一直没能通过这项测试。

又过了十多分钟，在众人期盼的目光中吴小龙费力地睁开了眼睛。他在恍惚一阵子后，用虚弱的声音喊肚子饿。

在一旁守着的吴德勇夫妇喜极而泣，开心得手足无措，连眼泪都顾不上擦，连忙去找吃的。不过医生制止了他们，因为吴小龙很长时间没有正常进食，暂时不能吃平常的食物。

"否极泰来了吗？"张翼不免对刚刚发生的那一幕心生感慨。

尉林神色从容平静，"听说吴小龙在家里的时候，他家人用巫医方子为他治疗，醒过来的次数会多一些。进入正规医院治疗后，反而昏睡的时间更长。"

"他这种情况，以前的说法就是丢了魂魄吧？"张翼有些出神。

尉林稍稍点头浅笑着说："现代医学对嗜睡症的成因也不是很了解，不过很大一部分和心理原因有关。有句老话，心病还须心药医。当地的一些土办法不见得就没有效果。"尉林的语调平缓随和，从容不迫中透着文雅。不像那些刻意附庸风雅的俗人，他的那种文雅气度像是从骨子里透出来的一样，绝对不是装腔作势。

"看来尉先生对这些也有研究。"张翼稍稍一停顿。

尉林目光温和沉稳，继续说着："古代湘西一带的祝由术不用药石针砭也能治病，不过很容易和愚昧迷信混为一谈。其实用现代心理学的眼光来看，这是一种类似心理疗法的治疗方式。也许在吴小龙的潜意识里，也认为自己是因为误闯了山洞才丢了魂。当地的巫医更加了解吴小龙他所生活的环境，也取得了些许成效。吴小龙被送到这所医院后，医生也采取了类似的疗法，通过观察他大脑的放电反应检测治疗效果。"

"吴小龙的昏迷，和神仙洞里的秘密有关吗？"张翼忧心忡忡，"他进入山洞发现了'石磷之玉'，随后就陷入了长期的昏睡。"

"你当初为什么会买下'石磷之玉'？"尉林突然抛出了这个问题。

张翼停下脚步，回想着当初的细节。

尉林问道："是巧合吗？"

"不是。"张翼注视着尉林平静深邃的眼睛，摇头否定了"巧合"的认定。

"如果不是巧合，那你就是有目的地找到了'石磷之玉'？"

"是'石磷之玉'找到了我。"张翼说完这句话，目光也变得迷茫，"你相信吗？"

尉林并没有露出半分诧异，目光依然平静，"古人常说'天意'，也许冥冥中自有安排呢？"

"是吧。"张翼的思维仍然有些游离，眼前的这位尉林也是一位让人捉摸不透的角色。

当初张翼在总经理许家恺的安排下接触尉林，希望能找准机会问出海月云山琴的具体价位。陈寰宇为了得到这张海月云山琴，可谓无所不用其极，就连他最珍爱的一套明朝的完整永子都拿出来相赠。这样的举动，就连见惯了风浪的许家恺都大呼不得了。只可惜这套价值连城的永子没能打动尉林，但偏执的陈寰宇并不会就此放弃。

这次在与尉林聊天的过程中，张翼感觉到这位尉林沉郁、文雅、随和，优秀到让人难以置信。

张翼思考着民间所说的"丢魂"，可以通俗地理解为意识的丧失，而这个找回意识的过程就是招魂的过程。就连他从游戏中退出，转换身份的时候，在那么一瞬间也会有这样的感觉。

尉林目光沉郁，略略笑着说："'石磷之玉'的保守估价已经到了5000万，很难想象你当时是如何决定将这石头物归原主的。"

"如果重新选一次，或许会有另一种可能性，就当我是沽名钓誉吧。"张翼自嘲地苦笑了几声。

"也不能这么说，可以理解为你追求的层次境界不一样。"尉林微笑着更正了张翼的说法。

"尉先生这次留在这里也是因为'石磷之玉'的拍卖？"

"不，我在等待'蛍尤计划'重新启动。"

20 进化陷阱

这场备受瞩目的拍卖会吸引了众多收藏界的名流富豪，来自世界各地的媒体也都蜂拥而至。就连刚刚醒过来的吴小龙都叫嚷着要来看拍卖会，他虽然因为长期昏睡而导致浑身无力，但他脑袋一点都没睡坏，听到"钱"字的时候两只小眼睛就闪着贼兮兮的光芒。

"石磷之玉"在众人的预期中拍卖出了6630万人民币的天价，成交的锤声一响，在场的众人无不感叹。

拍卖会后，众人在高档酒店的豪华厅开香槟庆祝这次拍卖的成功。吴家的人作为这场庆功宴的主宾,接受大家的敬酒祝贺。吴德勇夫妇显得很拘谨,这一对老夫妻在这突然的狂欢中不知所措。别说6000多万,吴德勇连6000块都很少见过。这个概念已经让他们无法理解,成了一个很模糊的数字。

吴小龙在醒过来后的这些天也相对正常,没有出现昏睡不醒的症状。但因为他是刚刚苏醒,各项身体机能还未完全恢复,所以他想要喝酒的时候,立刻就被随行的医护人员毫不留情地制止了。

吴小龙虽然才二十出头,但浑身沾染了一股地痞流氓的习气,加上"石磷之玉"又拍出了天价,他就更加有恃无恐。虽然那笔巨款还未正式到账,但他俨然一副颐指气使的土豪派头。不过医护人员的态度也十分强硬,吴小龙没辙,只好骂骂咧咧地坐在一旁的沙发上生着闷气。

因为不适应这场晚宴的氛围,张翼独自一人离开了这间豪华宴会厅,沿着酒店的林间小道散步。在夜色树林的包裹下,他感觉到一种久违的轻松。

张翼步行至花园内的山顶上,在这里能眺望山林外的海湾,感受到繁华都市温柔细腻的一面。

张翼微眯着眼看向远方,一道熟悉的身影又出现在张翼的身旁。

夜间的凉风吹过,张翼仰面看了看天空,只能看到零星的几颗星星,"曾经有机会在农村看到清澈的银河,在繁华的都市多看几颗星星都是奢望。"

柳文星看着远处水面上捕鱿船发出的光亮,小声说:"人们利用鱿鱼的趋光性捕捉它们,这么想想觉得鱿鱼挺可怜的。"

"我吃它们的时候,可一点没心软。可怜归可怜,美味不能辜负。所以说,君子远庖厨。"张翼顺着柳文星的目光望去,注视着夜色海面上捕鱿船明亮的灯光,"鱿鱼追逐着光亮,却落入了人类设置的圈套,有点像'飞蛾扑火'。"

柳文星耸耸肩膀,"你有没有留意过飞蛾趋光飞行的路线?它们并不是直接飞向灯光,而是螺旋状趋近光源的。"

张翼眉头微皱,沉思片刻后恍然大悟,"这么说,我好像记起来一些。那些飞蛾不是直接飞向灯光,总围着灯光转圈。"

柳文星有意考考张翼,继续问:"那大数学家有什么发现呢?"

张翼恍然大悟地释然笑着,点头说:"小学教材里就写了'两点之间直线最短',而那些飞蛾的飞行路线是曲线。如果真的是趋光性使然,没道理不按直线飞行,自然界的法则向来都是简单、直接、高效。"

柳文星点点头表示赞同："对的，大名鼎鼎的'奥卡姆剃刀原理'不就是这个吗？如果目标很明确，也犯不着这么迂回。"

张翼仍然疑惑，"飞蛾为什么要用如此复杂且不可理喻的方式'扑火'？"

柳文星指着天空上隐约可见的几点星光说："其实它们不是要扑火，它们的行为就像古人利用日月星辰等自然光源确定方位一样。"

张翼顺着柳文星手指所指方向看去，有些不解地问："那些飞蛾围着灯光转圈，实际上是为了辨别方位？"

柳文星点点头继续解释说："太阳月亮发出的光线虽然不是平行光，但因为它们与地球的距离太远，所以这些光线在到达地球后是可以当作平行光对待的。昆虫辨别方向的一个办法，就是利用这些平行光线进行定位。你们数学家很容易理解这个概念，即与平行光保持固定夹角飞行。不过现代文明的点光源干扰了飞蛾的这种判断，它们的定位系统被点光源发出的光线干扰，就出现这样的错误了。"

张翼恍然大悟地笑了笑，点头说："所以就造成了它们沿着螺旋路线飞向了光源。"

"对啊！其实'飞蛾扑火'讲的是路痴迷路的故事。"柳文星双手交叉握着。

张翼若有所思地皱皱眉头说："又是生存博弈中的一个进化陷阱。"

"好专业的词。"柳文星冲张翼眨了眨眼，继续问，"什么是进化陷阱？"

"因为在长期进化过程中形成的生存习惯，导致生物在环境发生变化时，往往做不出最好的抉择，甚至可能做最糟的抉择。比如昆虫根据光线定位，原本是进化过程中的一项生存技能，现代文明的光污染充斥了城市夜晚，让它们成了迷路的可怜虫。"张翼略有些怅然地耸耸肩，小声感叹了下。

张翼皱了皱眉，与柳文星对视着，问道："我突然想起了一个笑话，想不想听？"

柳文星很配合地笑着说："听啊，你说吧。"

张翼微笑着点头说道："有一天，张三和李四乘坐热气球旅行的时候迷了路，定位的仪表也失灵了。于是张三就对着地面大喊：'喂，我们在哪里啊？！'

"过了很久很久，他们听见下方的地面上传来一个声音，'哎，你们

是在热气球里啊!'

"于是张三很严肃地对李四说:'地面上的那个家伙一定是个学数学的。'

"李四疑惑地问:'为什么?'

"张三回答:'因为这个家伙花了很长时间得出一个完全正确的答案,但是这个答案一点用都没有!'"

柳文星笑了起来,不停摇头说:"你作为数学专业的高才生,这么调侃自己合适吗?"

张翼长叹一口气,摇头说:"为了证明一些数学猜想,而穷尽数代人的心血。有些猜想得到了证明,但仍然有不少还困惑着数学家们。也会有不少人问,就算证明了这些晦涩的猜想,又有什么用呢?"

"实用主义者的悲哀,很多自诩为'实用主义者'的人,其实缺乏全局远见,他们只考虑当下能获得的利益。"柳文星温柔地看着张翼,"而拥有大局观的人,他们更想探究世界的本质,而不是局限于眼前。"

"听尉林说起,'蚩尤计划'可能要重启了。"张翼轻轻闭上眼睛。

"如果'蚩尤计划'重启,你还会参加吗?"

"不知道。"张翼睁开眼,侧过脸看着柳文星,"我怕又迷路了。"当日的恐怖回忆又一次涌上他的心头。

"你害怕迷路吗?"

张翼神色惆怅,点头说:"是啊,我怕自己跟那群可怜的飞蛾一样。"

"可以借助多种导航手段啊。"

"有什么好办法?"张翼温柔地看着柳文星。

柳文星浅笑着,露出尖尖的小虎牙,"高科技的办法不少,土办法也一堆。常用的除了GPS和北斗定位系统外,野外考察也会带上最常见的指南针,高科技和土办法双重保险。"

"指南针也会失灵吧?"张翼声音低沉。

"指南针的确有可能失灵,比如附近有磁铁矿的时候。所以还得有别的办法,比如通过太阳的位置来辨别方位。"

张翼一边听着柳文星讲述,一边思索着说:"以前好像听说过手表定位法,在野外通过太阳的位置辨别方向。"

柳文星听罢,没忍住笑,摇头说:"肯定是在那种假装资深驴友的帖子里看来的吧?其实所谓的手表定位法,只能在方向上判断个大概。而且这种方法也就在城市里适用，因为城市的道路大多比较平直，判断了大概方向就八九不离十了。但到了野外，遇到复杂地形和崎岖山路，这种方法的实用性真的要大打折扣。"

张翼似有所悟地抬了抬眉头，一边点头一边附和着："果然是专业的，我这外行在你面前一下就暴露了，成了班门弄斧。"

柳文星又侧过头看着张翼，小声说："而且，如果那天是阴雨天，看不到太阳的具体位置，这种手表定位法找不到参照物，也就彻底失灵了。"

张翼点头浅笑着，思考着说："听说还有根据树木枝叶以及年轮的形态分辨方向的，哈哈，不过这种也只是能大概判断方位，适用范围也有限吧！"

柳文星笑容恬静地望着山脚下城市的五彩霓虹，说道："古维京人是航海专家，在看不见太阳方位的阴雨天，他们使用方解石得到太阳光中的偏振光来辨别太阳的正确位置，这个方法和很多昆虫辨别方位的方法类似，不同的是昆虫眼睛里的晶体就能得到偏振光，但人类得借助工具过滤自然光得到偏振光。高中物理学过的，你还记得不？"

张翼皱着眉，面露为难的神色，摇头说："都还给我的老师了。"

柳文星的笑容恬然，"以前想过，如果人的眼睛能看到更丰富的光线，那么这个世界会是什么样子？所以我在体验《伊甸园》游戏的时候，很喜欢选择昆虫的视角，从它们的角度重新感受这个世界。"

"你一般选择扮演什么昆虫？"

"蜻蜓。"柳文星微眯着眼睛。

张翼也面露向往的神情，微微点头笑着说道："印象派大师莫奈在晚年做过白内障手术，据说手术之后，他获得了一种全新的视觉体验，所以在他晚年的画作中呈现出了一种似真似幻的意境。有人猜测，晚年的莫奈可能看见了紫外线。"

柳文星微微点头，说道："有人说莫奈的《睡莲》就像仙境，照见了世界上一切可能有的色彩。但我们缺乏看见紫外线的能力，所以我们所见到的和大师所见到的，仍然有差距……至于这个差距有多大，就无从证明了。"

张翼会意一笑，点头说："子非鱼，安知鱼之乐——说的也是这个意思吧。我也想过，假设有个人看到的红绿两色是颠倒的，那他又如何得知自己的问题所在呢？主观上的感知，不论通过什么手段表达出来，都只是片面的表述，而不是主观感知的全部。"

"如果你要给一个没有吃过苹果的人描述苹果的味道，应该如何描述？"柳文星的笑容恬静。

"这？"张翼疑惑地笑着，摇头说，"太难了。"

"不难为你了，呵呵，我们还是聊《伊甸园》吧！"柳文星注视着张翼，"有没有在游戏里体验一下'莫奈的花园'？"

"我还是喜欢什川梨园里的素白花海，颜色纯净到一定程度，反而更加具有迷幻效果。"张翼的目光悠远沉静。

"你玩了这么久，去过的地方也不多嘛。"柳文星有意调侃。

"在那个游戏里很容易迷路的，我不敢乱跑。"张翼自嘲般笑着。

"哈哈哈哈。"柳文星笑得前仰后合。

张翼难免感叹下，抬着眉毛显得有些无可奈何："平面迷宫可以用左手法则破解，但立体迷宫就没办法了！尤其是许多副本的迷宫里，有很多扭曲的空间结构。"

"那些水平一般的玩家都能走出来，更何况你这种思维缜密、头脑清晰的人呢？你为'蚩尤计划'做过溶洞地下水系的数学模型，可以看出你的空间感绝对在很多人之上。"

"看来我还没有认清自己。"张翼自嘲地笑着。

迎着夜风，柳文星微微张开双臂，"地球上有很多人迹罕至的地方，那里的景色比想象中的更震撼、更壮美！"

"我确实是个'路痴'，陷入到诡异的片段里，就不记得来时的路了。"张翼说完，感觉到背脊隐隐发凉。

"路痴的专业解释是'地形定向障碍症'。大脑里有两个区域与认路有关，分别是半脑海马体和前额皮质。两个脑区的交流受损，是导致'地形定向障碍'的主要原因。真正的'路痴'很少见的，多数人都是懒得记路以此为借口。"

"也许我是在找借口。"张翼摇了摇头，又说道，"我害怕迷宫，害怕找不到方位……"

"你怎么了？"柳文星的目光里带着关切。

"我在看一本小说，《撒哈拉之眼》。"张翼眯着眼看向远方，似乎在自言自语，"我相信，文章里描述的魔鬼眼与我在神仙洞里见到的蓝光，是一样的。"

整整一夜，张翼都沉浸在诡异的思绪中，直到天空破晓、晨光熹微。

21 撒哈拉

回到家中,张翼又进入了《伊甸园》的游戏世界。

这一次,张翼将游戏的地点选在了撒哈拉沙漠腹地的一处绿洲,这也是游戏中距离禁区边界最近的坐标。

其实,这一点很奇怪。

按道理,《伊甸园》号称无缝拼接的强大地图系统,怎么还会有这么大一片的不可选择区域?这种情况,加深了张翼的怀疑。

这次,张翼扮演了生活在撒哈拉沙漠的图阿雷格人。他还是没有勇气在游戏中扮演动物,因为他害怕成为动物后,会丧失"人"的思维。

站在绿洲的泉水边,张翼茫然地眺望着西北方浩瀚无际的沙海。

这次扮演的图阿雷格人,是生活在撒哈拉沙漠一带的游牧民族。张翼在游戏中扮演了一名图阿雷格族的成年男性,严实的面纱从上到下捂得严严实实,只露出一双眼睛。

今天,他的任务是在绿洲中放牧骆驼,这6头骆驼是他游戏设定中的全部家当。

在烈日的炙烤下,张翼透过面纱的缝隙环顾四周环境。沙漠灼热空气蒸腾跳跃不定,金色沙丘闪烁着灼目的光芒,刺痛了他的双眼。

绿洲中,还有另外两名图阿雷格族的男性同伴。脑电感应装置配备翻译系统,让张翼可以毫无障碍地以图阿雷格语跟同伴进行交流。

这片绿洲距离神秘禁区的边界约有50千米,张翼通过太阳的位置判断了大致方位,往西边走应该就能到达传说中的禁区边界。

沙漠里的气温高达50℃,张翼感觉到昏热难耐。

这片绿洲的水源是附近的部族和动物赖以生存的源泉,但这潭泥水混杂了动物粪便和泥沙残渣。即便是在游戏当中,张翼也无法做到与骆驼共饮一潭浑水。但他必须尽快补充水分,否则这个游戏也无法进行下去。这时,他看见了水潭边生长的一种野生西瓜。

"同伴"告诉张翼,这种名为"哈加"的西瓜连骆驼都不屑于吃。不过张翼不顾劝告,尝试着咬了一口"哈加"的瓜肉。在那一瞬间,极其苦涩的怪味在他的味蕾间弥漫开来。虽然这是在游戏里,但真实的味蕾刺激仍然让他感觉到十分不适。他将口中酸涩奇苦的果肉吐掉,又将手中的野西瓜"哈加"扔在泉水边。

"你们知不知道魔鬼眼?"张翼试图从游戏同伴的口中得知一些关于"魔鬼眼"的信息。

不过让张翼失望了,两位同伴并不明白张翼所指的"魔鬼眼"到底是什么。

从同伴这里一无所获,精神焦躁的张翼头也不回地向禁区的方位跑去,全然不顾身后同伴的呼唤。

在极其酷热的沙漠中,用这种奔跑方式等同于"不要命"。

张翼不停地告诉自己这仅仅是一场游戏,他想在游戏中接近那片神秘区域。不过这样的心理暗示也有耗尽的时候,当生理指标到达脱水的极限,游戏中的虚拟角色也就理所当然地"死"在了沙漠中。

退出《伊甸园》,张翼还沉浸在刚才的死亡体验中,久久不能清醒。这是他第二次面对死亡,虽然这只是一场游戏……但现在的他真的已经从游戏中醒过来了吗?这个念头快速地从混乱的脑海中飘过。

此刻,张翼的手无意中触碰到那枚水晶坠子,坠子在这幽暗的房间里散发着幽幽荧光。

随之席卷而来的痛苦回忆折磨得张翼快要窒息,在角落里蜷缩了许久后,他迈着沉重的步子踱进浴室,希望冷水浴能让他恢复冷静。

从浴室走出来,张翼仍然感觉到胸闷压抑,颓废地靠坐在沙发上。

"在想什么?"是柳文星的声音。

张翼循声看去,有气无力地说道:"刚刚在游戏里死了,我不确定自己现在是不是还活着——这种感觉很可怕。"

柳文星温柔地笑着,清澈的目光平静地注视着张翼,稍稍歪了歪头,问道:"撒哈拉沙漠里的高维空间罅隙造就了'魔鬼眼',神仙洞里是否也存在一个类似的结构?"

"高维空间罅隙……"张翼声音很虚弱,似乎是在说给自己听。

"高维空间是加入了第四维的时间吗?"柳文星笑容恬淡。

"不完全正确,目前理论上计算出了十一维空间存在的可能性,我们这个世界中有3个维度释放了出来,还有一个单向流动的时间轴,但第四维度可以是其余7个蜷缩在普朗克尺度中的维度的任何一个,不过现实世界里的第四维度是以时间的形式体现出来的。"

柳文星似乎在思考,片刻后她又问:"你觉得那篇小说里的理论解释能说得通吗?"

"似乎能说得通。"张翼捏了捏睛明穴，又陷入了痛苦的回忆。

柳文星微微侧头抿嘴微笑着，目光温柔。

张翼双手交叉放在身前，目光也变得沉重，用低沉沙哑的声音回答道："混沌系统里的轻微扰动可能导致整个体系不可控地相变，根本没有独立存在的个体，万事万物都有联系，就像一张广泛存在的宇宙网络，把这个世界里每一个基本粒子都联系在了一起。"

柳文星坐在一旁听得很认真，用她独有的温柔目光默默地注视着张翼。

张翼怔住几秒后，又继续说着这个话题："奇异非混沌系统一旦打破原有的控制线边界，就会出现类似混沌系统的蝴蝶效应，甚至比混沌系统更加不可控，就像弹簧被拉过了头。"

柳文星又回到了之前的那个话题，"你刚才说，我们能感受到的世界除了长宽高三维之外，还有一个以时间的形式体现出来的单向流动的维度。那我们要怎么判断时间的流动方向呢？"

22 时间的方向

"怎么判断时间流动的方向？"张翼重复了这个疑问，他稍稍闭上眼睛，若有所思，"真空中每一瞬间都有无数的'粒子对'诞生、湮灭，'粒子对'中的一个粒子是顺着时间轴运动，另外一个粒子是逆着时间轴运动……这就造就了粒子的正反性差异。一正一反的两个粒子在相遇后随即湮灭，也就是一念之间的'生住异灭'。"

张翼仍然在喃喃自语："五维以上的高维空间罅隙对'粒子对'有选择性吸收作用，正负粒子在产生后，还没来得及相遇湮灭，其中的正粒子就被高维空间罅隙形成的'黑洞'吞噬——如此一来，剩下的反粒子就会聚集起来，形成'魔鬼眼'。"

张翼目光焦灼，进入了一种半梦半醒的疯魔状态，"时间轴的顺反性由正反粒子的差异性引起，那我们如何判断我们现在所处时间轴的正反？"

柳文星小声说道："以前学过的热力学定律说，在没有外界能量输入的情况下，物体会自发从有序变成无序。"

张翼思索着摇了摇头，两手握拳，"只是单纯地从熵的增加或者减少是不能判断时间的方向的。"

柳文星思索着，说道："嗯，就像判断一个视频是顺着播还是倒着播，我们依据的还是生活经验。"

"可是，这些生活经验都靠得住吗？"张翼的话像是说给自己听的，"地球接受太阳所带来的能量输入，但放大到银河系乃至整个宇宙，情况又会怎样？如果这个宇宙没有收到外部能量的输入，那是怎样自发地产生星系和智能生命的？"

对于张翼突然的失控，柳文星并没有表现出太多的惊讶，她继续用温柔平静的语调说："这个世界最不可思议的地方，就是它居然是存在的。"

张翼痛苦挣扎了许久，再次穿戴好《伊甸园》的游戏设备，重新进入游戏世界。他选择了上帝视角的意识模式，将坐标定到了离那片禁区的边界最近的地方。

假定那场实验真的发生过，禁区的边界距离当年实验的核心区域有数千米之遥。在核心区域存在一个扭曲的"时空黑洞"，那是一片未知世界。人为划定的安全线并不能保证绝对的安全，"魔鬼眼"如同幽灵一般，它们随时可能溢出安全边界，侵扰人间安宁。

再次进入游戏后，张翼的意识飘浮在蒸腾灼热的空气中，向着禁区的方向飘去。

在张翼飘荡了很长一段时间后，他突然有了一个发现：这片区域的景物并不是真实场景写照，而是另外一块区域场景的复制粘贴。

张翼的意识在这片区域飘浮了数十千米，又发现了一株形态奇异的仙人掌，而这株仙人掌在这附近已经出现多次。

《伊甸园》系统能近乎完美地复原地球大多数区域的地貌形态：远至极地冰原，高至喜马拉雅山脉，深达马里亚纳海沟……都能完美呈现——但在这片靠近禁区边界的地方，出现了这种复制粘贴的低级错误。这是因为无法获得真实资料不得已而为之，还是一个巧合？

《伊甸园》游戏允许参与者修订和完善游戏细节，世界各地的很多科考队员都是《伊甸园》的忠实粉丝。他们都上传资料用于完善游戏系统，而且《伊甸园》对贡献突出的玩家也会提供丰厚的奖励。每年进入撒哈拉沙漠腹地考察的科考队及探险队不少，他们中肯定不乏《伊甸园》的玩家。但就目前的情况来看，游戏中仍然缺乏这片区域的真实资料，这些不同寻常的迹象又从另外一个方面佐证了那篇网络小说的真实性。

再次退出游戏，张翼已经疲累不堪。他仰面躺在沙发上望着天花板，眼睛一动不动。

"刚才在游戏里是不是发现了什么？"柳文星又出现在张翼的身边，

她始终保持着明媚爽朗的笑容。

"什么都没发现。"张翼用嘶哑的嗓音回答道,"那片地方的地形数据都是虚假的,场景都是简单的复制粘贴。这游戏出现这么低级的漏洞,不应该。"

柳文星歪着头微笑着说:"这也许是最大的发现,呵。"说完,柳文星稍微眯起眼睛,注视着那枚透着莹莹辉光的水晶坠子。

张翼还在出神,问道:"真空中量子的潮汐暴涨用于解释'魔鬼眼'?"

柳文星托着下巴,思索着问道:"真空中'正反粒子对'在不停地诞生、湮灭,那一正一反的两个粒子又有什么区别呢?"

"有物理学家认为正粒子和反粒子都是同一种粒子,不过一个沿着时间轴的正向运动,一个沿着时间轴的逆向运动。"张翼的眼神里也泛着疑惑。

"有点像太极阴阳鱼。"柳文星对着张翼眨了眨眼睛。

"嗯,是有点像。"张翼赞同柳文星的这个比喻。

柳文星耸耸肩,做出不太理解的表情,继续问:"两个粒子是沿着相反的时间轴运动,我们应该如何判断时间轴的正反呢?"

张翼疑惑地摇了摇头,又说道:"通常,是根据熵增加来判断时间的流逝方向,从有序到无序就是时间的正向。但……这样并不可靠。"

"嗯,为什么这么说?"

张翼微微眯着眼,"例如观看一部影片,看见一杯水从水杯中洒出来,那么这就应该是正着播放的。但如果看到的是四散的水又回到了水杯中,那就是倒着播放……但这些依靠的还是生活经验。"

"嗯,生活经验并不见得可靠。"柳文星浅笑着,"还是说我们世界的时间轴并不统一,每一个物体,甚至每一个粒子都有独立的时间轴?"

"独立的时间轴……"张翼小声重复着柳文星刚才的这句话。

柳文星微笑着问:"还记得广义相对论么?时间并不是平滑稳定地单向流动,每个物体都有自己的时间。"

这段话犹如醍醐灌顶,浇醒了还处于迷茫之中的张翼。他猛然间惊坐起,瞪大了眼睛。

柳文星目光温柔沉静,"你曾经用拓扑学解释纳什均衡的'平衡点':'将一张揉皱的地图放在境内的任何一个地方,地图上总会有一个点与真实的地理位置重合。'换一个角度理解,不管那个被高维空间'黑洞'吞噬的粒子在奇异的空间里扭曲成什么样子,但还是会与另外一个没有被吞噬的反粒子存在量子纠缠。"

张翼长舒一口气,眼睛里闪烁着兴奋的光彩,连忙问道:"你相不相信世间的东西都存在一种类似于量子纠缠的心灵感应,有个名词叫'宇宙感应'?"

柳文星笑了笑,"德布罗意波函数不就说了这么?佛陀在两千年前也说过:'万法因缘生,万法因缘灭。'这个世间所有事物彼此之间都存在相关的缘分,都不是孤立存在的。"

张翼微微眯着眼,若有所思地笑着,揣测着柳文星话中的含义。

柳文星这时眉头动了动,又想到了一个问题,"那些高维空间罅隙又是怎么形成的?"

张翼微微闭上眼睛,说道:"通过强能量、强磁场扭曲、折叠空间,达到缩短距离甚至是时空旅行的目的。各种'路边社'的小道消息里都有写,但官方讳莫如深。西方也有解密媒体报道过,很多国家都在进行秘密的折叠空间实验。"

"真相到底是什么?"柳文星长叹一口气。

"真相到底是什么?"张翼也在反复问自己这个问题,可现在考察资料都不在张翼手里,他不想这样被动地等待结果。

柳文星的笑容依旧温和亲切,小声说:"你一直没好好吃饭,肚子饿了吧?"

现在是夜里的9点,听到柳文星这么说,张翼突然有了饥饿的感觉。

"你想吃些什么?"

柳文星微微闭上眼,鼻子稍稍一皱,随后抿嘴笑着说:"陈记的宵夜。"

听到柳文星的意见,张翼现在也很想念陈记的双拼饭。这家食店通常营业到凌晨一两点,是附近加班族吃宵夜的好地方。

张翼走进茶餐厅点了腊味饭,随后坐在角落的一张小桌上,微眯着眼看着窗外阑珊稀疏的灯光。

23 选择性无视

店员很快送来了一份腊味双拼饭和一杯佛手柑茶,张翼愣了一秒后回过神说:"我没点这个佛手柑茶。"

"我请你的。"这是一个张翼熟悉的声音。

张翼微微一怔,抬头才发现店员的身旁还站着另外一人,正是他公司的同事曹睿敏。

曹睿敏穿着一身天青色长裙，扎了个高马尾，化着淡妆，还是一如既往的漂亮。

曹睿敏在张翼对面坐下，她尽量让自己的神情和语气都显得轻松自然，"佛手柑茶和腊味双拼，你最喜欢的搭配。"

张翼只顾着埋头吃饭，对曹睿敏的话并没有太多反应。

"想来陈记喝奶茶，没想到就遇到了你。"曹睿敏也要了一杯鸳鸯奶茶小口地喝着，由于找不到合适的话题，也只好时不时抬眼偷偷看看张翼的反应。

不过自始至终，张翼都没看过她一眼。

吃过饭后，张翼就站起身向门口走去，问都不问曹睿敏一句，好像身边的女人完全不存在一样。

张翼已经有很长时间没有好好休息过了，脸色惨白憔悴，精神状态也糟糕到了极点，走路的步子沉重迟钝。

曹睿敏起身追上张翼，关切地说道："你这样子挺让人担心的，我还是送你一段吧。"

张翼还是显得无动于衷，没有任何表态。

曹睿敏跟随张翼上了车，两个人一路上都没有任何交流。直到两人从车上下来后，张翼似乎才反应过来，这才有些惊讶地看着曹睿敏问："你怎么也在？"

曹睿敏抿嘴略带尴尬地笑了笑，"你还好吧？"

对于曹睿敏的热情，张翼表现得却还是十分冷淡。

张翼脑袋里所想的还是神仙洞的事，神色恍惚。

曹睿敏随着张翼来到他的家中，这间小居室原本就布置得简单随意，如今也是很久没有打扫整理，东西胡乱堆放着。

张翼回到家中，闭上眼睛靠在沙发上。他已经疲累到了极点，希望能睡一觉。

曹睿敏拿起一只游戏用的VR头盔问："听说你爱玩游戏，这就是游戏设备吧？"

张翼疲累地点点头，敷衍地回答了一句。他的脑袋里充斥着奇怪的嗡嗡声，这种声音细碎且杂乱，有一种要把人逼疯的感觉。因为受不了耳朵里那些窸窸窣窣的背景音，对于身旁的曹睿敏，他选择性无视。

人在恐惧和疲累的时候容易招来梦魇，张翼在梦中又被梦魇困扰。这样的感觉像是死了一样,却又保持着些许凌乱的意识。

秋季的清晨,阳光从窗户透入,灼痛了张翼的眼睛。

张翼缓慢睁开眼,看着四周原来散乱的物品都已经被整理得妥妥当当,房间也变得整洁明亮。

张翼的大脑还是处于短路的状态,他还没回想起到底发生了什么事。在发呆了几分钟后,才循着声音来到厨房,见到了正在忙碌的曹睿敏。

曹睿敏深栗色的长发随意地绾着,她身上只穿了件宽大的男士衬衫,稍稍扣了几颗扣子,玲珑的曲线若隐若现。

曹睿敏抬头看见张翼一脸茫然的脸,不禁红着脸微微低头说:"早餐都放在桌上,你冰箱里的东西都不能用了,我早上去楼下的便利店买了面包和牛奶。"

"呃……"张翼茫然地环顾了下四周,显得十分困惑。

曹睿敏微笑着解释说:"今天我请了假。"

张翼脑袋里仍然一团混乱,迟疑片刻后才问:"你怎么会在……我家?"

尴尬的神情在曹睿敏的脸上凝固了几秒钟,她的嘴角微微扬起自嘲地笑着,"失忆装得挺像那么回事的,呵。"

张翼心口剧痛,眉头微微一动,微微闭着眼睛说了句:"对不起……"

在尴尬地对峙了几秒钟后,曹睿敏扔掉了手里还握着的拖布,拍了拍手自嘲地笑了笑,咬了咬嘴唇做出傲慢的神情。

"呃……"张翼的这个回应简短到敷衍的地步。

曹睿敏强忍住眼泪才没哭出来,她也明白自己不论怎么做都是毫无用处的。

这时,传来了敲门声。

曹睿敏毫不客气地抢过去开了门,发现门外站着的竟然是叶小茵。

叶小茵看见曹睿敏以这么一身让人浮想联翩的装扮出现在张翼家里,很自然地也联想到了什么。

叶小茵脸上惊讶的表情在凝固几秒钟之后随即转变为盛怒,"扑街啊!"

叶小茵手中抱着一份包装得很精致的包裹,原想砸过去,但迟疑了半秒钟后,还是决定将这包东西放在门口,随后摔门离开。

待叶小茵离开之后,曹睿敏靠着门口似笑非笑地问:"你跟叶小茵又是什么时候开始的？"

张翼捡起叶小茵留在门口的那只包裹发怔，敷衍地回答了一句："我和她没什么。"

曹睿敏脆弱的自尊在张翼这里早就荡然无存，转过脸面对着墙，抹掉从眼角滑落的眼泪。随后，她收拾好物品，头也不回地就走了。

张翼不知道，曹睿敏什么时候离开的。

恍惚了许久，张翼才打开了叶小茵留下的包裹，这是一本汇集了各地星空图片的精美画册。

"很漂亮啊！"柳文星坐在张翼的身旁，注视着画册中的星空。

"是啊。"

"叶小茵为什么给你送这个？"

"我也不知道。"张翼抱歉地笑了笑，他忘掉了太多。

"是你女朋友吗？"

"应该……不是吧？"张翼神色略尴尬。

柳文星的笑容愈加明媚，又问道："你还记得自己有没有女朋友吗？"

张翼思索了片刻，回答道："好像……读书的时候有过几个，工作后也有过几个吧。"

"挺花心的！"

"太麻烦。"张翼自嘲地笑着说，"动不动就提分手，越闹越起劲，没精力去哄。"

"是她们太麻烦，还是你太冷漠？"

"或许都有。"

"工作太忙了，无暇恋爱了吗？"

与柳文星有一句没一句的聊天中，张翼逐渐回忆起过往那些被遗忘的细节。

大学时代的张翼就已经"桃花运"不断，也正因为这样丰富的经历，让如今的他反而能淡定内敛许多。他之前到底有过多少个正式的或者非正式的女友恐怕他自己也说不清，当年认为刻骨铭心的爱恋到了现在，不过也只能用来缅怀当初青涩的时光而已。

工作后，张翼也认识过几个比较有好感的女孩，这些感情都经历了"送花、吃饭、看电影、滚床单"的俗套流程，可都没能一直走下去。几段感情分手的过程也都出奇相似，都是女孩主动提出的分手。原因是她们认为张翼对自己的态度都有些不冷不热,希望用提出分手的方法来让张翼对她们足够重视起来。

了解女性心理的人都知道,当一个女人大哭大闹提出分手的时候,其实并不是真的要分手,而是希望男人能更加重视她。张翼不是不明白这些道理,只不过懒得去做而已。接连几任女友都用这样的方式"威胁"他,让他感到不胜其烦,心早就乏累了。

女人应该是骄傲的、如猫一样的动物,即便心里百般不愿,但也无法再像小狗一样摇尾乞怜。当眼泪流了那么多,也换不回对方多的一句安慰话的时候,也该死心了。

所以在几位前女友以及有过交集的女人的眼中,张翼绝对是一个不折不扣的"渣男"。

与之相反,男人多数都是自恋的动物,而且特别喜欢自作多情,比如女同事或者女同学一个出于礼貌的微笑,都会让一些人觉得这是对自己有意思的表现。比如活跃在戏剧和电影里的唐伯虎也会认为秋香对自己"三笑留情"。

不过张翼的情况刚好与那种自恋的人相反,有漂亮女人对他明确示好,他却无动于衷的高冷风格反而成为吸引女人的资本。让不少女性被他这种与众不同的高冷气场所吸引,这里面就包括了大美人曹睿敏和八卦天后叶小茵。

……

水晶坠子从茶几上滚落,清脆的声音唤醒了还沉浸在往昔时光中的张翼。

张翼蓦然睁开眼,这一刻,一个强烈的念头生起:

他不能被动地等在这里,他要结束现在行尸走肉一般的生活,主动去寻找答案。

24 被动局面

正是中午用餐的时候,张翼出现在了公司的大楼下。这时的他太过憔悴颓废,和众人记忆中那位心高气傲的青年才俊形象相距甚远。

这时叶小茵提着一份外带的盖浇饭从旁边的茶餐厅走出,正好看到了张翼。在迟疑几秒钟后,叶小茵阴沉着脸走来,不由分说将手里的热腾腾的饭菜向张翼脸上掷去。

这一幕让在场所有的人都诧异不已，完全不知道发生了什么事。

张翼却仍是面无表情，只是淡淡地问了句："好受些没？"

叶小茵冷冷哂笑，哼了一声，随后转过身，潇洒地大步离开。

张翼被浇了一身的饭菜，仍然若无其事地从容走开，只留下一众目瞪口呆的看客面面相觑。

一身狼狈的张翼来到了总经理的办公室，许家恺正在办公室内仔细研究着这次考察队事故的初步调查报告。

这次君耀集团投资"蚩尤计划"，首次考察就遭遇了几乎全军覆没的惨剧，让后续的工作全都陷入僵局。

虽然后来借"石磷之玉"的拍卖会又重新获得了不少关注度，但外界的质疑声仍然阻碍着"蚩尤计划"的重启。

许家恺看到了张翼身上残留着的菜汤污渍，不解地问："身上这是怎么了？"

张翼稍稍解释了一句："许总，这次神仙洞事故的调查结果能告诉我吗？"

许家恺眉头紧锁，将桌上的事故调查报告书递给张翼，点头说道："这只是初步的调查结果，还有很多问题没有解决。另外，你现在的状态也是我们担心的。"

张翼仔细翻阅着这次事故的报告书，面部肌肉不由自主地抽搐起来，目光变得急躁，翻页的手也不住地颤抖，"为什么报告里没有写神仙洞里的神秘火光，却把事故原因定性为'过度采矿引起的山体塌方'？！"

许家恺示意张翼莫要激动，耐心地解释说："这份是官方的报告，而你说的那种火光已经超出寻常人能接受的范围。这次考察事故已经对几家投资方造成了非常恶劣的影响，这时候更不能再加入这些超自然的神秘现象，这样对公司的形象重塑更加不利，也会让其他合作方失去信心。"

张翼面部的肌肉微微抽动着，情绪激动地问："你们就是这样自欺欺人？！"

许家恺示意张翼情绪放平稳，继而解释道："公司给你放了带薪假，也安排了定期体检和心理疏导，你现在就应该好好休养。"许家恺显得十分不耐烦，借口有事旋即离开。

虽然吃了闭门羹，但张翼并不甘心就此结束。

离开公司，张翼并没有立刻回家，而是沿着道路漫无目的地开着车。这座城市绚烂的光影与现代化的景色快速地从车窗旁晃过，在漫无目的地游荡了一阵后，他驱车来到了大梅沙。

下午的阳光令人感觉慵懒昏沉，张翼坐在沙滩上眯眼看着海面上跳动的波光，脑海中的思绪也随着这片粼粼波光飘向天际。

黄昏日落，海天之间的最后一抹夕阳隐没在海平面以下，这座南国都市的夜间狂欢正式开启。沙滩上聚满了狂欢嬉戏的人，喧闹声和海浪声此起彼伏。

今晚有人举行烧烤派对，一群人在沙滩上追逐嬉戏、欢呼雀跃。

"哟，这不是张哥吗？"一个突兀且尖锐的男人声音响起，打断了张翼飘忽不定的思绪。

张翼感觉有人拍了拍他的肩膀，回过头看见身后有个穿着花衬衫、戴着墨镜的年轻人，他脖子上的金链子足有小拇指粗。

张翼疑惑地看着眼前突然出现的人，一时也没想起在哪里见过。

这人歪着嘴得意地笑着，摘下墨镜后，说："我是吴小龙啊！张哥你不记得啦？"

张翼认出了吴小龙，客气地笑了笑，随后又出神地望着水天相接的远方。

吴小龙一手揽过张翼的肩膀，强拉着他往这个沙滩派对走去。吴小龙个子比张翼矮了一截，要踮着脚才能勉强揽着张翼的肩膀，但这丝毫不影响吴小龙此时显摆的心情。

吴小龙对那些酒肉朋友介绍说："这位靓仔就是张哥，我的贵人！"

"张哥好，张哥好！"那些人纷纷附和，谄笑着打招呼。

张翼的状态也不允许他再和这些装腔作势的人虚与委蛇，虽然这本来是他的强项。

自"石磷之玉"拍得了天价，吴小龙就从一个一无所有的小混混一跃成为身家千万的小暴发户。他的父母虽然知道这个不学无术的儿子成不了器，但又害怕他的怪病再次复发，爱子心切的老两口也只能对儿子听之任之。

虽然这样的身价放在深圳这座城市里根本不值一提，但吴小龙还有一项难能可贵的品质——那就是不知天高地厚。他的父母不适应大城市的快节奏生活，回了湖南老家。但他却在这个浮躁喧嚣的花花世界里如鱼得水，每天灯红酒绿、醉生梦死，过得不亦乐乎，同时也网罗了一批乌合之众、狐朋狗友。

吴小龙浑身上下都透着一股暴发户的痞气，他叼着烟歪嘴笑着说："说是不是，我之前，你说这叫什么？啊，不对，什么词来着？"

"因祸得福，否极泰来？"张翼随口说着，眼神仍然显得茫然空洞，丝毫没把吴小龙看在眼内。

吴小龙连连拍手，嬉笑着说："你们有文化的人就是水平高！说话都一套一套的，唬人啊！"吴小龙丝毫不掩饰自己的傲慢，贼溜溜的小眼睛四处乱瞟。

张翼回过头看着吴小龙，他疲惫的眼神中透露着让人不敢直视的冰冷严肃，"你是为什么睡了那么长时间，和神仙洞有没有关系？"

"谁还记得这些？闯到鬼哦！"吴小龙歪着嘴哂笑着，从喉咙里咳出了一口浓痰吐在沙滩上。

吴小龙摇晃着身子嘚瑟地走着，一边捏着鼻子，一边斜着眼看着那些身着比基尼的辣妹靓女。他对张翼的这个问题显得十分不耐烦，于是换了个话题："这次是我的兄弟们帮我弄的选美派对，张哥你给点意见。"

张翼只是微微仰面，敷衍地浅浅笑着。

吴小龙脆弱卑微的自尊被刺痛了，"张哥挺跩的啊！"

张翼的目光变得专注，又问道："为什么会把'石磷之玉'卖给我？"

吴小龙愣了愣，用奇怪的眼神打量着张翼，"张哥在神仙洞里吓傻了，看来是真的啊？"

"为什么会找到我？"张翼又问了一遍。

"你脑壳闯坏了吧，不是你自己找过来的吗？"吴小龙的脸上带着鄙夷的笑容。

"你亲眼看见的？"

"闯到鬼哦，我那时候还困着觉，我老爹讲的撒！"吴小龙显然没什么耐心。

张翼不再多问，微眯着眼看着海面上的点点微光。

吴小龙冷笑着走开，用他自己的那种过时且肤浅的方式继续耍帅扮酷，引得身边的那群狐朋狗友连连喝彩尖叫。其实这样的场景就像猴戏，不过作为这场沙滩晚会的主角，吴小龙并没有意识到自己扮演的是一只上蹿下跳的猴子。那群乌合之众的欢呼喝彩，让他更有表演嘚瑟的热情，而且越来越离谱。

25 池塘

张翼转身离开这片喧嚣吵闹的沙滩，开车回到家中。在简单地洗漱后，他又坐到了沙发上，脑袋放空了片刻，便倒在沙发上睡着了。

这一觉，感觉睡了很久很久。

似乎在睡梦中，张翼感觉到有人在喊他的名字，从梦境中醒过来又回到了现实中昏暗的客厅里。梦中的场景在片刻后也消散无踪，只留下张翼一个人发怔出神。

张翼从梦中醒来，已经是第二天的上午10点。要不是他妈妈打来电话，估计还得睡上一阵子。

朦胧中，一张模糊的人脸逐渐清晰起来，保持着记忆中的明媚笑容。

张翼神色恍惚地望着柳文星清澈的眼睛，两人相顾许久，却一言不发。

这时柳文星露出明朗的笑容，指着窗帘缝隙处透出的阳光说："屋子里这么暗，好压抑。"

张翼缓缓站起身拉开窗帘，刺目灼热的阳光从窗外一泻而入。

柳文星看着张翼，笑着问道："怎么不玩游戏了？"

张翼神色颓然，点点头，"追求那种虚拟世界的成就会让人迷失，只能一直自欺欺人。"说到这里的时候，张翼停了下来，他不敢再继续想下去。他自欺欺人的过程中总有一丝清醒在提醒着他，但如果连这丝清醒都消失殆尽，那么后果会怎样？也许他不会这么痛苦，或者他会永远沉溺在痛苦中。

张翼缓缓坐下，倚着沙发靠背，似在梦呓："我会不会像'飞蛾扑火'那样？我以为找到了方向，其实……是把自己逼死。"

说到这里，张翼慵懒地动了动手指头，轻轻拨动了一下手机屏幕，这才发现有几个来自叶小茵的未接来电。

柳文星也靠坐在沙发上，微微仰面，眼睛望着天花板上悬挂的水晶灯。

此时屋内的空气仿佛是凝结的，这种诡异静默的气氛被一只冒冒失失闯入家中的苍蝇打破。

一直坐在一旁的柳文星打破了沉默，"你还能适应《伊甸园》系统吗？"

张翼回答着，缓缓闭上了眼睛，摇头说："有些不适应了，呵。"

柳文星温和地说道："在《伊甸园》里，可以换一个角度去体验我们生活的世界。"

张翼稍稍苦笑，"比如，变成一只苍蝇吗？"那只冒冒失失闯入的苍蝇在客厅里胡乱飞舞着，翅膀振动的嗡嗡声时远时近。

"《伊甸园》带给人的惊喜不只这些，还有好多可以体验。"柳文星显得有些失望。

"其实这个和其他网游也没什么区别，都是弥补人现实生活中的缺失感。就跟毒品一样，很容易让人迷失方向。"张翼抬着头，眼神追随着那只在客厅里四处乱飞的苍蝇，他的耳朵里也被苍蝇那聒噪的嗡嗡声填满。

"虚拟世界也是生活的一部分，比如数学里也不只是有实数、有理数——同样也有虚数、无理数。"柳文星微微歪着头，浅浅微笑。

这段话似乎引起了张翼的共鸣，让他呆滞，且充满血丝的眼睛里出现了几缕异样的光彩，"荒诞不经的梦也属于人生的一部分。"

"难道不是吗？我们每天都要花很长时间去做梦，虽然能记住的不多，却总能潜移默化影响一个人的思想和行为。"柳文星看着张翼，露出甜美的笑容。

"呵，是吧。"张翼稍稍抬头。

"就像悲伤的回忆，有时候人就喜欢在悲伤中沉浸一会儿，当作一种享受。据心理学家和脑神经学家描述，大脑中的杏仁核对负面情绪更加敏感。"此时，柳文星踮起脚尖在狭小的客厅里旋转着步子，就像一只翩然起舞的蝴蝶。

"这算是自虐吗？"张翼嘴角微微扬起，稍稍闭上眼睛，自嘲般笑着，脑海里思绪翻飞。各种混乱的片段从漆黑的空间里飞速掠过，让人难以捕捉。

柳文星停下舞步，站定后依然平静地笑着说："回忆，是人类穿梭时空最有效的手段。"

听到这句的时候，张翼稍稍睁开眼，不免长叹一声，他现在还是感觉到无比茫然。

"比如很少有人愿意承认自己喜欢苦味，但他们有时候也会沉迷在苦瓜、茶叶以及咖啡独有的苦味中，比如你喜欢喝不加糖、不加奶的斋啡。有时候痛苦的回忆也会让人产生一种独特的依赖，让人沉浸在里面不能自拔。这种感觉确实会上瘾，多愁善感的人通过这样自虐的方式获得某些慰藉。"柳文星微微眯着眼，又飘回张翼身边。

张翼微眯着眼睛，他能听见墙壁上时钟嘀嗒走过的声音，狭小屋子里的时间仿佛被刻意拉长。

墙上悬挂的时钟走过了半个小时，此时突然传来门铃声。

还在出神的张翼迟疑了片刻，才站起身走到门口打开房门，惊讶地发现门外站着的竟然是尉林。

尉林面带微笑，手里提着外卖袋，语调平和地说道："猜你还没吃饭，给你带了外卖。"

尉林四下环顾了一圈，将外卖放在茶几上，随后坐在沙发上，平静地问："刚睡醒？"

张翼布满血丝的眼睛略显迟疑，发怔了几秒钟，"嗯。"随后他坐在沙发一侧，捧着卤肉饭开始狼吞虎咽。即便是这美味多汁的卤肉，张翼吃在嘴里也是如同嚼蜡，如今他的味蕾对外界刺激的感觉已经退化了很多。

尉林目光稍稍一沉，留意到桌上摆放的那套《伊甸园》的装备，问道："最近你玩了《伊甸园》游戏吗？"

一直埋着头吃饭的张翼抬起头，思考了几秒钟后才点头说："你呢？"

尉林神色从容平静，微笑着点头说："这段时间，我在游戏里扮演了一只蜻蜓。"

"蜻蜓？"张翼眉头微微一动，随后抬起头，略带不解地看着尉林。

"很特别的一种小虫子。"尉林摊摊手，微笑着说。

"特别？也许吧！"张翼疲惫地笑了笑，神情敷衍。

尉林双手环抱在胸前，目光耐人寻味，他用平和沉稳的语调说道："蜻蜓是世界上眼睛最多的昆虫，它的复眼约由将近3万只小眼组成，除此之外还有三个单眼。尤其是经历从水虿羽化为蜻蜓后，再通过奇特的复眼去重新感知这个世界。生物的大脑通常都具备一种生成数学方法的能力，这种能力可以帮助我们去挖掘真实世界里的深刻本质。生物的大脑诞生于自然界中，它的发展进化必然要受到数学规律的限制。你的专业就是数学，你肯定能很好理解这个概念。"

"大脑通过贝叶斯统计去预测事物会如何发展，但动物的大脑做出的预测和人类的会一致吗？"张翼吃着饭，随口说出了内心的疑惑。

尉林摊摊手，笑着说："目前《伊甸园》通过现有研究成果进行模拟，只能做到近似，但不能做到完全一样。因为运算能力和存储能力的限制，《伊甸园》内模型的模拟粒度只做到了细胞级别。动物究竟是怎么想的，我们就不得而知了。即便是在游戏里变成蜻蜓，多少还是以人的思维在思考，只不过脑电感应的模拟装置让我以为自己就是蜻蜓。但真正的蜻蜓在想些什么，我是无法知道的，虽然我在那里度过了蜻蜓的漫长一生。"

"漫长？"张翼对尉林的描述产生了怀疑，"蜻蜓顶多几年的寿命，而且它的一生大部分是在水塘里度过的。"

对于这个反驳，尉林显得很从容，耐心地解释说："时间长短是一个相对的概念，我们对时间的感知又是从哪里开始？"

张翼死寂的眼神里泛起了一丝波澜，内心深处仿佛被触动。

尉林目光深远沉静，继续解释说："现代医学及心理学的研究显示，大脑有两种计时装置，一种是显性，一种是隐性。显性的计时装置用来判断时间长短，也就是'功能时刻'；隐性的也就是常说的'本我意识'，也就是大脑用于定义'现在'的装置，也就是'体验时刻'。大脑定义的'功能时刻'经过处理加工后，就是本我的'体验时刻'。一系列的'体验时刻'依次流过，从而产生了时间流动的感觉。其实，人对于时间长短的感知，与大脑的工作模式有很密切的关系。"

"听起来很有意思，也许能有办法让人感觉到时间过得更慢或者更快。"张翼不禁被尉林的理论吸引，仔细思索着。

尉林继续补充解释："其实我们平时就能体验到这种差异，比如在睡梦中的梦境，还有游戏里的体验……这些时候，大脑切换了工作模式，会让人对时间长短的体验截然不同。"

"比如那种'一枕黄粱'的神话故事？"张翼看似无意地想起这个故事。

尉林点头赞同，"脑控游戏刚刚风靡的那一阵子，忽略了时间体验的问题。玩家花上现实中的一个小时，就能在游戏里有十几个小时的体验，所以导致上瘾的人很多。这种成瘾症戒起来十分困难，只能以毒攻毒，通过模拟现实来缓解症状。所以各国相继出台了硬性规定，必须对这种脑电控制的游戏进行功能时刻调整。所以现在的脑控网游为了消除时间错觉，特意修订了大脑功能时刻的感知，就是为了让游戏和现实生活不脱节。"

"那为什么《伊甸园》还可以体验时间错觉？"

"幸运的是，《伊甸园》并不属于这一类游戏，所以有幸暂时逃脱了这个强条。通过动物大脑体验的功能时刻去感知世界，比如变成蜻蜓或者苍蝇的时候，也会觉得整个世界的节奏实在是太慢了。"

"尉先生竟然在游戏里扮演虫子？是不是山珍海味、燕鲍参翅吃多了，会觉得偶尔吃一顿路边摊也挺有情调。"张翼的语气似乎带了些不屑。

尉林很自然地礼貌回应，继续说道："我未婚妻跟我说过一个关于蜻蜓的故事，所以我才一直对这种生物充满好奇。"

张翼手中的筷子悬停在碗边，侧过头看着尉林。

这是尉林第一次对张翼提及自己的未婚妻，在此之前，张翼只知道这位海月云山琴的主人尉先生，在德国慕尼黑经营一家中餐馆。

"你未婚妻也在德国陪你经营中餐馆吗？"

尉林的目光显得有些黯然，沉默几秒后，说出了一句让人费解的话："至少我觉得，她应该是一直陪着我的。"

尉林这句看似云淡风轻的话，却掀起了张翼内心的滔天巨浪。张翼的头脑也在这一瞬间变得空白，右手悬停在身前，不自主地微微颤抖。

尉林仍然气定神闲地从容笑着，"量子的世界就是测不准、说不明，无处不在，处处都在。"

这一段话却引发了张翼内心的强烈共鸣，"想听那个蜻蜓的故事。"

尉林目光深邃，开始讲述："一亩荷塘里生活了一群虫子，它们很好奇水塘外面的世界，想爬上荷叶看看。因为每次爬出荷叶的虫子都没能再回来，所以那些小虫对于外面的世界是既害怕又好奇。有一天，它们选出了一只勇敢的虫子，派它去爬上荷叶看看外面的世界。它们约定好，那只小虫爬出去之后，一定要回来告诉伙伴们外面的世界是什么样子的。那只小虫爬上了荷叶，发现外面的世界比狭小阴暗的水塘广阔了不止万倍。它很兴奋，迫不及待地想要回到水塘，告诉伙伴们它的所见所闻。这时，虫子却已经回不了水塘了，因为它变成了蜻蜓。这只虫子很失望，自己不能守住诺言，但也只能自我宽慰：'它们总有一天也会爬上荷叶，都会明白的。'"

张翼认真地听完整个故事，他的脸颊微微抽搐着，"故事的寓意是死亡，还是什么？"

"人生就是位于复数域的函数，不管是实数还是虚数，都是数的一部分。不管生还是死，都属于人的一部分。跨过那片荷叶，就像越过象限的边界，之后的事情暂时无法知晓，但总有机会知道。"尉林显得十分从容。

26 星图

张翼的心情简直乱到了极致，他低头思考着。纷乱的思绪飞快地从脑海中闪过，让他根本捕捉不到要点。

张翼微睁着眼，迷迷糊糊地问："你有没有过这种感觉，似乎有种东西明明离自己很近，却根本捕捉不到。"

"这是很正常的记忆现象。"尉林微微仰头,双手交叠放在膝盖上,用引导性的口吻说道,"可以体验一下《伊甸园》里虫子的生活,重新感受一下这个世界的节奏,说不定能帮你唤醒潜意识里的片段。"

张翼静静听着,尉林的声音仿佛带有魔力,一步步引导张翼探寻脑海中被封存的记忆。

突然,张翼脑海中一片隐秘的区域被打开,如同一束刺眼的光芒刺破了黑暗,他缺失的记忆在这一瞬间涌回。

张翼苍白的面容上已经被汗珠布满,感受着如潮水般袭来的记忆碎片。

"你还记不记得这个?"尉林将手机中一张图片放大送到张翼面前,让他辨认上面的物品。

张翼的眼睛盯在那张图片的细节上,他的脸部肌肉微微颤抖着,两道眉毛也不由自主地拧成一团,用沙哑的声音询问:"这是什么?"

"根据你头顶记录仪保存的考察记录,你们在进入神仙洞时发现过几处可疑石刻。不过因为光线、角度的问题,记录仪中所显示的这些刻痕并不够清晰完整,这是复原的大致图像。"

混乱的思维不停地撞击着张翼已经伤痕累累的内心,那些支离破碎的片段慢慢又清晰起来,开始拼凑成一个完整的图像。

张翼脸颊的肌肉微微跳动着,汗珠从额头上渗出,神情变得诡异。

尉林眉头微微一挑,微微露出些许疑惑的神色,压低了声音:"想起了什么?"

张翼的神情变得诡异,仿佛进入了神游般的无意识状态。

尉林目光深沉悠远,用平和的嗓音帮助张翼回忆当日的细节,"这些细碎的刻痕类似于伏羲大横图,是一类二进制矩阵。而旁边的这组同心圆,却让我们很疑惑。这个看起来像天球星图,精细程度丝毫不亚于现在依照最新科技绘制的天球图。"

张翼稍稍摇了摇沉重且疼痛的脑袋,随后痛苦地蜷缩着,纤瘦苍白的手指微微颤抖,浑身已经被从骨髓中渗出的寒凉侵蚀。

过了很长一段时间,张翼才渐渐恢复了平静,痛苦的表情也逐渐淡去。

"在中国古代科技史的展览中,我见过一套唐代出土的紫微垣、北斗、南斗星图。"张翼稍稍恢复点神智。

尉林目光沉肃,点头说:"古人很重视星象历法,在洞窟及崖壁凿刻星图并不奇怪,甚至在墓葬中也会有星图。比如汉墓中的'四神云像图',传说中秦始皇也在墓中陪葬了日月星辰,目前最早的跟星象有关的考古记录是河南濮阳蚌塑龙虎图，距今6000年左右。"

"神仙洞里的石刻历史可能更久远。"张翼很快说出了自己的想法，"神仙洞里发现的星宿位置与历代天文志标注有出入，'北极星'并不是现在的勾陈一。"

张翼陷入沉思，努力整理搜寻着脑海里的相关资料线索。因为被"中国古代科技史"展上的那几幅古老星图吸引，他还专门查阅过一些资料。古代中国将圆周分为365¼度，因为岁差的原因北极星的位置一直在变动，大约是26000年一次循环。天乙星、太一星都当过北极星。公元前1000年的北极星，又为帝星。北斗中的天枢星也当过一段时间的北极星，唐宋时期的北极星是纽星，而现在的"勾陈一"是从元代开始作为北极星的。

张翼微微闭上眼睛，努力拼接脑海中的记忆碎片，随后摇了摇头说："不是现在的勾陈一，也不是纽星。"

"如果刚才说的都不是，那只有一个可能了。"

张翼稍稍颔首，低声说："是织女星。"

"如果是织女星，那么那幅星图的历史至少也有13000年，或者是这个周期的倍数。"尉林注视着张翼。

"或许是刻图的人刻错了。"张翼闭上了眼睛，继续沉浸在那些缥缈无定、似真似幻的回忆中。虽然这种感觉带给他恐惧，但在某种程度上，又让他着魔。

"或许我能帮你回想起更多细节。"尉林用平静的语调帮助张翼回忆那天的情形，让张翼混乱零碎的记忆中浮现出更多细节。

恍惚中，张翼进入了深度睡眠才会有的快速眼动期。

猛然间，张翼睁开眼睛，着魔一样地从尉林手中接过纸笔，根据自己脑海中浮现的图像，勾画出了一幅奇怪的图形。

尉林平静地看着潦草的图像，眉头紧锁。

张翼恍惚了片刻，刚才还在他眼前的景象，此时又迅速地离他而去，不见踪迹。

望着纸上那一组奇怪的图案，张翼茫然不解。

"这是……什么？"张翼的目光缥缈不定，指着其中一个图形问道。

尉林微笑着，说："你刚刚画的。"

张翼的神色将信将疑，目光里充满疑惑。

尉林目光沉郁，点头说："一觉醒来的那一瞬间，或许还能记得梦里发生的事情，但很快梦中的记忆就会淡去，不过梦境中的那种感觉还会残存在脑海里。不能低估人在压力条件下的记忆力。"

张翼握笔的右手还在微微颤动,刚才浮现在脑海中的东西在一瞬间早已烟消云散,只留下手中这幅奇怪的图形,他恍惚中说道:"像太极图。"

尉林眉头微锁,神色凝重地点头说:"是有些像,但并不一样。"

"也许是进入山洞里的先民将太极图和星象图刻在了一起?"张翼感到头疼欲裂。

尉林继续补充道:"如果是太极阴阳鱼的话,这片石刻的历史不会早于北宋,由陈抟老祖的徒孙周敦颐完善。在此之前虽然也有太极图,但和现在所流行的图像差别很大。"

"如果这图像不是太极图,那会是什么?"张翼闭上眼睛,用指尖按压着睛明穴。

尉林眉头略略一动,"未必不是太极图。"

张翼有些吃惊,反问说:"你刚才不是说,如果是太极图,这幅岩刻的时间不会早于北宋吗?"

尉林摇头否定了张翼的这个推测,指着纸上的内容说道:"这幅图虽然看起来凌乱,但整体构图很完整。这里是紫微垣,这一组是苍龙七宿,分别表示一年四季的不同阶段,这个'太极'位于构图的正上方。"

尉林微微侧头,浅浅一笑,"以东方苍龙七宿的位置表示历法,是上古时期的风俗,那时候的新年定在夏季。这一传统西南的某些地区还有保存。"

张翼眉头微微一动,不假思索地答道:"星回节。"

西南地区从上古流传至今的星回节,便是古老历法的遗存。

尉林目光微沉,点头说道:"《周易》起卦是乾卦,乾卦的爻辞就是象征了'苍龙七宿'于不同时期的位置。"

张翼陷入了疑惑之中,思索着问:"紫微垣、苍龙七宿……都是和星象有关。那这个像太极的图案又是什么?"

"暂时还无法知道。"尉林摇头回答道,他的目光也变得格外沉郁,"还需要进一步考证,这么猜是没有任何结果的。"

27 凝聚态

张翼感到头疼欲裂,用大拇指按压着两侧太阳穴。随后,他稍稍喝了口咖啡,不禁皱了皱眉头,努力咽下这苦涩的原味无糖咖啡。

张翼抬起头，微微眯着眼说："你不像开餐馆的人，难道没有其他的副业？"

尉林轻松地笑了笑，点头说："我有时候也写写小说，受我未婚妻影响。"

"哦。"张翼淡淡地回复了一句。

"她写的是武侠。"

"那你也写武侠？"

"不是。"尉林微微侧过脸，有意换了个轻松的话题，"有没有兴趣试一试德国中餐馆做的卤肉饭？"

"这是邀请吗？"张翼慵懒颓废地靠在沙发上，喝着奇苦的咖啡。

尉林平静地说："'蚩尤计划'虽然遭受重大损失而备受质疑，陈寰宇先生还是决定重启'蚩尤计划'。"

这段话带给张翼的除了震惊，更多的还有恐惧。

尉林平静地注视着张翼，说道："你带回来的样品很有研究价值，陈寰宇先生决定再注资100亿用以重启'蚩尤计划'。'蚩尤计划'将从公益性质转为纯商业运作，任何研究成果都会作为最高商业机密归陈先生的集团所有。"

张翼双目赤红，用颤抖的声音询问："你还知道些什么？"他自然能肯定眼前的这个人有能力知道这些隐秘。

尉林微微垂目，缓缓说道："有两份事故鉴定报告，其中的一份你已经见过了。"

张翼双手紧握，神情严肃地听着尉林所说的每一个字。

在目前的形势下，要重启"蚩尤计划"必须面对巨大的压力和风险。陈寰宇是一个生意人，必然是有值得他孤注一掷的东西，他才会如此冒险。

"为什么要跟我说这些？"张翼的眼神里充斥着不安和忐忑。他这样的眼神并非是缘于不相信尉林，而是来自于神仙洞劫后余生的余悸。

尉林笑意从容，"你是这场事故的唯一的生还者，你有权利、也有必要知道这些。"

尉林用手机打开了一张图片，递到张翼眼前，"这是在神仙洞内发现的一件样品。方解石中间的包裹物，就是常温状态下的'玻色爱因斯坦凝聚态'。"

张翼目光一动不动地落在那张图片上，嘴唇翕动，低声说道："可是,'玻爱凝聚态'需要在接近绝对零度的条件下才会形成。"

神仙洞发生的一系列古怪现象之间,是否存在必然联系?

尉林微微颔首,用低沉的嗓音说道:"不仅是常温的'玻爱凝聚态',最关键的是,它是由费米子组成。目前,实验室能制造的'玻爱凝聚态'都是由玻色子组成,玻色子的自旋为整数,所以它们在凝聚态中能保持一致。而费米子的自旋为半整数,这样的特性似乎注定了无法达到步调一致的要求,也无法形成'玻爱凝聚态'。这次的发现,必然会引发一场学术界的大地震。"

尉林继续说道:"玻色子组成的'玻爱凝聚态'能形成一种宏观的量子状态,而费米子凝聚态物质却能吞噬包括光线在内的一切能量。"

"吞噬……"张翼留意到尉林用了这个词语,不由自主地从齿缝中重复吐露了出来。

"对,就是吞噬。它对能量辐射的吸收率竟然接近百分之百,就像一个能量黑洞。"尉林将图片关闭,他此时的神情亦是十分凝重严肃。

"你们还发现了什么?"张翼注视着尉林,等待进一步答复。

尉林摇头说道:"事故之后,神仙洞已被封锁,不允许民间机构进入考察,我们得到的资料有限。"

张翼的身体开始颤抖,"这块'凝聚态'样本,你们是什么时候得到的?"

"在那次正式考察之前,就已经对神仙洞有过两次小型的考察。但是很遗憾,前两次考察没有预知到后期的危险。"

张翼不由问道:"这个东西和山洞里的神秘火光有没有关联?我听说在撒哈拉沙漠腹地也会出现类似的火光,叫作'魔鬼眼'。"

尉林点点头:"听说9年前,欧洲核子能机构在撒哈拉沙漠腹地进行了空间武器实验。到了现在,也被当作类似于51区的猎奇故事。"

"我亲眼见过神仙洞里的火光,我有理由相信撒哈拉沙漠存在这样的事件。"讲到这里的时候,张翼的眼白已被血丝填满。

尉林点点头,"空间武器已经不是什么秘密了,解密网站上关于这方面的资料很多,只不过各个国家的官方都不作正面答复。"

"世界各国类似的实验研究,为什么只有撒哈拉沙漠腹地的那个实验出了问题?"张翼问出了心中的疑问。

尉林平静地看着张翼的双眼,"据我所知,空间折叠目前的可控范围有限,所以为提升空间折叠的效率,欧洲核子能机构尝试利用了空间折叠的叠加效应，这就是撒哈拉沙漠实验的目的。"

"折叠空间叠加效应？"张翼心中猛地咯噔一下，像是突然间被巨石砸中。

尉林点点头继续说："所以存在于撒哈拉沙漠腹地的高维空间，并不是四维空间，而是更高维度的时空'黑洞'，五维空间中的类似于克莱因瓶的扭曲时空。"

张翼稍稍闭上眼睛，用沙哑的嗓音问道："那么神仙洞里出现的真空能聚集效应，也是因为那里存在一个高维'黑洞'？"

尉林神色严肃，稍稍点了点头，"可以这么推断。"

"这个高维空间罅隙和费米子凝聚态的关系是什么？"张翼睁开眼，望着尉林问道。

尉林用平静的声音回答说："那份报告中没有给出最终定论，但也有一个大致推断。根据高维空间罅隙生成真空能的性质，结合费米子凝聚态吸收能量的特性，整个神仙洞可能是类似'戴森球'的装置。"

张翼听说过戴森球，这是一种以高能效吸收材料组成的核能开发装置，常出现在科普杂志和科幻小说中。但这样一个概念构想，居然会出现在闭塞地区的一处山洞里。

"你相不相信文明的轮回？"尉林在这时候突然这么问起。

张翼能理解尉林的用意，点头说："在某种程度上相信。"

尉林的目光平静，"闭塞地区的山洞里发现了远超于现代科技的文明遗迹，还有那些奇怪的星图……这个世界没有那么多巧合。"

"没有那么多巧合……"张翼重复着这句话，感觉到一缕异样的寒意。

"根据现有的地质记录，地球的寒冷时期远远多于温暖时期，我们现在的温暖时代反而在整个地球史中显得有些非主流。"尉林目光温沉，"我并不认为在短暂的温暖时期就能催生文明爆炸式发展，这一季文明也是从上一季文明的余烬中诞生的。世间万物都在无量劫中，生生灭灭。"

张翼的内心又开始绞痛，他剧烈地咳嗽起来。

尉林拍了拍张翼的后背，继续说道："有人认为'戴森球'是文明发展到一定极致程度后，必然出现的产物。不过神仙洞里的'戴森球'并不是为了搜集核能，而是搜集真空能。也许在太阳不活跃的寒冷时期，地球上的人类文明通过利用费米子凝聚态搜集真空能作为能源供给。"

张翼并没有说话，他知道这样的推测太过于惊世骇俗，也让他内心的不甘变得更加强烈。

"我告诉你这些，也是希望你能再次加入'蚩尤计划'。"

张翼露出自嘲的神色，摇头说："根据我现在的情况，他们也不会允许我再加入。"

尉林语调平静，目光里多了一分别的意味："你的总经理许家恺并没有决定权，最终的决策权还是在陈寰宇先生手里。"

张翼侧过头，眼神里有些许亮光闪过，急切地询问："你有办法说服陈董？"

尉林从容地微笑着说："这个机会还得你自己去争取。"

张翼失望地自嘲笑了笑，反问道："有这种可能吗？"

"如果你是海月云山琴的主人呢？"尉林从容地说出了这句话，"我想，你应该比我更适合做这张琴的主人。"

对于听者张翼而言，这个提议无异于一枚重磅炸弹。

尉林泰然自若地笑着，看了看手表后，站起身与张翼道别。

事情的发展方向越来越偏离张翼的意料之内，本能告诉他，这一切好像是已经精心安排好的局。但他必须走下去，不仅要解开内心的疑惑，更是因为内心的不甘。

28 蜻蜓胸针

翌日清晨，带薪假期还未结束，张翼便回到自己的办公室，开始了一天的工作。

张翼的回归，让君耀的员工私底下都炸开了锅，当然也包括叶小茵。

叶小茵趴在桌上，斜乜着眼看着一旁垂掉的绿萝。

周静神经兮兮地靠了过来，"哎，小茵。"

"干吗？"叶小茵一副半死不活的样子。

"你男神啊！"周静努努嘴，又挤出一个坏笑。

"跟我有什么关系。"叶小茵闭上眼睛，脑袋里浮现的还是曹睿敏出现在张翼家时那幅画面。

"你这个半死不活的样子，难道跟他没关系？"

"瞎说什么啊？我是没了设计灵感，尉先生要给未婚妻定制一款蜻蜓胸针，我想得到这个设计机会。"叶小茵扫了一眼电脑屏幕上的设计稿，痛苦地撑着脑袋。

"跟你说个事。"

"呃……"叶小茵叹了口气,"没兴趣。"

"曹睿敏离职了。"

叶小茵愣了几秒后,才反应过来,"啊,她为什么离职?"

"不知道啊!反正就是离职了,走得很干脆。"周静拍了拍叶小茵的肩膀,小声说,"你不是一直当她是你的潜在情敌吗?再说了……"

"好啦好啦!我不会乘人之危的。"

"关心一下总没错吧?他遭遇了那场事故,人都是很脆弱的。"

"我现在只想获得给尉先生的未婚妻设计胸针的机会。"叶小茵掩饰着自己的情绪。

周静神经兮兮地笑着:"那你就更得请张翼帮忙了,嘻嘻。"

"就你心眼儿多。"叶小茵没忍住笑。

这天下午,叶小茵找到了张翼。

叶小茵满脸堆笑地坐在张翼的对面,压低了语调说:"嘿嘿,张经理还生气吗?"

张翼笑容温和,摇头说:"为什么要生气?"

叶小茵心虚地笑了笑,将手中的一叠设计稿递了过去,"希望张经理能帮我把这些设计稿交给尉先生。"叶小茵接近张翼的办法确实显得有些尴尬,但她也着实想不到还有什么别的借口了。

张翼右手接过设计稿,不解地笑了笑,疑惑地问:"公司设计师和客户之间的交流,为什么要通过我?"

叶小茵尴尬地笑着,"尉先生来我们珠宝行定做一款胸针。"

张翼摇头笑着说:"我贸然帮你转交设计稿是不是太唐突了,你可以发送邮件啊。"

叶小茵眉头紧蹙着,装出生无可恋的表情,"那个,像这种未知名的电子邮件发过去,他估计都懒得翻吧?还是纸质版的设计图拿在手里更有说服力。张经理,你不会还在为那天的事情生气吧?"

张翼接过叶小茵手里的设计稿,摇头叹气。

叶小茵一副很坦然的模样摆了摆手,"我这不是想借助这个机会证明下自己的能力吗?"

张翼顿时有一种哭笑不得的感觉,翻阅着叶小茵的设计手稿,勉强应承下来,"确实挺有新意的,我帮你一次。"

"谢谢啦！"叶小茵站起身伸了个懒腰，得逞般笑了笑。

她正要离开张翼的办公室，却被张翼叫住。

叶小茵心里一咯噔，瞪大眼睛问："这是要反悔吗？"

张翼认真地翻阅着设计手稿，自言自语地说："这个尉林怎么会对'蜻蜓'这么情有独钟？"

叶小茵皱着眉头，疑惑地问："不就定制了一款蜻蜓的胸针，怎么就成了情有独钟呢？"

张翼眉头紧锁，"前年他还在拍卖会上拍得了11颗战国时期的蜻蜓眼琉璃珠。"

叶小茵若有所思地皱了皱眉，小声嘀咕着："你把他的事情查得那么清楚。"

张翼稍稍抬了抬眉毛，懒得辩解什么，"跟我讲下你这个胸针的设计构思。"

叶小茵努了努嘴，指着手稿说道："我将这款胸针设计为两只胸针的组合，既可以单独佩戴，也可以组合为一只。"

张翼点头表示明白，示意叶小茵继续。

"其中一款胸针设计为荷花，而另一只为蜻蜓，取唐诗中的那句'小荷才露尖尖角，早有蜻蜓立上头'的意境。荷花的设计融合工笔画的意境，能看得出尉林很喜欢传统的中国风。使用温润细腻的和田青玉雕琢成荷叶，中国传统的玉石更能体现这幅工笔画的意境。选用花瓣形的异形珍珠镶嵌成白荷，'清水出芙蓉，天然去雕饰'，要的就是这个效果。不过难点在异形珍珠的选择上，想找到能做花瓣的异形珍珠很不容易。哈哈，这个有一定运气成分。"

"那蜻蜓呢？是怎么构思的？"张翼翻动着设计手稿又继续问。

"蜻蜓的形态采用花丝镶嵌的工艺，不过在传统的花丝镶嵌工艺里搭配的宝石一般都是随形，很少雕琢打磨。"叶小茵双手环抱于胸前，嘴角得意地扬起笑，"而在我的设计里，镶嵌点缀的宝石采用了现代工艺切割，更加能突出宝石的色泽火彩。这只蜻蜓是艺术化的设计，将常见的蓝绿色蜻蜓和红色蜻蜓的形象进行融合，这样在色彩上不单调。蜻蜓的躯干部分镶嵌缅甸的鸽血红宝石，尾部以烧蓝工艺模仿点翠，翅膀部分设计为振翅欲飞的形态。因为蜻蜓的眼睛是复眼，所以我计划用淡绿色的碎钻石的群镶工艺表现蜻蜓的眼睛。虽然碎钻的价值并不高，但绿色的碎钻一般都是存在于钻石原石的表层氧化层上，宝石级别的极其难得。单一的碎钻并不能表现出很好的光学美感，所以用群镶工艺来弥补这点不足，制造出犹如蜻蜓复眼一样的迷幻效果。白荷部分分青白两色，而蜻蜓部分有红绿蓝三色。极素与极艳的撞色，营造出惊艳的效果。"

张翼将手稿放下，两手反抱着脖子靠在椅背上，不免长吁短叹一阵。

叶小茵不明就里，疑惑地望着张翼问道："为什么叹气？"

张翼微微蹙眉，点头思索着："蜻蜓的设计不能太繁复了。"

"嗯嗯！张经理有什么建议呢？"叶小茵挤出可爱的笑容，期待张翼给出建议。

张翼思考着说："雕琢后的红宝石绚丽夺目，但容易抢了烧蓝和绿钻的风头，我觉得这只蜻蜓的重点应该在眼睛里。"

叶小茵眉头微皱，点头说："怎么修改比较好呢？"

"把红宝石换成南红玛瑙或者红珊瑚呢？定陵和梁庄王墓里出土了很多花丝镶嵌的精美首饰，可以参考。"张翼微微敛眉，认真地说着，"牛血红珊瑚可能会更好一点。"

叶小茵恍然大悟地拍拍脑袋，叹道："我真是傻了，这个都没想到！"

张翼扶着扶手坐起身，看了看手表后对叶小茵说道："我找个机会把这份设计稿给尉林，我待会还有个会议。"

"那谢谢啦！"叶小茵眨了眨眼。

除了外表上的出众，尉林还是营销炒作的高手。他的高明之处在于，不将这张琴卖掉赚一大笔钱，而是将琴转化为一种可持续获益的资源。通过佳士得拍卖会的一拍成名，他立刻获得了足够的关注度，而且也拥有了更多机会与各种名流富豪接触，然后再将这些资源转化为更多的财富。

不过那些"肤浅"的八卦女们看问题的角度就完全不同了，她们才不管什么营销不营销、炒作不炒作，她们在意的就是"颜值"，一言以蔽之就是：一切都看脸。在尉林出现后，公司里的女员工都跟打了鸡血一样花痴到不行，每天聊的话题都离不开他。各种有的没的，靠谱的、不靠谱的传言甚嚣尘上，尉林的出场都是自带"弹幕"和"光环"的。

直到尉林说明了要给未婚妻定制一枚蜻蜓胸针的想法后，很多传言才算消停下来，但也轮到一大拨女孩们的芳心破碎了。而尉林那位神秘的未婚妻，也在八卦女的口中成了"上辈子拯救了世界"的女人。

29 心病

叶小茵的设计打动了尉林，如愿获得了设计蜻蜓胸针的机会。

今天下午二人约在公司附近的一家湘菜馆见面，讨论胸针的设计细节。

尉林刚刚走上楼，就发现叶小茵已经坐在卡座里等候了。

"等很久了吧？抱歉。"尉林在叶小茵对面坐下。

"呵呵，没事没事，我也才到一会儿。"叶小茵眯着眼睛笑着回答。

"原来尉先生是喜欢湘菜啊？你在慕尼黑的中餐馆也是主打湘菜的吗？"叶小茵强打起精神掩饰着内心的疲累，虽然面前坐着的是魅力值爆表的尉林，但她心里还是被张翼的影子填满。

尉林的笑容谦和，说道："我未婚妻是湖南人，慕尼黑餐馆里的中餐很多都不正宗了。每次有机会回国，我都会去人气高的大众菜馆吃一顿，考察下流行的菜式和新增的菜品。"

"哈哈，难怪你不喜欢吃西餐。也是哦，在欧洲待着，西餐也不稀奇。归根结底，还是家乡的味道好啊！"叶小茵点点头。

尉林保持着优雅礼貌的微笑，随后将车钥匙交给叶小茵说："谢谢你帮我租的车，可以还了。"

"你不用车了啊？"叶小茵接过钥匙。

"明天的飞机去慕尼黑。"尉林回答说，"待会我打车回酒店。"

叶小茵有点失望地点了点头，随后又笑着回应："也是，尉先生回国这么久，肯定也想你的未婚妻对吧！"

尉林意味深长地笑了笑，深邃的眼神里多了一分惆怅，点头说："谢谢你帮我设计的蜻蜓胸针，我想我的未婚妻会很喜欢。"

叶小茵暗暗得意，"客户满意是我们设计师最大的欣慰。你们什么时候结婚？这款胸针，婚礼的时候她会用上吗？"

尉林抿嘴淡淡笑着，并没有回答叶小茵的这个问题，转而换了个话题："也不知道怎么谢谢你，请吃饭这种也俗套了些。要不我下次从德国回来给你带点小礼物？"

叶小茵连连点头答道："好的啊！"

"你喜欢什么样的礼物呢？"尉林问道。

叶小茵也不知道要什么样的礼物，思索着说："不要太贵，嗯……实用点的那种，吃的就不用了。嘿嘿，最好要有地方特色。"

尉林一本正经地思索着："不是吃的、不能太贵，还要有地方特色？

看来我只能给你带一张德国地图了。"

尉林的话一说出来，让叶小茵捂着肚子笑个不停。

"那就德国地图吧！"叶小茵并不拒绝尉林的这个提议。

尉林微笑着说："还需要请你帮个忙。"

"嗯嗯，能力范围内一定帮。"叶小茵连连点头。

"有空陪张翼聊天，多开导开导他。"尉林目光沉静平和。

叶小茵在听到这个要求的时候，脸上的笑容顿时凝固，意识到自己的失态后她立刻低头，不太情愿地咬着嘴唇，勉强点点头。

……

俗话说受人之托忠人之事，尤其是尉林托付的事情。从理性的角度来说，叶小茵在这时候应该拿出一个朋友的态度。

张翼这些时日都在公司上班，与以前并没有什么不同。但就是因为如此，她本能地感觉到：张翼在公司里表面上的一切如常，才是最大的反常。

星期六的早上，叶小茵决定再去张翼家里看看，不过她事先并没有告诉张翼一声。

走到张翼居住的楼下，叶小茵来回走着徘徊了一阵，此时她的内心还是充满了矛盾。再一次鼓足勇气后，叶小茵走进电梯，来到张翼的房门口，轻轻敲了敲门。

敲了几次门，屋子里没有任何回应。叶小茵原来想着如果没人回应她就回去算了，但此时的她开始变得焦急起来，拿出了手机拨打张翼的电话。

已经是第十七次拨打了，但始终没人接听。

叶小茵一下子慌了神，焦急地拍打着张翼家的房门，始终无人回应。

此时，叶小茵转而拨通了曹睿敏的电话。

电话铃声响了近20秒后，曹睿敏才接了电话。

"什么事？"曹睿敏的声音显得很不耐烦。

叶小茵并没有拐弯抹角，而是直接问："张翼去哪里了？"

"呵。"电话那头传来曹睿敏高傲的冷笑声，她用十分不屑的语调不耐烦地说道，"叶小姐，我想你是误会了，请你不要再打这种无聊的电话过来。"

叶小茵内心压抑的情绪在此刻爆发，提高了嗓音问："我就想知道张翼现在人在哪里！"

曹睿敏显然已经被激怒，但她仍然用她那富有特点的高傲态度回答道："叶小姐，麻烦你以后说话经过一下大脑。我很忙，抱歉。"随后曹睿敏毫不客气地挂断电话。

叶小茵木然地望着张翼紧锁的房门发呆，内心早已被各种奇怪的念头充满，她在犹豫要不要报警。经历这样的变故，张翼的确有可能做出一些不理智的事情来。想到这里，叶小茵更不敢大意。

这时，叶小茵的手机铃声响起，是张翼的来电。

叶小茵握着手机的手微微发抖，刚才的紧张情绪还没有淡去，她尽量用平和的语调问道："你去哪里了？"

"我办签证。"电话那头，张翼若无其事地回答着。

叶小茵心里咯噔一下，瞪大眼睛连忙问道："你要出国，去哪儿？"

"德国。"

"德国？！去找尉林？"

"是。"张翼的语调平和，没有掺杂太多情绪。

就是这样简单的一句话，刺痛了叶小茵内心最柔软的地方，她突然大哭了起来，眼泪止不住地流下。

在挂断电话后，叶小茵一个人蹲在墙角哭了许久。

叶小茵给尉林发了一条消息，远在德国的尉林竟然很快回复了消息。

叶小茵敲击手机键盘，"你们那里现在是晚上吧，还没休息？"

尉林很快回复："时差还没适应，睡不着就起来写点东西。"

叶小茵在犹豫片刻后，终于问出了心中的疑问："公司要重新启动'蚩尤计划'，张翼捡回一条命，又要去面对那些？"

"逃避并不是解决问题的方式，尤其是张翼现在的状况，逃避问题只会加重他的病情。经历重大变故后的心理干预，也有以毒攻毒这一项。"尉林的解释有理有据。

"他都差点没命了！"叶小茵望着手机屏幕，她希望尉林能帮助张翼放弃重新加入"蚩尤计划"的念头。

手机屏幕的对话框沉寂了一阵子，随后尉林发来一段文字："张翼是创伤性应激障碍导致的解离状态和精神分裂。"

叶小茵被这行字着实吓得不轻，一时间不知道从何问起。

几分钟过后，尉林发送过来一段文字："精神分裂的阳性状态有'影响妄想'，患者总感觉自己的思想和行为受到另一个人的指挥。还有就是幻觉，比如幻视、幻听。第三就是言语异常，比如出现联想松散、思维中断的情况。除了阳性症状外，还有阴性症状。阴性症状包括感情迟钝、意志力减退、感情淡漠，还有心理和身体活动缓慢。很不幸，以上的症状张翼全都符合。"

"你是说他有多重人格？"叶小茵心里纠结，又十分惧怕。

尉林那边又发过来一段文字："精神分裂和多重人格不同，这是两个概念。通常所说的多重人格，指的是'解离性身份障碍（DID）'，指的是患者有两种及两种以上的不同人格，但和精神分裂症不同。解离性身份障碍的患者的每一个人格都能正确感知环境，并能与之互动。精神分裂患者缺乏正确感知环境的能力，也缺乏与环境互动的能力。"

"……"叶小茵发过去一串省略号，瞪大眼睛看着这一段描述后，她用颤抖的手指敲击着手机键盘，"能肯定张翼就是你说的那种情况吗？"

"是的。"尉林的回答十分简短明确。

"让他继续参加'蚩尤计划'就是治疗的办法？"叶小茵的手指头微微发抖，脸色泛白。

"一个有过痛苦经历的人，痛苦的记忆会在大脑中留下深刻印记。如果大脑中这块特定的区域得不到新的信息以替换陈旧的信息，大脑就会不断地挖掘这块区域中的回忆，让痛苦的景象一次又一次反复出现，折磨得人痛不欲生。"尉林继续解释着。

叶小茵不是很理解，继续问："他会不停地回忆那些经历？"

过了一会，尉林发来了一大段专业的分析："这种情况下出现的解离状态，是用来应对创伤经历、阻断痛苦事件进入意识，患者通过不正常的思维和行为来维持他的活动。类似'饮鸩止渴'，解离状态对痛苦事件的阻断可能帮助患者在短期内缓解痛苦，但时间长了，会造成身体、精神上不可逆的损害。所以在治疗这类精神问题的时候，国际上通行的做法就是鼓励患者去面对问题。只有克服了心理上的排斥和恐惧，才有治愈的可能。有句话说得非常在理，老话'心病还须心药医，解铃还须系铃人'。"

尉林解释得非常耐心，对话框中弹出的每一个文字都能显示他的专业素养，让叶小茵不得不信服。

30 电影

晚上7点，张翼回到家中，随后躺在沙发上发呆。办理签证需要一些时间，但他迫不及待想要从尉林那里知道更多关于神仙洞考察的秘密。

就在张翼靠在沙发上神游四海的时候，一阵急促的敲门声又把他拉回现实中。在清醒几秒钟后，张翼打开房门，看见了门口抿着嘴的叶小茵。

还没等张翼问起，叶小茵就抢先说道："是不是没吃饭？给你带了点好吃的。"

张翼显得有些心不在焉，淡淡地点头说："谢谢。"

叶小茵将手里提着的热饮递到张翼手里，神神秘秘地说："打车送过来，还是热的。"

叶小茵四下看了看张翼的房间，故意装作若无其事的样子，试探着问道："你老是待在家里不好，不如一起去看电影吧？"叶小茵自己也不知道为什么会突然提出这么无厘头的建议，说完之后她的脸也憋得通红。毕竟看电影这种事情，除了两三个闺蜜一起，也只能是和男友了。

张翼怔住片刻，不置可否。

叶小茵尴尬地笑着，"就看看电影，放松一下。"

张翼眼神迷茫，思考几秒钟后，才点头答应了下来。

叶小茵暗暗长舒一口气，抿嘴傻笑着。

一路上，两个人并没有太多交流。叶小茵不知道怎么开口，她很想装出开心的样子，但又怕太过分的掩饰仍然会让张翼回想起那些伤痛。

到了电影院里，叶小茵抬头看着银幕上介绍的放映影片，不由犯了难。眼下档期有些青黄不接的味道，除了爱情片就是灾难片。

"嗯，就那个吧！《秘密就在转角处》。"叶小茵指了指屏幕，"看介绍还不错，说是小清新的校园青春片。"

张翼略略笑了笑，有些心不在焉。

电影放映的时候，叶小茵倒是看得入神，一下没忍住就哭得稀里哗啦。

从影院走出来，叶小茵还难免沉浸在刚才的剧情中，眼角还挂着泪渍，但张翼仍然是面无表情。

"喂喂，你未免也太铁石心肠了吧？"叶小茵刚说完这句话就立刻后悔了，她怕自己又因为言语不当刺激到了张翼。

叶小茵同张翼从电影院内走出来的时候，正巧被既是同事又是"八卦门长老"的周静瞧见。周静慌忙中躲起来偷偷地拍了张叶小茵和张翼的照片，心里偷着乐。周静寻思着把照片发给叶小茵，好用这个没什么恶意的恶作剧吓她一跳。不料一时着急手错，点成了同事群。张翼和叶小茵前几天因为泼饭事件而被人误传的绯闻，这次算是真正坐实了。就算立刻撤回了照片，但还是为时晚矣，有人早在周静撤销照片前保存了。群里一群人热火朝天地讨论着，很快就弄得尽人皆知。

此时的叶小茵所想的是如何让张翼尽快从伤痛中走出来。不知怎么地，虽然她还不太敢面对此时的张翼。以前，她也只是认为这就是单相思，但如今这又算什么呢？普通朋友还是公司同事？想到这里，叶小茵的眼神里闪过一丝失落。她尴尬地搓着手，假意四处张望，用以缓解此时紧张尴尬的情绪。

因为张翼态度的不冷不热，他们这样一场莫名其妙的"约会"也就在这种尴尬的气氛中冷场了。

张翼开车送叶小茵回到了她住的地方，随后开车离开，也不多说一句话。

叶小茵失落地回到家里，给远在德国的尉林留了言。

过了一会，尉林那边有了回复："你很喜欢他。"

叶小茵看到这句话的时候正在喝水，难免受到惊吓，一口水喷在电脑屏幕上。

"怎么可能？！"叶小茵敲击着键盘回复说，因为呛水而剧烈咳嗽着，又慌乱地用纸巾擦拭着电脑上的水渍。

叶小茵看不到网络那一头身在德国慕尼黑的尉林此时的表情，她也想象不出来自己此刻到底是有多惊恐。虽然她一直知道答案，但是一直不敢捅破这层纸，所以也用自欺欺人的方式隐藏着自己，实际的结果是欲盖弥彰。

"你会这么关心他，不是一个普通朋友能做到的。"对话框里跳出了尉林的答复。

叶小茵连忙敲击键盘反驳着："这不是受尉先生所托吗？你答应给我带德国地图的。"很显然，叶小茵这样的反驳显得十分无力，都说服不了她自己。

这时尉林又发过来一段话："看电影的话，可以让张翼看一些经典的电影，比如泰坦尼克。"

听到信息提示音，叶小茵抬起头，揉了揉眼睛，强打着精神回复："这么老的片子？而且是灾难片。"

尉林回复说："这部片子挺适合张翼，而且我觉得卡梅隆有一个细节处理得非常好，等等我给你找张截图。"

随后尉林发过来一张电影片段的截图，截图显示的是一面墙上悬挂着很多露丝的照片。

叶小茵不明就里，敲击着键盘发送了几个问号过去。

尉林继续解释："重获新生的露丝并没有消沉，她带着杰克的祝福好好地活了下去，结婚生子。这面墙上悬挂着她骑马、钓鱼、旅行时的照片。虽然镜头只是一带而过,但我认为这是导演处理得十分巧妙的地方。"

"看了几遍电影,都没留意这个。"叶小茵一边回复着,一边仔细盯着图片中墙面上悬挂的那些照片,照片中收获大鱼的露丝笑得一脸灿烂。

对话框里又弹出了尉林的一段话:"消沉堕落、生无可恋的做法,不论对生者还是逝者都是折磨。人无法改变过去,也不能否认过去的自己。'鸡汤'文里都说:坦然面对过去,平静迎接未来,才是勇士。"

"道理都懂,能做到的没几个。"叶小茵不免感叹道。

这天晚上,叶小茵躺在床上辗转难眠。脑海里还是不断地回想起尉林的那些话,这让叶小茵陷入了更深的纠结。

31 火光

翌日清晨,躺在沙发上沉睡的张翼听见了一阵急促的敲门声。此时的他还处于恍惚之中,疑心刚才听见的敲门声是幻觉。

张翼睁开眼的时候,柳文星已经坐在他的身旁。两人没有说话,只是平静地注视着对方。

隐隐约约,又传来一阵敲门声。

张翼看着房门的方向,他想去开门,却无能为力。这时的他仿佛被困在另一重时空里,已经脱离现实的世界。

"'蚩尤计划'要重启。"张翼说出了自己的担忧。

"我知道。"柳文星微微一笑,"在《伊甸园》游戏里,或许有你要找寻的秘密。"

"《伊甸园》只是游戏,不是真实的世界。"

"那什么才是真实的?"

"你一直对世界持怀疑论。"张翼微微笑着,不知不觉中又戴上了游戏头盔,进入到《伊甸园》的世界中。

穿越万年的时光,石器时代的人们围绕着篝火载歌载舞、欢呼雀跃。

张翼游离在这场欢庆之外,即便在游戏里,这些喧嚣也都与他无关。

张翼背对着那群人,静静地注视着石壁上的原始壁画。画中简单又干练的线条,在跃动火光的衬托下,也变得活灵活现起来。

人们舞动的肢体也被火光映照在岩壁之上,与眼前的壁画融为一体。

柳文星的声音从张翼空寂的脑海中传来:"那些狂欢的人于你而言,就像石壁上的影子,对吗?"

"那你对于我而言,也是石壁上的影子吗?"张翼问道。

柳文星没有回答。

"你是谁?"张翼还想再问,突然感觉到一阵电流从身体穿过。

从梦境坠落现实,张翼惊恐地摘下了头盔,茫然地看着房门的方向。

门外叶小茵的音调提高了八度,"快点开门啊!我都敲了半天的门了!"

张翼打开房门,面无表情地看着叶小茵。

"今天周日,正好来看你。"叶小茵将一只保温桶送到张翼手里,歪头笑着说,"肯定没吃早饭,给你煮的,早上喝养胃。"

"这是什么?"张翼坐到沙发上,打开盖子看着保温桶里那一堆漆黑黏稠的东西。

叶小茵放下背包,憨憨地笑着回答说:"我特意给你煮的,熬了一晚上,快喝快喝。"

"这到底是什么?"张翼皱了皱眉,有些嫌弃地看着那桶黑乎乎的不明物体。

"桃花泪。"叶小茵说出了答案。

"?!"张翼隐约露出了疑惑的笑容,表情不像之前看到的那么僵硬冰冷。

叶小茵连忙指着张翼一本正经地说:"呐呐,你终于笑了啊!我看到了,你别不承认。"

"这到底是什么?"张翼又问了一遍。

叶小茵瞪大眼睛,一本正经地说:"就是桃花泪啊!我没骗你。"

张翼无可奈何地扶额,"我怕消受不起。"

叶小茵长叹一口气,略表遗憾地说道:"就是桃树分泌的树胶,很好的滋补品,很难煮的。这次给你炖了一大锅,你还不领情。"

"好好,我喝。"张翼无可奈何地笑了笑,舀了一碗喝下。

虽然这碗漆黑黏稠的"桃花泪"的卖相并不好,但胜在味道还算不错。这些时间,张翼的味蕾和感知都退化了很多。这碗桃胶熬成的甜水喝下去,原本麻木的味蕾似乎有所苏醒,食欲也似乎有恢复的迹象。

在被这份甜腻软糯的"桃花泪"刺激后,张翼原本冰冷的表情也逐渐开始消融，看似随意地问了一句："你吃饭了没？"

叶小茵耸耸肩，摇头说："没呢，还不是要给你送东西，都没顾得上自己吃。"

"你想不想去芙蓉轩？"张翼提议道，他的脸上恢复了些许神采。

"好啊！你请吗？"叶小茵毫不客气地答应了下来。

张翼露出了多日不见的笑容，点头说道："当然是我请，走吧。"

吃饭的时间，叶小茵也偷偷观察着张翼，发现他的神情明显舒缓了很多。叶小茵暗自得意，心里也宽慰了不少。

于是叶小茵找了个机会，小心翼翼地试探着说："喂，你和你妈妈长得挺像的，儿子果然是像妈。"

张翼微微愣了片刻，这才想起，自己出院那天，是叶小茵陪同妈妈来的医院。

"之前阿姨她一直都不肯睡啊，真揪心。亲眼见到你没事之后，她才松了口气。"

"谢谢你。"张翼目光平静地看着叶小茵，他这句道谢是发自内心，而不是以往的那种敷衍。

"阿姨年轻的时候一定很漂亮吧？"叶小茵微笑着望着张翼。

张翼浅笑着点了点头。

"昨天的电影你不怎么爱看哦，你平时都看些什么电影？"叶小茵挺害怕自己又说错话。

"不怎么看电影。"张翼摇头回答道，现在他对叶小茵的态度，已经比之前温暖很多。

"那总归也看过几部，也有喜欢的吧？"叶小茵不依不饶地刨根问底。

"不记得了。"张翼摇了摇头。

"好遗憾哦，本来想给你推荐一部超级棒的电影。"叶小茵有些遗憾地叹了口气。

"什么电影？"张翼抬头看着叶小茵问。

"泰坦尼克。"叶小茵嘟着嘴说着，偷偷地看着张翼的神情。

张翼有些敷衍地笑着，毕竟是这么一部老得几乎是尽人皆知的电影。

叶小茵早料到张翼会做如此反应，小声说："我们说的重点不一样呢。一个很小的细节，关于露丝获救后的生活的。"

"嗯？"张翼点点头，表示有兴趣知道。

"露丝获救后的生活，很精巧的一个细节。嗯，给你看图片。"叶小茵拿出手机将那张电影截图放大递到张翼面前，耐心地解释着，"露丝后来结婚生子，也实现了之前的约定和诺言，她去旅游、钓鱼、骑马……但不能因为这个就否定她对杰克的感情吧？除了那些站在道德制高点的伪君子之外，不会有人因为这些而指责她。起码理智的观众不会认为让露丝殉情或者孤独终老才是好的结局。"

叶小茵的声音不大，她也怕这番话会让好不容易显得正常点的张翼又陷入那段恐怖的记忆里去。

张翼没有说话，但目光里闪烁着光彩，不像以往那般死寂无神。

叶小茵小心地观察着张翼，在确定张翼的情绪还算稳定后，再继续说："人生的苦已经够多了，折磨自己只能增加更多的痛苦。"

张翼双目微垂，沉默良久。

叶小茵这时候也不好再多说什么，只能低着头吃着擂沙汤圆，缓解尴尬的气氛。

"那天你送来的礼物，我很喜欢。"张翼声音温和。

"你喜欢就好。"叶小茵抿嘴偷笑着。

"你怎么知道我喜欢星空的？"

"看到你相册里发的那些图片啊，所以自作主张给你准备了这些生日礼物，不过因为……"叶小茵突然顿了顿，她想重新组织语言，"耽误了一些时间，没能在你生日那天送给你。"

"谢谢，我很喜欢那份礼物。"张翼轻松地笑了笑，耸耸肩膀。

趁着张翼现在心情不错，叶小茵试探着问："你还要去德国找尉林，你还想重新加入新的'蚩尤计划'吗？"

听到这个问题，张翼的目光又变得沉闷起来。在沉默几秒钟后，他并没有回答刚才叶小茵的疑问，却说道："有部很老的电影不错，推荐你看看。"

"什么类型的？"叶小茵不太理解张翼转移话题的方式。

张翼神色略显凝重，点头说："是战争片。"

叶小茵略带嫌弃地撇撇嘴，失望地摇头说："我不喜欢看战争片，感觉太残酷了。"

张翼温和地笑了笑："我只是突然想到了电影里的一些台词。"

"嗯？"叶小茵抬起头，好奇地眨眨眼睛。

张翼两只手的手指交叉握拳放在身前的餐桌上，解释着："我怕死，但我知道这么做是对的。"

叶小茵大概明白了张翼话里的意思，一丝伤感从眼眸里透出，"你什么时候去找尉林？"

"等签证。"张翼稍稍眯着眼睛，静静地看着对面的叶小茵。

叶小茵低着头心不在焉地说道："那你去德国给我带一份德国地图，可以吗？"

"为什么要德国地图？"张翼不解叶小茵为什么提出这么奇怪的要求，还要从那么远的地方带过来。

"这个就别问啦。"叶小茵神神秘秘地笑了笑，又专注于面前的美味。

"好吧。"张翼无可奈何地笑着。

两人从芙蓉轩走出来，来到公园的一片榕树林下。

深圳的秋日阳光依然灼烈，炽热的光线从榕树茂盛的常青树冠中透落，洒在两人的身上。

叶小茵跟在张翼身后，低头踩着他的影子往前走，一言未发。

"叶小茵。"张翼停下脚步，转身注视着身后的叶小茵，打破了方才沉默的气氛。

"啊？"叶小茵蓦然抬起头，她的心跳加快，连呼吸都变得急促起来。

这时张翼突然走近几步，将叶小茵一把搂住抱紧。

这一切发生得太过突然，让叶小茵一时间完全怔住，身子僵直地立在那里。

"谢谢。"张翼说道。

"呃，不用谢。"叶小茵完全不知所措，也不知该如何回答，也就随口说出了这句。

"我送你回家？"张翼渐渐松开环抱着叶小茵的双臂。

叶小茵摆摆手，摇头谢绝了张翼的好意，"我自己回去就好了，家离这里很近。"

"确定不要我送你回去？"张翼追问道。

叶小茵坚定摇头："还是不用了，室友挺八卦的，要是她看到了肯定到处说。"

"就说是男朋友送回家，这不很正常吗？"张翼说这话的时候倒是显得很轻松。

"啊？"叶小茵又被张翼的话给怔住了，她没想到张翼会有这样的表示。

"你同意吗？"张翼问出了这个问题。

叶小茵吃惊地瞪大眼睛看着张翼，此时她的心里各种奇怪的念头飞过。

"对不起……我……"叶小茵低下头，掩饰着此刻纠结的神情。

"抱歉。"张翼一脸失落神伤,"是我想多了,这几天谢谢你。"

张翼坚持送叶小茵来到她家楼下,两人之间也没说太多,都只是面对面看着,然后对视着抱歉地笑了笑。

叶小茵回到租住的房屋里,合租的室友刚刚睡懒觉起床,顶着一头乱发,笑嘻嘻地问:"你男友好帅啊!有点像哪个明星来着……"

叶小茵怅然望着张翼离去的方向,耸耸肩摇头说:"就一普通同事。"

"切!煮熟的鸭子,嘴壳子还是硬的。"室友嬉笑着调侃,欢快地蹦进卫生间。

32 囚徒困境

几天后,张翼收到了领事馆的通知,他的签证已经办好,这比之前料想的要快很多。张翼拿到签证,预订了飞往德国的机票,给叶小茵留了言。

临行前一天的傍晚,张翼正在屋内收拾行李。这时,一阵急促敲门声传来。

叶小茵站在门口,歪着头笑着:"你明天的飞机去德国,我给你带了些东西。"

叶小茵走进屋内,坐在沙发上,一边喝着奶茶,一边说:"这次去德国这么着急啊?"

"你一直没给答复,我不敢打扰你。"张翼的语气略带愧疚。

叶小茵将手里的奶茶放下,踮起脚尖搂过张翼的脖子,两人的嘴唇轻轻碰了下。叶小茵的举动,就是告诉张翼那个问题的答案。在叶小茵迈出这一步之前,理智和感情也在交战。一旦这一步跨出去,之前的烦恼和纠结在这一刻也都烟消云散。

直到第二天清晨,二人来到宝安机场,拥吻道别。

张翼乘坐的飞机爬升到云端,从舷窗望出去,地上的景物都化为小点。

飞机在云峰间穿梭飞行,在云层上落下投影,柳文星模糊的身影飘浮在云层中。

一瞬间,张翼有些恍惚。

飞机在转停新加坡后,又经过一天的飞行,终于抵达了德国慕尼黑。

张翼跟随尉林，来到尉林位于郊区的住宅。

尉林邀请张翼坐下："你的精神状态好了不少。"

张翼并没有解释太多，直奔核心话题："'萤尤计划'大概什么时候开始？"

尉林神态平静，回答道："'萤尤计划'的资金充足，设备和人员一旦到位就可以重启。连山乡的神仙洞已经被相关部门封锁，不再允许民间机构进入考察，所以'萤尤计划'重启后，第一个考察地点定在南海的西沙群岛。"

张翼顾不上长途旅行带来的不适，他急于知道更多内容，"为什么选在南海？"

尉林目光平静，解释说："陈寰宇先生刚刚收入了一批宋代沉船上的海捞瓷，发现沉船的地点在西沙晋卿岛附近。"

"这批海捞瓷有什么特别的地方吗？"张翼的神经再次绷紧，生怕错过每一个细节。

尉林目光沉静，"这批瓷器都是宋代出口海外的一些生活瓷器，瓷器本身并不具备太高的艺术价值、研究价值，所以这批瓷器被捞上来的时候并没有引起太多重视。直到有一天的晚上，保管员巡视仓库的时候发现了神秘光亮，当时还虚惊一场。经过专业人员的调查，才知道这批瓷器竟然具备荧光特性。经过检测，这批瓷器在沉入海底之后，曾经受到过多次的大剂量的射线辐射。"

听完尉林的介绍，张翼已经明白了陈寰宇为什么将考察地点定在南海西沙群岛，"所以陈董希望通过南海的考察寻找到有关线索？"

尉林点头赞同，将腕表解下放在身侧的桌上："那一带，也流传着神秘光束的传说，而且历史记载那片海域也曾多次发生海难。渔民传说，晋卿岛附近的蓝洞有恶龙出没，恶龙会吞噬过往船只。根据目前所知道的信息，陈先生将筹码压在了这里，这也是一场高风险的高科技淘金了。"

"有没有更多线索？"张翼目光凝重，垂首思考着。

尉林目光平静悠远，缓缓摇头说道："最初制定'萤尤计划'的目的，就是通过钻探南海海壳，从而研究莫霍面及其以下的地幔部分，陈董将新的考察计定在南海西沙群岛一带，也算是歪打正着，与初衷一致了。"

张翼冷冷笑了一声，"以科研和公益为借口，也让人觉得他并不是另有所图。"

这时候，张翼留意到客厅里摆放着一套《伊甸园》的游戏装备，"你还是喜欢在《伊甸园》里扮演蜻蜓吗?"

尉林耸耸肩,解释说:"也不总是扮演蜻蜓,也会尝试其他的角色,比如海豚。"

海豚……张翼的身体仿佛遭受到了轻微电击。他想起了记忆角落里的某些零碎片段。

张翼回过神后,问道:"有没有什么特别的体会?"

尉林用手势比画着说道:"大多数人对海豚的印象,多是来自于海洋馆里的海豚,也有新闻里有关海豚救人的报道。其实这些看法很片面,让人误以为海豚是一种善良的可爱动物。"

"你得出了截然相反的结论?"

"海豚对同类也会有杀戮现象,有些时候是争夺有限的生存资源。但是,它们对鼠海豚的屠杀就让人难以理解了。鼠海豚不论从生存空间,还是食物来源上讲都和海豚没有重合,所以海豚屠杀鼠海豚的动机并不是因为争夺生存空间和资源。有动物行为学家长期观察海豚的行为,希望揭示这个谜底。不过这么多年研究下来,得出的结论却让人大跌眼镜。"尉林的目光温和平静。

"是什么原因?"张翼放缓了呼吸,等着尉林解释。

尉林浅笑着说道:"研究表明,海豚对鼠海豚的虐杀,仅仅就是因为它们觉得好玩。"

"它们觉得好玩?!"这个答案对于张翼来说无异于沉重一锤,愕然的表情凝固在他脸上,他感觉身体里有股凉气令人发憷。

"可能暴力和战争就是刻在生物的基因里的,人也一样。这就是为什么有些人认定人类文明发展到一定程度后,一定会有毁灭的一天。"尉林说到这里停了下来,拿起桌上的游戏模拟设备,凝神思索着。

囚徒困境——张翼联想到了这个经济学领域内知名度最高的博弈案例,他也认为人类正处于囚徒困境中,充斥着相互猜忌和不信任,这也是战争的根源吧?

33 游戏副本

尉林平静从容地笑着,问道:"你也是这么认为的吧?"

张翼略带疑惑,说道:"我没有研究过,但听你说的有一定的道理。"

尉林看着手中的游戏设备,"欧美的一些人类社会学家正在用《伊甸园》的虚拟平台进行一场相当残酷的实验。"

张翼注视着尉林的眼睛,听着他的讲述。

尉林的嘴角微微扬起,"他们管这个课题叫'摩登原始人'。这场实验中,人类学家将一群原本生活在都市中的现代人类放逐到一个与世隔绝的副本中,没有现代文明的支撑,看他们发展出下一季文明需要多少代的时间。"

听到这里的时候,张翼眉头微微一动,询问道:"这个实验已经进行了多久了?"

尉林双手环抱,靠着沙发背,继续说:"这个实验开始了一年多,在《伊甸园》系统中,可以通过对感知时间的调节,加快或者减缓时间流逝的速度,所以这场实验在游戏中已经进行了200多年了。"

"现在那群人发展得怎么样?"张翼很想知道这个残酷的人类社会学实验的进展。

尉林眉头微锁,神色凝重地解释说:"十几代人的繁衍,已经磨掉了他们身上所有的现代文明痕迹。200多年,不算太长,但也不算太短,却能让很多事情变得面目全非。在实验里,他们已经演化出原始的宗教。因为对自然的畏惧,所以他们崇拜自然中一切有'灵性'的事物。也不能小瞧这些'迷信',这虽然是落后愚昧的表现,但也是文明发展的基石。追根溯源,我们世界里的很多基础学科,都能跟原始的自然信仰扯上关系。"

"那他们的语言和文字的传承发展情况呢?"张翼仔细询问着实验的细节。

尉林双手环抱,看着那套《伊甸园》的设备说道:"人类语言的发展过程本身就是一个自我进化的过程。在《伊甸园》的那场实验里,经过200多年的时间,那群'摩登原始人'已经在他们原有语言的基础上发展出了很多新的词语和语法句式,原本适用于现代文明的大部分词语和句子都已退化殆尽。他们的语言使用情况也是与他们生活环境共同演化的结果。"

张翼听着尉林的解释,"生存环境天差地别,所以也出现了文化断层。"

尉林点点头,同意张翼刚才的说法,继续说道:"确实如此,不仅仅是语言,文字的断层就更加明显。刚开始的时候,老一辈的'摩登原始人'还能通过教学让下一代学会一些文字。但野外生活的残酷环境决定了他们要花更多时间学习生存技能,不会有太多的闲暇时间来进行文化教学。到了第三代，文字也就理所当然地出现了断层。自然资源竞争日益残酷，各个部落间的战争杀戮也时有发生。对于这样脆弱的人类部落而言，一场人为战争、一次自然灾难就足以毁灭一个部族的所有积累。"

"这场实验进行到现在，他们对现代文明已经毫无传承了吗？"张翼眉头紧锁，他自然能明白这个名为"摩登原始人"的残酷实验所具备的意义非同小可。

"并没有完全断绝，第一批人将自己对现代文明的记忆以岩画的形式记录了下来，也有很多的故事和歌谣以口耳相传的形式流传下来。不过发展到现在，那些对于现代文明的回忆早就变得面目全非。混杂了后来叙述者加入的臆想杜撰，也和先人留下的岩画一样，都被当作神话传说。在传说中，他们的祖先因为某种神秘的原因而被赶出了天堂仙境，流落在了这个蛮荒之地——每个部落的说法略有不同，但大体还是相近的。"

张翼陷入了沉思，这个实验的恐怖之处不仅仅在于其立意的残酷。最让人不寒而栗的，是对现实世界的映射。

尉林的面容仍然平静从容，用低沉缓和的语调说道："他们虽然丢掉了上一季文明的文字，但也有自行演化的记事方式。这一点和我们的祖先非常相似，比如结绳记事和算筹演算，另外还有一些原始的宗教符号和记事符号。"

"我们这个世界的文明，也是在上一季文明的余晖中重建的吧。"张翼闭目思索着，也许现实的世界也是在这"成住坏空"中循环演化。

尉林目光深邃，"很多古老文明中存在早熟的成分，那些看似怪诞不经的神话故事里，也隐藏着祖先对于上一季文明的残存记忆。"

张翼的思维被尉林带入到这个诡异的话题中。不知不觉地，他觉得身边的一切都变得虚幻起来，自言自语般说道："或许我们和那群可怜人并没有太大区别，我们也是某一个上层文明进行实验的产品。"

尉林平静地笑了笑，摊摊手说道："也许吧。"

张翼的思维正在进行一场激烈的天人交战，他如着了魔一样，脑海里各种诡异画面呼啸而过，撞得他喘不过气来。

在脑海里的混乱稍稍平息后，张翼一边理着思绪一边说道："一张二维的全息照片里就能包含一个三维事物的全部信息，而在虚拟的游戏里，也能模拟出一个近乎真实的世界。那我们又怎么知道这个世界是真实存在的？说不定，只是存在于一个思维中或者是一块芯片里。"

此时的尉林依然从容淡定，看不出半点波澜。

恍惚间，柳文星的身影又出现在了张翼的眼前，就这么静静地笑着。

就在张翼出神的时候，尉林并没有继续这个话题，反而云淡风轻地笑了笑，问了句："有朋友送了瓶非洲的大象酒，有没有兴趣？"

尉林这句看似不着边际的话，却让陷入魔怔的张翼从混乱中陡然清醒过来。

张翼从迷茫中清醒过来，看着尉林问道："大象酒，是什么酒？"

"肯尼亚的一种甜酒，味道很像香草冰激凌，据说能醉倒一头象。"尉林取下一只棕色酒瓶，再拿出两只玻璃杯，各倒了半杯，取来冰块加入到酒里。

尉林右手将一只酒杯递到张翼手中，左手端起另一只酒杯，意味深长地说了一句："多想无益，活在当下！"

张翼领会尉林的用意，微笑着举杯回敬。

"希望尉先生能帮忙说服陈董，让他同意我重新加入'蚩尤计划'。"张翼品尝完杯中的大象酒后，将手中酒杯放下，说出了此行的目的。

尉林点头说道："最好，由你来说服陈寰宇先生。海月云山琴的赠送手续我已经准备好，接下来就是等你签字确认。"

张翼沉默片刻，看得出他还有疑虑，"这张琴估价已经超过了2亿人民币。"

尉林轻松一笑，并不回答。

张翼在纷乱的思绪中挣扎着，他内心里充满了疑惑和矛盾。

"看你现在的状态也是没法休息，我的那家中餐馆离这里不远，一起吃点东西。"尉林拍了拍张翼的肩膀，二人对视一笑。

34 多维时空

这家中餐馆就离尉林的住处不远，张翼暂时还不能适应时差和旅行的疲累，但现在的他也是完全睡不着的。

二人步行来到小餐馆，在这里尝试一下异国他乡的中餐也是一个不错的选择。

尉林介绍了自家餐馆的主厨，是一位地地道道的德国人，但他的创新中餐不仅在当地小有名气，还受到了中国游客的赞赏。比如他把中国西南地区腊肠和德国香肠的做法进行了融合，形成了这家餐厅的特色招牌菜。

他还创新了樱桃烧鹅的做法，加入了北京烤鸭的元素。

现在还没到饭点，所以食客并不多。

一位个子高挑的女店员慵懒地对着手里的小镜子补着妆，一头紫罗兰色的短发折射着秋日的午后阳光，格外亮眼。

尉林与那个女店员打招呼，她却傲慢地将头侧了过去，继续旁若无人地补着妆，但她还是用手里的镜子偷偷地观察着尉林。

"她，你认识的。"尉林用咖啡匙搅拌着杯中浓香醇黑的咖啡。

"陈菀青？！"张翼小声地说出了答案。

君耀珠宝公司董事长陈寰宇的孙女，混世名媛陈菀青。

陈菀青的名字是她爷爷陈寰宇取的，希望这个孙女腹有诗书、娴静温婉。但事与愿违，陈菀青本人与这充满诗意的名字完全联系不到一起。她从小在国外长大，个性叛逆、特立独行，在18岁的时候就已经是夜店的常客。她没按照陈寰宇的要求学好琴棋书画，反而喝酒、抽烟、打架、爆粗口等无一不通、无一不精。最让陈寰宇气愤的事情是今年26岁的陈菀青男友已经换了不下10个，还多次被狗仔拍到她和各色男人的亲密照，为此陈寰宇下令断掉了陈菀青的所有经济来源。但陈菀青并没有被这个难倒，她在社交网站上写自传日记赢得了大批的粉丝，还拥有了自己的代言产品。从经济头脑这方面来看，她确实是遗传了陈家的优良基因。但也因为她在日记里透露了家族隐秘而让陈寰宇十分恼火，双方因此陷入冷战。

虽然张翼见过几次陈菀青，但他也不敢确定这位大名鼎鼎的"混世名媛"就出现在这里，而且还是一副店员的打扮。

张翼眉头紧锁，好奇地问："陈董的安排？"

尉林耸耸肩，摇头说："她一向喜欢跟她爷爷对着干。"

张翼不解地笑了笑："怎么就在这里做了店员？"

"她说希望有一份独立工作，不想再依靠家里。"尉林皱了皱眉，抿了一小口咖啡，摇头笑着，"咖啡不加糖真的是喝不下去，不知道你是怎么做到的。"

张翼不解地问："她不是还可以通过代言和出书赚钱吗？"

"她觉得能拿到代言、赚到稿费也是因为沾了家族的光，她说要完完全全地自食其力。"

张翼叹气地笑了一声，其实他也猜到了大半，这位陈菀青之所以肯在这里当一个女店员，自然也是为了尉林。

"你未婚妻没有意见？"张翼微眯着眼，很不合时宜地问了这个问题。

尉林稍稍沉顿片刻，深邃的目光里多了几分意味不明。

尉林没有回答张翼的这个问题，反而问："你相不相信，两个世界在时空上都彼此交叠，但互相看不到对方的存在，只能通过某种超自然力量去感知体会。"

张翼的神色出现了一丝异常的波动，尉林的话仿佛刺进了他的内心，让他一瞬间失去了思维能力。恍惚中，他看见不远处的光影里，柳文星模糊的影子就在那里望着自己。

尉林留意到张翼神色的异样，平静地说："就像三界六道，也许你所在意的、却又见不到的人此时此刻已经在天界了。"

柳文星的影子，随后又被慕尼黑下午慵懒的阳光吹散。

张翼转过脸，才稍稍回过神，"你相信这些？"

尉林很坦然地笑着，点头说道："现在的这套实证科学能证明有，却没办法证明无。"

"是吧。"张翼眉头微微一动，他也无法反驳尉林这种看似自欺欺人的说法。

张翼顿了顿，尴尬地笑着，"真的就像一些宗教里说的，天有这么多层？"

"我记得你是数学专业，或许天的层数是不能单纯地从空间高低的层数去理解的。"尉林喝了一口咖啡，微微皱了皱眉。

"我学的那些也差不多荒废了。"张翼随口答应了一句。

"无招胜有招，学的不是内容，而是一种思维方式。东西可以丢掉，但思维模式丢不了。"尉林微笑着说着。

尉林的话，让张翼在一瞬间似乎有种醍醐灌顶、茅塞顿开的感觉，回过神后他立刻问："你的意思是，天的层数并不是单纯的'上下分层'，而是维度上的区分？"

尉林点头赞同张翼的这种说法："我们的世界除了长宽高三维，也有一个单向流逝的时间轴。这么看，我们的世界也只是四维世界的一个截面。"

张翼体会着尉林话中的深意，目光怅然，自言自语地说："或许我们的世界只是高维空间的投影。"

尉林意味深长地笑着，"你有没有觉得，三维的世界太单调了？"

还未等张翼答复，尉林就站起身，示意张翼跟他前往银行办理海月云山琴的转赠手续。

到此时，张翼仍然不相信尉林会轻易将那张价值不菲的稀世名琴相赠。不过既然已经来了这里，他也不得不顺应尉林的安排，只好走一步看一步。

尉林同张翼乘车来到市中心的银行，向银行人员出具相关证明后，跟随工作人员来到地下金库。据说，这间金库的墙壁连最先进的钻地弹都无法突破。

存放海月云山琴的地方戒备森严，这里需要经过重重安检才能进入，其中就包括虹膜扫描系统和步态分析系统。张翼随尉林走到最后一层的时候，却惊讶地发现，重重机关的最后一层并不是想象中的高科技防盗设备，而是一扇笨重的、配备机械密码锁的防盗门。

尉林走到门前输入密码，轻松笑着说："高科技的防盗系统虽然很先进，但越是复杂的系统，出现漏洞的可能性也越大。所以先进的识别技术再结合这种老土笨拙的古董门，才是安全性最高的防盗手段。"

这扇沉重的古董门发出一声沉闷的响声，门被缓缓推开，露出了内部陈设。

35 前尘往事

张翼随尉林走入这房间内，那张海月云山琴就安静地躺在正中透明的恒温恒湿箱中。

桐木琴在经由岁月磨砺后反而呈现出一种质朴的华丽，幽然清冷的气质从那些蛇形断纹中逸散而出。

张翼不知不觉被这张琴所吸引，这种感觉不掺染任何贪心杂念。

"你知道这张琴的故事吧？"尉林绕到恒温恒湿箱的背面，从另一个角度凝视着这张海月云山琴。

"知道一部分。"张翼的目光依旧停留在这张稀世名琴之上，"海月云山琴，相传最初的主人为濂溪先生周敦颐，之后收藏在宋徽宗万琴堂，靖康之难后被金人劫走。金国末年的时候这张琴归萧王完颜承宁所有，蒙元灭金之后，此琴作为战利品又归元相耶律楚材。耶律楚材临终前命后人以此琴随葬，不过在他下葬十年后墓葬被盗，这张海月云山琴也被盗出。明朝时，此琴曾归第一才子杨慎，后传至董其昌之手。清朝时，又为乾隆珍藏。清朝末年，此琴因战乱流落海外，而现在就到了这里。"

尉林听着张翼的讲述，不时点点头，又摇了摇头。

"陈董事长费尽心思地想得到这张琴,我之前也查阅了不少资料。我很想知道,这张琴流落海外后是怎样到了你这里的?"张翼问出了这个疑问。

尉林的神色十分轻松,解释道:"也是机缘巧合吧!我在美国第一次见到这张琴的时候,它被随意丢弃在一个华人的仓库中。那个人急着搬家,仓库里的东西都是他打算当二手旧物出售的。不过因为他的爷爷有收藏古董的爱好,他也不确定家里哪些东西是值钱的古董,所以就请了唐人街里懂行的人来看。过来看货的古董商正好是我的朋友,当时我正巧在美国,所以就一同跟过去看看。这张琴当时的状态并不好,也非常不起眼,所以估价给得也不高。10多件老货,也就付给那人2万美元。而我那朋友侧重的是金玉陶瓷,他对这种古代乐器也不是很了解。因为我以前学过古琴,勉强会弹奏,所以他也就将这张琴转卖给我了。"

"你当时花了多少钱?"张翼很自然地问出这个问题。

尉林释然笑着,耸耸肩,"1000美金。"

张翼露出惊讶的神色,随后浅笑着说道:"你是捡了大漏,那你是什么时候发现这张琴的价值不同寻常的?"

尉林望着恒温恒湿箱中的古琴,面带笑意,"这琴身上的断纹并非做旧,所以推断这张琴的年岁应该不小。我将此琴送到实验室进行年代测定,这才知道它原来有千年历史。也因为这个,我花了大价钱请了几位顶尖的斫琴大师和文物修复专家为它会诊,根据琴的特点以及题记,再结合相关资料后,就确定这张琴是清朝末年失踪的名琴'海月云山'。"

"幸好这张琴遇到了你,落到不识货的人手里,就不会有如今的'海月云山'。"

"因为琴身保存相对完好,修复后的音色绝佳。我曾经邀请旅居欧洲的古琴大师演奏过,一点也不逊色于其他几张传世名琴,例如九霄环佩、大圣遗音等。"尉林侧过身,看着张翼,"刚刚你说了这张琴的传承顺序,大部分说对了,不过有几个细节仍然有错漏。"

尉林的目光深邃凝重,但仍然带着浅笑,平静地说:"首先,这张琴最初的主人并不是周敦颐,而是陈抟老祖。海月云山琴由陈抟传与穆修,穆修再传与周敦颐。另外,此琴并非是耶律楚材的战利品,而是金国萧王完颜承宁赠予耶律楚材的礼物,这还是'野狐岭之战'前的事情。"

"你是怎么断定的?"张翼有点刨根问底的意味。这也难怪,他因为工作的原因关注了这张琴这么久,却也是第一次近距离见到这张大名鼎鼎的海月云山琴。

尉林目光专注地注视着恒温箱中的海月云山琴，继续解释道："知道这张琴的身份后，我也查阅了大量资料，希望更加了解这张琴的历史。传承顺序那段不难理解，从周敦颐的一些诗文中能找到线索。不过完颜和耶律的这段故事考究起来就麻烦了些，我也拜访了好几位专门研究金元历史的专家。"

张翼也说出了自己的想法："我也好奇过——耶律楚材经手的名琴不少，其中就包括名气更大的朱漆九霄环佩，但耶律楚材为什么不用'九霄环佩'随葬而用'海月云山'？"

尉林点头笑着说："我也疑惑过，不过后来我听研究金元史的专家说起，耶律楚材曾在书信中写道：'我一生无甚遗憾，却只愧对一人。'查阅同时代的相关史料，就说过这张琴是'于金萧王处所得'。毕竟没有人会相信金国的萧王会将此琴送给他的仇敌耶律楚材。"

"那你怎么推断得出，送琴的时间是发生在'野狐岭大战'之前？"张翼颇有点刨根问底的意思，毕竟他也花了很长时间来关注这张琴。

尉林释然浅笑，轻松地说："零星的史料中有记载，因为海月云山琴，耶律楚材还受到了蒙元的猜忌，有人诬告他暗通金国，差一点就被枭首示众。金国萧王完颜承宁一心联宋抗蒙，也有意拉拢耶律楚材。野狐岭大战之后，耶律楚材投奔了蒙古，他们两个就真的成了不共戴天的仇敌。"

听完尉林的叙述，张翼不免感叹，"你为这张琴策划了一场非常完美的营销炒作，现在它的身价已经超越了几张传世唐琴。"

尉林双手环抱于胸前，眼神略带得意，"澳大利亚有一句民谚：'剪羊毛能减很多次，但是扒羊皮只能扒一次。'"

"'琴主人的身份'我借用三年。"张翼神色语气十分郑重凝肃。

"哦。"尉林并不是很惊讶，他似乎早就猜到了张翼的决定。

张翼郑重其事地点点头，"写清楚是借用，我只是借用'琴的主人'的身份。有了这个身份，我才能说服陈董。三年后，不管'蚩尤计划'有没有结果，我都会完璧归赵。"他计划给自己三年的时间参与"蚩尤计划"，是为了给遇难的队友一个交代，但三年后不论结果如何他都会选择退出，也是为了自己，还有家人。

"我再单独立一份字据请人公证。"张翼坚持要立一份有公信力的借据。

"别忘了墨菲定律，这个世界就是环节越多、越复杂就越有可能出岔子。陈寰宇他肯定不会轻易相信我把琴送给你，他肯定会用尽一切办法去调查。"尉林摇头否定了张翼的这个办法，说道，"有时候还是简单粗暴点最好,也省事。"

张翼还是显得有些惴惴不安,他在这时候必须保持理智。

"我的原意就是将琴送给你。"尉林语气十分从容淡定。

张翼愕然不语,隐隐地,他似乎能预感到这样的天降横财对他来说并不见得就是一件好事。但即便如此,还是得按照事先写好的剧本继续走下去。

两人签署了转赠协议后,张翼就正式成了这张稀世名琴的主人,虽然他自己并不这么认为。

张翼并没有在德国逗留太长时间,在签署转赠协议后的第三天,他就坐上了返回中国的飞机。不过海月云山琴仍然被保存在慕尼黑那家银行的地下金库里。

陈寰宇很快就知道了这个消息:他做梦都没想到,自己费尽心思、梦寐以求都想要弄到手的海月云山琴居然到了张翼手里。

神仙洞考察事故之后,陈寰宇第一次听到张翼的名字。

而陈寰宇再听到张翼的名字的时候,则已经跟海月云山琴联系到了一起。他费尽心思都没能得到的海月云山琴,尉林就这么轻易地送给了张翼。此时的陈寰宇,除了震惊之外,更多的是一头雾水和怒不可遏。可即便如此,他也必须静下心来好好思索下一步应该怎么办。于是他决定见一见张翼。他跟深圳公司的总经理许家恺通了电话,大概了解了张翼的情况。

36 水胆玛瑙

张翼回到深圳的家中,已经是凌晨2点。打开房门的时候,屋子里还点着一盏小夜灯。叶小茵穿着宽大的睡衣,抱着一只抱枕就蜷着腿在沙发上睡着了。

听见房门的响动,叶小茵揉了揉惺忪睡眼,看着身侧的张翼,开心地说道:"回来啦!"

"怎么不去床上睡?"张翼用手为叶小茵轻轻地捋发。

"回来都不告诉我一声。"叶小茵一把揽过张翼,语气里透着些埋怨。

张翼拍了拍叶小茵的肩膀,小声说:"赶紧休息,你搬家过来我也没时间帮你,肯定不轻松。"

"让朋友帮我弄的。"叶小茵语气里带着些得意,这也是正式承认了她和张翼的关系。

头脑稍稍清醒后,叶小茵连忙问道:"你见到尉林了吧?"

张翼在叶小茵身侧坐下,平静地点点头回应:"见到了。"

"他答应帮你?"叶小茵眨巴着眼睛看着张翼,她的内心很矛盾,有些小忐忑。

张翼神色平静地点点头,随后将叶小茵轻轻地抱在怀里,嘴唇贴在她的脸颊。他并没有细说太多,只想让现在的安宁平静能持续更长的时间,"给你带了点礼物。"

"什么?"叶小茵好奇地笑着问,突然间又恍然大悟地点点头,"德国地图,对吧?!哈哈。"

"还有别的啊,我平时没怎么关注过女性的护肤品,不知道你喜不喜欢这些。"张翼从行李箱里取出一只包装精致的小包,递到叶小茵手里。

"哇!买了这么多,哈哈。"叶小茵很满意张翼带来的礼物。

"明天周几?"张翼稍稍回过神,"忘了,现在都已经过了凌晨了。"

"周三。"

"你请个假。"

"嗯,做什么?"

"去七娘山怎么样?"张翼笑得神神秘秘的。

叶小茵一脸惊讶地瞪眼看着张翼,好奇地询问:"才从国外回来,坐飞机你不累吗?你总得倒倒时差吧。"

"待在家里没意思,你陪我去吧。"

叶小茵故作为难地翻了翻白眼,假装思考几秒钟后,点点头答应道:"张经理开口了,那我就勉为其难地请假吧!"

"好啊!"张翼给了叶小茵一个轻轻的拥抱。

南国深圳的深秋没有北方的萧肃,和煦的阳光从古木繁茂的树冠里落下,斑驳的光影洒落在林间的小道上。

张翼和叶小茵两人就在古木掩映中的长椅上坐着,享受着秋日的暖阳和清风。

叶小茵神神秘秘地笑了笑,从随身背包里掏出一只小小的盒子,递到张翼手里。

张翼有些诧异,玩世不恭地说道:"叶大设计师是打算跟我求婚?"

叶小茵被他这一逗,虽然有些生气,但也没忍住笑了出来:"得了吧,我还没到嫁不出去的地步,没必要求你娶我啊。"

张翼打开那只精美的小盒子,发现里面放着的是一枚玛瑙。

叶小茵将那枚玛瑙捏在两指之间,阳光从中透过。

这枚玛瑙的色泽莹润透亮,其中还包含了一粒黄豆大小的圆形水胆。玛瑙的光泽与水胆独特的光晕结合,令人目眩神迷。

叶小茵微微眯着眼,微微一笑:"之前你问我,能不能定做一款水胆玛瑙的手镯。水胆玛瑙虽然并不罕见,但要找到一块能雕琢成手镯的材料就太难了。这块水胆玛瑙不能做成手镯,可也是一块难得的材料。"

"大设计师喜欢什么样的?"张翼浅笑看着叶小茵。

叶小茵嘟嘟嘴,"你还没告诉我,你当时要找水胆玛瑙是准备送给谁呢?"

张翼摇头耸肩说道:"小茵,你是地大毕业的对吧?"

"嗯,地大的珠宝设计专业。"

"什么时候再一起回武汉?陪我逛逛博物馆。"

"好啊!"叶小茵的眼睛里闪着喜悦。

此时张翼眼中的失落已经不见了踪影,笑着问道:"这块玛瑙,做成吊坠怎样?"

"嗯,吊坠或者胸针都不错,也可以镶嵌在手镯上面。"叶小茵抿了抿嘴唇。

叶小茵刻意避开张翼的目光,低头思索着说:"我喜欢镶嵌在手镯上,手镯的花纹可以参考江崖海水、鲤鱼吐珠。"

张翼的笑容里带着几分得意的神情,用手捏了捏叶小茵的脸,用宠溺的语气说道:"看来你早就想好了,那就做成手镯吧!"

叶小茵抬起头看着张翼,用傲慢的口气说:"就算是当私活,连设计带材料还有工艺费……嗯,我回去好好算算。"

"好。"张翼很爽快地答应下来。

"你真打算买?"叶小茵瞪着一双圆溜溜的小眼睛。

"买啊!你连材料都找好了。"张翼很坦然地点头答应着。

"留着给未来的老婆吗?"叶小茵皱着眉头。

"送给你。"张翼平静地说着,冲着叶小茵眨了眨眼睛。

叶小茵愕然地抬起头看着张翼,震惊的表情就写在脸上。

张翼双手抱着叶小茵的双肩,很认真地说:"江崖海水和鲤鱼吐珠,不错的想法。"

随后张翼托起叶小茵的左手看了看，调侃着说："你这爪子戴上肯定漂亮。"

这时候，喧闹的声音破坏了原本美好浪漫的气氛，一群打扮浮夸的人从山道上走了过来。

当中的那个就是吴小龙，被一群狐朋狗友众星捧月般簇拥着。

叶小茵贼兮兮地笑着，小声说："那个吴小龙啊，前几天买了一款钻戒，足足8克拉的圆明亮钻，vvs级别的。"

张翼并没有多做评价，不屑地摇头笑着。

叶小茵抿嘴笑了笑，又小声说道："他那天带着个十八线的小明星来买钻戒，对我们呼来喝去的。"

张翼会意笑着说："能想象得到，肯定很滑稽。"

叶小茵连连点头："他那块'石磷之玉'虽然卖了6000多万，不过按他这种花法，恐怕支持不了多久了吧。对了，听说他还被忽悠着去买理财产品，不知道有没有收益，八成是被坑了。"说到这里的时候叶小茵顿了顿，她也不知道当初张翼决定把"石磷之玉"送还吴家人，到底是帮了他们还是害了他们。

"哎，其实我也一直挺好奇的，很想问你呢。"叶小茵歪着头眯眼睛打量着张翼。

"什么？"张翼不解地笑了笑。

叶小茵思索片刻，小声问："如果你有了6000多万，打算怎么花？"

张翼双手环抱，故意装出为难的表情思索着，皱皱眉头说："我应该会把钱给我妈。"

叶小茵瞪大眼睛问："哇，这么孝顺！"

张翼仰了仰脖子，长叹一口气说："因为我想当富二代啊！"

"哈哈哈哈！"叶小茵听到张翼的答案后先愣了几秒，随后就捂着肚子笑个不停。

这时候，叶小茵问出了内心忍了好久的一个疑问："怎么没听你说过你爸爸？"

张翼眉头微微动了动，尴尬的神情从脸上闪过，随后装得云淡风轻，"都不记得他长什么样子了。"

叶小茵按捺不住内心的好奇，小声说："他……难道已经……对不起啊，我让你伤心了。"

张翼浅笑着摇了摇头，"没事，是我先前没跟你说清楚。他跟我妈很早就离婚了,我一直跟我妈妈过。"

叶小茵若有所悟地点了点头,又问道:"他没再来找你们吗?"

"没来过。"

"你……恨他吗?"叶小茵微微咬了咬嘴唇。

张翼耸耸肩,云淡风轻地笑着说:"以前应该是恨,现在应该也没有恨了。"

叶小茵皱了皱眉,也不再询问。

随后张翼换了个话题,拿出手机翻着最近一直在追的小说《撒哈拉之眼》,递到叶小茵面前说道:"这小说挺有意思,推荐你看。"

叶小茵突然瞪大眼睛一脸惊讶地看着张翼问:"我也一直在看啊!哈哈,是当时尉林推荐的。"

张翼眉头微微动了动,表情凝固了片刻。

叶小茵察觉到张翼表情的变化,她对着张翼吐了吐舌头,做了个鬼脸,笑着问:"我说是尉林推荐的,你就吃醋啦?"

张翼回过神后连忙浅笑着化解:"你觉得这部小说如何?"

叶小茵抿嘴笑着问:"小说很精彩啊!就是里面的好多理论我还理解不了,你看懂了吗?"

张翼释然浅笑着,长叹一口气说:"大概懂了点,也是查了些资料,连蒙带猜。"

叶小茵眨了眨眼睛,说道:"我是压根看不明白,搜了好多资料也没看懂啊!比如那个关于高维空间折叠武器的。哎,那小说里说,我们世界里除了长宽高之外还有一个时间,加起来应该就是四维世界,为什么文里说我们的世界是三维的,那时间不算吗?"

张翼眉头微皱,思索了片刻后,解释说:"这个,你就这么想。时间是单向流动的,现时现刻你能感受到的只是现下这一刻的时间点,而不能以一个宏观的完整的角度去审视那条时间线,只是四维空间在时间轴上的一个截面。"

"好像有那么点懂了。"叶小茵一只手支撑着脸,但仍然一副似懂非懂的样子。

张翼宠溺地望着叶小茵,说道:"我们这个世界里的第四维度以时间的形式体现出来,但维度有很多,M超弦理论里最高有十一维,甚至还有人计算出二十六维的存在可能。"

"好复杂哦,脑神经都要打结的。"叶小茵瘪着嘴,做出一副愁眉苦脸的神情，可怜巴巴地望着张翼，"如果以高维度的视角来审视低维度的世界，是不是时间轴也会一览无余，过去未来的时间线都是注定好了的啊？"

"不一定的，知不知道那个著名的思想实验'薛定谔的猫'？"张翼不失时机地抛出了这个最有名的思想实验。

"听说过，是一只不死不活的猫，科幻片里经常说的。"叶小茵抬抬眉毛，长叹一口气。

张翼点头笑着，继续说："量子世界的不确定性决定了没有什么事情是确定的。呵，这句话听起来好矛盾，但我也想不到更好的表述方式了。"

"嗯？继续说嘛！很有意思的样子。"叶小茵挺期待听张翼继续的解释。

"那你相信平行世界的存在吗？"张翼看似无意地问了一句。

"嗯！相信的。"叶小茵很爽快地给出了答复。

张翼继续解释："用平行世界来解释'薛定谔的猫'比较容易理解。在打开盒子观察之前，那只猫处于不死不活的状态。当你打开盒子后，原本不确定的状态会坍缩为某一个结果，继而呈现出来。"

两人就坐在这里喝茶闲聊，无所不谈。

刚在小店里吃过午饭，张翼就接到了公司总经理许家恺的电话。张翼明白，许家恺的意思在某种程度上也代表了陈寰宇的态度，看得出陈寰宇已经有计划跟张翼见面了。

叶小茵嘴里叼着吸管，瞪大眼睛好奇地看着张翼，等他挂断电话后问："是许总经理的电话啊？"她能觉察到张翼神色里微妙的变化，她也在竭力掩饰自己内心的不安。

张翼淡然一笑，点头说："许总打过来的，我现在也不着急，等陈董来了深圳再说。"

叶小茵没忍住笑了出来，摇头叹息着说："你派头真大，八成是跟尉林学的吧？"

张翼神色平静地点点头："他确实帮了我不少。"

"新的'萤尤计划'要持续多长时间啊？"叶小茵好奇地询问着。

张翼目光里泛起一丝波动，摇了摇头："目前不知道。"

"哦。"显然叶小茵还有很多问题没有问出来，话到嘴边又咽了下去。

张翼沉默了片刻，握着叶小茵的手，说道："给我三年时间。"

叶小茵咬着吸管，眨巴着眼睛望着张翼，不解地问："三年？"

"三年后，不论'萤尤计划'有没有结果，我都会退出。"

"然后呢？"

"然后，我们结婚。"张翼很快地说出了内心的想法。

听到张翼给出结婚的承诺，叶小茵愣在那里，脖子根绯红滚烫。

两人就这么对视着，一言不发。

还是张翼打破了沉默，真诚地看着叶小茵，认真地说道："我这次参与'萤尤计划'，也是因为上次有太多疑惑没有解开。三年后，不管有没有结果我都会退出。我不会总是沉浸在过去，为了我们。"

听到张翼的这一段表白，叶小茵感觉到鼻子里酸酸的。她低下头不让张翼看到她眼睛里的泪光，只要勇敢去面对都好过一味地逃避。三年的时间，算不了多长，但对张翼来说却如重生一样重要。此刻，叶小茵能做的，就是无条件地支持对方的每一项决定。

张翼不失时机地将叶小茵抱住，在她耳边小声说："戒指由你来设计。"

叶小茵揉了揉眼睛，努力挤出一个狡黠的笑容，"你给我多少预算？"

张翼笑了笑，拿出手机给她看他的存款记录，说道："目前就这么多存款，你自己看着办。"

叶小茵瞪大眼睛摆出一副惊讶的样子，啧啧感叹："土豪啊，这么有钱！"

"我全部存款也到不了很多人的零头。"张翼拍了拍叶小茵的脑门。

"哎呀！我很知足的。一山更比一山高，土豪之上更有无数的土豪，比来比去累不累啊！知足常乐。"叶小茵笑嘻嘻地将手机还给了张翼，"我以前没存多少钱，以后得省吃俭用点了，要不然经济地位不保！"

"我可不敢鄙视大设计师，指望着你以后能创建一个国际大品牌。"张翼打趣说着，目光充满怜爱。

"没问题，我一定要努力赚钱养你。"叶小茵也忘掉了刚才的尴尬和不适，开始幻想着以后能有一家自己的珠宝设计工作室，憧憬着三年后的生活。

傍晚时分，落日金黄色的余晖将山间林木浸透。

37 晋卿岛蓝洞

第二天，张翼与叶小茵一同到了公司。

张翼坐在办公室里，他还在等待陈寰宇进一步的表态。

这天下午，果然又接到了许家恺的电话。许总告诉张翼，董事长陈寰宇已经到了深圳，还专门为张翼安排了晚宴。

张翼挂断电话后笑了笑，笑容并不轻松，他知道自己将要面对的事情。但为了能从噩梦和愧疚中走出来，他也必须扒开还未愈合的伤口。虽然有些残酷，但也是唯一的治愈办法。

墙上时钟的指针已经过了凌晨0点，叶小茵穿着睡衣侧躺在床上，微眯着眼，呆呆地看着那盏昏黄的台灯。

凌晨1点，屋外传来开门的声音，叶小茵从半梦半醒中醒来，立马跳下床跑到门口，一把抱住了刚刚回家的张翼。

两人没有太多的语言交流，就是这么静静地抱在一起。

那天的晚宴，张翼在与陈寰宇的谈判中，他被准许进入重启后的"蚩尤计划"。下一步的考察地点安排在了中国南海西沙晋卿岛蓝洞，时间就在14天后。

毫无疑问，那位尉林也是"蚩尤计划"的核心成员。在他失去海月云山琴后，还能被陈寰宇吸纳进入核心团队，由此可见尉林和陈寰宇之间的利益捆绑远远不只是一张古琴那么简单。

尉林这个人的确有种寻常人难以企及的能力，如果当时由尉林推荐张翼进入"蚩尤计划"，陈寰宇也应当不会拒绝，但这样的做法相对被动。转送海月云山琴的做法，看起来过于迂回且代价高昂，但对于受益者张翼来说却是最直接最有效的办法，因为这样不仅表明了尉林对张翼的认可，而且能让陈寰宇对张翼愈发刮目相看。

因为晋卿岛蓝洞的考察项目会进行水下考察，所以张翼必须先赶往三亚的训练基地进行培训，否则将无法适应潜水器中的加压环境，也容易引发减压病在内的一系列疾病。

张翼临行前的那个夜晚，叶小茵炖了一大锅的甜水。

"这段时间我会多学几样菜，唔，还想弄个烤箱。"叶小茵努力让自己表现得轻松自然一些，甜甜地笑了笑。她也没料到自己会往贤妻良母的形象上发展，也许爱一个人就是在不知不觉中被他驯化。

离别的时刻，总是难免伤感。不过暂时的离别，是为了以后更好的重逢。

张翼坐上了飞往三亚的飞机，他需要在三亚的培训基地进行为期10天的集训。因为时间紧迫，留给张翼的准备时间也不多了。

10天后，张翼在三亚的短暂集训结束，他跟随考察队乘船来到了三沙市的永兴岛。

到达永兴岛的第一个夜晚，张翼躺在宿舍的床上，他的耳朵里充斥着海风和浪潮的声音，辗转许久才昏昏沉沉地睡着。朦朦胧胧中，他飘忽的思绪也随着海风四处游荡，仿佛又回到了《伊甸园》游戏中，又化作了细碎的水滴潜入到了幽深冰冷的深海。

细碎的泡沫组成了柳文星的身影，亦真亦幻，让人琢磨不透。她保持着惯有的微笑，但始终一言不发。

这种飘忽的感觉不知道持续了多久，直到灼烈的阳光刺穿梦境，将他从冰冷的空间中带回现实。

翌日清晨，张翼随考察人员乘船前往晋卿岛蓝洞。

蓝洞，顾名思义，海洋中的蓝色深洞。洞穴深度远比周围礁盘深得多，和周围海水的颜色形成巨大反差。晋卿岛的蓝洞虽然在面积上不是最大的，但它的深度却让很多洞潜专家望而生畏。之前，晋卿岛蓝洞的深度也就只有300多米，但后来这里发生了一场小型的海底地震，原本覆盖在蓝洞表面上的薄壳层被震碎，露出了更加幽深的底部。很久以前的时候，当地渔民就将这个蓝洞叫作"龙洞"，传说中有蛟龙栖居在里面。"龙洞"附近的区域偶尔会出现小范围的气候异常伴随着巨大的海浪。这种海浪极其诡异，往往在晴空万里、平静无波的情况下突然涌现，就像是传说中的"蛟龙出海"，这也是有待海洋气候学家解开的谜题。

曾经有人在附近的海域拍摄到一段惊悚的视频：在原本平静的海面上，突然掀起了几十米高的滔天巨浪，而巨浪下方则呈现出巨大的旋涡。

很不幸，视频的拍摄者已经遇难。数日后，他的手机伴随着其他残片被渔民的渔网捕获，送到了海事部门。经过调查，这部手机正是前些时日失踪游轮上一位乘客的遗物。这只记录了珍贵影像的手机因为被海水长期浸泡，很多关键的数据都已经丢失。但幸运的是最后时刻拍摄的巨浪的影像被成功修复，也算是解开了那艘游轮为何失踪的部分疑问。

不过，更大的疑问随之袭来。

那瞬间高达30多米的巨浪是怎么形成的？多方莫衷一是。

目前主流的观点是：这就是传闻中的"疯狗浪"，是由多个朝着不同方向的浪潮、暗涌叠加形成。这种巨型海浪蕴含了巨大能量，吞噬能力惊人，甚至能吞噬航母。

不过陈寰宇并不认为"疯狗浪"就是这一带怪事频出的最终解释。那批海捞瓷带荧光现象的发现，让他更加确定这里存在一个值得他砸重金发掘的秘密。

晋卿岛的蓝洞，位于一片岛礁之中。

行近暗礁的礁盘，大船无法靠近，考察队的成员再乘小艇前往。

蓝洞中幽深碧蓝的海水，与周边浅蓝色的浅水区形成了鲜明的对比。

张翼到达蓝洞的时候，已经是中午1点，工作人员也早已经在这里等候准备。洞潜的设备是最新研制的"海牛"潜水装置，张翼和另外1名队员王辉将乘坐"海牛"潜入幽暗深邃的蓝洞中。

王辉之前是在海洋所工作，从事海洋环境演变和海洋生态环境的研究。他一个月前从原单位离职来到了君耀组建的南海考察队中，一方面是被高薪吸引，另外一方面也是"萤尤计划"吸引了他。

王辉进行深海潜水作业的经验非常丰富，这样的潜水作业对于他来说是稀松平常的事情。而张翼只在三亚参加了10天的集训，训练强度和时长远远没有达到参与洞潜的要求。王辉也不理解，陈寰宇怎么会安排张翼这样一个门外汉加入。

两人乘坐"海牛"潜入这片幽蓝的海域，随着下潜深度的增加，透入海水的光线变得愈发稀少，直到四周空间变得寂黑一片。

虽然是坐在密闭的潜水装置内，但体内氧分压的改变对于一个没有经过专业训练的人来说还是相当痛苦的。随着"海牛"下潜深度降到-200米，张翼感觉到五脏六腑都极度不适。

"多参加几次就习惯了。"王辉这么宽慰着，也密切注视着仪表盘上的数值。"海牛"前部的透明屏幕是高强度纳米材料制成的，理论上能承受5000MPa的巨大压力。还配备了先进的激光扫描设备，用以绘制详细的海底地形3D地图。另外还装备有红外线夜视设备，用于深海环境中海底热泉的分布调查。

在他们乘坐"海牛"潜入蓝洞之前，这里已经进行过数次无人设备及智能深海机器人的考察采样。所以在确保环境安全的情况下，才有了这次载人的考察任务。虽然深海作业的机器人能完成绝大部分工作，但有一些深海实验和采样考察还是得由人去搜集完成。就如同如今航天器已经能够为人类反馈许多宇宙中的信息，但人类还是热衷于把地球人送入太空甚至是其他星球上去。

这颗蓝色星球上，百分之七十的面积都覆盖着海洋，但人类却对这里知之甚少。即便能通过无人仪器设备获取部分数据，但也始终取代不了把人类送入海洋深处所带来的成就感。所以与其说这次张翼和王辉乘坐"海牛"进入蓝洞是一次科研考察，更不如说是陈寰宇为了他的"蚩尤计划"而做的一次秀。

那片被"海牛"的探照灯照亮的海水中，漂浮着各种各样的浮游生物和细碎残屑。

"'蚩尤计划'接下来，就应该是钻探洋壳深层岩芯和对莫霍面进行研究了。"王辉笑着说道，他的目光仍然注视着舱外，"这段时间的考察也是为钻探取点选定合适的位置，要选择洋壳薄弱的地方才方便钻探，那里距离莫霍面更近。不过也得避开地质活动频繁的地方，要是乱钻洞打破了原本的地应力平衡，就麻烦了。"

"平衡一旦被打破，可能是灾难性的吧。"张翼莫名有些担心。

表面上，重启后的"蚩尤计划"对外宣称是由中国南海洋壳钻探入手，深入莫霍面研究地球内部的物理化学环境，从而完善现有的地球数字模型，达到对未来地球环境气候演化的预测目的。

而事实是"明修栈道，暗度陈仓"。陈寰宇这样的商人其目光是有局限性的。他们更看中能在短期内发挥价值的事物，而不会投入一大笔资金去预测几万年甚至是几百万年后的地球是什么样。

不过陈寰宇的高明之处也在于善于利用舆论导向和道德包装来提升自己的威望，虽然他的目的不在公益和科研，但他可以借助这两个冠冕堂皇的名号为自己铺平道路。也能巧妙地利用科研、环保的掩护寻找他真正想寻找的，且能为他带来实际利益的东西。

38 洞潜

在下潜2个小时之后,"海牛"终于着陆在蓝洞的松软海床上,溅开了一片松软的沉淀物。仪表显示,他们已经下潜了580米深。

"旁边的暗礁离水面的平均深度不到10米,但这洞竟然有将近600米深。"王辉熟练地操作着"海牛"在海床上缓慢前进,"在以前,这个蓝洞并没有这么深。"

"海牛"探测器虽然行进得笨拙缓慢,但在采集样品上显得非常灵巧,即便是藏匿于碎屑中的一小块样品都能被机械手精确地采集到。

张翼集中精神,目不转睛地盯着海牛身前那片充斥着各种悬浮物杂质的水域。

"很多冰川时期遗留的沉积物。"王辉检测着四周的环境,控制着"海牛"缓缓前行。

"蓝洞通常都是在冰川时代形成,算是沧海桑田的结果吧。"张翼说道。

上一纪冰期结束于1万年前,但根据以往的地质记录来推断,短暂的间冰期也只有1万到2万年的时间,随后地球又将要再次进入下一纪冰期。

张翼眉头又不禁皱起,神色也变得严肃起来……或许真如一些环境学家所说,近期的气候变暖,只是回光返照的错觉。

王辉笑着说:"古时候的渔民说这里是个无底洞,20年前的测量数据是-300.89米。7年前,这片海域发生过一次里氏4.7级的浅源地震,震源深度只有13千米,离蓝洞不远。地震后,来这里捕鱼的渔民发现这个蓝洞的洞口面积更大,颜色也更深了。海洋所再次对这个蓝洞进行测量,得出的深度是-580.7米。"

"传说在蓝洞附近会出现蓝色的光束。"张翼说出这句话的时候显得十分小心翼翼,为了不让自己再度陷入神仙洞考察的恐惧之中,他必须更加集中精神,不被那些纷繁的思绪扰乱心智。

王辉操控着"海牛"的机械手采集海床上的样品,接过张翼的话题说道:"除了这些遗骸和淤泥,其他的也没看见。现在的任务是需要采集洞穴底部的样品,再带回实验室分析检测。"

"据说在前几次的考察中,发现了一些原始人类的遗迹?"张翼目光专注地盯着"海牛"机械手落下的区域。

"在附近的岛屿和礁盘上发现了一些石器,和后巴芝丹文化相关,距今4万年左右。这片文化的形成和发展,被认为和全新世早期的气候变化有关。"王辉熟练地控制着"海牛"在洞穴底部缓慢前行,采集着水下样品。

张翼皱眉思索着问:"在这里发现了4万年前的史前人类遗迹。有没有可能更早的时候,就有文明了?"

王辉笑着说:"哈哈,这就不清楚了,我也不是专门研究古人类的。"

这次的主要任务除了采集海底样品,更重要的就是在蓝洞的中心区域钻探岩石样芯。"海牛"潜水器配备有"蛇形钻探技术",这种技术还有一个很形象的昵称——"贪吃蛇"。它能有效抵消地球自转所形成的偏向力,从而直达目标。

"这次只需要钻取洋壳表层的部分岩芯。"王辉解释道。

"那怎样才能达到'莫霍面'?"

王辉笑着摇头说:"那得搭建钻探平台,再耗费数年时间钻探,才有可能达到'莫霍面'。"

采集任务完成后,王辉长舒一口气,"虽然这次没看见神龙,也算是圆满完成任务。"

2个小时后,"海牛"潜水器顺利浮出水面,张翼和王辉两人被送入高压舱中进行减压恢复。离开水下密封舱的高压环境,潜水者必须进行减压适应,否则血液中很容易形成气栓,从而危及生命。

这一次考察任务超乎寻常的顺利,张翼乘船先返回永兴岛,而搭档王辉则仍然留在晋卿岛,他还需要进行多次潜水勘测,以获得更加完善的数据。

这天傍晚,张翼站在黑色的礁石上,眺望海天相接处的壮丽落日,当最后一缕血红色跃入海面之下,半边天空仍然被红色余晖笼罩着。

永兴岛的海水可见度达15米,美得像梦境。海滩旁,渔民的小孩在拾拣海胆、海螺和龙虾,这里的海鲜多得就跟落叶一样,随人挑选。

海风夹带着水沫,轻轻地拂过张翼的脸颊。他从沉思中清醒过来,加入到拾拣海胆的队伍中。今晚的他收获不错,捡了满满一盆的海胆、海螺,还有两只花蟹。

渔民家晚饭出奇的简单,新鲜的海鲜用热水煮过,最大限度地保留了海鲜的鲜香。

主打的菜是海胆黄蒸鸡蛋,将海胆最精华的部分与鸡蛋调和,蒸成膏状。

"这菜最贵的,多吃点。"就餐的时候,有人指着那盆海胆黄蒸鸡蛋对张翼说。

"海胆确实不便宜,而且是这么好的水质里生长的野生海胆。"张翼微笑着回应。

没想到,张翼的话音刚落下,周围的人都不约而同地笑了起来,当然他们的笑并没有恶意。

负责给考察队做饭的渔民解释说:"海胆在这里绝对不是稀罕东西,都是随便捡的。这道菜里最贵的啊,是鸡蛋。"

旁边的人继续补充道:"鸡蛋都是从海南那边用船运过来的,航船的班次不多,运送数量也有限,所以鸡蛋到这里也就贵了。"

吃着纯天然的海鲜大餐,张翼的情绪也被热情的队友和渔民感染。

回到临时的宿舍,张翼聆听着窗外的声音,渐渐睡去。

一阵海风吹过,似乎把天上的星光都吹入了梦里。星辉中有一个朦胧的人影,依稀是柳文星的模样。

很快,柳文星的影子又被海风吹乱,散成泡沫飞散无踪。

两天后,蓝洞底部沉积物及海床岩芯取样的分析报告已经得出,结果让不少专家都震惊不已。

蓝洞的位置接近赤道,洞内采集的样品为冰川沉积物。这说明,在某一次的全球大冰封中,就连赤道区域也没能幸免。

有地质学家提出过"雪球猜想",不过根据先前的地质记录推测,最近一期的"雪球事件",距今也有7亿年。而这次在晋卿岛的发现,推翻了以往的认知。洞内的冰川沉积物显示,已知最近的"雪球事件"距今只有20万年。

虽然20万年对于寻常人来说,太过漫长遥远,但从地质学的角度来看,却是短暂得可怕。

比冰河时代更加寒冷的雪球时代,在地球上发生的次数也许比先前预料的更加频繁,持续时间也会更加漫长。

根据采集的蓝洞底层的样品推断,出现如此寒冷的雪球时期,除了太阳活动减弱之外,地球上也发生了大规模的火山喷发,喷出的火山灰相当于7.4万年前多巴超级火山爆发的1万倍以上。遮天蔽日的火山灰遮挡住阳光辐射,而火山喷发产生的玄武岩在风化过程中,吸收了大量的二氧化碳。温度降低的同时,也降低了另一种温室气体水蒸气的含量,使得当时的"冰雪地球"更加寒冷,雪上加霜。

雪球时期,即便在赤道附近的区域,气温都能达到-30℃左右,而现在自然环境中这样的极端低温只有在南北两极才有可能出现。

不过，除了晋卿岛蓝洞沉积物的孤立证据之外，其他地方暂时没发现更多证据。所以，还不能断定20万年前的地球是不是真的出现过"雪球事件"。

39 突发

10月18日，清晨。

按照计划，"海牛"需要再次进行水下考察，考察地点距离晋卿岛蓝洞约有17海里。这片海域的平均深度不到90米，之所以选择这里，是因为这里附近的礁盘上曾经发现过大量沉船遗骸。

这次的下潜任务只有王辉一个人参与，执行常规的海底样品采样和海底地形扫描任务。

王辉乘坐"海牛"潜水器潜入这片海域，张翼则在考察船上，注视着屏幕里传来的实时画面。

"海牛"的探照灯打开，照亮屏幕前的一小片区域。各色海鱼从屏幕前悠闲地游弋而过，它们并没有被这个突然闯入的奇怪物体所惊扰。

这片海域与晋卿岛蓝洞的死寂截然不同，这里海底历代的沉船残骸成了海底动物繁衍的温床乐园。

"海牛"潜水器平缓地在一片松软的海床上着陆，在水底缓缓泛起一片尘雾。随着海水中的尘器渐渐沉淀平静，周围的水域也逐渐变得清澈透亮，王辉控制着"海牛"在柔软的海底泥沙中缓慢前行。

因为水下无线电信号衰减大，"海牛"通过通信电缆与母船通信，虽然保证了通讯质量，但也会极大地降低潜水器的机动性。

这时候，在那片被照亮的区域中，出现了一个黑色物体。扫描结果显示那是一个高约0.1米、宽约0.06米的物体，略成三角形。

"这一块的温度显示有些诡异，这东西的温度比旁边的海水要低很多！"王辉通过通信电缆与考察船保持联系。

这时，密度仪显示，这个黑色物体的密度竟然达到42.6g/cm³。

"海牛"通过通讯电缆将实时画面及各项数据传回考察船，船上的专家也在纷纷议论，他们对于这个密度测量结果也表示怀疑。

这个物体有着极黑的色泽，这种黑色难以用语言形容，一种黑暗到魅惑的色泽，看到这幅画面的人都不由自主地被这种鬼魅般的黑色所吸引。

$42.6 g/cm^3$，这个看似不大的密度却超过了重元素金、铂，甚至是锇的密度。常识告诉众人，这样高密度的物质是不太可能稳定地存在于地球的自然环境中。

合成新的重元素一直都是物理学家、化学家孜孜不倦追求的目标，如果这个物体的密度不是因为测量仪的故障而误报的话，那么这个发现可能会引发学术界内的轰动。

而此时的张翼，隐隐感觉到看似平静的海面下，隐藏着不为人知的危险。

"让王辉赶快撤离！"突然，张翼变得格外紧张，他感觉到灵魂深处的那股寒意又一次袭来。

考察船上的其他人不明就里，不知道张翼为什么会突然失控。甚至有些人笑着讽刺张翼太过大惊小怪，他们说这片海域先前也有无人潜水机器多次下水采样，他们非常自负地认为这一带是非常安全的。

他们完全不理会张翼的要求，继续遥控指挥"海牛"采集样品用以实验室研究。

突然，"海牛"发出刺耳的警报，指示灯闪烁着让人惶恐的红光。

"海牛"的所有电子设备全部失灵，仪表灯光熄灭，考察船与"海牛"之间的信号也完全中断。

"海牛"探测器的内部已经失压，冰冷的海水不断从舱外涌入。情况紧急，王辉当机立断，打开了"海牛"的安全舱门，快速向海面处上浮逃生。

急救人员迅速赶往出事地点，将已经失去知觉的王辉送入高压舱中抢救。从这种巨大水压的环境中脱身，原本溶解在血液内的大量气体会迅速气化形成气栓，并引发严重的内出血和脏器衰竭。

这次的下潜深度不算太深，只有100多米。如果是在深海或者蓝洞中出现这样的情况，他绝对没有生还的可能。

好在王辉是一个经验丰富的潜水员，危机发生时采取的处理方式及时得当，经过抢救后也已经脱离生命危险。他体内的氮氧分压恢复了正常，因为突然上浮减压而引起的大脑和内脏损伤也得到了控制。

这次考察事故后，张翼与董事长陈寰宇进行了视频通话。这次通话中，张翼显得异常激动，他认为陈寰宇不应该对考察队的其他队员隐瞒这里暗藏的风险。

陈寰宇对于这次事故也表示了遗憾，但他对于张翼的指责并不接受。他认为每次进行海底载人考察之前，已经做了充分的准备，这次事故的确是意外。

陈寰宇团队的危机公关处理及时得当,将这次不大不小的事故隐瞒了下去,避免给重启后的"蚩尤计划"带来负面影响。

虽然此事暂时告一段落,但是那个位于水下的神秘物体勾起了陈寰宇极大的兴趣。那会是他苦苦寻找的"费米子凝聚态"吗?

六天后,张翼回到海南三亚,在医院里见到了王辉。

王辉的思维已经恢复正常,而且也能在医护人员的搀扶下勉强行走。

虽然王辉这次能幸运逃脱,但减压病对身体机能的伤害是不可逆的,他只能永远告别钟爱的潜水事业。

王辉打趣地说,他计划等身体康复后拿着赔偿金去好好生活。积极地面对未来才最重要,他比很多人料想中的要乐观得多。

在这次不大不小的事故后,载人潜水考察计划也暂时告一段落。钻探莫霍面的计划还在进行,虽然这只是一个"暗度陈仓"的幌子,只需要定期向公众报道一下进度即可。

陈寰宇现在关心的,是"海牛"潜水器发现的那个黑色物体到底是什么。虽然已经多次派遣水下机器人去往出事海域搜寻这个物体的踪迹,但始终一无所获。不仅没能找到那个奇怪的物体,就连"海牛"潜水器都没了踪迹,而且"海牛"上的所有电信号都一同失踪了。

那片海域的洋流错综复杂,也出现局部性的天气异常,从而造成海底洋流的紊乱。除却洋流把陈寰宇要找的东西带走之外,也不排除另外一种可能:它们是被高维空间吞噬了,但这个高维空间很难定位,我们三维的世界里只能检测到它们的投影,但这诡异的投影也是飘忽不定、难以捉摸。

40 阴阳鱼

张翼留在三亚的实验基地,从事样品分析和数据处理的工作。

现在内陆地区已到深秋寒冷的时节,不过这遍植椰子树、槟榔树的海滨城市依然享受着和畅椰风、清凉海浪。

忙碌了一天,张翼回到宿舍中,听同宿舍的同事聊起了刚刚送检的一批样品。

最新这一批送检的物品中,有一部分是史前人类活动遗迹,有一块石头上出现了奇怪的圆形刻痕,即便是古人类学家和历史学家也暂时没弄明白那个图案代表了什么。在宿舍里闲聊的几位同事,也就索性将这个圆形图案称为"太极图"。

不由分说,张翼跃下床铺,向物品存放室一路小跑而去。

存放样品的实验室位于实验基地的东南角,扫描工作证件和确认指纹后,张翼顺利进入到实验室存放样品的区域。

现在是深夜11点,除了门口的警卫外,其余人早已下班,空荡荡的样品室内只有他一人。

编号为284的样品被封存在透明的样品袋中,张翼仔细辨别着上面的刻痕。

张翼敢确认,这枚样品上的刻纹形状与他在神仙洞见到的几乎一致。

张翼带着样品来到了实验室尽头的一扇小门前,这扇灰色的门毫不起眼。他解开指纹密码锁走进房间内,感应灯自动打开。

在这间房间内,张翼拨通了视频电话,连接上了远在德国的尉林。

张翼将手里的那枚样本托举到身前,对网络另一端的尉林说:"那个在神仙洞里出现的'太极'图案,这里也出现了,这一切应该不是巧合。这个是不是和高维空间有关,也属于上一季文明的遗存吗?"

视频中的尉林点点头,同意张翼的猜测,"的确有这种可能。"

"这个'太极图',到底象征了什么?"

这时,尉林似乎想到了什么,眉头微微一动,用低沉的语调问:"像不像银河系的模型?"

"银河?!"短暂的惊异过后,张翼也立刻心领神会。

地球所在的太阳系位于银河系的星系盘内,无法直观地观测银河系。

人类一直都喜欢仰望星空,但在地球上观察到的银河就是一条洁白的光带,因为地球自转,这条光带东升西落。即便是在20世纪地球的探测器升空后,观察到的银河系也还是一条将空间对称分开的光带。所以能推断,银河系是一个盘状的星系,而且太阳系就位于银河系的星盘中。除了通过无线电波间接观察外,还可以通过观察其他遥远的星系,从而推断得出我们所处的银河系的形态结构。

在之前人们普遍认为,银河系的中心为大质量黑洞,星系盘由两条大旋臂和两条小旋臂组成。

不过,最初的银河系的模型受到了质疑。

根据后来射电天文学和红外天文望远镜的观察研究,在分析辐射波段和背景星空的弯曲情况之后，得出一个结论：银河系可能只有两条旋臂，很像太极阴阳鱼。

尉林显得很平静，淡淡地说了句："如果这幅图案真的代表了银河系，也不能简单地理解为是原始的星辰崇拜，不妨大胆猜测下。"

"你想说明什么？"张翼微微动了动眉头。

尉林继续说："可能是星际航行的坐标。"

"你在构思科幻小说？"张翼淡然一笑。

"新疆的孔雀河古河道的古城遗址中，出土了一组星画，那是一幅古人的迁徙地图。他们依据星辰的指示迁徙流转，最终选定在那片绿洲定居。"尉林的神色严肃，他并不是在杜撰故事。

"用星辰来表现方位是古人常用的方法，但到了太空，这一套并不管用了。"张翼仍然没有明白尉林在暗示什么。

"你局限在自己的思维中了。"尉林意味深长地一笑，"你应该知道'造父变星'。"

41 猜测

张翼点头，回答道："'造父变星'的发光等级很规律，所以在天文学中被当作了判断距离远近的尺子。"

尉林点头继续补充说道："不仅如此，主流科学也认为，如果有一天人类具备星际航行的能力，'造父变星'也是星际航行的坐标。神仙洞的石刻，我们也在反复研究。"

"有人认为，那些无法识别的奇怪标识，象征了银河系中的'造父变星'，是星际航行时的定位坐标。"

张翼陷入了沉思，如果这些是真的，很可能会颠覆以往所有的认知。

尉林继续说道："地球的历史并不长，也许人类的祖先也并不是这里的原住民。"

"发现了有很多古人类化石，难道这不是人类生存进化的证据？"张翼反驳道。

"那些化石证据太过分散，而且中间断层很多。目前发现的古人类，更像是基因工程留下的半成品。"

"这也只是猜测。"张翼仍然固执己见。

"就像很多民族中，都流传着天神参考自己的样子创造世人的故事。"尉林目光沉稳平静，脸上也见不到半点波澜。

张翼并没有表现出太多触动，"你可以去写科幻小说，一定很吸引读者。"他对尉林这样天马行空的猜想并没有表现出太多兴趣。他所关心的，还是当日神仙洞中夺去考察队员生命的，到底是什么？

尉林在这时候说道："还记不记得，那群人类社会学家在《伊甸园》系统中模拟的'摩登原始人'实验？"

张翼眉头紧锁，摇头说："这个实验，一方面暗示的是文明的轮回。另外一方面，也在暗示高维空间里智能生命对低维世界的操控。"

尉林稍稍颔首，说道："那群摩登原始人虽然被遗弃在与世隔绝的副本中，但他们还是通过岩画、石刻以及口述，跟后人描述他们的来历，以及部族的迁徙过程。"

沉默片刻后，张翼眉头动了动，内心似有所触动，点头说："我听说西南一带的一些民族，也会把本民族的迁徙历史绣在衣服上。"

"他们的目的都是一样的，记录祖先的来历以及部族迁徙的经过，算是殊途同归。"尉林微微点头，眉头动了动，"可以大胆地猜测，那张'太极图'以及周边的类似河图洛书的符号，也许真的有可能是某一季文明留下的迁徙图。"

张翼继续问："如果'太极图'真的是上古文明遗存留下的，那为什么直到北宋时期才出现？"

尉林显得很从容，他不急于回答张翼的这个问题，转而说道："海月云山琴的最初主人是陈抟。"

"很传奇的一位道士，创立了'飞星术'和'紫微斗数'。"张翼接过尉林的话题。

尉林点点头，补充说道："不过最有名的还是'河图洛书'。"

张翼眉头紧锁，低头思索着："陈抟老祖所创的叫'龙图三变'，'河图洛书'的名称应该是后人附会。"

尉林用手在屏幕上比画着画了几个图形，"河出图，洛出书。'河图洛书'的名字在先秦的典籍中就有相关记载，但即便如此，没几个人见过真正的'河图洛书'是什么样子，就连孔老夫子也没见过河图洛书的真容。后世的记载里，虽然也会提到'河图洛书'的名字，但并没有出现'河图洛书'的图形。五代末年的陈抟老祖，也许在机缘巧合下发现了远古时期的遗存，而将其演变为'龙图三变'和'无极图'。陈抟这一脉传到周敦颐的时候，进一步演化出'太极图'，也就是太极阴阳鱼。"

"想象的成分占据了一大半，说服力不够。"张翼说出了自己的看法，但他并没有完全否定尉林的猜测。

想到《伊甸园》游戏中那群"摩登原始人"的时候，张翼又感觉到恐惧。在"摩登原始人"的实验中，他们对现代文明的记忆以岩画和故事的形式保存了下来，但因为语言的改变和文字的失传，以及理解的偏差，后人无法正确理解先人留下的指示。

在一层层神话外皮的包裹下，真相也变得扑朔迷离。

尉林目光凝重，"主序星阶段的太阳还有近50亿年的寿命，在太阳的晚年它会变成一颗红巨星，地球也不再适宜生存。所以有学者认为，人类应该会在地球被毁灭前找到另外一颗宜居行星。文明也是在不断的迁徙的过程中轮回，并不奇怪。"

听到这里的时候，张翼感觉到隐隐的不安，虽然他也明白这样的忧心和疑虑多少有点杞人忧天的意思在里面。

虽然现在也发现了一些疑似的史前文明遗存，但总体来说还是太少，形成不了让人信服的完整证据链。如果曾经在地球上出现过多次高度发达的文明，为什么留下来的痕迹少得可怜？

想到这里的时候，张翼眼睑微微抽动，看着视频画面中的尉林问："如果真的存在上一季的文明，那是什么让曾经高度发达的文明消失得这么彻底，天灾还是战争？"

尉林思考了片刻，回答说："从大的时间跨度来说，现有的地质资料显示每隔6000万年左右就会出现一次大的物种灭绝，而文物和化石的形成条件又极其苛刻，所以在一定程度上形成了断层。也有可能，因为某一季文明发展到了一定程度然后自我灭亡，比如爆发了全球范围的战争。这是由基因所决定的，人类的恶被写在基因里。"

"很科幻的想法。"张翼补充了一句。

尉林倒是不介意张翼这么评价，继续说："都是猜测，大胆点也没什么坏处。古印度史诗《摩诃婆罗多》里记载了摩亨佐达罗古城毁于一种威力奇大的武器，根据后期的考古发掘，通过考察古城遗迹周边石英石的融化情况和岩石残存的辐射残留，推断那座城市可能是毁于核爆。"

张翼不解地笑了笑："有些小道消息说，非洲的某些地方发现了运转了上亿年的核反应堆，不过可信度很低。"

"毕竟人类文明爆炸式发展的这些年，并没有实实在在地发明什么，我们做到的只是去发现利用自然规律。从宇宙诞生开始，核能就是存在的，我们地球的生态系统的维持也是靠着太阳中核聚变所释放的原子能。人类从认识核能，到研制出核武器花了多长时间？不过短短几十年。"尉林耐心地解释着。

张翼神情严肃，皱着眉认真听着尉林的讲述。

尉林点点头，继续说："不过除了个别具备争议的考古发掘之外，还没有出现更多证据证明曾经在全球范围内爆发过大规模的核战争。而且即便爆发过全球核战争，也不至于将人类曾经的文明存在抹得这么干净。"

"或许人类文明已经集体迁徙了。或许人类发明了一种威力更大的武器，一种能让世界毁灭得更加彻底的武器。"张翼注视着屏幕中的尉林，说出了自己的想法。

尉林目光沉稳严肃，点头同意张翼的说法。

张翼说出了答案："高维空间武器。"9年前，那场在撒哈拉沙漠腹地举行的惊人实验造就了一个十分不稳定的扭曲时空：五维克莱因瓶。

尉林点点头："从'费城实验'开始到后来的'撒哈拉实验'，世界上有实力的国家和机构都不会放弃对高维空间的探索。这样的研究到了后期，也理所当然地变成了新型武器的研发。先前的研究中，加速器能制造出的都是四维空间罅隙，但可控范围有限。所以就有了9年前，欧洲核子能机构在撒哈拉沙漠腹地的那场验证叠加效应实验。这一场实验虽然在某种意义上成功了，但也引发了一系列不可估量的负面效果。"

"冒昧地问一句，你的笔名是不是叫'虫子'？在论坛里连载小说。"这时候张翼的思维跳跃度很大，突然问出了一个看似不着边际的问题。但实际上这个问题他也考虑了很久，他总觉得尉林跟他聊的故事里很多都离不开撒哈拉沙漠。

尉林似乎料到了张翼会有这样的反应，点头说："是的。"

张翼心中的一块石头落地："我早该猜到了，那篇小说《撒哈拉之眼》的作者果然是你。"

尉林十分坦然，耸耸肩说："我是借撒哈拉魔鬼眼为切入点。"

张翼思索着停顿几秒钟后，继续问："如果各国之间的空间武器制衡被打破，可能会引发全球战争。"

尉林目光沉稳，他也赞同张翼刚才的猜测，"撒哈拉沙漠中的五维克莱因瓶，最恐怖的地方并不是空间的扭曲，而是它对真空能的蓄积。真空中每一瞬间都有无数的正反粒子诞生湮灭，其中所蕴含的能量威力巨大。

就如同现代人类对核能的利用一样，真空能一方面可以用作战争，另外一方面也可以应用在民用工程上。比如在神仙洞里发现的'费米子凝聚态'就是'真空能戴森球'中能量吸收装置，很有可能是先祖在雪球时期维系文明发展的生存手段。"

张翼又再次陷入沉思，他和尉林还不能确定南海这里到底有没有费米子凝聚态。

费米子凝聚态对能量的利用率更高，几乎达到了百分之百的吸收率。有种说法，衡量一个文明的发展程度，从他们的能量获取方式上就能评断。"真空能戴森球"这样高效的能量利用手段，在某一方面也证明了那一季文明的发达程度。

尉林的目光复杂，说道："现在能见到的史前遗迹十分稀少，而现在主流科学界的一些人，为了维护他们看似无懈可击的体系，而将这些弥足珍贵的片段排斥在外。选择性失明的结果，往往是自欺欺人。"

42 海红豆

视频通话结束后，张翼这儿已经是凌晨2点。他并没有回到宿舍，而是来到了离实验室不远的海滩，坐在海岸边一块斜生的礁石上发呆。清凉海风吹拂而过，海浪拍击在礁石上溅成无数细碎飞沫。

"你来了啊？"张翼的意识有些模糊。

柳文星的身影再次出现，静静地坐在张翼的身旁，陪他一起聆听海风的声音。

伴着风声浪涌，张翼抬头仰望着透彻的夜空中那一条明亮璀璨的光带，思绪随着星河飘离了麻木的躯体。

直到东启明星从东方升起，张翼才从一夜的恍惚中渐渐清醒。他站起身，才走了几步，便踉跄栽倒在了沙滩上。

在海滩晨练的人发现了昏倒的张翼，立刻将他送往附近的医院。

张翼在医院苏醒，他全然不知刚才到底发生了什么事，隐约记得之前是在海边，睡了一觉后就莫名其妙来到了这里。虽然医生再三强调需要留下来配合各项检查，但他仍然固执地选择了出院。

在之后的几天里，张翼也没有其他的不适感，那次晕倒也就很快被淡忘。

结束了南海的考察任务，张翼乘飞机回到了深圳。已经是深秋，这座南国都市变得更加绚烂。

回到家中，张翼与叶小茵一同准备晚饭，他脑海里仍然在回想这次南海之行。

叶小茵一边忙碌着，一边说道："跟阿姨学了好几道菜，是你最喜欢的。"

张翼弯下腰，从叶小茵身后将她抱住，轻轻嗅着，"都说婆媳关系难办，这下好了，以后我就少操些心了。"

"阿姨很好相处嘛！把汤端出来，我准备了一整天。"叶小茵催促着。

"给你带了个礼物。"张翼将首饰盒打开，露出一枚光泽莹润的海螺珠。

"海螺珠呀！"叶小茵心里被暖暖的甜蜜填满。

"饭菜好香啊！"张翼闻到了微波炉里被重新加热的饭菜飘出来的香味，称赞道，"真该刮目相看，你的厨艺长进很多啊！"

叶小茵将海螺珠收好后，回到餐厅里，得意地笑着，"我还弄了个烤箱，但这段时间公司的事情挺忙，还没来得及琢磨。"

"明天我跟你一起去公司。"张翼一边喝着热汤一边说。

"明天早上你开车带我去买那家的菠萝油包。"

张翼调侃笑着说道："吃晚饭的时候就想着明天早上吃什么啦。"

次日，张翼回到了自己的办公室中。

突然，他感觉一股血腥味从喉咙涌出，一口血水吐在了手中的玻璃杯里，水杯里的茶水立刻被染成了乌红色。

在突如其来的心惊之后，张翼连忙用纸巾擦拭嘴边残留的血渍，又将杯子里的血水倒掉。

在公司的洗脸池旁，张翼反复用冷水刺激面部。他抬起头专注地看着镜子里脸色苍白的自己，努力使自己恢复平静。

叶小茵打来了电话："一会下楼吃饭啦，我在餐厅占了个好座位。"

"好的，我一会儿下来。"张翼挂断电话后，稍稍整理了下，向楼下走去。

午饭的时间，叶小茵察觉到张翼神色里的异样，试探着问："今天不开心？"

还在出神的张翼猛然间回过神，尴尬地笑着摇头说："呵，许总还给了我一罐茶叶，冻顶乌龙，你喝不喝？"

叶小茵眯着眼睛笑着说:"估计很贵吧,哈哈,难不成总经理也要巴结你啦?"

"瞎说些什么。"张翼无可奈何地笑着摇头。

叶小茵摊摊手,"你是今时不同往日,从总经理的狗腿子摇身一变,成了董事长的合伙人了,他肯定对你刮目相看啦!"

张翼被叶小茵逗乐,却又嘱咐说:"私底下开玩笑就行了,别让其他人听到,要不然真的又得被说闲话了。"

"确实,总有些人嘴巴闲不住。"叶小茵假装深沉地感叹了一句。

张翼被叶小茵的表情逗乐,摇头感叹着说:"你是五十步笑百步了吧?"

离餐厅不远,有一条宁静的梧桐小路,南国深秋的暖阳洒落,留下点点光影。

两人沿着被梧桐叶铺满的小路散步,不知不觉走到一株红豆树下。

深秋时节,海红豆的果荚绽裂,红豆洒落草地。

叶小茵兴奋得手舞足蹈,弯腰捡拾那些色泽可爱的海红豆,开心地说:"以前怎么没发现这个地方啊!哈哈。"

"这是什么,能吃吗?"张翼也好奇地捡起一颗仔细看着。

"大名鼎鼎的红豆啊!"叶小茵跪在草地里仔细搜寻着散落在黄色草叶中的海红豆,补充说道,"这个叫'海红豆',不是你平时吃的那个红豆啊!这个是'红豆生南国'里的那个'红豆'啊!"

张翼皱了皱眉,不解地问:"我之前见的红豆都是椭圆形的那种,一半红一半黑的。"

叶小茵将搜集的红豆放在口袋里,笑着说:"亏得你还是君耀珠宝的策划部经理呢,这么说就外行了吧?你说的那种半红半黑的豆子学名叫'相思子',而真正的相思红豆指的就是'海红豆'啦!"

张翼弯腰半蹲着帮叶小茵搜寻散落在草窠枯叶里的红豆,又问:"还有这么多说法,这个拿回去你打算怎么处理?"

"放透明罐子里就挺好看的,哈哈,也可以串成手链和项链。总之用处很多,除了不能吃之外。"叶小茵已经收集了不少,她满意地站起身伸了个懒腰,随后一把抱住张翼的腰,将脸贴在张翼的胸口,幸福地憨笑着。

张翼顺势将叶小茵抱起,在草地上转了个圈。

深圳的深秋格外可爱,上午吐血的事情,张翼也选择性遗忘了。

下午1点,两人又分别回到了各自的办公室。

此时，响起一声电子邮件的提示音。

邮件是以地球物理所的名义发送的，提及了神仙洞考察的样品检测的进程，也是邀请张翼前往地物所，协助调查神仙洞事故的原因。

张翼在这份难得的清闲中多停留一会儿，刚上一天的班，又得再次离开。

晚上回到家里，叶小茵开始忙碌着做饭，张翼在一旁帮忙洗菜。

"小茵，我周末要去一趟北京的地物所。"

"啊，是公司的事情，还是'蚩尤计划'？"叶小茵惊讶之余也难免带着失望。

"和'蚩尤计划'有关，也算是公司的事情。"张翼把手里的那把青菜放在篮子里，从身后轻轻地搂住叶小茵，"就去两天。"

叶小茵情绪有些低落，手里端着菜篮子，稍稍停顿了片刻后，才说道："现在北京好冷哦，把羽绒服准备好。"

接下来的几天过得也算平静，叶小茵有意不去谈及关于"蚩尤计划"的种种。两个人一同上班，中午一起在餐厅吃饭，饭后到附近的小公园闲逛散步，晚上一同下班回到家，再一起准备晚餐。

虽然两个人正式交往的时间不长，但不同于其他情侣都要经历一段热恋过程，这两人像是已经提早迈入了相敬如宾、平淡如水的"老夫老妻"阶段。

43 地物所

周六的上午，张翼乘坐高铁前往北京。他靠着座椅靠背，望着窗外一闪而过的景物出神。耳朵里充斥着的白噪音有一种奇异的催眠效果，让他在不知不觉中就睡着了。

恍惚中，张翼感觉有人把他拍醒。

身边的乘客一脸惊恐地望着张翼，焦急地说："啊呀，你流鼻血啦！"

张翼恍惚站起身，看见身上和椅子靠背都被鲜血染红。在周围人惊愕的目光中，张翼踉跄着往洗手间走去，鼻血滴了一路。

列车上的工作人员很快拿来医药箱帮张翼进行了简单的处理，随后张翼又回到了座位上，神色茫然地看着窗外的景物。

晚上8点，高铁到达北京，地物所负责接待的工作人员已经在站台等待张翼。

到达地物所的时候，已经是晚上10点，张翼在工作人员的带领下来到周扬的办公室。

"很抱歉，这么晚还要请你过来。"周扬为张翼端来一杯茶水。

张翼起身接过水杯，说道："我也希望知道神仙洞事故调查的最新进展。"

"这次请你过来是有其他的事情要交流。"

"什么？"

"尉林为什么会将'海月云山琴'送给你？"周扬没有拐弯抹角，"这么问不合适，但我也想不出更加委婉的方式。"

张翼稍稍顿了顿，微微摇头说："这个问题和我们要谈的内容有关吗？"

"有关，而且关系很大。"周扬两道眉毛拧作一团，点头郑重地回答道。

张翼略表遗憾地摇头说："抱歉。"

周扬能料到张翼会给出这样的答案，但他并不介意。

张翼感觉到这次的见面有几分不寻常，但在对方还没正式亮牌的时候，他最好的策略就是保持沉默。

周扬的神色略显凝重，"我们也调查了一段时间，但实在找不出理由。"

张翼并不愿意回答这个问题，因为他自己不知道尉林为什么会将这张稀世名琴送给自己。

"为什么一定要弄清这个问题？"张翼眉头微微皱起。

周扬也明白这么问下去不会有任何结果，于是他决定换个方式入手。

周扬将神仙洞事故调查的报告递到张翼手里，对他说："这本官方的报告你应该见过了。"

张翼接过这本报告，粗略地翻了几页，点了点头说道："报告里将神仙洞的事故定性为山体塌方，很多问题只能不了了之。"他内心的伤痛无法回避。

周扬点头说："神仙洞的发现非同小可，后续的调查是不允许民间团体介入的。陈寰宇将'蚩尤计划'重启后的第一次考察安排在了南海，你知道为什么吗？"

张翼明白周扬所指的是什么，但并没有回应。

周扬继续说道："这次你在南海也遭遇了一次小事故，应该也是和高维空间有关。"

张翼压抑着内心的不安，摇头说："这个属于商业机密，我知道的不多。"

周扬释然笑了笑，他不介意张翼这种态度、语气。

张翼这时候问出了自己的疑惑："这次让我过来配合神仙洞事故调查的后续工作，难道不是我公司的安排？"

周扬点头说："表面上的确是这么安排的，不过我们两个要聊的不止这些。"

张翼的第六感告诉他，事情有些不寻常。

周扬看了看手表，点头说："我也不绕弯子，不管是神仙洞还是南海，核心问题都在高维空间罅隙。通过强能量实现空间折叠并不是什么新奇的技术，你应该也看过类似的报道。"

"我看到过相关报道，撒哈拉沙漠里的'魔鬼眼'是欧洲核子能机构实验的副产品，跟我见过的神仙洞'神秘火光'相似。"

周扬点点头："四维空间对'虚实粒子对'的选择性吸收能力很弱，还不足以形成'高维黑洞'。叠加效应在理论上可以产生五维甚至更高维度，但也会引发一系列不可预估的后果。所以除了撒哈拉的那场实验之外，现在没有机构敢再次尝试。曾经有人建议在太空中进行这个实验，但也被否决了。"

张翼面容沉稳，思索着问："撒哈拉沙漠中的高维黑洞是实验的产物，那么神仙洞里的呢？"

周扬的目光里闪过一丝疑虑，在沉默片刻后问："你相不相信人类的文明也有轮回？"

听见周扬也这么问起，张翼着实吃了一惊，因为这样的问题尉林不止一次跟他聊过。

张翼神色的异样，符合周扬的预测。

周扬继续问："你不是第一次听到这个问题，之前有人已经问过了？"

张翼眼神闪烁，他不清楚这个周扬的葫芦里卖的是什么药。

张翼假装淡定地笑了笑说："文明的轮回，可能吧！毕竟现有文字记录的历史太短。"

这时，周扬看了看手表，点头说："还要再耽误你一点时间，我们等等常教授。"

张翼不理解周扬的用意，目前的情况也只能走一步看一步。

几分钟后，从屋外走进两人。

其中一人正是刘安超，张翼对这个不苟言笑的警官印象还挺深的。另外一人，是一位满头银发、精神矍铄的老者。

这次刘安超穿着便装，仍然是一副神情严肃不苟言笑的表情。那位老者身穿一件深色的羽绒夹克，鼻梁上架着一副厚厚的眼镜，俨然一名资深学者。

周扬对张翼介绍道："这位是常钧言教授，量子理论和高维空间的专家。这位刘警官，你们之前见过了。"

张翼依次与常钧言、刘安超握手问好后，几人回到屋内的沙发旁坐下。

这时刘安超将笔记本电脑取出，打开后将屏幕转到张翼面前。

张翼定睛一看，惊愕地发现屏幕上显示的竟然是自己非常详细的个人资料以及近期行动踪迹，甚至包括了很多自己都无法想起的细节。

"你们在监视我？！"张翼被激怒，他痛恨被人监视的感觉。

刘安超仍然不动声色，冷静地说道："这是最新研发的行为分析软件，通过分析个人近期的活动轨迹以及言论行为来判断他将来的行为轨迹。不过得出的结论仅作为参考，最终评断结果还是得由组内专家做出。"

这个回答让张翼措手不及，愤怒之余也难免有些哭笑不得，他不清楚自己怎么就成了需要被格外注意的"危险分子"？

张翼没有掩饰自己此刻的愤怒情绪，语气变得激动起来："你们这样的做法很可笑！难道我来配合你们调查，就连基本的隐私权都没有了？！"

刘安超冷静地回一句："如果今天没告诉你这些，你也不会知道你的一举一动都是被严密监控的，对吧？"

张翼的脸色略略有些发白，对于刘安超的这句反问，他无力反驳，在恢复平静后问道："你们调查的目的是什么？"

刘安超不紧不慢地说道："我们通过考察和研究，认为你符合我们的要求。希望你加入调查组，配合我们进一步的调查取证。"

"是神仙洞事故的调查？"张翼还是不太能理解他们的做法。

"这件事非比寻常，也更加危险，属于高级别机密。"

张翼假装不屑地笑了笑,摇头说:"如果你们是想调查陈寰宇的资金动向的话恐怕找错人了,我只是一名小员工,这些高层的商业机密我一无所知。"

刘安超目光稍稍一沉,解释道:"跟经济犯罪没关系,我们要调查的事和尉林有关。"

"尉林?!"张翼有些诧异,在听到尉林名字的时候,他的内心也不免好奇起来,毕竟尉林这人留给他的疑问实在是太多了。

刘安超目光沉稳、语气平静,"尉林,原名李尉明,是一个极其危险的人物。"

张翼的目光里充满了疑虑,内心的疑问愈演愈烈,各种矛盾和奇怪的念头爆炸式地出现在脑海里,让他一时间陷入了混乱。尉林的确是一个很让人费解的人物。表面上,尉林只是一个旅居欧洲与世无争的中餐店老板,但他却成功地借助海月云山琴跻身名流富豪圈,而且混得风生水起。尉林跟陈寰宇这样的人物成为忘年的好友,即便在他失去了海月云山琴主人身份后,还能和陈寰宇保持如此好的关系,确实让人匪夷所思。当然最让人无法理解的还是尉林赠送海月云山琴的行为,不仅旁人无法理解,就连当事人张翼也是一头雾水。

"尉林本来应该被纳入国际刑警组织红色通报的缉捕名单。经过考虑后,才决定在发布之前撤销这一通报。"

张翼眉头紧锁,思索片刻后问:"撤销国际刑警组织红色通报有这么容易?"

刘安超郑重地解释道:"当然费了不少力气。为了更加真实,还有意制造了一次重大的袭击事故,造成了国际刑警总部及156个成员国的资料档案库数据丢失,就连备份都被抹掉。"

张翼听到刘安超的描述后并不惊讶,反而流露出疑惑的笑容,摇头说:"这么大的代价,就因为一个尉林?"

"不仅仅是一个尉林,而是整个'盖亚'。"周扬补充说明。

刘安超点点头,语气平静地继续解释:"单单抓住个别骨干不能彻底摧毁'盖亚'这个组织。"

"所以这招就叫欲擒故纵?"张翼微微眯着眼,目光仍然保持着警惕,"那些人会相信吗?"

刘安超说道:"那次事故是由'盖亚'策划并实施的,他们的成员渗透到很多重要部门里,一个安全系统再完美,总会有漏洞的存在。我们要做的，就是故意留下一个隐秘却又致命的安全漏洞，剩下的就是等他们里应外合、袭击成功。"

"弄得这么迂回，呵呵，是苦肉计吗？"张翼嘴角动了动，略带不屑且不信任的神情摇头浅笑说着。

刘安超面无表情，继续说道："法国和澳大利亚方面曾经逮捕了几名'盖亚'成员，结果这几人都在羁押期间非正常死亡，仅有的线索都断了。很多国家的重要机构里潜伏有'盖亚'的成员，让我们后续的工作无法开展。为了对付'盖亚'，我们需要弄清楚这个组织的整体结构和运作机制。否则根本无从下手，更不要谈连根拔起。"

"所以你们就故意留出了看似隐秘却非常致命的系统漏洞，让内奸觉得有机可乘，从而制造了这场'事故'？"张翼在说出这句话后，总觉得有些莫名的后怕。

"是。"刘安超的回答很简短。

44 "盖亚"

"你们是什么时候留意到尉林的？"张翼急于知道更多内容。

"有5年了。"刘安超回答道。

张翼看着两人问道："你们说了这么久，那这个'盖亚'到底是什么？"

刘安超看了看身旁的周扬和常钧言，接着说道："这个涉及太多高深的理论，两位教授能解释得更加清楚一些。"

周扬微微靠在沙发靠背，两条浓眉都拧在了一起，神色沉重地解释说："'盖亚'这个团体是在20世纪50年代基于'盖亚假说'而建立的一个环保类公益组织。'盖亚假说'的核心思想，认为地球上的生命体和所有的非生命体共同形成了一个可互相作用的复杂生命系统——这不是我们所说的生态系统，他们给地球的定义是'生命'。他们定义的这种'生命'并不是指通常意义上的代谢和繁殖，而是一个能够进行能量与物质转换，并维护内部稳定的生命体系。"

"这个理论很有名。"张翼思索着点点头。他曾经接触过类似的理论，很多细碎的片段也在头脑中逐渐浮现。

周扬继续解释："这个团体最初是一个公益环保的团体，不过到了后期，慢慢地变得极端。他们开始认为人类自身的堕落和对地球生态环境的破坏必然会导致人类自身的毁灭。'盖亚'这个团体里有各行业顶尖的精英，也有富豪，甚至是政要。"

"刚开始的时候，'盖亚'也会通过讲座和书本杂志的宣传方式传播他们的环保理念，但到了后期随着他们的行为越来越偏激，他们反而变得低调了。"周扬说到这里摇了摇头，目光变得愈发深沉，用沙哑平缓的嗓音继续说，"他们和一般的恐怖分子不同，'盖亚'选择成员的方式十分谨慎，而且对于成员的素质要求也很高。在'盖亚'看来，大部分的人是应该灭绝的，只有精英才能进入'盖亚'，从而成为下一季文明的缔造者。'盖亚'坚信宇宙文明的轮回，所以他们决定加速这一季人类文明的完结，并且为下一季文明保留'种子'。他们便可以按照自己的理念去重新建造所谓的'理想世界'，他们是一群可怕的疯子野心家。这个团体里汇集了各行业顶尖的精英，也有不少富豪为他们提供资金，当作是为自己和后代的未来投资。"

张翼的内心被突然揪紧，他的双手团握成拳，嗓音疲累沙哑，"你们上次来医院找我，表面上是调查神仙洞事故原因，实际上是为了调查'盖亚'，你们怀疑陈寰宇跟'盖亚'有资金往来？"

刘安超稍稍点头，肯定了这个说法。

"所以你们就调查我？"张翼仍然显得愤愤不平。

"这是一个例行的流程，在跟周教授合作之前，我们对他的个人履历还有最近几年的活动轨迹都做了详细调查。"刘安超目光平静。

张翼眉头动了动，透露出内心的纠结疑惑。这些时日他经历了太多的大起大落，但对于这件事情，他还是缺乏必要的心理准备。

这样沉闷的死寂持续了一分钟，张翼的眼睛血丝密布，额头上渗出了细细的汗珠。

此时，一直一言不发的常钧言说道："如果你决定跟我们合作，我可以给你看更多的证据。"

45 通天塔

张翼在恍惚中点了点头，冥冥中似乎有一种力量让他做出了这样看似"违心"的选择。

常钧言站起身，与周扬和刘安超默契地交换了眼神，用低沉的声音对张翼说道："跟我来吧。"

四人走楼梯来到地下车库，驱车近1个小时来到了一处地处偏远、戒备森严的研究机构。进门的时候两侧荷枪实弹的警卫对四人的身份进行了核查，确认无误后放行。

从进入这间神神秘秘的院子开始，张翼就被一种莫名的压抑感笼罩着，可能是这个地方本就带着一种让人恐惧压迫的气场。

张翼机械地迈着步子，各种奇怪的信息充斥脑海，几个人的脚步声在空荡幽暗的走道内回荡。

四人来到走廊尽头的一个房间内，常钧言走到控制台打开了室内的3D投影设备，房间中央出现了一个以倾斜角自转的蓝色地球投影，幽暗的屋内就被这幽蓝清冷的光芒填满。

张翼仔细地看着这个缓慢旋转的地球仪，留意到这个地球模型上有许多闪烁着的光点标记。

常钧言指着这些标记，解释说："这些都是分布在世界各地的高维空间实验室。"

再次听到跟"高维空间"有关的名词的时候，张翼的内心又受了一记重击。他莫名觉得，那些看似不可解释的诡异经历其实是存在着一种潜在的因果联系的，而这种因果的纠缠又让他一步步走到现在的境地。

常钧言神情严肃目光冷峻，看着身前缓缓旋转的地球投影，说道："这里显示的高维空间实验室的数量，是五年前的数据。"

"这些实验室都跟'盖亚'有关？"张翼喘不过气来，仿佛胸口被压了一块巨石。

常钧言两手放在身前的办公桌上，用低沉的声音说："因为在五年前，这些实验室被连成了一个系统。"厚厚的镜片下露出他那双苍老又坚毅的眼睛，他的人生中有大半的时间都是在跟"盖亚"的斗争中度过的。因为敌暗我明，所以在与"盖亚"的较量中处于被动，那次险胜后还是没能乘胜追击将"盖亚"连根拔起，成为至今梗在他心头的一根利刺。"盖亚"就像一个根深蒂固的毒瘤，枝蔓和根系渗透到世界的各个角落。现在常钧言已经72岁了，他的不甘反而犹如魔障一样纠缠着他，愈演愈烈。他必须在有生之年亲眼见到"盖亚"的彻底覆灭，否则死不瞑目。

"他们怎么会有能力在全球范围内建立这么多高维空间实验室？"张翼的面色里露出十分不解的神情。

常钧言两条花白的眉毛紧紧地扭成了一团，目光微微闪烁着，摇头说:"他们都是借鸡生蛋,利用分散在世界各地的高级别内应,将很多国家研究机构的实验室秘密地变成了他们的傀儡实验室,这就构成了'通天塔'计划。"

"通天塔……"张翼略显苍白的嘴唇微微抽动着,默念着这三个字,他有种不太好的预感。

常钧言连续按下几个控制键,3D投影由刚才的地球模型,切换成了"通天塔"计划的详细介绍。

常钧言目光凝重,用苍老低沉的嗓音不紧不慢地问:"你听说过《圣经》里的'通天塔'的故事吧?"

张翼先愣住了几秒,点头说:"大概知道一点,好像又叫巴别塔。"

常钧言轻轻咳嗽了几声,微微叹口气,目光愈加沉重,说道:"《圣经》里说,在古时候人类的语言都是相通的,于是,人类团结在一起,修建了一座通往天堂的高塔,但这项宏伟的计划威胁到了神的统治。于是天神让人类开始说不同的语言,从此产生了误会和战争,人类就不再团结了,建造一座'通天塔'的宏伟计划就此夭折。"

张翼认真地听着常钧言的讲述,在场的几人脸上的神色都十分沉重凝肃。

常钧言将画面拨动到下一页,仰面看着身前投影所显示的资料,继续说:"不过'盖亚'的通天塔计划,比书上记载的那种要复杂多了。"

张翼感觉心里猛然一沉,联想到这些时日发生的事情,感觉有一股瘆人的寒意从骨髓深处升起,让他的牙齿在不经意间发颤磕到了一起。

常钧言又指着屏幕上出现的一组方程式,解释道:"这个是爱因斯坦场方程,是除了质能方程之外另一个著名的公式。在广义相对论中,它是描述引力与物质或能量之间的关系的方程。方程的一侧称为几何部分,它表示的是时空的弯曲程度,就是引力。而方程的另一侧可以称为物质部分,描述的是物质和能量在时空中的分布和运动情况。这个爱因斯坦场方程可以告诉我们物质和能量是如何弯曲时空的。我们寻找观测高维空间罅隙并不是直接测量勘探,而是通过引力透镜和时空涟漪效应的方式寻找。"

"能理解一部分。"张翼认真地听着常钧言的讲述。

常钧言微微咳了两声,继续解释说:"高维空间研究的主要内容就是通过能量折叠空间,除了纯科研目的之外,也会被应用到新型武器的开发上,不过在这个领域上出现了一个无法攻克的技术瓶颈。"

说到这里的时候,常钧言将画面拨动到下一页,他皱纹满布的手开始微微颤抖起来,声音也微微带着一些不甘:"虽然这项研究已经开展了很多年，但是空间武器的有效控制距离有限，到目前为止最大的可操控距离还是只有93.6千米。理论上可以通过折叠空间的叠加效应缩短可控距离，不过实际操作中并没有获得成功。你应该已经听说过9年前在撒哈拉沙漠腹地进行的那场实验了吧？我们的调查报告显示，你一直在看尉林在国内论坛里连载的小说。"

张翼点了点头，他明白自己的一举一动都处于严密的监控下。而那些看似天马行空的理论，并不只是小说的想象杜撰。

常钧言看着屏幕上所显示的数据，说道："空穴来风，未必无因，很多小道消息虽然有夸大虚构的成分，但有部分内容是真实存在的。欧洲核子能机构的那次实验能量非常惊人。那次实验后，实验地点及其周边一大片区域都被划为禁区，而当事机构对这个问题讳莫如深。虽然利用空间叠加效应的方案被搁置了，但是各国对高维空间武器的研究工作并没有停下来。国与国之间都是互相不信任的，总担心稍微慢一步就会被其他国家抢先，从而在国际局势中变得被动。"

"囚徒困境。"张翼再次想到了这个词，这是经济学里的经典案例。小到两个人之间的猜忌、大到整个人类社会之间的不信任，都脱不开这个博弈命题的束缚。原本可以合作共赢的团队就是在这种信息不对等的情况下互相猜忌，现实中哪有那么多符合经济学定义的理性人存在呢？这是人类自身的局限性决定的，深入骨髓、无药可救。

常钧言目光稍稍一沉，继续讲解着："虽然没能突破可控距离瓶颈限制，但'盖亚'还是将这些分散在世界各地的独立实验室连接成了'通天塔'网络，并且秘密地在可控范围内制造了无数个四维空间罅隙。虽然这些四维空间罅隙不具备聚集真空能的效应，但这些四维空间罅隙在湮灭时，也会释放出巨大的能量，能量激荡引起时空扭曲，从而引发剧烈天震，天震所产生的时空涟漪能持续数月之久。"

"这些被通天塔控制的傀儡实验室都被关闭了吗？"张翼用严肃且迫切的目光注视着常钧言，等待常钧言进一步的讲述。

常钧言摇了摇头，"并没有关闭这些实验室，因为就算关闭了这些实验室，那些四维空洞罅隙也还是存在，就像定时炸弹等待着被触发一样。"

"这场危机是怎么化解的？"张翼紧咬牙关，他的心被揪紧。虽然理智告诉他这场惊天阴谋应当已经过去了，否则这个世界在五年前就应该面目全非，但笼罩心头的恐怖感，仍未散去。

常钧言的眼里闪现微光，压低声音说道："'盖亚'是世界公敌，所以在对抗'盖亚'的斗争中，世界各国也是采取了合作方式。国内成立了'灵语'课题组专门用来对抗'盖亚'，我是'灵语'课题组的组长。这个课题组汇集了国内各个专业的专家学者，但即便这样，我们还是跟无头苍蝇一样到处乱撞，根本找不到突破点。"

"突破点出现在'通天塔'？"张翼蓦然间似乎意识到了什么。

常钧言神色凝重地点头说："我们课题组内部出了奸细，国内的高维空间实验室也无一例外地被'盖亚'纳入了'通天塔'系统，成为了傀儡实验室。当时的情况真的是万分危急，很多人都绝望了。但转机也出现在最危急的时刻，那时'通天塔'的体系虽然形成，但还缺乏统一的操控机制。毕竟我们身处三维世界，没有办法对这些分布在各个角落里的四维空间进行有效地操控。'盖亚'也一直在找一把能启动通天塔的钥匙，他们也的确找到了。"

虽然这个恐怖的"通天塔"计划已成过去式，但在场的人无一例外都被这个故事紧紧揪紧了神经。在场的人都压低了自己呼吸的声音，认真地听着常钧言的讲述。

常钧言稍稍顿了顿，继续讲述着："我们的肉身没办法突破时空限制，但是思维意识却有可能突破。'盖亚'为了找到突破时空限制的控制钥匙，于是启动了一项逆向的人工智能研究。"

逆向人工智能，听到这个词的时候，张翼有些摸不着头脑，他期待常钧言的补充解释。

常钧言目光沉稳，"寻常的人工智能是让机器具备类似于人的思维能力，但'盖亚'启动的逆向人工智能，则是将已经成熟完备的人类意识思维植入到通天塔系统里，成为一个能够操控通天塔的关键钥匙。"

"你是说，这个通天塔最后是由人的意识来控制？"张翼的心里微微发憷，寒意从背后袭来。

常钧言点头说道："但并不是每个人都能与通天塔系统达成契合的，最初'盖亚'体系里那些自愿参与的实验者都失败了。"

张翼两手握拳，手心里渗出冷汗，他不知为什么自己会如此紧张。

常钧言用手拨动控制着投影画面，这时投影上出现了一张照片，照片中心的那位女性正在礼堂里接受颁奖。

"柳文星！"张翼惊恐地看着照片中的女人，跟跄几步，几乎摔倒。他怀疑自己看到的人是幻觉，努力想从混乱的思维中解脱出来。

常钧言郑重地回应道："她叫董菲，代号'蜻蜓'，是五年前国家科技杰出贡献奖的获得者。"

张翼脑袋里思绪翻飞，各种声音充斥着他的耳膜，让他痛苦不已。

"你见过她？"常钧言对于张翼的反应，并不感到意外，"在哪里见过？"

"梦里……还有《伊甸园》的游戏里。"张翼痛苦地闭上双眼，点了点头，又摇了摇头，"你们会认为我在撒谎吗？"

"不，我相信你的话。"常钧言的音调不高，却直击张翼内心，"我们找到你，也是因为她。"

张翼缓缓睁开眼睛，茫然地看着常钧言，眼神中尽是不解。

常钧言补充道："针对'盖亚'的逆向人工智能研究，当时'灵语'课题组也启动了一项量子智能的研究计划。实验的核心就是将实验者的脑电波量子化，再利用傀儡实验室使得被量子化的智能侵入'通天塔'系统。"

常钧言微微顿了顿，声音有些颤抖，"理论上可以实现，但实际情况远没有这么容易。首先在实验者的选择上，并不是随便一个人就能符合要求的，而且不符合要求的实验者会有失智的风险。而且现在的脑电波分离技术都不完善，根本不能有效地突破时空限制。人的意识非常复杂，不能用简单的维度去衡量。而我们通常所说的脑电波，也仅仅是意识在检测仪器中所呈现出的片面投影，并不是完整意义上的意识。"

"后来你们怎么做的？"张翼的声音微微颤抖，他隐隐已经感知到了。

常钧言眼神里带着内疚自责，说道："将整个人量子化，再让这个量子化的人和思维突破时空限制，达到让'通天塔'关闭的目的。"

"整个人量子化！那个人还有复原的可能吗？"张翼感觉脑袋受了一记重击。

常钧言眉头微微颤动，摇头说："理论上有复原的可能，但现实中还没有这样的技术。"

"你们是逼着人去死？"张翼变得激动起来，太阳穴周围的青筋突起，额间汗水渗出，"那个被量子化的人就是她？！"

在一旁的刘安超立刻拉住激动的张翼，示意他冷静下来。

常钧言的眼帘微微垂下，语气里有自责的成分，缓缓说道："我也算是凶手之一！"

在一旁的周扬立刻解释说："张翼，这个实验它能否成功，关键还是依赖于参与者的个人意识，如果她自己不愿意，别人是没有办法强求的，如果是强迫她去做的话，还可能引发不可预估的后果，毕竟这把钥匙能关闭通天塔，也能启动通天塔。"

常钧言点点头，继续解释说："在当时的情况看来，她是唯一一个能与通天塔体系达成契合的人。如果我有这个能力，我倒希望这个被量子化的人是我。"常钧言的音调并不高，但字字千钧。

张翼激动的情绪才稍稍平复下来，他调整着自己的呼吸，继续问道："后来她被量子化了，成功地关闭了通天塔？！"

"是的。"常钧言点头说，"她跟我们约定，会用她的方式给我们发出信号。"

"她给出了什么信号？！"张翼心跳加速，似乎要跳出胸口。

"在董菲被量子化后的第14秒，位于世界各地的高维空间实验室都收到了一条以中文显示的消息：'虫子爬上了荷叶，变成了蜻蜓'，所以这次事件也被称为'蜻蜓事件'。"

又是蜻蜓？张翼的脑袋里嗡的一声响，整个人像是一下子坠入了无底深渊。

张翼的眼睛里布满了血丝，"你刚刚说，你们找到我……也是因为……因为……她……"张翼的声音渐渐弱了下去，他不敢面对这样的现实。

"是的。"常钧言神色平静，"在一年前，曾经收到过来自'蜻蜓'的消息——除了神仙洞的坐标信息之外，也与你有关。"

"与我有关……"张翼感到脊背发凉。

"是的。"

"在神仙洞考察之前，你们就获得了信息？"张翼双目圆睁。

"是的。"

"那……为什么不阻止神仙洞考察？"

"很遗憾，我们获得的信息有限。"常钧言目光纠结。

张翼突然意识到了什么，"难道是'蜻蜓'有意将我们引向神仙洞？"

"根据我们获得的信息来看，的确如此。"常钧言微微闭目。

"苏教授也是你们的成员？"张翼进一步追问。

"是的。"常钧言并没有隐瞒。

"在神仙洞考察事故之后，你们在医院里找到了我？"张翼回想起当日的情形，他的手心里都是细密的汗珠，"这些都是'蜻蜓'的安排？"

"可以这么认为。"

"那之后，'蜻蜓'还告诉了你们什么？"张翼双手扶着桌子的边沿，支撑着颤颤巍巍的身体。

常钧言坦诚相告，"神仙洞事故之后，我们就与'蜻蜓'失去了联系。"

"所以，你们希望通过我获得更多消息？"张翼的嘴角带着疲累的苦笑，"那尉林找到我，也是因为'蜻蜓'吗？"

"我们暂时无从得知。"

46 又是蜻蜓

就在这时，张翼想起，尉林曾经说过的一个关于蜻蜓的故事。

常钧言留意到张翼的异样，神色凝重地问道："是不是想到了什么？"

张翼蹙眉低头思索着说："尉林跟我说过一个关于蜻蜓的故事。"

常钧言神色凝重地点点头，"一个荷塘里生活了一群虫子，这群渺小的虫子很想看一看荷叶外的世界，但爬上荷叶的虫子都没能再回来。直到有一天，它们选出了一个代表爬上荷叶去看看，并且约定，见到外面的世界后，一定要回来告诉伙伴们，外面是什么样子的。"

常钧言的声音虽然不大，却字字锤在张翼胸口。

常钧言目光沉稳，继续说："我们就是那群被困在荷塘里的虫子，想尽办法想要知道荷叶外的世界是什么样子，但自身的局限性让我们没办法突破时空的限制。但董菲凭借'通天塔'走出了'荷塘'，也以她的方式给这个世界传回了信号。"

张翼手心里的冷汗顺着手指缝隙缓缓渗出。

"尉林和她是什么关系？"张翼的心里其实已经有了答案。

常钧言摇头说："董菲对尉林的事情始终保持沉默，她不愿意多谈。"

张翼意识到，尉林口中所说的那个神秘"未婚妻"正是董菲，自己梦中的"柳文星"也是董菲，那个位于高层空间里的"蜻蜓"还是董菲。

张翼突然身子微微一晃，浑身都莫名地颤抖起来，他感觉头脑异常沉重。除了震惊，更多的还是担忧和恐惧……一种被命运安排的恐惧。

常钧言两手落在身前的桌上，微闭着眼睛，缓缓说道："'蜻蜓事件'后，那些危险的高维炸弹无声无息地消失了。至于'蜻蜓'是怎么做到的，我们无从得知。低维度世界里的生物很难对高维度世界有一个直观的构想，即便有，也是建立在十分局限的认知上，很难说那些猜测构想就是真的。"

在场的周扬、刘安超在听完这段讲述后，目光神情都显得十分沉重。

常钧言继续说道："各国并没有因此而停止对高维空间的研究探索，

这个潘多拉的魔盒也引发了不少人的恐慌,所以各国也相继出台对策,避免'通天塔'事件重演。"

"大型的加速器必须建立在人烟稀少的荒凉地带,除了沙漠地带,也有几个国家计划在南极洲建立一个大型的加速装置。但南极的国际公约条例规定,在南极洲不能有任何军事方面的设施设备。这个实验室虽然是以科学研究的目的筹建,但因为涉及空间武器研究等敏感问题,所以在南极洲建立实验室的计划被取消。后来也有机构计划将这种高维空间实验搬到太空,但是高额的经费预算,也让这个计划暂且被搁置。"

"那神仙洞里存在的东西,跟撒哈拉沙漠中的一样吗?"张翼的声调不高。

"神仙洞里的高维空间与撒哈拉沙漠里的的确有一定的相似性,它们都具备很强的真空能集聚效应。"常钧言的目光稍稍一沉,看着投影屏上滚动出现的数据,神情严肃,"这么强的真空能聚集效应,会引发一系列的后果。到目前为止,还没有哪个研究机构找到解决方法。"

常钧言语气沉稳,"我们经过反复的研究决定,选择与你合作,但最终决定权还是在你这里。"

张翼茫然地问:"我的价值在哪?"

"从目前的迹象来看,尉林有计划让你加入'盖亚'。"刘安超回答道。

"他会通过什么方式?"张翼迫切地想要知道接下来的安排。

常钧言将投影仪关闭,打开了屋内的灯光,示意几人来到一旁的小会议室内。

常钧言从柜子内取出了一套游戏装备摆到张翼面前,问道:"认识这个吧?"

张翼当然认得这套装置就是《伊甸园》的脑电感应设备,他惊恐错愕地问道:"跟《伊甸园》的游戏有关?"

常钧言凝重地点点头:"现有的证据表明,'盖亚'就是通过《伊甸园》对游戏参与者进行潜意识改造,他们也通过这套系统筛选潜在的成员。"

"我在游戏里也见到过她。"张翼疑惑不解。

"你说的'她',就是董菲吗?"

张翼沉默了片刻,终于说出了那个在心里压抑许久的问题:"你们记不记得,我跟你们提过的柳文星?"

周扬点点头:"神仙洞事故后,你反复询问的一个名字。"

"那场事故后,我的记忆出现了很多偏差。在我的记忆里,柳文星不仅参加了神仙洞考察，而且她还是将'蚩尤计划'带到君耀的人。但是现在的情况显示，'蚩尤计划'是尉林带来的，是尉林说服了陈董。"张翼的身子不住地颤抖。

刘安超的目光变得锋锐，"经历重大变故后，记忆出现偏差也并不奇怪，更何况记忆也是可以被改造的。"

"改造记忆？"张翼直视着刘安超，"你是说尉林吗？"

"对！"刘安超点头肯定了张翼的猜测，"他是东京大学的心理学博士，又在美国做过几年博后研究，'盖亚'的精英。通过心理暗示改造一个人的潜在记忆，对他而言不是难事。"

张翼痛苦地抱着头，在与柳文星的数次接触中，他感觉她更像一个独立的人……而并非尉林植入的角色。

张翼眉头紧锁、眼帘略垂，"尉林曾经高价拍得一套蜻蜓眼随侯珠，他还在我们公司订购过一款高档的蜻蜓胸针，另外他多次跟我说起他在《伊甸园》里扮演蜻蜓。这些都跟董菲有关吧？董菲是那只进入通天塔的蜻蜓。"

听到张翼的疑问，常钧言神色里又多了份感叹，"他知道董菲的利用价值，董菲是进入'通天塔'的钥匙。他想通过董菲，达到控制'盖亚'的目的。幸运的是，董菲没那么容易被他洗脑。"

刘安超和周扬两人静默地坐在一旁，用略带同情的复杂目光看着张翼。他们很同情张翼在经历重大变故后，还要再次面对更加残酷的现实。

常钧言解释说："脑控技术可以根据大脑的放电情况和神经传导的电信号粗略地反映出一个人大致的想法，这不奇怪。在《伊甸园》游戏里，'盖亚'的人有意设置了很多特殊任务，通过玩家做任务时的大脑反应，能初步做出一个筛选。"

"他们使用这种方法选拔新成员？"张翼竭力克制着内心的惴惴不安。

"是的。"刘安超和常钧言同时回答。

常钧言看着张翼微微点头，目光沉稳严肃，"这款游戏不同于其他网络游戏，它的门槛很高。能够购买一套《伊甸园》设备并参与到游戏的修订反馈中的人，他们的学术水平本就高于一般人，这也是'盖亚'选拔成员的基本要求。"

张翼的呼吸变得沉重，他感觉到胸口沉闷喘不过气来，"依据每个玩家在游戏中的表现，他们能清楚地知道玩家的真实想法吗？"

常钧言眉头紧锁，稍稍颔首解释说："很多国家的情报机构都希望能研究出一款真正的'读心术'，但都以失败告终。原因很简单，人的思维具备很强的联想力和跳跃性。'盖亚'虽然借助《伊甸园》系统窥测人的想法，但并不敢明目张胆地询问一些敏感问题，只能旁敲侧击，所以说这套《伊甸园》的设备也只能作为'盖亚'筛选成员的第一步。而且《伊甸园》这个平台应用范围很广，很多研究机构都引进了这个平台。不少民间的研究者都热衷参与到这款游戏中，《伊甸园》的玩家并不一定都是'盖亚'的成员，所以我们不可能单独凭《伊甸园》的使用情况断定谁就是'盖亚'成员。'盖亚'这么做很聪明，利用《伊甸园》庞大的用户基数和复杂算法隐藏了真实的网络，混淆视听。"

张翼认真地听完常钧言的这一长段描述，问道："你们找到了避免被《伊甸园》监视的办法？"

常钧言微微点头，注视着那顶头盔，说道："我们可以利用大脑的联想跳跃来干扰《伊甸园》对大脑思维的监控，有效地掩盖自己的真实想法。比如你看到一个花瓶，可以联想到花瓶里插满了不同颜色、不同形态的鲜花，也有可能想到某一个曾经和这个花瓶放在一起的物品……或许想到与花瓶相关的某件事情，例如是某一年在你朋友的聚会上见过一款类似的花瓶，你在那场聚会里认识了某个女孩……也可以想起你很小的时候摔碎了一个瓶子，不小心划伤了手。虽然这些信息都是因这个花瓶而起，但都在一瞬间内闪过脑海。这些电信号非常零散细碎，难以有效整合识别，很难做到精确分析。这种跳跃的思维方式，能有效地干扰脑电感应分析设备，从而保护自己的真实想法不被窥测。当然，要跟'盖亚'周旋，光靠这种方法还远远不够，还需要进行特殊的思维训练。"

"你们早就安排好了。"一个念头从张翼的脑海里飘过：他们是因为董菲而选中我。那尉林，也会是因为……董菲吗？

常钧言郑重地说道："我们给你安排了一个星期的时间进行思维训练。你是以神仙洞事故调查的名义来这里的，还需要给你出具一份可以拿回去交差的事故报告。"

47 天狼星

凌晨3点，这场改变张翼世界观的谈话才结束。

回到临时住处，张翼虽然疲累不堪，但仍然是睡意全无。

张翼闭上眼睛躺在床上，无数零散细碎的光点从眼前漆黑的世界里掠过，若有若无的背景噪声充斥着耳膜。

张翼进入了一种半梦半醒的状态，似乎又回到了那个让他恐惧的幽暗洞穴，耳朵里的嗡嗡声逐步被放大为瀑布的轰鸣声。

张翼飘忽的意识仿佛浸泡在地下湖冰冷的湖水里，又随着一缕飞逝的光线穿梭到了南海晋卿岛幽深的蓝洞中。

睡梦中，刺眼的阳光灼痛了他迷离昏睡的眼睛，从黑暗的空间又来到一片耀眼的辉光中。

在这种奇异的状态下漂流游荡着，仿佛已经感受不到时间的流逝，灵魂就在这无尽的虚空中飘荡了很久很久，直到感受不到自己的存在。

柳文星的影子，又飘浮在张翼的眼前。

恍惚中，一只蜻蜓从张翼的眼前，一闪而过。

柳文星的笑容变得越来越模糊。

"为什么找到我？"张翼想要捕捉柳文星的影子，最终迷失在了一片白雾里。

……

这时一阵急促的电话铃音响起，接连响了几次。还未完全脱离神游状态的张翼接通电话，听见那头叶小茵关切的声音，这才让原本飘忽的心绪稍稍安宁下来。

"你什么时候回来呢？"叶小茵略带撒娇地问道。

"还要一个星期。"张翼回答得有些迟疑。

叶小茵有些不快地埋怨说："说好只去两天，现在又成了一个星期了。"

"小茵，我也很想早点回去陪你。"张翼在电话这头，柔声安抚着叶小茵。

"好吧，记得回来带点土特产。"叶小茵埋怨的声音里透露着无可奈何。

"难不成还是北京地图？"张翼有意逗叶小茵开心。

……

要有效地干扰《伊甸园》系统并不是一件容易的事情，一个星期的特训时间并不算长。

训练使用的设备模拟了《伊甸园》系统的工作流程。

张翼不仅要在这些先进设备前掩藏自己真实的想法，又要做出符合

"盖亚"价值观的选择。

这一日，张翼进入了"天狼星"副本，扮演一个生活在非洲西部尼日尔河边的多贡人。他今天的任务是去猎取一只羚羊，因为部落将在今晚祭祀天狼星神。

酷热的高温灼烧着游戏中虚拟的躯体，虽然张翼反复告诉自己这只是游戏，但高温还是驱使着他扑进浑浊的河水里大口喝水，四周饮水的羚羊吓得纷纷跳开。

浑浊河水中的泥沙和水草也一同顺着虚拟的口腔和食道进入到了虚拟的身体中，虽然一切都是虚拟的，但这种感觉是如此真实。

喝够了水的多贡人瘫软躺在湿软泥泞的河滩旁，微眯着眼看着天空中细如丝线的云彩，意识再度变得模糊起来。

迷蒙中，柳文星熟悉的面容出现在眼前，仿佛离自己很近，但似乎又很远，远到与天空的云彩齐平。

"你在这里啊……"张翼眼神迷蒙，声音已经虚弱到了极致。

柳文星并没有说话，只是静静地望着他浅笑，随后她的笑容被河畔的微风吹散，转眼间化作缕缕云丝飘散到了天空里。

失败的提示音又一次响起。

张翼将脑电感应头盔取下，冷汗从颤抖的指尖上滴落，他已经对自己失去了信心。

常钧言坐在一旁密切注视着测试过程，说道："每次被系统判断失败前，你大脑的颞叶的这块区域都会有异常放电的现象。"

张翼脸色惨白，精神紧张程度几乎达到了极限，导致他双手的手指都不由自主地微微颤抖着。

"大脑颞叶的这块区域负责处理听觉信息，也和人的感情记忆有很大关系。"常钧言眉头紧锁，平静地解释着，"分析结果显示，你在刻意回避某些记忆。就是因为你的刻意回避，导致了这个区域异常放电情况的加剧，影响了你的思维判断，从而导致测试失败。"

张翼没有说话，面无表情地看着显示屏上所显示的实验数据，脸颊微微抽搐。

常钧言走到张翼身侧，说道："记忆的形成主要与大脑皮层的神经元相关，神经元会对人们遇到的事物进行编码，同时被激发的神经元之间共同组成了一个特定的回路，这个细胞脑回路就是记忆。"

张翼还沉浸在方才的恐惧中，没有回答。

常钧言进一步解释："如果有意地回避那些记忆，反而会让这些记忆更加清晰，逃避的结果适得其反，会进一步激活记忆回路。"

张翼茫然地看着窗外萧瑟的冬景，他的思绪又从窗口飞向了天外。法国梧桐的树叶早已凋零殆尽，就剩下几颗果实落寞地悬挂在扭曲的树枝上。

常钧言在一旁坐下，观察着张翼此时此刻的表现，又说道："走神是一个很好的训练方法，能有效地干预《伊甸园》对大脑意识的识别。在面对那些让你思维混乱却又无法控制的信息的时候，最好的办法就是让这种混乱再继续下去。"

张翼的眼神有几分迷茫，似懂非懂地点了点头，"让自己的意识也成为一个无法预测的'混沌系统'。"

"可以这么理解。'读心'的前提，是被测试者的专注。如果被测试者的思维发散度较高、心猿意马，这样检测到的脑部电讯号和生物电讯号就会相当复杂，就如一团杂乱的丝麻。脑电识别技术还不能将大量的干扰噪声剔除，这个缺陷正是我们可以利用的。"

常钧言微微靠着椅背，"虽然每一个购买了游戏设备的玩家都可以参与修改、完善《伊甸园》游戏，但是玩家提交的修订能不能被采纳，最终的决定权还是在管理员手里。《伊甸园》的管理员根据权限的不同分了不同的等级。"

张翼点头说道："你们应该安排了不少人通过了《伊甸园》的测试，成为了管理员。"

常钧言并没有回答张翼的这个问题，而是继续说道："初级管理员的权限等级很低，并不能接触到核心内容。高级别的管理员拥有更高的权限，但他们必须是'盖亚'信得过的人。"

常钧言将一份资料递到张翼手里，"不过成为《伊甸园》的管理员，并不意味着他们进入了'盖亚'。很多初级、中级管理员做的工作和其他科技公司里的工作人员类似。大部分人也只是具备被发展成为'盖亚'成员的条件，但他们并不是'盖亚'的成员。"

张翼又重新拿起脑电感应头盔，"我再试试。"

常钧言神色凝重地看着张翼，"在扮演的时候，要对你扮演的角色内容有更深刻的认识，才能更容易地代入到虚拟的角色中去。这次你扮演的是非洲的多贡人，这个部落很奇特。按照通常的评判标准，多贡人的文化水平和生活水平原始落后，他们崇拜天狼星的一颗伴星。这颗伴星肉眼是看不到的，在望远镜发明后才被近代的天文学家观察到。这个原始部落却对这颗伴星的运行周期以及各方面性质都了如指掌，他们描述那颗伴星是一颗很重的白色小星，近代天文学的观察证明了那是一颗密度很大的白矮星，而且这颗伴星的运行周期与多贡人的描述一致。"

常钧言补充道："《伊甸园》隔一段时间就会推出一个随机的副本入口，而多贡人与天狼星的故事，是游戏中出现概率很高的一个随机副本。除此之外，'亚特兰蒂斯'副本的出现概率也很高。"

张翼领会了常钧言的意思，不论是"天狼星副本"还是"亚特兰蒂斯副本"，它们都有一个共同的特性，那就是文明程度和神话传说的极度不协调。副本要传达的故事，都在很大程度上暗示了"文明的轮回"以及"宇宙迁徙"的主题，这也是"盖亚"所信仰奉行的理念。"盖亚"之所以能做出那么多丧心病狂的事情，原因之一，就是他们认为这一季文明已经发展到了自取灭亡的地步，他们希望加快这一季邪恶文明消失的速度，继而重启下一季的"理想文明"。

48 诡梦

一个星期很快过去，张翼从萧瑟灰蒙的北方回到了温暖的南国。沐浴在深圳明媚慵懒的阳光里，让他有种不真实的错觉。

下午4点20分，叶小茵已经在出站口等候，她穿着一身灰色毛呢大衣，搭配短裙和长靴，还特意做了个发型。

见到张翼走出出站口，叶小茵小步跑上前，踮着脚抱紧张翼的肩膀。叶小茵的拥抱，让张翼体会到了真实的温暖。

张翼两只手捏了捏叶小茵的脸，微笑着问："你瘦了，没好好吃饭？"

叶小茵故作傲慢地扬起头微笑着说："瘦点不好吗？"

"不好。"张翼认真地回答着。

"口是心非，我要是胖了你就该吵着让我减肥了！"叶小茵撇嘴说着。

张翼一手拉着行李箱，一手挽着叶小茵的胳膊，温柔地说道："我觉得圆脸好看。"

回到家里，张翼将行李箱丢在一侧，仰面躺在沙发上，看着灰白色的天花板发呆。看得久了，天花吊顶上的几何线条似乎在变化扭曲着。

叶小茵在厨房里忙碌着晚饭，油烟机的轰鸣声充斥着整间屋子。

恍惚中，张翼感觉到咽喉里渗出血腥味，回过神来，才发现鼻血不停地滴落。他立刻用抽纸擦拭着脸上、身上和沙发上的血迹，又踉跄着走进洗手间。

张翼将水流开到最大，哗哗的水声遮掩着张翼内心的恐惧。

"吃饭啦！"叶小茵将饭菜准备好，喊了几声都没得到张翼的回应，只听见卫生间传来哗啦哗啦的水声。

叶小茵有些奇怪，刚走到卫生间门口，就跟张翼撞了个正着。

张翼脸色苍白，一脸的冷水还没擦干净，头发和衣服都是湿漉漉的。

叶小茵一脸惊恐地看着张翼问："怎么弄成这样了啊？"

张翼有意掩饰，"厕所里的水龙头坏掉了。"

"嗯？"叶小茵好奇地向卫生间里看去。

张翼清了清嗓子里残留的血腥味，又补充说："刚刚修好，吃饭吧。"

叶小茵关切地皱着眉，说道："你这样要感冒的，赶快换身衣服！"

重新换了套衣服，张翼坐在餐桌前，品尝着叶小茵准备的晚饭，赞赏道："手艺不错，进步很大嘛！"

叶小茵给张翼舀了一勺梅干菜，笑容里带着得意，"尝尝这个，看怎么样。"

张翼仔细品尝着，点头说："我妈邮寄过来的？"

叶小茵微笑着，神神秘秘地说："阿姨说你喜欢吃她做的梅干菜，专门寄过来的。"

张翼的眼里闪过一点微光，看着那一小碗梅干菜出神。回过神后，取过一个盒子对叶小茵说道："给你带了点东西。"

叶小茵好奇地打开了盒子，是一把精美的银胎景泰蓝折扇。

"哇！"叶小茵小小地吃了一惊。

"特意给你选的。"张翼点了点叶小茵的额头，宠溺地说道，"市面上的景泰蓝品质良莠不齐，好不容易找到一家靠谱的店铺。"

"这是老货了吧！而且工艺精美、配色考究，嗯……市面价至少五位数。"叶小茵小心翼翼地将折扇打开，欣赏着上面的掐丝珐琅彩，连连感叹。

"得到叶大设计师的认可，我也安心了。"张翼挑了挑眉头。

叶小茵将扇子收好，说道："尉林又来深圳了，昨天看到陈董和他一起来了公司。"

"你看到陈菀青了没？"张翼不经意问了一句。

叶小茵疑惑着摇了摇头，问："你怎么突然问起陈大小姐，莫非你想当豪门女婿？"

张翼尴尬地笑了笑，"佩服你的想象力。"

"那是怎么回事？怎么突然问起这位名媛来了。"叶小茵托着下巴，瞪着眼睛看着张翼。

"我在尉林的餐馆见到了陈菀青。"张翼平静地说着。

"啊？"叶小茵半张着嘴，一脸不解的表情，"我们的陈董事长为了骗到尉林的那张琴，还真是无所不用其极啊！派自己的亲孙女去当诱饵。不过凭他再老谋深算，但尉林已经有未婚妻了，陈董的算盘又要落空咯。"

听见叶小茵提到尉林的未婚妻，张翼神色里闪过一丝异样。

张翼顺着这个话题继续问："你觉得，尉林对他未婚妻的感情怎样？"

"尉林谈到未婚妻的时候，眼神都会变得好温柔，这种深情绝对是装不出来的啊。"叶小茵绘声绘色地描述着，丝毫不掩饰语气里的羡慕之情。

张翼恍然大悟地笑着说："也是，女人的第六感是你们征服世界的秘密武器。"

"哈哈，说得这么夸张！"叶小茵被张翼的这个说法逗乐。

得知尉林又回到深圳，张翼难免焦躁不安。

"《撒哈拉之眼》好几天没更新了，不像那个作者的风格啊！"叶小茵失望地看着手机。

"作者说不定有别的事，多等几天。"张翼若无其事地夹菜。

"唔，上次讲到'天狼星人'，作者也是够天马行空的。"

张翼用两只手支撑着脑袋，神情显得十分痛苦。

"很累了吧？"叶小茵将手机放在一边，很贴心地用手指为张翼按摩放松着头皮。

张翼微笑着回应，站起身给了叶小茵一个温柔的拥抱。

在简单地洗漱淋浴后，张翼便倒在床上昏昏沉沉地睡去。

梦境中的事物介于虚实之间，张翼在空旷的荒原上飞翔滑行，四周的景物都化作光线流逝。

张翼迷失在这种飘忽疏离的感觉里，似乎能感觉到普朗克尺度的空间里的量子潮汐。诞生于虚空中的"粒子对"快速环绕旋转，在相遇的一瞬间，湮灭产生了耀眼的光斑……画面诡异而杂乱，但周遭的背景却寂静到了极致。笨重的躯壳都已经消失无踪，飘浮的意识与诡异的梦境纠缠交织，融合成了一体。

49 永动机

翌日清晨,刚刚来到公司,张翼就听到了一个令人震惊的消息:总经理许家恺离职了。

如果是其他人离职,张翼也不会感到奇怪,但这次走的竟然是许家恺,着实出乎很多人的意料。

公司里的"路边社"流传着一条言之凿凿的小道消息:许家恺是被董事长陈寰宇给逼走的,应该和尉林有关。

即便陈寰宇对尉林已经到了言听计从的地步,但作为一名叱咤商海多年、老谋深算的大角色,这么轻易地就把跟着他打拼多年的老伙伴给赶走,实在让人感觉有点匪夷所思。

张翼在总经理的办公室里见到了尉林,之前的那些猜测似乎也就坐实了。

总经理的办公室里,尉林穿戴着《伊甸园》的游戏设备,正全神贯注地投入游戏中。如此看来,尉林要取代许家恺成为这家公司的总经理的传闻是真的了。

张翼注视着显示屏,游戏画面呈现出一片雨林的景象,十几个身穿兽皮的原始部落男性正手持石斧和木矛在丛林里追赶一只落单的黑猩猩。

"这就是'摩登原始人'的副本,我虽然参与到这个游戏中,但不需要以具体形象出现。"尉林解释说着,暂停游戏的同时,又从旁边的盒子里取出了另一套伊甸园的游戏设备,交到张翼的手中,"你也参与体验一下?"

张翼从尉林手中接过这套设备,没有意料中的慌乱。穿戴好游戏设备后,他同尉林一同进入了这个奇异的副本之中。

副本里那场追逐狩猎的活动仍在继续——

可怜的黑猩猩被困在大榕树上绝望地哀嚎,悲鸣声回荡在这幽深茂密的丛林内。顽抗并没有换来奇迹的出现,它很快就被众人围攻至跌落树下。那群人一哄而上,在不到一分钟的时间里,就将这只黑猩猩大卸八块。动物尸体的血腥味和丛林的腐烂味混杂在一起,令人作呕。

张翼努力适应着游戏里的场景,也不忘用联想思维的方法干扰《伊甸园》系统对他大脑意识活动的分析。

这时的张翼和尉林在游戏中并没有实体存在,只是默默地以上帝的视角审视着这群衣不蔽体、食不果腹的原始人类。

听尉林说起过，参与实验的社会学家、心理学家、人类学家，也都是通过这种方式观察这群人的文明发展进度的。

尉林语调平静："有时候，他们也会模仿神灵显灵，用这种方式进入到'摩登原始人'的生活里。"

"这样听起来就有点随意了。"张翼似乎不太能理解，"也许他们认为这种方法是在彰显优越感。"

"为了研究宗教学和社会心理学，这种方法也必须用上。"尉林微笑着回答，"那位以'神灵'形象出现的研究者，必须要经过严格挑选，并不是随意的决定。"

"那这位显灵的'神祇'需要在游戏里做什么？"张翼的好奇心不知不觉被挑起。

"什么都不用做。"尉林耸耸肩，语调轻松地说。

"原来是这样。"张翼疑惑地笑着摇了摇头。

尉林语调平和，"而且到目前为止，副本中的'神灵显现'也只有两次。虽然这个'神灵'什么都不说、什么都不做，但'显灵事件'本身也会对原始人的社会发展产生众多干扰，例如加速宗教的发展，再引发一系列不可预知的事件。例如，在第二次'显灵事件'之后，有一位年轻的部族首领，声称自己获得了'神'的授意。"

"然后呢？"张翼很好奇后续的发展。

尉林的声音不急不慢，"他自封受命于'神'，变得好战嗜血，征服屠杀周边的部落。十几年后，他的部落成为了那片区域中最强大的部落。"

"这位首领现在如何？"

"他最终死于手下的叛乱。"尉林嘴角微扬，带着几分唏嘘，摇头说，"叛乱者也自称获得了'神'的指示，但几日后，叛乱者也死于部族内斗。曾经强大的部落又土崩瓦解，积累的财富被邻边部落洗劫一空，部族成员死伤殆尽。"

"这个课题你也参与了？"张翼很好奇。

"参与了。"尉林仔细观察着丛林中的那群原始、野蛮的虚拟世界里的"同类"。

"你在这个课题里主要做什么？"张翼希望从尉林这里多了解一些有价值的信息。

"我要做的就是——什么都不做，观察就行。"尉林说道。

"得到什么结论？"张翼随着那群游戏里的同类切换着观察视角。

尉林意味深长地笑着说："我在想，会不会也有高层世界的智能生命以同样的角度来观察我们。"

"也许吧！"张翼面容平静，他在用常钧言教他的那套思维方式，模糊此刻的真实想法。

"老话不是说，举头三尺有神明？"张翼说出这句话的时候，进而又想到似乎在某本武侠小说里看到过这句话。他继续发散思维，想着各种漫无边际的事情。

"你看不看武侠小说？"尉林突然问起这个话题，让还沉浸在发散式思维中的张翼不免一惊。

尉林随即按下退出键，取下头盔，深呼吸一口气说道："刚才游戏里的气味不好闻，还是喜欢回归现实的感觉。"

张翼也将设备取下，放入一旁的盒子里，转过头看着尉林说："好巧，刚好我也想到了武侠。"

尉林将设备仪器收拾好，舒展着两臂做了一个扩胸的动作，笑着说："我未婚妻也喜欢武侠小说。"

听到尉林提及他的未婚妻，张翼的神经又紧张起来。

尉林眼神里又多了一些让人捉摸不透的意味，脸上保持着温和的笑容。

这时，尉林将电脑显示屏切换到一份报告文档，"这是近期君耀在晋卿岛附近的考察安排。"

张翼用手翻阅着电脑触摸屏上的文档，"陈董还是把重点放在了南海一带，还架设了这么多钻探平台。"

尉林靠坐在沙发上，两手环抱在胸前，微仰着头说："他是想明修栈道暗度陈仓，不过其他人也不是傻子。"

张翼脸上的表情稍稍凝固了一下，很快他调整好情绪，顺着尉林的话题继续问："相关部门已经知道了？"

尉林脸上带了几分遗憾，"我跟陈先生建议过，近期不要有大动作。"

张翼翻阅着电脑上的资料记录，"看来你的建议并没有达到效果。"

"是啊！"尉林自嘲地笑着摇头说。

张翼浅笑着回应道："没想到你的建议也有不奏效的时候。"

尉林并不介意张翼的调侃，指着屏幕上的一幅图片，说道："这是新建的人工岛屿，实验室就建在这里，主要是用作岩芯样品分析。"

"以前都是将钻探采集的岩芯送到岸上的设备齐全的实验室做样品分析。现在陈董大张旗鼓地建造一座人工岛，不应该只是为了做样品分析这么简单，有掩耳盗铃之嫌。"张翼眉头紧锁，目光凝肃。

尉林会意笑了笑，点头说："我们都看出来了，陈董这么做是欠考虑了。"

"这个人工岛和实验室到底是做什么的？"张翼希望知道更多细节。

尉林指着图片上的一处海面，说道："这个实验室的核心在这里，在海面以下300米安装了聚碳酸酯薄膜，用来检测宏粒子。"

"宏粒子？"张翼名义上已经是"蚩尤计划"的核心成员，但他对考察进度仍然知之甚少。

尉林解释说："宏粒子就是一种夸克块，很可能就是'暗物质'，通常粒子中的夸克之间存在一定的距离，但这种宏粒子之间的夸克距离非常接近，使得这种宏粒子具备了特殊的属性，也很难被观察到。"

张翼思索着说道："陈董先前关注的是'费米子凝聚态'，现在怎么又突然转变了方向？"

尉林浅笑着说道："陈董是商人，他的关注点始终在'如何实现利益的最大化'。不论是'费米子凝聚态'还是'宏粒子夸克块'，都有可能成为永动机的备选材料。"

张翼眉头微蹙，摇头说："永动机违背了'能量守恒定律'和'热力学第二定律'，很早就被否定了。"

尉林稍稍舒展眉头，眼神中带着笑意，"任何理论都存在被推翻的可能，而那种看似毫无漏洞且不允许被反驳的理论，反而有可能是错的。牛顿的经典力学颠覆了托勒密的理论体系，相对论和量子理论也改变了人们对经典物理的认识。打个比方吧，比如某个地区只有白天鹅的时候，人们通过长期观察可以得出'天鹅都是白色'的结论，这个结论是基于长期观察的结果。但如果有一天，突然出现了一只黑天鹅，那么之前的那个看似无懈可击的'白天鹅'理论，自然而然就被打破了。很多理论并不能表达实质，更多的只是一种经验累积。"

张翼靠坐在沙发上，浅笑着微眯双眼，思索着尉林刚才的言论。

尉林两手环抱后脑勺，神情很是放松，继续说："虽然历史上的永动机是失败的，不过在失败的案例中，也能发现奇迹。考克斯的时钟，不知道你听说过没？"

张翼耸耸肩，摇头表示没有听过。

尉林眼帘微垂，目光沉远，继续解释说："1774年，伦敦的钟表师考克斯制造了一款号称永远不会停摆的时钟。虽然这个时钟最后还是停止了运作，但它的运作时间长达150年，算得上奇迹了。"

张翼的眉头稍稍一动，正如他听到这个故事时内心的触动一样。

尉林留意到张翼神情的微妙变化，继续浅笑着说道："1950年诞生的卡彭电堆，在没有外部能源输入的情况下，到现在也还在自动运转。检测表明这个电堆的电量十分稳定，没有能量衰减的迹象。也许有一天这个电堆也会停止运作，但在某种程度上，它已经在挑战经典理论的限制了。"

尉林起身倒了一杯咖啡，"我们的世界被各种常数所限制，但在某些特殊情况下，还是会有例外发生。换个角度想，我们因为自身局限而不能直接观察到更高维度的世界。维度增加后，所遵循的又是另一套理论体系了。"

张翼会意地点点头，"或许在宇宙诞生之初的那一锅热汤里，涌现了无数个平行宇宙，每个宇宙都有着不同的物理常数。我们的世界之所以是这样，仅仅因为它刚好是这样。"

说到这里，张翼意识到了什么，神情变得凝重起来。地球生态系统是因为有来自太阳的负熵输入，才能从无序变为有序。但放大到银河系乃至更大宇宙范围，是否还存在负熵输入？如果没有负熵输入，按照经典的热力学理论，这个世界最终是要归于寂静的。宇宙红移现象说明宇宙正处于加速膨胀的阶段，有人认为，我们的宇宙可能会在寂静寒冷中终结。但有些人则持相反看法，他们支持循环宇宙或者脉动宇宙模型，而脉动宇宙和循环宇宙的猜测，实际上也是另一种形式的"永动机"理论。

"盖亚"是"文明循环"论的支持者，同样也是"循环宇宙"论的支持者。在"盖亚"看来，我们所处的宇宙并不是孤立存在的，它与平行世界有着某种微妙的联系，也接受着来自更高维宇宙的能量输入。

50 白血病

张翼的头脑里被各种乱麻般纠缠交错的信息所充塞，他又陷入了一种半梦半醒的恍惚状态，他的感知跟肢体已经严重脱节，意识仿佛脱离了现实世界而存在。

尉林轻轻拍了拍张翼的肩膀，才让张翼从神游中清醒过来。

尉林面露微笑，点头说道："有野心的人更加渴望突破原有的禁锢，不过，'成功者效应'让人们的注意力更多地集中在少数几个成功的案例上，而忽略了绝大多数的失败案例。"

"一将功成万骨枯，历来都是如此。无知的人，更容易盲目地乐观。"张翼微微仰面，看着天花板上的吊灯，又陷入了莫名的焦虑中。

张翼知道，"盖亚"的成员很自负，却也很悲观。"盖亚"相信地球上有很多次的史前文明曾经达到现代文明难以企及的高度，却也认为高度发达的文明终会迎来灭亡的一天。"盖亚"成员的思维很奇特，他们自认为是重建秩序的创世者，也是奉行末世理论的灭世者。这个极端环保组织对于地球以及除人以外的其他所有生命都怀有泛滥到极点的同情心，但对于同类，他们又是最冷血的恐怖分子。

"'蚩尤计划'现阶段已经有了一些突破。"尉林看着张翼，略略点头，"近期钻探深层洋壳发现了一些奇特的云母样本，大质量宏粒子之间存在的'弱相互作用力'，会在云母样品上留下痕迹。"

"如果的确是'宏粒子'留下的痕迹，那又说明什么？"

"'宏粒子'不是无缘无故出现的，它是高维空间罅隙在吸收真空能量时的副产品。"

"其实不论'宏粒子'、'费米子凝聚态'，还是'永动机'，这些都不是陈董最关心的。他真正要寻找的，是'高维空间罅隙'，对不对？"张翼没有隐瞒自己的想法，他也急于从尉林这里获取更多信息。

尉林浅笑着点了点头，随后为张翼展示了一幅详细的实验室平面图，"这所实验室拥有一块处于超低温状态下的金属，通过金属有无形变来判断是否有时空涟漪通过。也能通过这种方式找到高维空间的三维投影，从而正确定位它的方位。"

尉林的坦诚相告，反而让张翼警觉起来。

"尉总以后就在这里办公了吗？我还有很多问题需要向你请教。"张翼不失时机地转移话题。

"还是叫我尉林或者威廉吧。"尉林微靠在沙发靠背上，又突然问起，"最近，你身体怎样？"

张翼疑惑地看着尉林，情绪又不由自主地紧张起来。

尉林也没做太多解释，拿起几页纸递到张翼手里。

尉林注视着张翼，郑重地说道："你的血象异常，怀疑是白血病。不过还需要进行骨髓细胞检查，才能确诊。"

惊恐和疑惑的神情凝固在张翼煞白的面容上，接连的打击，让他无所适从。他觉得自己就像电影里的一个小角色，突然被卷进惊天的阴谋中，成为了牺牲品。

张翼深吸一口气，随后将这份报告书合上，假装不在意地笑了笑，"什么时候的事情？"

"就是你去晋卿岛的那次，在潜水作业之前做过一次体检。"尉林目光沉稳，不急不慢地解释说。

原本刻意装出的笑容此时凝固在张翼的脸上，惊恐从他的眼神里透出来，苍白的脸颊肌肉开始微微抽搐。

尉林的神色里透出对张翼遭遇的同情，嗓音刻意压低道："那时候发现你的血象异常，但并不能确诊。"

张翼的嘴角不自主地抽搐着，眼神复杂地看着尉林，问道："为什么会这样？"

"还需要进行骨髓细胞学检查，才能确诊。可能与你在神仙洞中遭遇的大剂量辐射有关。"尉林刻意压低了语调，他能理解张翼所面对的是怎样残酷的现实，所以得顾及张翼的感受。

张翼微微仰面，目光呆滞地望着天花板，泛白的嘴唇不断地抽搐抖动。

"已经给你安排了检查。"尉林神色严肃，平静地说完了这句话，随后看了看手表，"走吧。"

张翼完全不知道接下来该怎么走、怎么做……在那么一刹那，他感觉自己就像提线木偶一样被牵着走。他被黑暗和绝望包围着，好不容易看到的光明，也只是昙花一现的海市蜃楼。

……

除了血象、骨髓细胞学检查之外，张翼还得接受染色体基因检查，他曾在神仙洞内遭受到大剂量的伽马射线辐射，可能会造成染色体基因异常。

接下来的几天是等待结果的过程，苦闷、压抑、煎熬。张翼知道，不会有什么奇迹出现。

急性早幼粒细胞白血病——确诊结果出来之后，张翼反而感到一丝轻松。

张翼的眼睛一直没离开白色墙壁上悬挂的时钟，他注视着时钟秒针的走动，意识越来越恍惚。

急性早幼粒细胞白血病并不是绝症，只要及时诊断、患者积极配合治疗就有治愈的可能。

张翼要面对的最大问题其实是在反复遭受挫折变故后，出现的心理障碍。

张翼并不是一个脆弱的人。如果是以前，他完全可以摆出一副云淡风轻的模样来应对突如其来的变故，即便这种坦然都是装出来的。此时的他，连故作淡定的力气都没有了。

伴随着自己的心跳声和呼吸声，恍惚中的张翼，又进入到诡异的世界里。恍惚的意识还飘浮在风中，整个人又被一股无形的力量拽入深渊。下坠的过程中，时间都无限延长，身体和意识也被无限扩展，蔓延到每一个角落。

51 砒霜

医院已经为张翼安排了具有针对性的治疗方案，陈寰宇也承诺公司会承担张翼的所有治疗费用，让他平定情绪，积极配合治疗。

张翼半睁着眼，疲累地看着吊瓶中透明的液体，嘴角泛起一丝苦笑。自己平平安安活过了三十年，命运突然对他开启了捉弄模式。

毫无疑问，对他而言这样的治疗和检查将意味着持续的痛苦，虽说积极的心理暗示对治疗有帮助，但对于一个遭受了这么多变故的人而言，他还有什么理由笑得出来？就算要笑，也只能是苦笑了。

这时张翼的手机铃声响起，是叶小茵的电话。

电话那头，叶小茵用撒娇又带点埋怨的语气问："给你的微信留了好多消息，你都没看吧？"

"嗯……对不起，今天确实挺忙的。"精神恍惚的张翼仍然用温和的语调回答道，他害怕叶小茵察觉到自己的情绪。

"你晚上回家吃饭吗？"叶小茵见张翼服软，立刻又变成温柔的小女人。

"我今天回家可能比较晚，晚上你不用等我吃饭了。"张翼压抑着痛苦的心绪。

"好吧！"叶小茵失望地叹了口气，"那我下班后约周静一起聚聚。"

"多吃点，少喝酒。"张翼在电话里嘱咐道。

"好啦！"叶小茵心满意足地笑了笑，两人又在电话里你侬我侬了几句后，便挂断了电话。

……

在挂断叶小茵的电话后，张翼的内心也稍微轻松些。当人有了寄托，很多困难和痛苦都会减少大半。

张翼看着悬在身旁的药瓶，问道："这种药的有效成分是什么？"

"砷剂，主要成分是三氧化二砷。"尉林云淡风轻地解释说。

张翼稍稍一惊，摇头笑了笑："竟然是砒霜，'以毒攻毒'吗？"

尉林很认真地解释道："的确是以毒攻毒，用砒霜治疗肿瘤也是从中医得到的启示。砒霜对急性早幼粒细胞有诱导分化的作用，使癌细胞启动程序化死亡的过程。虽然砒霜对早幼粒细胞白血病的治疗效果较好，不过针对其他几种类型的白血病就效果甚微了。"

"看来我的运气还不错。"张翼苦笑着点了点头，看着窗外逐渐变得漆黑的天空怔住了。老天在将他逼入绝境的时候，又给他留下一线生机。目前还不是最绝望的时刻，他没有道理消沉。

今年的冬天比往年都要寒冷很多，几十年不遇的寒潮袭击了这座南国都市。寒夜冷雾中，五彩的霓虹灯折射出一种诡异迷离的光晕。

叶小茵与周静两人坐在离公司不远的一家南美烧烤店里吃饭聊天。

周静笑嘻嘻地看着魂不守舍的叶小茵说："才几个小时不见，就犯相思病啦？"

叶小茵看起来没什么胃口的样子，漫不经心地吃了几口水果沙拉，对周静的问题表现得爱理不理。

"你这段时间瘦了蛮多的，不太正常。是不是那个张翼对你冷暴力？"周静摆出一副严肃的样子问。

叶小茵连连摇头否认，"他对我蛮好的。"

"你中午就没吃饭，现在又不吃。你的花名已经叫'斋啡'了，再这么下去以后要改叫'搓衣板'了。"周静给叶小茵夹了一大块烤肉。

"扑街啊你！"叶小茵被逗得骂了一句后，又扑哧一声笑了出来。

周静举起酒杯对叶小茵说："我们也好久没在一起烛光晚餐啦，哈哈，今天我家阿刚也忙，所以没人当我们的电灯泡啦。"

叶小茵摆摆头说："张翼不许我多喝酒的，再喝的话回去会露馅。"

"哟，管这么严？"周静一脸不屑地笑了笑，"只有我敢对阿刚说不让他喝酒，你家怎么倒过来了呢？"

"少喝酒为了健康啊！"叶小茵一脸不在乎，耸耸肩回答道。

周静摇头叹气说："你还真是被这个'蓝颜祸水'绑得死死的，按理说你逆袭推倒男神就应该把男神驯得服服帖帖，怎么感觉你现在还是挺被动的啊？"

"哪里被动了啊，在一起相处不是得互相付出吗？相敬如宾挺好的。"叶小茵小小地咬了一口烤牛心，如果是往常她肯定能吃下大半盘子，但现在的她根本提不起半点食欲。

周静冲着叶小茵神神秘秘地眨了眨眼睛，小声说："我看你这段时间是'水逆'，肯定有什么事情瞒着我。"

"巫婆静，你成天神叨叨的，你家阿刚不烦啊？"叶小茵叹气说道。

周静一脸嘚瑟，"他敢吗？"

叶小茵会意地点头笑了笑，随后仰头看着闪烁的水晶吊灯。

周静感叹说："我看你对张翼真的是太好了，当人家的女朋友偶尔也得使使小性子撒撒娇。女人偶尔刁蛮任性一下，他们真的蛮受用的。我看你倒好，对男友好起来，都快成妈了！人家要女友，又不是要保姆？斋啡，你这是干什么呢？！"

"就你懂。"

"爱情像鬼，因为每个人都听过，但见过的没几个……"周静神秘地笑了笑。

叶小茵的情绪很低落，神情也显得慵懒倦怠。所谓的爱情在懵懵懂懂中降临，或许也会在迷迷糊糊中失去。叶小茵不能确定张翼跟她在一起是不是真的因为爱情，但她也不会轻易去验证。她当然知道那些考验爱情的伎俩，总结起来也不过两个字——作死。

周静这时候化身恋爱达人传授经验，虽然她自己也没谈过几场真正的恋爱。她的所谓爱情理论除了从影视剧和情感小说里学到的，剩下的都是她自己臆想出来的。她那套恋爱圣经确实有点纸上谈兵的味道，不过她本人却不这么认为。

周静假装没注意叶小茵的潜台词，继续说："你那阵子成天花痴他，我还替你打听过不少关于他和前女友的事情。有句话你应该听过，有种男人不会主动提分手，但他们有一万种办法逼女方提分手。"

52 误会

叶小茵被周静的八卦功力折磨得苦不堪言,只能以一副要死不活的模样趴在桌上,通过这种方式逃避周静的话题。

周静还是喋喋不休地说:"你得主动一点,比如主动去了解他的兴趣爱好,多跟他制造点共同话题啊!"

"他现在心里只有'蚩尤计划',什么事情都是围绕这个在转。"

"呃,他休息的时候一般做些什么?"周静还要刨根问底。

"回到家里,他也不怎么看电视,就知道玩游戏。"叶小茵叹着气说道。

"玩游戏不很正常嘛。"周静喝了一口龙舌兰酒,"你不要排斥他的爱好,在你有条件影响他的选择之前,你应该主动接近他的爱好,这样有了共鸣后才有可能互相影响。"

"嗯?"叶小茵睁大了一双眼睛。

周静一脸得意的样子说道:"听说过香菇的故事吗?"

"什么?"叶小茵眨了眨眼睛,示意周静继续说。

周静转了转眼珠子,狡黠地点头说道:"有个病人总觉得自己是一颗香菇,每天就蹲在某个地方一动不动。他的主治医生索性也陪着这位病人蹲在那里。时间久了,病人就对他说:'你也是香菇吗?'医生回答:'是啊!我也是香菇。'他们之间开始有了交流互动,病人也从医生这里得到了认同感。后来病人看见医生跟别人有说有笑,就问他为什么。医生就说:'香菇当然可以和人有说有笑啦。'于是那位病人的行为也开始被医生潜移默化,开始尝试跟人交流了,虽然他还一直认为自己是香菇,但他的行为方式已经不影响正常的生活,在外人看来跟正常人也没什么区别了。"

叶小茵疑惑地眨着眼睛:"你这个故事像那种熬得干了的'土鸡汤'。"

周静抖了抖眉毛,继续说:"他是典型的处女座啊!你一个水瓶女不下点功夫怎么搞得定?你现在要做的就是让他对你有更多认同感,这样你才有机会改变他的一些想法和行为。比如他喜欢玩游戏对吧?你就不能一味地反对或者无视,你得了解这游戏的乐趣在哪,然后跟他一起互动,有了共同话题,你才有可能取得主动权。"周静一脸的眉飞色舞,越说越玄乎。

叶小茵被她这番理论逗乐了,但仔细想想,确实有点道理,"那款游戏名字叫《伊甸园》,张翼几乎每天都要玩,中毒了一样。"

这时,突然听见周静咋咋呼呼地喊道:"哇哇,男神男神!"

叶小茵恍恍惚惚抬起头，蓦然间看见张翼手里捧了一盒朱砂玫瑰，就站在自己身旁，温柔地看着自己。

"我的天，这也太帅了吧！这么华丽炫酷的出场方式，简直就是霸道总裁的现实版啊！"周静是个捧场王，不过咋呼得有些过了。

"今天什么日子啊？"叶小茵受宠若惊地看着张翼，脸颊和脖子瞬间变得绯红。

"想你，喜欢吗？"张翼的声音低沉而富有磁性，再配合这朱砂红的玫瑰，绝对让人没有抵抗力。

周静非常识趣，连连笑着吐着舌头说："我瓦数太高啦！我就先撤啦，嘻嘻。"说罢，周静就拎起外套小步跑出餐厅。

"公司的事情忙完了？"叶小茵从张翼手里接过那盒玫瑰。

张翼长舒一口气说道："刚忙完，就想来陪你。"

虽然也相处了一段时间，但送花的桥段还真是第一次上演。叶小茵时常被电视里那些浪漫桥段感动得稀里哗啦，但真的有类似桥段发生在自己身上的时候，她却感觉到一时间手足无措。

叶小茵咬了咬嘴唇，看着张翼苍白的脸，问道："你脸色好难看啊！吃了饭没？"

"吃过了，比较简单的工作餐。"张翼给了叶小茵一个浅浅的拥抱，在她耳边说，"你吃好了没？"

"嗯，挺饱的。"叶小茵抿嘴笑了笑，歪着头答道。

"那回家吧！"张翼为叶小茵披上外套，牵着她走下楼。

回到家里，叶小茵将张翼送的玫瑰插在花瓶里，打理好花形和枝叶。

张翼从身后将叶小茵抱住，小声问："喜不喜欢？"

"喜欢啊！"叶小茵转过身来看着张翼的眼睛，"怎么突然想到送花呢？"

"7个小时没见到。"张翼将脸贴在叶小茵的头发旁。

叶小茵强忍住笑，"你最近怎么了？"

"就是想你了。"

"这几天总见你去尉林的办公室，尉林确定要来当总经理吗？"叶小茵歪着头看了看张翼。

"还没有正式任命，听尉林的口气，他并不乐意。"张翼牵着叶小茵的手，来到沙发旁坐下。

叶小茵靠在张翼身旁坐着，眨巴着眼睛说："他当不当总经理也没什么区别，反正是陈董的御用军师，看你们都对他言听计从的。"

张翼耸耸肩，笑着说："这就叫个人魅力。"

"哈哈，你也被他吸引了？"叶小茵得逞般地笑着。

张翼挑挑眉毛说道："就知道你要挖坑等我跳，我百口莫辩！"

叶小茵又神神秘秘地问："许总经理就这么离职了啊？连个前兆都没有，好突然。"

张翼摇头叹气说："具体就不知道了，在公司里工作最高的原则就是少说多做。他们不说，我们也别问。"

"你还真会明哲保身。"叶小茵刮了刮张翼的鼻梁，似在感叹。

张翼没有接话，只是仰面躺在沙发上，不知不觉被天花板上散发着暖色光晕的水晶灯迷惑。

"去洗漱啦。"叶小茵很贴心地提醒说。

张翼脸上露出疑惑的笑容，似在梦呓："你说，我们是从哪里来的？"

叶小茵靠在张翼身旁，望着张翼的眼睛问："怎么突然想这么深奥的话题？"

"噢，就是突然想到了。"张翼慵懒笑着。

叶小茵两只手揉捏着张翼的脸，笑着说："有个笑话听过没？"

"什么？"张翼稍稍侧过脸，看着叶小茵。

叶小茵两手环抱，故作深沉地说："每一位保安上辈子都是折翼的哲学家，因为他们总是不厌其烦地问来人三个哲学上的终极问题：'你是谁？''从哪来？''到哪去？'"

张翼被叶小茵说的这个段子给逗乐，坐起身说道："那些神话故事的内容，会不会有一部分是真实的，只不过被神话的外衣掩盖了最初的真相。"

叶小茵点头说："当然啦，我的脑洞一向很大的，是女娲都补不了的脑洞。"

张翼脑袋里像是有一阵电流急速通过，突然问道："女娲……女娲创造人类的故事，你觉得是不是真的？"

"什么？"叶小茵一脸疑惑不解。

张翼两手环抱着叶小茵的肩膀，认真地说："换一个理解方式，比如游戏里的那些角色，一旦他们也进化出独立的思维，对于他们来说，我们这个世界里的人是不是就如同造物主一样？"

叶小茵疑惑地摇了摇头,她完全跟不上张翼的节奏。

张翼轻松地笑了笑,捏了捏叶小茵的脸,小声说:"《撒哈拉之眼》今天更新了,说的就是这个。"

听到这句话的时候,叶小茵才恍然大悟般点点头:"我好几天没追文了。那个作者脑洞也确实够大的,看得我浑身发冷,很容易和现实联系起来。"

张翼神色怅然,点头说:"确实挺吓人的。"

"嘻,你胆子这么小?"叶小茵笑着问,"那你也敢玩《伊甸园》?"

张翼转过脸,疑惑地看着叶小茵问道:"你也玩《伊甸园》的游戏?"

叶小茵扑哧一下没笑出来:"你太小瞧人了啊,我在地大读书的时候,实验室用这个模拟野外考察的。"

张翼随后陷入了短暂的思考,苍白且没有精神的面容上似乎浮现出一些让人捉摸不定的神色。

叶小茵深呼吸一口,用带着几分撒娇的声音问:"要不今天我陪你玩《伊甸园》?"

张翼立刻变得紧张起来,摇头拒绝了叶小茵的提议:"不玩了,这游戏也没什么意思,我打算把这套设备低价处理了。"

"啊?"叶小茵神情慌张中带着不解,睁大眼睛疑惑地看着张翼。

张翼摸了摸叶小茵的头,安抚说了几句,劝她回屋先睡。叶小茵一肚子狐疑,但她不敢明问,怕又触碰到张翼的敏感线。

《伊甸园》是一款危险的游戏,虽然这只是"盖亚"的初步筛选过程,但张翼不希望叶小茵也被牵扯到其中,就算是百万分之一的可能也不行。

简单的洗漱后,张翼回到房间,一只手搭在叶小茵的腰上。他借着从窗户外透过的昏暗光线,看着背对着自己的叶小茵的轮廓。

两个人都因为心事重重而睡不着,又都一言不发地装睡。

叶小茵背对着张翼,像婴儿一样蜷缩着躺在床边。她无数次地怀疑过自己只是在张翼遭受重创后的空窗期乘虚而入的。她可能连替代品都算不上,顶多就是个过渡期人选。想到这里的时候,她不禁发怵,眼泪止不住地流下。

张翼就这么静默地注视着朦胧夜色里叶小茵的背影,他知道叶小茵没有睡着,但他并没有打破二人间的沉默。此时的他,没有多余的力气去解释什么。寂静的夜晚显得格外漫长,直到张翼听见叶小茵的呼吸声改变了节奏，才确定叶小茵应该已经睡着。

张翼小心翼翼地下了床铺，披上外衣，来到客厅坐下。

客厅里只开了一只昏暗的小灯，张翼手里拿着《伊甸园》的游戏装备孤独地坐在沙发的一角。

黑暗和孤独似乎也拉长了人对时间的感受，他渐渐迷失在这种异样的情绪中。

柳文星微笑地注视着张翼，"这次打算扮演什么角色？"

柳文星的声音十分轻柔，刻意引导着张翼，"穿梭时空，扮演石炭纪里的巨型蜻蜓。石炭纪被称为巨虫的世界，昆虫都能长成巨兽。"

张翼神色怅然地苦笑着，呓语道："如果说蝴蝶扇动翅膀就能掀起一场风暴，那么大的蜻蜓扇动翅膀所掀起的风暴恐怕能和木星的大红斑媲美了。"

张翼选定好模式，进入到《伊甸园》的游戏世界，回到了石炭纪时期的地球，成为了一只巨型蜻蜓。

张翼化身蜻蜓在游戏里肆意地飞舞着，享受着传感器所带来的"真实"体验。

通过蜻蜓复眼看到的世界，果然与之前所见的截然不同，犹如万花筒所呈现出的瑰丽迷离的梦境。变身蜻蜓后，对周围环境的感知都变得更加细致，时间似乎也变得更慢了。

一滴露水从宽大的桫椤叶上滴落，下落的水滴在每一瞬间都折射出不同色泽的景物。

……

第二天早上5点，张翼从蜻蜓的梦境里醒来，努力适应身份变换带来的不适。

张翼回到卧房里，小心翼翼地躺在沉睡中的叶小茵身边，用手轻轻抚摸着她的长发。

叶小茵朦胧中轻轻哼了一声，转过身来将张翼揽住，半梦半醒地问："几点了？"

"还早，还不到6点。"

"唔……"叶小茵轻轻回了一句，握着张翼的手，又蒙蒙胧胧地睡了过去。

53 悖论

这天清晨，张翼将《伊甸园》的游戏装备放进箱子里，搬到了汽车的后备箱中。

坐在副驾驶的叶小茵不解地问："真要把这套设备转手啊？"

张翼将安全带系好，点头说："老在家里玩游戏没意思的，我想多点时间陪你。"

叶小茵抿嘴笑了笑，她明白有些事情不适合刨根问底。只要局势还在可控范围内，假装糊涂也是一种聪明的办法。

到了公司，张翼将这只箱子连同其中的《伊甸园》设备送到现在尉林的办公室中。

尉林已经早早来到办公室，笑着说："你现在的情况也需要多休息。所以，你是打算戒游戏了吗？"

张翼略带抱歉地笑着说："这游戏对'蚩尤计划'有一定的借鉴价值，我还会用它来进行一些模拟训练。所以，我想将这套设备寄存在这里，可以吗？"

尉林的回答很通情达理："这个没问题，不过以你的身体情况暂时不能进行强度过高的模拟训练。"

张翼轻松地笑了笑，点头说："我的依从性还是不错的，毕竟是拿自己的命说事。"

尉林点头欣然笑着说："病情稳定后，会有新的安排。"

"尉总能透露点接下来的安排吗？"

"春节后会有新的安排，你这段时间定期去医院做治疗，公司这边的事情也不会太多。你如果需要休息，可以随时请假。"尉林将那盒张翼送过来的《伊甸园》设备拆开看着，又说道，"不错，你买的都是高配。"

从尉林办公室出来后，张翼回到自己的办公室内，看着窗台边的绿萝出神。

中午与叶小茵在餐厅吃了午饭，张翼便独自开车来到了医院。

张翼强忍着骨髓穿刺带来的剧痛，豆大的汗珠不停滴落。这种痛楚让他的头脑异常清晰，他更加明白自己必须坚持下去的理由。

有了叶小茵的陪伴，他原本艰涩的时光变得可爱温柔了很多。他每天都会抽点时间陪叶小茵看一部惬意轻松的电影，要么就是讨论最近的一些趣事。

因为化疗和用药的原因，张翼经常食欲不振、恶心反胃。除了去医院治疗，在公司的时间基本上也是在尉林的办公室里，仅剩的精力也都耗在了《伊甸园》上。

转眼很快到了1月底，张翼这样一向细心的人，竟一点都没意识到春节就快到了。

这一天晚上，两人坐在沙发上看着叶小茵最爱的偶像剧。

叶小茵挽着张翼的胳膊，小声问："还有半个月就春节了，你怎么安排啊？"

"这么快？"张翼整个人已经神游到九霄云外去了。

叶小茵的语气里带了些埋怨，"我们的事情，我爸妈那边催了几次了。"

张翼僵硬的面容里有些怪异，迟疑了几秒钟后，才回答道："再等一段时间吧，我这边也没有准备好。"

"不需要怎么准备的，就是让你妈妈和我爸妈见个面，最简单的办法就是让他们一起到深圳来见面嘛！这样就没有亲疏主次的区别。"叶小茵的眼神里满是期待，她感觉这样的安排挺完美，张翼按道理是没有拒绝的理由的。

谁知道张翼在出神几秒钟后，却摇头说："我打算再存点资本，才好跟你结婚。所以双方父母见面的事情，要不延后一下？太匆忙的话，我怕给你父母留下的印象不好。"张翼的说辞看起来很有道理，实际上漏洞百出。

叶小茵听出了张翼言辞闪烁中的不确定，她的心情跌入了谷底。但她并没有打算向张翼吵闹，反而显得非常善解人意，平静地说："行吧，那我过年就回去陪我爸妈。你到时候接你妈妈过来这里吗？"

张翼还是有点心不在焉的样子，神情恍惚地点了点头。他没办法跟叶小茵解释太多，对于两人的感情，他也不敢过早下结论。不是因为不爱，而是因为太爱了，所以不愿意拖累对方。自己的病目前还算稳定，但毕竟还没有治愈，他对未来还有很多的不确定。他很想给叶小茵一个踏踏实实的承诺，但如今的他变得胆怯，也不敢盲目承诺什么。

2月8号是叶小茵的生日，张翼却将这么重要的事情给忘了，持续的治疗让他的身体机能极度虚弱。叶小茵那天有意稍稍打扮了一番，做了几道可口的菜，等着张翼回家吃晚饭。但刚从医院回家的张翼却没什么胃口，胡乱洗漱了一下，就回到房中休息了。留下叶小茵一人孤孤单单地坐在餐桌前，对着一大桌子的饭菜闷闷不乐。

一转眼就要到新年，叶小茵回到了广西北海老家，而张翼则将妈妈从广州接了过来。

张翼的妈妈也忍不住好奇地问："你跟小茵没闹别扭吧？"

"没有啊，我们挺好的。"张翼假装轻松地笑着，帮妈妈收拾着从广州带过来的一堆腊味干货。

张妈妈还是疑惑不解："那你们过年怎么不一起啊？要不我们一起去北海吧，也把你们结婚的事情定下来。"

"妈，你别操心了。"张翼也没办法过多解释。

张妈妈又说："你看，果然是闹矛盾了吧？"

"真没闹矛盾。"张翼的辩解显得十分苍白。

张妈妈又趁机问："没闹矛盾为什么不结婚？"

张翼愕然地看着他的妈妈，无力反驳。

春节期间，张翼的治疗检查也不能中断。还好他妈妈也不是多心的人，随便找几个借口也就瞒过去了。

这一段时间的治疗颇见成效，君耀公司为张翼安排了去德国继续康复治疗，已经帮他办好了必要的手续。

自从张翼莫名牵扯到"盖亚"这个危险团体之后，他对未来局势发展的不确定，成为内心最大的恐惧来源。

张翼在与尉林的闲聊中，无意间听尉林说起过几天要去津巴布韦。

君耀公司在非洲一些地区有珠宝矿藏的开采项目，出乎意料的是，公司这次竟然在津巴布韦的万基国家公园组建了一支反盗猎的队伍。

好奇心驱使张翼去一探究竟，他主动要求前往津巴布韦，亲眼见一见这支由君耀投资组建的反盗猎巡护队。

尉林面露难色，摇头拒绝了张翼的请求："从国内前往津巴布韦要飞30多个小时，中途还要转机，你现在的情况不能这么折腾。"

张翼并不甘心，他表现出对动物保护和反盗猎的强烈支持。他希望通过这种方式获得尉林的认同，从而得到去津巴布韦的机会。

尉林在询问主治医生的意见后，才勉强同意张翼过段时间到津巴布韦的万基国家公园的巡护队体验几天生活，但之后也还是得去往德国继续接受治疗。

……

正月初七，叶小茵回到了深圳。那时，张翼还在医院接受治疗，不能去车站迎接，叶小茵一个人乘坐地铁回家。对于这样的待遇，她一点也不意外。两个人都不愿意挑破自己的心事，导致相互之间的误解越来越深。

叶小茵拖着几大包老家的海货特产，费力地用钥匙打开房门。张翼的妈妈在屋里听见响动，赶过来开门，见到是叶小茵，连忙热情地帮她搬着行李。

"他怎么没去接你呀？"张妈妈也很惊讶叶小茵一个人提着大包小包地回到家里。

叶小茵怔住几秒钟后，又挤出一个轻松的笑，说道："最近公司挺忙的吧。"叶小茵自己都知道这样的解释很没说服力，过年期间在家里的时候，也被亲戚朋友反复劝，让她别犯傻了。叶小茵自问也不是"圣母"级别的受气包，也没办法为一个看起来完全不靠谱的人耗费剩余的时光，但就这么离开，似乎也找不到合适的理由。难道也要学张翼之前的女友那样，又哭又闹，然后主动提出分手，再在等待对方回心转意的过程中渐渐冷静下来吗？

这一瞬间，叶小茵也陷入了纠结混乱的思想怪圈里，一时之间难以挣脱束缚。

叶小茵眉头低落，神色伤感，冷静几秒后，随后将屋外的大行李箱拖进屋。

之后叶小茵跟张妈妈两人就在客厅里收拾着海货，心不在焉地聊着天。

张翼回到家的时候，依旧是一副疲累到极致的神情，虽然脸上挂着强装的笑容，但他妈妈和叶小茵都能察觉到笑容背后似乎藏着些什么。

正月十五，三个人在一起过了元宵节，张妈妈还专门给叶小茵包了一个大红包，还送了一对玉镯。虽然张翼没有表态，但他妈妈的态度，就是认可了这个儿媳妇。

第二天，张翼的妈妈就返回了广州。张妈妈的借口当然是放不下在广州的铺子，张妈妈也想给这两个孩子留点空间，让他们好好谈谈，说不定能化解现在这种"冷战"局面。

在送张妈妈上车后，张翼开车带着叶小茵返回家中，两人之间还是像隔着一层什么。

叶小茵不敢挑破一二，她也在纠结该怎么开口。

这时，一直显得有些心不在焉的张翼突然打破了沉默，对身旁的叶小茵说道："过几天我要出差，这次是去非洲的津巴布韦，公司已经办好相关的手续了。"

叶小茵神情谨慎，抿着嘴点点头，问道："要去多久啊？"

"这次可能要去几个月吧。"张翼点头回答着。他神色颓然，多少有些漫不经心。他用这样的漫不经心掩盖内心的不安，他并没有说还要去德国的事情。

叶小茵有意掩饰自己的失落，装作大度的样子问："那边现在什么气候啊？一去几个月的时间，是不是得准备点什么，我帮你查查攻略吧。"

54 邪恶病

8天后的上午，张翼乘上了飞往非洲大陆的飞机。在飞机起飞前，他在给叶小茵发送了一条信息后，便将手机关机收入背包中。

张翼乘坐的飞机需要先经过30多个小时的飞行到达南非开普敦，之后再转飞津巴布韦首都哈拉雷。他的身体才刚刚恢复一些，无暇与身边的乘客侃侃而谈，更没心情欣赏窗外景色。在飞行期间除了要按时服药，还有就是抓紧一切能休息的时间休息，因为在他到达津巴布韦后，他将要面临的并不是一项轻松的任务。

万米的高空上，张翼望着机翼下方厚厚的云层，有一种空间颠倒的错觉。

恍惚中，张翼孤零零一人矗立于云朵之上，四周迷离的云气时聚时散，不辨方向。

……

今天是周三，叶小茵请了一天的事假。在机场送别张翼后，叶小茵就这么孤单地在这繁华都市的樱花海里穿行，直到无意中路过一家茶庄，这才惊讶地发现，已经离职了的前总经理许家恺正与几位好友一起喝茶闲谈。

叶小茵呆滞地站在那里，望了几秒。而此时许家恺也看到了她，面容和善地站起身，招呼仍在发呆的叶小茵一同过来喝茶品茗。

许家恺半开玩笑地问："今天怎么不上班，跑出来闲逛呢？"

叶小茵咬了咬嘴唇，"送张翼去机场，今天请了一天假。"

许家恺没表态，用公道杯为几人分茶。

"许总，你怎么突然就辞职了呢？"叶小茵侧着头，小心翼翼地问着。

许家恺神色怅然，长叹一口气，"力不从心了，我还是让贤吧！"

听到这样的回答，叶小茵并不意外。她没法接话，因为这时候说什么都不对。

这时候许家恺亲自给叶小茵递了一杯茶过来，叶小茵拘束地站起身连声道谢，小心翼翼地小口抿着。

许家恺对身边的朋友们说道："我坐下午的高铁回北京，以后见面机会也多，就不用送了。"

许家恺来深圳君耀之前在北京工作，亦是行业翘楚。当年陈寰宇为了挖许家恺可是花了大价钱的，但没想到这次许家恺离职，陈寰宇连挽留的意思都没有，就算是旁观者都要感叹一下世态炎凉、人情冷暖。

当天的夜里，许家恺乘坐高铁回到了北京，此时的北京依旧还笼罩在料峭春寒之中。许家恺拖着行李箱走出了车站，紧接着坐上一辆黑色轿车，在肃冷寒风中疾驰而去。

夜色中的黑色轿车一路向西行驶，来到了那间戒备森严的高能物理研究所外。在警卫查看了相关人员证件后，轿车才被允许进入院内。

现在已经接近0点，常钧言的办公室依然亮着一盏昏黄的小灯。

"给你带了点凤凰单枞，我去深圳这些年这茶倒是喝得习惯了。"许家恺递过来几包茶叶，茶叶都用黄褐色牛皮纸裹得方方正正。

"你还挺会享受的，什么时候再陪我下下棋？"常钧言也不跟他客气，微笑着将茶叶笑纳。

许家恺在一侧坐下，神色并不轻松，摇头说："我现在下不了棋，心思太乱，根本静不下来。"

常钧言的目光也变得复杂，点头说："你的情况我知道一些，这次给你安排了干预治疗。"

许家恺一手支撑着额头，另一只手揉捏着睛明穴，说道："之前还不觉得有什么，以为所有的压力我都能扛得住。没想到那天，家里的猫打破一只茶杯就让我发狂，那时候我感觉整个人好像都不受自己控制了。"

常钧言眉头紧锁，点头回道："你需要休息。"

"我觉得，邪恶是一种病。"许家恺冷不丁地冒出这句话。

常钧言不动声色，目光平静地看着许家恺，等待他进一步的解释。

许家恺左边脸颊微微抽搐着，在经过一番痛苦挣扎后，才继续说道："我发病的时候，就是个恶魔。"

常钧言用平和的语调安慰着："这次回京，你就好好休息调养，不要有太大负担。"

许家恺用拇指的指腹按压着脑袋两侧的太阳穴，眉头纠成一团，用疲累的声音继续说："我做了脑功能性磁共振和CT扫描，结果显示我的脑前额叶病变。"

"安心调整，不要想太多。"

许家恺的表情十分痛苦，摇头说道："如果负责设计理智、决策的脑前额叶不再听从大脑原始区域的命令指挥，反而是凌驾于原始区域之上时，只要稍稍刺激这个人的情感思维，就会让一个温和的人立刻蜕变为残忍的杀手。"

听到这段话，即便是与"盖亚"斗了一辈子的常钧言，内心仍然难免生出一股寒冷。

"长期的心理暗示会导致大脑结构的变化，听起来很像伪科学的论断，但确确实实发生了。在深圳家里的时候，我已经有过几次失控。"许家恺神情疲累欲言又止，他现在的状态全然没有了以往的魄力和胆识。因为近几年发病越来越频繁，情绪也有几次失控，导致家人都无法正常跟他一起生活。因为很多事情无法跟家人解释清楚，导致了家人间的隔阂越来越深。

常钧言面露歉意的神色："你现在安心配合疏导治疗，时机成熟后，会跟你的家人详细解释。被最亲的人误解，有苦说不出真的是会憋出病的。"常钧言能理解许家恺，因为他所经历的不会比许家恺少。

"我现在一个人也没什么压力了，年前就跟老婆办理了离婚手续，她去儿子那边住着。"许家恺这时清了清嗓子，用沙哑的嗓音继续说，"我这种情况是特例……还是普遍现象？"

这时常钧言的目光变得焦灼起来，他的大脑里似乎也在进行着一场惨烈战斗。

在这紧张诡异的氛围里，两人沉默了约半分钟，常钧言才说道："几年前，'灵语'课题组做过脑电波的量子化实验。当时课题组的副组长就是在实验后失智，至今原因不明。"

许家恺两手交叠握着放在办公桌上，细细的冷汗已经从手心里渗出。他压制着内心的恐惧，问道："那位副组长的具体表现是什么？"

"那位副组长在失智后，各项生理指标正常，但长期昏睡。偶尔醒过来会进食饮水，但是已经失去了基本的语言能力和理解能力。"常钧言靠在椅背上长叹一口气，目光里闪烁着纠结之色。

许家恺似乎意识到了什么，立刻说："你知不知道'石磷之玉'的事？"

"知道一些。"常钧言点点头，示意许家恺继续说。

"那个'石磷之玉'的发现者，也是出现了类似失智的症状，当时诊断为嗜睡症。"许家恺说道。

常钧言点点头："那位副组长的失智情况的确和嗜睡症有一点相似。"

许家恺摆摆手，摇头说："吴小龙的情况特殊，和一般的嗜睡症不太一样，反而更像你描述的那位副组长出现的失智状态，当地人管吴小龙的病叫作丢了魂。据当地人说，吴小龙是因为贸然进入神仙洞而被洞神勾了魂。'落洞'一说在湘西很流行，不过寻常的'落洞'一向只针对女人。这两个故事脉络梳理下来，就能发现不寻常的地方。吴小龙因为进入了神仙洞而跟参加脑电波量子实验的副组长出现了同样的症状，而神仙洞里很可能存在一个扭曲的高维空间……这些都不是巧合。"

"不是巧合。"常钧言目光严肃。

55 叠加状态

许家恺顿了顿："有没有这种可能？'蜻蜓'已经提前预知到了神仙洞的危险，但还是将你们引向了那里。"

"不仅有我们，还有'盖亚'。"常钧言眉头紧蹙，"陈寰宇的'蚩尤计划'也将首次考察的目标锁定在了神仙洞，为此，我不得不安排苏合清与他合作。"

"她这么做，有什么目的？"

"'蜻蜓'留下的线索里，目前能继续跟进的只有张翼了。"常钧言捏了捏睛明穴，"我们与'蜻蜓'失去了联络，现在的'蜻蜓'很可能处于一种叠加状态。"

许家恺内心惊骇，低声问道："高维空间的'蜻蜓'都处于模糊不清的叠加状态，那么我们低维世界未来的发展，也是不明朗的……对吗？"

"是的。"常钧言摇了摇头，"至少有两种可能：一，我们的世界继续存在运转……"

"二呢？"

"二，彻底消失。"

"竟然这么悲观？！"

"或许还有别的可能性，但叠加状态下，无从推测。"

"张翼真的能与'蜻蜓'交流？"

"从目前来看，'蜻蜓'并没有透露太多消息给张翼，但张翼确实按照'蜻蜓'的规划，一步步走到了现在。"

"张翼的情况你们也知道，他发病的时候见到的那个人……真的就是'蜻蜓'？"许家恺仍然心存顾虑。

"起码从目前的情况来看，宁可信其有。"常钧言眉头紧锁，"经典的神经元理论无法解释人的意识产生过程，从现在的研究角度来看，人的意识更像量子理论的叠加状态。"

"从脑神经学又回到你的本专业量子物理了。"许家恺露出疲累的笑意。

常钧言神色凝重，说道："即使不相互关联，也可能互相影响。"

"你认为张翼跟'蜻蜓'的交流，类似于量子纠缠？"

"可以这么理解。"常钧言补充说明，"虽然我们无法直接观测高维空间罅隙内部的情况，但可以通过我们世界里与之相互纠缠的量子，获得相应的信息。"

"那张翼与'蜻蜓'的这一层联系，是什么时候建立的？"

"应当是在那次神仙洞考察的时候，神仙洞内部的超高维空间影响到了张翼。"

许家恺被这混乱的时间轴扰乱，不解地摇了摇头，"你们是在神仙洞考察之前，获得了'蜻蜓'给出的关于张翼的信息。那他与'蜻蜓'之间的联系，又是在神仙洞里获得的……"

"在更高的维度空间里，我们这个世界时间的先后顺序、因果逻辑，就没有什么意义了。对于我们的世界而言，张翼在神仙洞事件之后才与'蜻蜓'建立了联系，但对于更高维度的'蜻蜓'而言，这样的联系却一直存在。"

许家恺疲累地合上眼睛，说道："张翼与'蜻蜓'的联系，是我们的突破口吗？"

常钧言露出了忧虑的神色，"但目前情况并不乐观，张翼脑海中见到的'蜻蜓'也是经过改造的。而且，尉林也多次对张翼进行了心理干预。"

这时候，许家恺微微停顿了片刻，"张翼在三亚因为昏倒被送去了医院，我见过他的血象检查报告，上面显示他有贫血症状，血小板减少、白细胞异常……"

常钧言面色凝重，随后说："张翼患的是急性早幼粒细胞白血病，在神仙洞考察事故中，他遭受过大剂量电离辐射。"

许家恺面露惋惜，摇头说："那现在怎么办？"

"这种病症治愈概率很高，陈寰宇和尉林给他安排了后续治疗。"常钧言解释说。

"你们不担心'盖亚'成员对他进一步干预？"

"目前没有更好的选择。"常钧言目光凝重，"如果我们过多关注，会提前暴露。"

"《伊甸园》的游戏，会对人的脑部产生影响。我担心以张翼的情况，支撑不了多久。"许家恺说出了自己的忧虑。

"在张翼这里，或许能有突破。"常钧言目光深远。

许家恺摇了摇头，"老常，你和之前不一样了。"

常钧言并不否认许家恺的这个判断，点头承认道："经历过'通天塔'和'蜻蜓事件'，我开始信仰一点'直觉'了。"

许家恺精神状态很差，微微摇头，又忧心忡忡地说："你们打算什么时候让张翼退出？"

常钧言面露难色，没有回答许家恺的疑问。

最近得到的消息，"盖亚"方面并没有什么特别的动作。一切似乎很平静，但风暴眼的中心往往都是平静的。

常钧言也在提醒自己，这表面的风平浪静可能就是"盖亚"故意设下的圈套。

56 津巴布韦

张翼乘坐的航班自深圳起飞，经停南非开普敦，再飞往津巴布韦的首都哈拉雷。刚下飞机，非洲大陆干燥灼烈的空气扑面袭来，让他原本昏昏欲睡的头脑陡然清醒。

专程来接机的尉林已经在大厅门口等待，两人见面后，默契地笑了笑，随后上车离去。

这辆越野车从机场出来后，向万基国家公园驶去。

"君耀组织的民间反盗猎队伍，也是企业形象宣传的一个策略。"尉林目光平静地看着窗外，"在古代中国，象牙这种有机宝石就被视为珍宝，当地盗猎的象牙很多也是销给华人富商的，所以有人对我们误解很深。而君耀珠宝作为世界顶尖的珠宝公司，也有必要作出正面的表率。"

张翼微笑着点头回应："很有远见的策略。"

尉林神色随和，"5天后，给你安排了飞机去往德国慕尼黑。"

张翼目光平静，保持着客套的笑容，礼貌回应道："继续治疗的地点选在慕尼黑，是陈董要商量海月云山琴的事情吗？"

尉林摇头浅笑着回答说："算说对了一半，的确跟海月云山琴有关，但跟陈先生没有关系。既然你已经是海月云山琴的主人，这张琴就应该送回国内。"

张翼明白尉林的用意，也就是说做戏要做全。如果张翼还想借助这张琴获得更多资源的话，将其托运回国也是必要的。目前的局面还不明朗，走一步看一步。

……

津巴布韦的万基国家公园是非洲大陆典型的稀树草原景观，巡护员的生活区就在一处灌木丛旁。

这里的工作人员来自不同国家、有着不同的肤色，野外高强度工作让他们的脸都不由自主地保持着严肃的神情。

张翼等人刚到达驻地，巡护队队长就接到一个紧急电话，立刻招呼七八个荷枪实弹的队员集合，驾驶着皮卡车疾驰而去，扬起一片尘土。

英语是当地的官方语言之一，巡护队之间也是用英语交谈。张翼听明白了刚才发生的事情，原来是发现了盗猎者的行踪。

张翼与尉林跟随巡护员来到了事发地点，见到了令人备感伤痛的一幕。

干燥灼热的空气里夹杂着还未褪去的血腥味，远处传来一阵奇怪的咂咂声。

一只被割去犀角的母犀牛躺在血泊里，而幸存的孩子试图从母亲身上吸出奶水，不住地发出悲鸣。

清理完现场之后，巡护队找到了一些盗猎人员留下的蛛丝马迹，小犀牛被带回了基地旁的动物孤儿院。动物孤儿院里住着的动物幼崽，都是被盗猎分子害得无家可归的。没有族群的庇护，在人工环境下长大的动物们，也很难再有回归野外的机会。

张翼回到基地，简单地用过晚饭，就躺在临时的宿舍里，回想今天见到的那一幕。

他曾经在《伊甸园》的游戏中来到过非洲草原，现在亲身来到这里，却又仿佛置身游戏的幻觉之中。当脑电控制的游戏真实到了一定程度，虚拟和现实的界限也变得越来越模糊，让人在虚实之间迷失了方向。

在现实和梦境中游离徘徊了许久，张翼的思绪才渐渐安静下来，呼吸慢慢变得平稳，逐渐进入了睡眠状态。

草原上独有的背景噪声充斥着张翼的脑海，耳边还时不时响起那只小犀牛的悲鸣。

猛烈间，张翼从睡梦中惊醒，他身体抽搐着，冷汗浸透衣裳。待他的意识稍稍清醒后，才留意到窗外灯光闪烁，远处传来几声枪响，巡护队跟盗猎分子激烈交火。

张翼迅速从床上跃下，穿好衣服鞋袜，跑出门外。

尉林从屋子里走出来，来到张翼的身边，"这些队员在进入这片区域之前都是签过生死状的，他们面对的是一群穷凶极恶的盗猎分子。我们先待在这里等待消息。"

晨光从草原的边界渐渐展露，远处稀疏的枪声也平静下来，这场恶战暂时告一段落。

尉林挂断电话后，又来到张翼身侧，"抓到了几个盗猎分子，我们一起过去。"

两人驱车来到刚刚发生过枪战的地点，被击毙的三名盗猎分子已经被草草掩埋。一名被活捉的盗猎分子被反绑着跪在草丛中间，是东亚人的长相。

这个唯一的俘虏不停地用带着哭腔的蹩脚英语喊着："Money！I give you money...please..."这意思不用多说，就是如果放了他，他会用金钱回报。

在场的巡护队员用仇恨的目光审视着这个人，但都没有给出答复。

直到尉林和张翼出现在这里，那名俘虏看到亚洲面孔出现，就像见到救星一样，努力晃动着身子用中文声嘶力竭地哭喊求饶。

尉林目光冰冷，静静地扫视着四周，语调沉稳："这伙人是惯犯，这里二分之一的大象族群就是被这伙人灭了族，连刚出生的没有象牙的小象都被残杀。昨天你见到的犀牛，也是他们做的，在他们的车辆里发现了大量犀角和象牙。"

"你们要怎么处置这个人？"张翼给出了一个看似合理的方案。

尉林冷冷地苦笑着说："他们交了巨额罚金后，过段时间又会重返这里，偷猎行为变本加厉。风险越大，他们的收益越高。象牙犀角这块的利润，超乎想象。"

张翼的手指微微抽搐了一下，他听出了尉林的言外之意。

尉林双手环抱，面无表情地看着一旁一位已经将枪举起的巡护队队员。

"Wait a minute（等等）！"张翼看到一旁的巡护员已经举起了枪支，对准了这个哀号的盗猎者，他扬手希望能阻止悲剧的发生，但为时已晚。

张翼的话音还未落，枪声响起，那个哭喊着求饶的盗猎者应声倒下，鲜血从弹孔中汩汩流出，身子抽搐了几下，渐渐没了动静。

这一幕对张翼的冲击是巨大的，他无法接受这样一支正义的反盗猎巡护队竟然用如此极端的方法结束了盗猎分子的生命。虽然他非常痛恨盗猎行为，但是无法接受这类以暴制暴的做法，尤其是在毫无心理准备的情况下，面对如此残忍的一幕。

回到基地后，张翼坐在围栏旁边的简易木凳上，面无表情地望着天空，一言不发。他刚刚得知，那名开枪打死偷猎者的巡护队队员是土生土长的当地人，他对盗猎者的疯狂行径深恶痛绝。最重要的是，半个月前，他的亲弟弟就是在跟这伙盗猎者的枪战中牺牲的。

尉林从办公室里走出来，将随身带的哈瓦那雪茄分给了几个持枪待命的队员，随后又走到张翼身边，递给他一盒东西。

张翼头也没回，便摇头拒绝了，"我不抽。"

尉林微眯着眼轻松地笑着说："到吃药时间了，怕你忘了。"原来那一盒是张翼需要按时服用的药物。

"谢谢。"张翼略带抱歉地笑着，接过尉林递过来的药物和水杯，按说明服下。

尉林望着天边聚散无定的白云，神色怅然，"我不抽烟，也讨厌雪茄的味道。"

张翼的紧绷的神经稍稍放松了一些，转过头看着一旁的尉林问："看你总随身带着雪茄。"

尉林耸耸肩，笑着说："在这里巡护压力很大，他们偶尔会需要一根来放松。"

张翼浅浅地苦笑着，他还在努力适应这里的氛围。

57 立场

尉林随手捡了一根树枝，用树枝在脚边的沙土上画了两条交错的轨道，在左边写了一个"1"，在右边写了一个"5"。

尉林拍了拍张翼的胳膊，问道："你听说过道德伦理学里很有名的'电车悖论'没有？"

张翼愣住几秒，似乎回忆起了什么，但有些模糊了，"以前听过吧，但记得不是很清楚了。"

尉林耐心地解释说："假设有5个不知深浅的青年在铁轨上玩自拍，完全没有注意到一辆列车疾驰而来，眼看就要被轧上。因为列车制动距离太短，已经来不及刹车，但此时列车司机发现刚好有一条交叉的铁轨，他还来得及将车转向另一条铁轨上，从而避开这5个人。但在他即将做出决定的时候，他发现另外一条铁轨上有1位铁路维修工人正在专心致志地工作。如果他这时选择转向，那么那5个人得救，但维修工人必死无疑。如果他不转向，那5个还在玩自拍的人就得去见上帝了。如果你是这个列车司机，你会怎么做？"

张翼思索几秒钟回答："将伤亡降到最低，选择转向。"张翼这回答并不是凭借直觉给出，而是经过思考的，在以往的新闻里也听过飞行员会在飞机失事前努力将飞机飞离人口稠密地区，从而减少伤亡。

尉林的笑容略带深意，摇头说："那5个无知的青年不顾自身安全，违规在铁路上玩耍嬉闹，而那个专心工作的铁路维修工人并没有做错任何事情。所以这5个无知的年轻人犯下的错误，为什么要1个无辜的人来承担？"

听到尉林的反问，张翼神情愕然，再度陷入了沉思中。

尉林继续说道："如果你是那5个青年的朋友，你肯定是希望他们能活下来。但如果你是那名工人的朋友，你也不希望他有事。所以当你明确自己的立场后，就不会陷入这种两难的境地。"

张翼的神经立刻绷紧，意识到他要面对的一个关键问题——立场。

张翼如果要得到尉林的信任，必须在立场上与尉林以及"盖亚"保持一致。群体的认同感会带来虚假膨胀的荣誉感，进一步加剧整个群体的狂热。

尉林站起身，眺望远方的天空，气定神闲地微笑着，"在战争抉择里，也会有牺牲一小部分无辜者从而换取己方利益最大化的决策。'电车悖论'之所以在道德伦理上有过这么久的争论，关键问题还是在决策者的立场上。"

"我需要好好想想。"张翼逐渐恢复了平静，他明白其实此时的他并没有太多选择的余地，他便换了个轻松的话题，"这个地方有没有千岁兰？"

尉林不解地笑着问："怎么突然想起这个？"

张翼目光怅然，说道："看纪录片说过，非洲西南部的沙漠里有这种神奇的植物。"

张翼的思绪又穿越回到地大的博物馆厅内，在短暂的出神后，他才摇头解释说："就想亲眼见见这种单靠两片叶子就能跨越千年的神奇植物是什么样子的。"

尉林语调平和，回答道："千岁兰只分布在纳米比亚和安哥拉的沙漠里，人工繁殖也极为困难。下次若有机会，倒是可以见见。"

张翼的眼睛里出现了一丝神采，但这缕光彩转瞬即逝，随后他又陷入了纠结之中，犹豫思索片刻后摇头说："还是算了，留在记忆里也许会更美。"

在反盗猎巡护队里的所见所闻，让以往只是隔着屏幕看到的血腥图片就这么活生生呈现在张翼眼前。

这里巡护队的队员夜晚都是枕着枪支入睡，他们所面对的敌人是一伙被金钱驱使、丧心病狂的盗猎分子。

在津巴布韦的几天时间里，张翼还经历了一次与盗猎分子的交火冲突。

夜里，张翼一人站在营地空旷的平地上，望着星空与地平线交接的尽头。

"在想什么？"柳文星的声音从空荡的天际传来，若即若离。

"立场。"张翼微微抬头，看着天空上的银河星辉。

过了许久，迟迟没有得到柳文星的答复。

张翼似在自言自语："什么才是立场？"

"人在平静的时候，或是危机的状态，也许会有截然不同的两种表现。"柳文星的声音柔和平静。

"所以在危机时刻脑海里闪现的反应，才是真正的立场，对吗？"张翼凝神注视着天空里闪烁的群星。

……

离开了津巴布韦，张翼随尉林前往德国慕尼黑。

一天以后，张翼又落在了慕尼黑的土地上。

这次来慕尼黑的目的，虽说是为张翼安排了后续的康复治疗，但直觉告诉张翼，事情可能没有这么单纯，他也不得不往阴谋论的方向想去。虽然他不可能成为超级英雄，去拯救世界。其实说到底，自己这样的小人物在这种大风大浪中只能是个"炮灰"的命。但就算是个一出场就注定要扑街的小龙套也总会有自己的梦想，要不然就跟一条咸鱼没什么区别了。

如今的形势并不明朗，尉林并没有跟张翼透露过任何跟"盖亚"有关的信息。已经遍体鳞伤的张翼也不想在这个复杂的迷局里沉溺太久，他很清楚自己的分量，他也不想当什么超级英雄救世主，他只想在这复杂的争斗中保住自己的那一丁点温暖的小梦想。

经过一段时间的治疗，德国的主治医生告诉张翼，一般情况下，采用细胞成熟诱导剂缓解，再使用诱导剂和化疗交替治疗，维持3年后就可以停药了，之后只需定期检查以防复发。

身处异国他乡的他，偶尔也会在卧室内通过网络跟叶小茵视频通话。不过因为时差的原因，多数时间只能留言问候。

叶小茵以为张翼还在津巴布韦，这几天听说西非爆发埃博拉疫情，她着急得睡不安寝、食不下咽的。

张翼这时候不能跟她说实话，这种迫于无奈的谎言真的太折磨人。总得不停地用谎言去掩盖之前的谎言，他已经筋疲力尽。

这一段时间的疗程结束后，张翼获得了几天自由活动的时间。

这天傍晚，尉林开车带张翼来到当地大学的图书馆，听了一场公开讲座。主讲人是这所大学的环境学教授。教授60多岁的年纪，留着马克思一样的络腮胡子，拥有德国人里常见的高大身材和啤酒肚，还有一个非常"德国"的名字，汉斯。

这间能容纳300多人的教室座无虚席，连走道里都站满了来旁听的。学生中不仅有德国人，还有很多外国留学生，其中也不乏亚裔面孔。这场讲座吸引人的原因不仅因为主讲人汉斯教授拥有的口才和学识，也因为这场讲座主题的独特性。

汉斯教授及其研究团队利用《伊甸园》系统模拟人类消失后的世界，以及人类战争对世界环境会造成什么影响。

讲座进行到三分之一的时候，汉斯教授示意同学们看屏幕上的数据，给出了一个惊世骇俗的结论：大规模战争的爆发，有助于地球环境的自我修复。

这个理论一经抛出，台下哗然一片，听众纷纷窃窃私语。

此时台下一位姓金的韩裔同学举起手，用还不太流利的德语提问："战争中用到的很多武器都会对环境产生恶劣的影响，为什么爆发战争，环境的各项指数却会好转。是不是《伊甸园》平台数据有误，从而导致了这样明显的错误？"

汉斯很从容地将课件切换到下一页，说道："战争中用到的武器确实含有很多有害物质，我们也在现实中用数据进行分析。假想一下，敌人对我们现在居住的这个城市进行一个星期的狂轰滥炸，后果就是这个城市人去楼空，变得一片死寂。炸弹爆炸产生的氮氧化物和硫化物的含量，远远低于人类在这里生活居住所产生的污染废气。战争并不是污染源，人口减少后，环境能得到明显改善，人类毫无疑问是环境污染的罪魁祸首。"

汉斯继续用图片和数据说明他的观点，台下虽然嘘声不断，但也有部分人对汉斯惊世骇俗的理论点头表示赞同。

张翼和尉林站在教室后墙的角落里，张翼听不懂德语，坐在一旁的尉林压低声音为张翼充当同声传译，他也可以通过屏幕上的英文注释去理解讲座的内容。

张翼的脸色明显沉了下来，他意识到这并不是一场单纯的讲座，十有八九跟"盖亚"有关。

这么长的时间里，尉林也没有跟他透露过任何跟"盖亚"有关的信息，这次似乎有所不同。

58 森林

听完讲座后已经是晚上10点，两人开车返回。

张翼眉头紧锁神色严肃，他还在回想着讲座上听到的内容。

正在开车的尉林目光沉静，看似无意地说道："战争的根源是什么？本性的自私。战争是集体的行为，在自私本能的驱使下，团体的荣耀感以及集体信仰的笼罩，更容易让群体中的个体变得具有侵略性。战争中也会表现出那种相对无私的行为，但这种舍己为公的行为归根结底还是为了维护集体的信仰和荣誉。蚂蚁、蜜蜂所表现出的战争行为，跟人类并没有太大区别。这种为了集体利益的无私表现，也是自私的另一种表现。"

"我也认同这个观点。"张翼给出这样的回应，他顺着这个话题想到了被困在《伊甸园》游戏副本中的那群"摩登原始人"。

"你对'盖亚'了解多少？"尉林平静地问出这个问题，依然气定神闲地开着车。

听到尉林的这句话，惊恐和不安在一瞬间同时涌现。他感觉胸口仿佛遭受重击，一时间连呼吸心跳都变了频率。

根本来不及掩饰，脸上的神情都已经暴露他内心的想法。

这时候张翼才意识到，尉林的车并不是驶往住处，而是向着空旷黑暗的郊外开去。

道路两旁昏暗的路灯散发着诡异的灯光，车行驶在这里，一切都变得极度安静。

只听见发动机低沉的声音，和轮子碾过路面发出的细碎声音。张翼望着前方那条似乎看不到尽头的路，他没有回答尉林的问题。他的脸色苍白，整个人似乎已经被绝望填满。

"我们之间谈一下合作吧！"尉林突然又说了这样一句让人摸不着头脑的话。

尉林将车子停靠在路边，侧过头注视着张翼，平静地说："'盖亚'那群人很危险，我也没有十足的把握跟他们周旋。"

张翼的脑海里被各种纷乱念头填满，"你的目的？"在短暂的惊恐过去后，张翼决定听听尉林的想法。

尉林靠在椅子上，双手环抱，微笑着说："我的目的很简单，我们合作，联手摧毁'盖亚'。"说完这句话的时候，尉林的目光变得凌厉锋利。

张翼平静下来，稍稍侧过脸，看着尉林问道："你的理由？"

"命运。"尉林的回答很爽快。

"命运？"张翼不由自主地重复这个词，他不敢妄下结论。

尉林目光沉静，似在思索着："常钧言也告诉了你不少。"

张翼没有回答，算是默认。

尉林微眯着眼，神色让人捉摸不定，"'通天塔'事件之后，我被排除在'盖亚'的核心之外。"虽然语调中带着自嘲的意思，但说到这里的时候，他的目光变得犀利凶狠，透出一种能让人寒到骨髓的恨意。

"你想重新掌控'盖亚'？"张翼并不相信尉林会跟他合作。

尉林没有介意张翼的猜测，维持着淡然的笑容，"如果我们都能突破时空的牢笼，也许就能化解许多误会。"

张翼沉默了几秒钟，继续问："我不明白你的意思。"

尉林目光平静，说道："有些事情，是注定的。"

"哦？"张翼有点不明白尉林所指。

"根据已有的资料，神仙洞里存在稳定超高维空间罅隙的可能性极高。而那次事故，你是唯一的生还者。"尉林看着张翼的眼睛，面带诡异笑容，缓缓地说道，"符合我们对你的期望。"

"你说的'你们'，指的是谁？"

"我和'蜻蜓'。"

张翼感觉神经突然绷紧,一股寒意从心底生起。他再次陷入到思绪的旋涡中,并试图将这段时间发生的一系列看似不可思议的事情串联到一起……

张翼两手握拳支撑着头,用疲累的声音问:"为什么选中我?"

"是'蜻蜓'选中了你。"

张翼感觉到背脊阵阵发凉,他面带苦笑,感觉整个人已经无力去抗争什么,只能在风浪里随波逐流,用沙哑的声音问道:"你的计划是什么?"

"亲手摧毁'盖亚'。"车内昏黄的灯光落在尉林的脸上,虽然他神色从容平静,但目光带着一种让人不寒而栗的阴狠。

张翼将信将疑,继续询问:"怎么实现?"

尉林面带笑意,"我是《伊甸园》的高级管理员,也是《伊甸园》的发起人。"

张翼的神经被戳中,他抬起头看着尉林。

"有一点你并不知道。"尉林的眼角带着笑意。

"什么?"

"是'蜻蜓'缔造了《伊甸园》。"

尉林的这句话,无异于千斤巨石砸落,恐惧在狭小的空间里聚集。

张翼压低了声音:"'盖亚'通过《伊甸园》选拔成员,'蜻蜓'没有道理这么做!"

尉林脸上浮起捉摸不定的笑意:"这只是表面。"

此时,无数细碎杂乱的念头涌入张翼的大脑,在某一瞬间,他仿佛与遥远空间里的某个"意念"有了精神交流。

……

"是'蜻蜓'让你缔造的《伊甸园》?"张翼从神游中清醒后,怔怔地看着尉林。

尉林脸上笑意从容,"是的。"

张翼已经明白,《伊甸园》的复杂性远超乎之前的意料,它不是单纯的游戏,在这游戏的背后,是"盖亚"庞大的网络,这一层网络背后,又有一个更高空间的主宰——"蜻蜓"。

"你们真正的目的……"张翼欲言又止。

原来《伊甸园》是"蜻蜓"抛落的诱饵,如此完美的设计,引"盖亚"不得不上钩。原本隐匿的"盖亚"因为《伊甸园》系统联络成了一个完整的体系，当他们高度依赖这个系统的时候，就给他们的"敌人"留下了可乘之机。

在刚刚那一刻，张翼似乎与高层的某个"意念"有了瞬时的交流。对尉林的猜忌还有不信任，在这一瞬间烟消云散。

突然，内心有一个声音提醒张翼，身体一阵寒战。

"你最擅长的，就是让别人信任你，对吗？"张翼的目光里带着警惕，一字一顿地问道，"你营造出我与'蜻蜓'交流的假象，从而骗取我的信任？刚刚的错觉也是你的植入。"

尉林不置可否地笑了笑，神色从容，没有半分波澜。

"你要做什么？"张翼努力让自己保持清醒，他明白，眼前的这个男人是极其危险的角色。

尉林双手环抱于胸前，嘴角带着冷笑："常钧言给你安排了什么任务？"

张翼刻意回避，没有回答尉林的这个问题。

尉林微微摇头，道："你要成为《伊甸园》的高级管理员，需要花费很多时间和精力，一不留神，还会丢了命。你跟我合作是最优的选择，我的身份有助于你尽早完成任务，还可以打开你因'蚩尤计划'结下的心结。"

张翼稍稍放下戒备，仔细听着。

尉林的目光平静，"你没必要在'盖亚'这个旋涡里陷得太深，'盖亚'的疯狂超乎想象。"

尉林的话，句句戳中张翼内心，使得他没有拒绝的理由。

在思索几秒后，张翼点头答应："好，说说你的计划。"

尉林看了看腕表，说道："外人还无法破解《伊甸园》复杂的加密算法，也无法整理出完整的'盖亚'体系。"

张翼一言不发，深吸了一口气。

尉林微微侧过脸，似带了点笑意，压低声音："常钧言给了你什么任务？或许他们已经研发出了针对《伊甸园》的破解方法。"

尉林的每一句话都说到要害，张翼此时的沉默算是默认。

针对《伊甸园》系统，"灵语"课题组已经研发出一款名为"流浪狗"的病毒。之所以叫"流浪狗"这个名字，是因为这款病毒的传递途径与狂犬病毒十分相似。狂犬病毒在神经突触中的传导是阶段式的，通过这种改良的无害狂犬病毒，可以标注人类神经系统，也有助于研究脑神经元的生长和传递信息的流程。而计算机病毒"流浪狗"也采取了这种模式，逐层逐级感染，从而梳理出暗藏的网络系统。

但因为普通的终端无法突破《伊甸园》的安全防护体系，一直没有植入病毒的机会。目前只有以高级管理员的身份进入系统，才能成功植入病毒。

"我参与缔造了《伊甸园》，我知道这个看似完美的体系中最隐蔽的漏洞在哪里。"尉林从容自信地笑着，"下周在摩纳哥的蒙特卡洛会有一场聚会，你同我一起去。"

张翼思索了片刻，抬头看着尉林，"怎么做？"

尉林从容地笑着说："你在《伊甸园》中表现尚可，思维联想的训练勉强成功。不过，你不应该太小心翼翼，过分拘谨反而容易暴露。'盖亚'的成员，必须目中无人、心高气傲。"

"所以今天的那个汉斯教授，也是你们的成员？"张翼问道。

尉林笑了笑，是默认了。

张翼还是略有些怀疑，虽然这位汉斯的言论非常符合"盖亚"的理论，但从常钧言处得知，"盖亚"如今行事已经十分低调隐秘，行事张狂的汉斯似乎不太符合他们的要求。

尉林目光里带着些不屑，摇头说："因为习惯思维很容易让人忽视一些显而易见的线索，反其道而行之往往能收到奇效，也就是常说的'假作真时真亦假'。"

"我们的合作是绝对保密的，即便是常钧言，你也不能透露。"尉林神色严肃，"知道的人越多就越危险，人是最不可控的因素。"

张翼闭目思索，事到如今也没有后退的余地，脑海里那个神秘的声音，也促使着他一步步走下去。

"从你策划海月云山琴的拍卖开始，就已经着手这个计划了？"张翼直直地看着尉林。

"可以这么说。"尉林很坦然地承认。

"那我呢？我是什么时候进入到你的计划里的？"张翼期待得到答案。

"顺应'蜻蜓'的安排。"尉林的目光也变得难以捉摸。

一阵眩晕袭来，张翼又跌入了一个空寂的梦中……他在梦里追寻着，声嘶力竭地呼喊着柳文星的名字。

醒来的时候，东方的天空，已经微微泛白。

尉林平静地注视着张翼，目光柔和，"你叫她柳文星？"

张翼紧咬牙关，注视着眼前这个极度危险的人物，"她到底是谁？"

"投影。"

"什么投影？"

"某种程度上，她是你思想的一个投影，可以看作是更高维度的另一个你的投影。当然，她也是'蜻蜓'的投影，以这样的方式呈现。"尉林看着道路尽头的树林，神情也出现了一丝恍惚。

"难道不是你植入到我思想里的角色？"

"我是顺应她的安排。"

"你是承认了？"

"除了以上几点，'盖亚'也对你的思想进行过改造。"

"怎么可能？"张翼用难以置信的表情看着尉林，摇头否认。

尉林淡然一笑，摇头说："任何一个有目的性的团体都有独特的洗脑手段，只不过有高下优劣的区别。低等的手段如降低被洗脑者的认知能力、判断能力，或者通过手术的办法进行脑白质切除。稍微高级点的，会借助一些药物刺激或者是其他辅助手段进行洗脑。"

"你想告诉我什么？！"张翼眼眸微合。

"'盖亚'会利用《伊甸园》对玩家进行洗脑，比如使用次声波。"

"次声波？"

尉林用手比画着，说道："在大脑前端，也就是眼睛正上方的脑部区域被称为腹内侧前额叶皮层。这是大脑的奖励中心，当我们的愿望实现的时候，这个区域就会活跃起来。同样，在测试者被告知其他大多数人的意见的时候，这个区域也会被激活，这就是从众心态的来源。这个区域被激活的部分越多，人越有可能改变自己的观点来顺从大众。"

"跟次声波有什么关系？"张翼眉头紧锁，他有种不祥的预感。

尉林的声音很平缓，但目光却十分锋利，"次声波跟人体器官的固有频率很接近，非常容易产生共振。频率在0.5~10赫兹的次声波可以刺激到耳朵内的听觉前庭或者内耳的平衡器官，从而达到将某种观点强制输入到人大脑的目的。人总觉得自己的想法是由自己做出的，实际上……呵，总是被各种因素所左右。"

张翼很快意识到了尉林说这段话的用意，"盖亚"不仅在利用《伊甸园》系统进行秘密联络和发展新成员，而且通过这种手段潜移默化地改变无辜玩家的思想，在不知不觉中操控一个人的行为。

这时尉林突然不屑地笑了，摇了摇头，说道："不过'盖亚'这种手段，还是不够高明。要把自己的想法转变为他人的信仰，这才是最高明的洗脑手段。'蜻蜓'才是最高明的洗脑者，难道不是吗？"

"'蜻蜓'为什么选中了我?"张翼冷静地注视着尉林。

"因为那个人,必然是你。"尉林的嘴角泛起笑意,"将一张揉皱的地图放在境内的任何一个地方,地图上总有一点会与真实的地点重合对应,不是吗?"

张翼一阵头皮发麻,怔怔地看着尉林,在他的记忆里,他曾经对柳文星说过。

"同样,不论高维空间里的世界如何扭曲折叠,总有一个点与我们这个三维世界相重叠。"尉林的目光一沉,"而你,就是这个均衡点。"

"均衡点……"张翼默念着这个名词,恍惚了片刻,他又陷入了沉睡……

空旷黑暗的世界里,细碎的亮光微微闪动。光亮汇集成河流,随后又化为无数的旋涡,将张翼吞噬。

他似乎又回到了神仙洞中,身旁蓝光闪烁。他眼前出现了一潭静水,倒映着蓝色的光芒。

张翼静静注视着水面倒影中的另一个自己,忘记了时间的存在。

……

张翼不知道这种感觉持续了多久,直到有人拍了拍他的肩膀,这才从方才的诡异梦境中清醒。

张翼猛然间惊醒,看着身旁的尉林,身上已经被冷汗浸透。

"回去了。"尉林浅笑着,示意张翼系好安全带。

59 "胜利女王"

一星期后,一艘名为"胜利女王"的游轮上,正在举行宴会。游轮从摩纳哥蒙特卡洛的港口驶离,漂行在地中海湛蓝海波之间。

蓝天碧海,暖风熏人。

这漂浮在地中海中央的游轮,就像一座脱离了现实束缚的孤岛。从船头向外远眺,确实容易令人产生一种孤独之感。

夜幕降临,靛蓝色的海水吞没了天边最后一道红霞,漂浮在深海夜色下的游轮灯火通明。

这场游艇宴会算不上多么高端,每半个月都会举行一次,普通游客通过买票就可以参加。

尉林靠着船舷，正与一位褐发蓝眼的高挑美女聊着天，两人有说有笑，看起来倒是十分投缘。

张翼坐在船舱的餐厅内，听着聒噪的音乐，皱着眉头品尝着并不可口的牛排，这里食物的品质甚至比不上一家路边的小店。不过这样的氛围也符合"盖亚"的处事风格，他们不能太高调，约在这里会面也不足为奇了。

晚上8点，尉林与张翼一起来到一间装饰奢华的会客室内。

这间寂静的房间与外面聒噪喧嚣的宴会形成强烈的反差，已经有两个人在这里等候。其中一人正是汉斯教授，另外一位有着红棕色头发的英国人保罗，正是这艘游轮的老板。

这里一共4个人，除了张翼之外，另外3人都是《伊甸园》系统的高级管理员。这间会议室隐藏着很多秘密，因为不言而喻的原因。与其他的大型网络机构不同，《伊甸园》并没有一个庞大的、集中的数据中心。虽然"盖亚"实力雄厚，但受现实所迫他们没有条件建造一个类似于国家安全中心的大型网络数据中心。对于"盖亚"而言，建造大型的数据中心更容易暴露目标，一旦被发现，他们苦心经营的一切将遭受毁灭性打击。所以他们转换思维，将数据中心分散成位于世界各地不同角落里的服务器，再通过《伊甸园》系统连接成一个庞大的数据网络。

汉斯、保罗二人同尉林的处境多少有点相同，虽然都是"盖亚"任命的《伊甸园》高级管理员，但实际上也被排除在"盖亚"核心决策层之外。

汉斯和保罗都是极度狂妄之人，他们不甘心被排挤，所以组成了合作伙伴。但目前，他们还没有做出引起"盖亚"高层重视的成就。于是，他们在这时候纳了主动要求合作的尉林，还有张翼。

布置奢华的会议室位于游轮的隐秘区域，没有任何外部监控。游轮的主人保罗设置这个地方的目的，自然是希望能够做出一个让"盖亚"高层认可的成果。当然，在成果出来之前，他们的一切行动都必须保密。

尉林也是通过类似的"要证明自己，再度进入决策核心"的理由说服了汉斯和保罗。

汉斯和保罗看重尉林拥有的资源，也包括"蚩尤计划"可能带来的价值。

而张翼加入的理由就更加简单明确：得到"盖亚"的认可，从而加入这个团体。

这四人的秘密联盟就是建立在这个"共同"基础之上的，不过这看上去目的统一的四人，暗地里也是各怀心思。

这时，保罗和汉斯正在面红耳赤地用英语争论着。

他们计划通过《伊甸园》系统模拟出一个稳定的超高维空间，研究它的物理性质，这个计划被称为"永恒之门"。

当汉斯又一次提到超高维空间的概念，在一旁默不作声的张翼的脸上出现了微妙的神情变化，随后露出了傲慢且自信的笑意。

"那么，请张先生说说你的看法。"汉斯神情倨傲地看着张翼，语气并不客气。

张翼似笑非笑地靠坐在沙发靠背上，眼神有些不屑，"高维空间的假设，不能掉入思维惯性的陷阱。"

在场的人脸色都微微一沉，出现了微妙的变化，等待着张翼将观点说完。

张翼神情自若，用流利的英文解释说："空间折叠形成的四维空洞无法用现有的物理定律解释，我们的计算机系统虽然强大，但也是建立在我们三维空间物理基础上的。"

张翼说到这里的时候，汉斯和保罗都露出了鄙夷傲慢的笑容。

张翼并不介意，继续解释："用现有的物理常数来模拟高维时空，从本质上就是错的。"

尉林目光沉稳平静地听着张翼讲述，并且示意性格急躁的汉斯不要打断张翼的讲话。

汉斯抱着看笑话的心态继续听着，他已经做好了不会被说服的准备，同样保罗也是如此，都用一种似笑非笑的眼神看着张翼。

张翼看了一眼手表，轻蔑笑着："什么是时间，是空间维度的错觉吗？"

"也许是。"汉斯耸耸肩，用带着浓重德国口音的英语回答道。

张翼没有表情地继续说着："常识告诉我们'乌鸦都是黑的'，可一旦出现一只白化的乌鸦，那么这个结论就会被打破。任何有量纲的物理常数都是有存在条件的，一旦这个条件被打破，那么原先认定的真理就有可能变成谬论。"

张翼与尉林交换眼神后，继续说道："例如无量纲的'精细结构常数'，一旦这个常数稍有偏差，夸克就难以形成质子，原子也不会形成，更谈不上行星恒星的形成，自然也不会有这么一群智能生命在这里思考'为什么我们的宇宙是这样'的问题。'精细结构常数'刚好就是这样一个数值，但它有如'欧拉恒等式'一样，如此完美地呈现在我们眼前。它们为何如此完美，又是什么造就了它们？"

保罗摊摊手，挑着眉毛冷笑着说道："也许是上帝创造了一切。"

张翼两个指头捏着桌上的一只杯子的杯沿，看着杯子落在桌面上的影子，说道："这个玻璃杯在平面上的投影，不论从颜色、形状等方面来说都发生了变化，如何从这个影子反推出玻璃杯的各项性质？所以单纯地、机械地将现有概念套入到高维空间的模拟系统，必然会失败。"

张翼的话触及一个敏感的核心问题：我们的世界是否真的只是一个高维空间的投影？既然能计算出十一维甚至二十六维的存在可能性，那么完整的世界怎么可能只有少得可怜的维度？

是否真的存在一个稳定的高维世界，从高维的视角能看透低维世界的发展变化，就如我们以上帝视角观察《伊甸园》里那群被困在副本里的"摩登原始人"一样。

张翼打开手机的手绘板，随手画了一个太极图，递到其他人面前。

这时从汉斯的鼻腔里发出了一声怪异的笑声。

"不知道两位对这图案了解多少？"张翼问道。

"你们中国人说的阴阳。"保罗故意拉长了语调，露出不屑的笑容。

张翼泰然自若地笑着，回答道："像不像两个高速旋转的中子星，或者是相互纠缠的'正反粒子对'？"

"一个原始的宗教符号，没有必要想得太深入，也没有必要强行加上这些毫无根据的想法。"保罗耸耸肩摊手说道。

张翼继续解释："巧合的是，这个符号我在神仙洞里也见到过。"

汉斯和保罗没有表现出太多兴趣，他们两人相视一笑，带着轻蔑和嘲讽。

张翼继续说道："这个符号我在中国南海发现的史前文明时期的器物上也见到过。"

"也许就是巧合而已，这不过是一个故弄玄虚的图案。"汉斯保持着他固有的傲慢笑容，虽然"盖亚"的成员普遍都相信文明的轮回，但其中的西方人总是以一种傲慢的心态去评估其他文明，这种选择性的"失明"也是人心选择作祟。

尉林冷冷浅笑，说道："没那么多巧合。"

尉林的话音刚落下，汉斯就表现出了不耐烦。

尉林接着刚才的话题继续说："这不仅仅是一个抽象符号，其他的史前文明的遗迹里也有类似的图案。有个问题一直在困扰着我们，为什么这些史前文明统统消失得那么彻底？除了零星的残留。"

在场的几人脸上都出现了微妙的表情变化，他们明白尉林在暗示什么。虽然在世界范围内有一些零星的证据显示史前文明曾经存在过，但那些零星的证据形成不了完整的证据链，无法被主流学术圈所认同。这个世界本来就是选择性失明的世界，每个人思想的差异决定了他们认知的世界的不同。人们总是相信他们愿意相信的那一部分，而那些被忽视的，自然也被排除在他们的世界之外。

有人认为，史前文明并不是衰退消失，而是当文明发展到一个程度的时候，他们集体摆脱了现有维度的限制，超脱了肉体的束缚，从而获得了第四维甚至是更高维度的存在——这也是某些宗教团体宣扬的永生。

因为实证科学能证明的范围太过有限，反复地论证实践反而催生出越来越多的疑问。在这些问题上陷入太深，就会不约而同地选择相信有一个幕后的主导操控着这一切，这个主导或许是造物主，或许是佛陀所说的因缘。

尉林在这时候又说："原始的简单符号，但包含了最深刻的含义，正适合作为'永恒之门'的标志。将我们自己包括这个文明带入高维世界，从我们的世界来看是死，但也许从高维空间的视角来看，却是重获新生。突破躯体的限制，从而获得灵魂的永生。太极图案一黑一白，代表了既是死门，又是生门，就如薛定谔的那只猫，又生又死的叠加状态并不矛盾。"尉林的确是一个说服人的高手，他很能把握住听众的心理状态。

显然汉斯和保罗被尉林的这个说法打动，但他们还是要为自己的固执做些挣扎。

尉林略带深意地笑着说："玻尔的实验室就是用太极图做标志，因为这个图形简明扼要地概括出量子力学的核心思想。"

说到这里已经搬出了量子力学的泰斗级人物玻尔，汉斯原本强硬的态度也出现了动摇。他皱眉低头思索着，表示愿意仔细考虑这个提议。

尉林的神情耐人寻味，"光速为什么成为我们这个世界的最上限，量子纠缠是突破光速的证据吗？当然不是。量子纠缠很可能是高维空间本体在我们世界的不同投影。当我们有意识地改变其中一个量子状态的时候，另外一个量子的性质状态也在同时改变，两者的信息传递不需要时间。这可能意味着我们在改变低维空间状态的时候，同时也改变了高维空间内那个量子本体的状态。所以低维空间并不是完全受到高维空间的制约，我们有突破空间限制重获新生的可能。"

汉斯原本傲慢的笑容在此刻已经消失得无影无踪，眼神也变得虔诚起来，在那短短的一席对话后，他已不知不觉被尉林所吸引。

尉林在手绘板上画出了一个近乎完美的太极阴阳鱼的图形，对几人说道："这个图像什么？不仅仅是一个银河系，也像两个相互旋转的中子星，更加像两个相互纠缠的量子。这个图形在几处史前文明遗迹中都有发现，也许就是史前高度发达的文明留给我们的启示——他们的文明之所以能消失得如此彻底，并不是因为爆发了大规模的战争或者是遭受了末日天灾，而是他们集体隐遁……哦，是整个文明集体进入到了高维空间，彻底摆脱了这个三维世界的时空牢笼。"

张翼神色平静地听着尉林讲述，但内心早已经是汹涌澎湃。

在海月云山琴的琴腹内，也刻有一方阴阳鱼的图案。或许那位富有传奇色彩的神仙道人在隐居深山修行的时候，无意中发现了远古时期留下的刻痕印记，从而创造了无极图与太极图。

60 奇异非混沌系统

尉林和张翼让对方相信，他们也是专心于"永恒之门"这项实验计划的。一旦一个小团体建立了初步的认同和信任，接下来要做的事情就会顺遂很多。

张翼用眼角的余光扫了一眼尉林，心领神会。

此时，张翼又回到了最初的那个话题，"依靠《伊甸园》平台模拟超高维空间是一个很好的想法，但计算机模拟技术已经是老古董了，虽然依托平台硬件越来越先进，但基础的原理、算法并没有本质区别。在此之前，其他机构也做过不少四维空间以及五维以上的超空间的计算机模拟实验，但为什么没有突破性的成果？原因不是他们的依托平台有问题，问题出在了模拟实验中设定的基本常数上。这些常数只适用于我们的世界，却在高维空间中完全失效。"

"有点道理。"汉斯的态度出现了些许软化。

尉林从容地说道："利用强能量生成四维空间罅隙的能力，很多国家的实验室都已经具备，但再往上一层，在四维空间的基础上利用空间叠加效应形成更高维空间，到目前为止也只有欧洲核子能机构在撒哈拉沙漠腹地进行过一次尝试。可以说没有人确切知道那场实验之后到底发生了什么。当时在场的人无一生还，所有现场资料完全消失，连接外部监控系统也在同一时间内失效……就像是'黑洞'在毫不留情地吞噬一切。这个五维克莱因瓶的视界被限制在了一定的范围内，目前暂时达到了一个平衡，没有继续扩张的趋势。"

这时候，汉斯脸色一沉，变得严肃起来，毫不客气地问："那么，你想说明的是什么？"

尉林目光平静沉远，用缓慢的语调解释道："从已经被简化的片段推测一个完整主体，就是'盲人摸象'。有人摸到了象鼻子，说大象是像蛇一样。有人摸到了象腿，说大象像柱子。有人摸到了象耳朵，说大象就是扇子……盲人因为视觉的缺失而无法看到一头完整的大象。虽然微观世界的'量子论'和宏观世界的'相对论'互相排斥，但它们又在各自的领域完美地诠释着世界的本质。打个比方，如果地面上有一只二维世界的虫子，它看见地面上有两个相互独立的脚印，这时候它会想什么？因为它缺乏更高维度的视角，所以它几乎不可能从脚印推测出这是由一个存在于三维空间的人留下的。我们的认知，从空间上就被限死，如果不摆脱这个空间束缚，很多问题永远无法得到解答。"

"你加入我们的目的，难道就是为了告诉我们'永恒之门'的模拟实验也会以失败告终？"保罗终于坐不住。

尉林笑意从容，摇头说："我想让这个计划避开错误的方向，少走一点弯路。"

张翼微微仰头，锋利的目光从几个人身上扫过："我看过你们的实验数据，你们忽略了一个问题，那就是'指数效应'。"

汉斯眉头动了动，他是环境学的专家，对于"指数效应"这个词并不陌生。汉斯思考几秒钟后，点点头示意张翼继续。

张翼从桌面上拿起一张白纸，看着身边几人问道："假如这张白纸足够大，那么它能被对折多少次？"

张翼一边说一边折叠着手中的白纸，继续说道："刚开始的时候，这张被反复折叠的纸张的厚度增长并不明显，但指数增长的特点在于一旦突破临界点，后续的发展将突破想象。就像大爆炸，所有的一切都在一瞬间失去了控制。现在通过加速器制造的微型黑洞，它们的存在时间都非常短暂，所以不构成威胁。不过，一旦突破某个临界点，后果将不堪设想。"

房间里的氛围诡异、冰冷，似乎每个人都能听见自己的呼吸声和心跳声。

张翼的目光深沉警惕，注视着保罗，说道："我还没有加入'盖亚'的资格，而你们也被'盖亚'的核心排斥在外，我们都需要机会证明自己的能力。"

保罗知道张翼的顾虑，"这间房间绝对安全，我们的谈话内容不会被第五个人知道。"

张翼目光深沉，"很多情况下，我们都会忽视指数增长模式在临界点前的增长速度。不论是物质黑洞，还是空间叠加，在突破临界点之前，它们增长的速度都容易被忽略。如果要尝试诠释高维空间里的物理性质，'指数增长'是不能忽略的。"

听完张翼的讲述，在场的人思索片刻，表示部分认同。

张翼将平板画板打开，用手指在上面比画着，说道："在稳定系统和不稳定的混沌系统之间，还有一个'奇异非混沌系统'。相对稳定的超高维空间，有可能是'奇异非混沌系统'。"

"这有什么意义？"保罗与汉斯对视一眼，摇头不解。

"要理解这个概念，才能更好地利用《伊甸园》完善'永恒之门'的模型。"

"好，张先生，请继续。"

张翼稍稍理了理思绪，说道："'吸引子'原是微积分和系统科学论中的概念，表示一个系统有朝某个稳态发展的趋势。'吸引子'可以有很多参数，它可以是一个点、一个曲面、一个流形等。混沌系统，例如大气系统的吸引子的形状很特殊，不管怎么放大吸引子平衡点的影响力，新的变化总是不停地出现，就像不断放大海岸线一样，怎么看都一样，这种结构就是分形。我们把具有分形结构的吸引子称为'奇异吸引子'。除了混沌系统，奇异吸引子也可以由非混沌系统产生。奇异非混沌系统不具备蝴蝶效应，初始条件的小的变化对未来的走向只产生较小的影响。在一定条件下，奇异非混沌系统趋向于稳定状态，在一定范围内可以当作稳定系统看待。但突破某个临界值，奇异非混沌系统便会立刻演变为极不稳定的混沌系统。它相对稳定的阶段，正是出现指数暴涨阶段之前的错觉。指数增长的可怕性就在于这里，所以为什么继欧洲核子能机构首次在撒哈拉沙漠验证空间折叠的叠加效应之后，没有机构敢再次轻易尝试。"

汉斯和保罗对张翼这段话表示认同，他们的神色也渐渐没有了先前的蛮横傲慢。

尉林目光平静、神情自若，事情正在按照他所预想的方向发展，一切都很顺利。

张翼和尉林成功地说服了汉斯与保罗，让他们在《伊甸园》平台上的"永恒之门"内引入了指数增长模型。

《伊甸园》数千个服务器分散在世界各地的不同角落，它们的隐秘性极高，按照传统的手段很难一网打尽。其中有一台服务器，就位于这间会议室旁边的小房间内。张翼需要在适当时机植入流浪狗病毒，才能让整个脉络浮出水面。

保罗和尉林在会议室内品尝着葡萄酒提前庆功，而两墙之隔的工作室内，汉斯与张翼正在调试实验数据。望着屏幕上跳动的数字，两人的期待却各有不同。

现在张翼和尉林有了机会，因为汉斯和保罗犯了另一个错误：低估了指数增长的可怕性。

《伊甸园》系统即便再强大，它的存储能力也是有限的。指数增长模型，即便起始数值相当低，一旦突破临界点，指数增长的爆炸将会给《伊甸园》系统带来整数溢出的问题……而尉林和张翼等待的就是这个时刻。整数溢出虽然不是致命的缺陷，但往往就是这种不起眼的小疏漏，可能造成整个网络的短暂崩溃。

基于张翼设计的指数增长模型，"永恒之门"中以指数级增长的数据，将在7小时后达到《伊甸园》系统存储数据的极限。

61 整数溢出

会议室内，保罗自豪地跟尉林介绍着他近年的成就，也不忘将"盖亚"内那些趾高气昂的高层贬低一顿，品酒品到了兴头上，保罗也情不自禁地眉飞色舞、手舞足蹈起来。

保罗狂妄的笑容还凝固在脸颊上，暗红的鲜血却已经滴落在了羊毛地毯上。他的喉咙被割断，已经发不出任何呼喊声。努力抗争了几分钟后，他抽搐着的身体逐渐没了温度。

尉林目光冷峻，半蹲在保罗还没有死透的身体旁边，用利刃割开了他的身体，将微型炸弹埋入他的体内。

随后，尉林将保罗的身体拖曳至房间的角落里，用那张沾满鲜血的地毯将尸身盖住。

而此时，门外的保镖们还不知道屋内发生的一切。因为按照约定，没有保罗的命令，其他人无权进入这里。

存放服务器的房间内，张翼疲累地靠坐在椅子上，他的身体刚刚恢复，还很难承受这样的高压力任务。

汉斯紧张地看着屏幕上跳动的数据，完全不知道危险已经降临。

尉林推门而入，目光狠辣决绝。

一把雪亮的匕首从汉斯身后伸出，快速从汉斯的脖子处划过。一瞬间血涌如注，整间房内都被喷溅而出的温热血液洒满。

原本还在犯困的张翼，被这突然而来的血腥味惊醒，惊恐地看着身边满地打滚抽搐，却喊不出半点声音的汉斯。

而在另一边，面无表情的尉林以及他手中的带血匕首就已经说明了刚才发生的一切。

"你……做什么！"张翼浑身不由自主地颤抖起来，一瞬间血涌入脑，心跳都要骤停。

尉林将手中的匕首扔在一边，用一旁的桌布擦拭着手上的血渍，语气冰冷地回答道："必要手段。"

张翼面色惨白、浑身发抖，他不知道该怎么面对尉林。

虽然早前常钧言等人曾反复告诫张翼，尉林是一个极其危险的人物。但直到亲眼见到这一切的时候，张翼才相信如此温文尔雅的人果真有这么恐怖的一面。

尉林看着屏幕上跳动的数据，眉头紧锁，压低声音问道："'整数溢出'还要多久？"

张翼的牙齿不住地打战，挣扎着用颤抖虚弱的声音回答："还有6个小时。"

当数据突破存储上限时，就会引发整数溢出。整数溢出，一个看似很低端的错误。但经验告诉尉林，越复杂的攻击手段，留下的线索也会越多，出错的可能性也越大。利用汉斯和保罗的"永恒之门"指数运算造成的整数溢出，看起来更像一场低级别的失误，而非蓄意攻击——对抗"盖亚"那群高智商的疯子，"整数溢出"这类幼稚的手段，反而更加保险。

尉林熟练地操作着电脑，眼神专注决绝，严肃地说道："'整数溢出'会触发警报，这也是你唯一一次机会。你利用汉斯的管理员权限借助整数溢出的空窗期突破《伊甸园》安全护盾。'盖亚'会很快发现整数溢出的问题，你只有不到5分钟的时间植入流浪狗病毒。所以，我们不能失败。"

张翼紧咬牙关，双手握拳不住地颤抖着，冷汗从背脊渗出，浸透衣衫。这种情况下，他别无选择。

时间一分一秒地过去，闷热的屋子里，血腥味开始产生了微妙变化。

尉林和张翼两人在这充满血腥味的屋子里，聚精会神地看着屏幕上以指数暴涨方式飞速跳动的数字，等待整数溢出的时刻到来。

离临界溢出点只有不到一分钟的时间，张翼坐在电脑前，计算着剩余的时间。

"流浪狗"病毒正在写入系统，整数溢出在计划的时间点上爆发，显示屏幕闪烁着安全警报。

"他们发现了吗？！"张翼面色苍白，这闷热的屋子里弥漫的血腥气味让他感到压抑不适，产生了强烈的呕吐感。

"放心。"尉林目光冷峻，"《伊甸园》的安全系统会判定，这次报警是'整数溢出'导致的入侵误报。适时把这些责任推到汉斯身上，因为这个实验以及指数增长的模型都是经由汉斯的权限写入的。"

张翼站起身看着尉林，两人就这么平静地注视了几秒钟。

随后，张翼开口问道："接下来怎么做？"

尉林紧绷的面部肌肉得到些许缓解，浅笑着说："这里是地中海的中心区域，海水深度大约为4.1千米。预埋的炸弹能摧毁整艘船，而海水能帮我们摧毁所有证据。之后，'整数溢出'以及'游轮沉没'的责任全部由汉斯和保罗两人承担。"

尉林并没有隐瞒他之后的计划，脸上浮现出冷静的笑意。

"你很可怕！这船上还有300多人，他们怎么办？"张翼眼睛里血丝密布，他愤怒又惊恐地注视着尉林。

尉林神色坚定，回道："你还记不记得，'电车悖论'的答案到底是什么？就是立场。"

张翼愕然地看着尉林，却并没有回答尉林提出的问题。

尉林略冷笑一声，目光变得锋锐，用平缓的语调说道："《欧洲人权公约》第三条，不论加害者行为如何，免于酷刑都是他们的一项基本人权，而且是基本条款，容不得半点退让。也就是说，在极端的恐怖活动案件中，使用酷刑逼供都是不被允许的。所以就算欧洲这边抓住了几个'盖亚'成员，他们也不能通过刑讯逼供的方式让他们招供，只要这些恐怖分子咬紧牙关不说，谁也没办法让他们开口！人的思维本来就是最难预测的，'读心术'和'真话药'这样的东西，只存在于想象里！这些恐怖行为就是针对这样的条款产生的，因为他们知道只要打死不说一个字，那些人就拿他们没辙。如果出现刑讯逼供的情况，人权组织反而会为他们说话。这就好比一群被狼群残杀的绵羊在为一头恶狼辩护，说什么'狼吃羊肉是天经地义'！这句话好像并没有错，但却很可笑，为什么？因为羊在立场上就出了问题！所以成了谬论。电车悖论的解答关键在于立场，你要清楚自己现在的立场。"

张翼浑身冰冷发憷，他经历过神仙洞考察事故和白血病的威胁，但他这一次所感受到的恐惧远远超乎以往所经历的全部，各种复杂的情绪感受在这一刻充斥着他的内心。

8分钟后，《伊甸园》的警报声解除，看来"盖亚"已经迅速地处理好了这次整数溢出事故。

尉林取出储存有关键信息的芯片，里面的信息是"流浪狗"病毒的全部收获。

"这张芯片我必须带走！"张翼试图去抢夺那张芯片。

尉林面色冷峻，目光锋利狠毒，"你把这个带回去，常钧言便会立刻动手收网。打草惊蛇会让我之后的计划全盘落空！那些'盖亚'关键人物会隐藏得更深，不要低估'盖亚'的能力，他们死灰复燃的速度超乎你的预期。"

"你怎么处理这张芯片？"张翼焦急地问道。

"你现在要知道的是，我比你更加期待'盖亚'的覆灭。另外，那张海月云山琴就是我给你的报酬。"尉林沉着冷静地进行着后续工作。

张翼脑海内的争斗一直未停止，处在这种混乱的局面下，他一时间也不知道该如何选择。

尉林面无表情地说道："从会议室书柜后的暗门出去，到船头右舷，你还有5分钟。"

"那你呢？"张翼咬紧牙关问出了这句话。

"你回国后，记得登录《伊甸园》游戏账号，必要的时候我会联系你。"尉林语气沉静。

两人对视了几秒，随后张翼转身离开。

张翼按照指示，沿着会议室书柜后面的舷梯离开，来到了游轮上层的右舷。

在张翼离开后，尉林又以汉斯的身份权限登入《伊甸园》的管理系统。随后将芯片中存储的大量数据导入，存储在《伊甸园》的数据云端，以保证在这艘船被销毁之后，这些信息还能完好无损地保留下来。这些关键的信息混杂在《伊甸园》浩瀚的数据海洋之中，达到了完美的隐身效果。

......

爆炸声响起的那一瞬间，安放在船舱底部会议室内的炸弹将游轮中下部分炸得扭曲变形，而会议室外面的保镖们也在炸弹的威力下瞬间气化，消失得无影无踪。

汹涌海水顺势涌入船舱，除了张翼与尉林，很多人还没弄清楚发生了什么，便已经葬身幽暗海底。

张翼下意识地跳入冰冷的海水中，抱着一只救生圈在翻腾的海水里拼命挣扎着。迷离中，就像在无底旋涡中漂流旋转。他的意识渐渐在冰冷的海水中冻结，但恐怖的爆炸声、惊恐的尖叫声、汹涌的海水声始终在脑海里回旋。

……

再次醒来的时候，张翼身处摩纳哥蒙特卡洛的医院中，病房里还有几位这次海难事故的幸存者。

逐渐清醒的张翼从医护人员口中和当地媒体报道得知，"胜利女王"号事故已经被定性为一场蓄意的恐怖袭击。当时船上有包括工作人员在内的355人，只有37人获救，而且获救的幸存者，无一例外在事故发生时正好位于游轮上层右舷。嫌疑人被认定是这艘游轮的主人保罗和他的好友汉斯教授，加上汉斯近些时日频繁地演讲宣传战争的"好处"，让各方的调查人员都对是他们制造了这起恐怖事件的"事实"深信不疑，更加确定了汉斯和保罗的反人类倾向。

果然，一切都按照尉林的设想发展着。

62 车祸

张翼随身携带的证件护照都随着"胜利女王"游轮沉入了地中海。他联系上了中国大使馆，通过使馆工作人员的安排，顺利回到了国内，回到了阔别多日的深圳。

当走下飞机的时候，两脚踩在陆地上的感觉，让张翼感到久违的安心。见到接机的叶小茵和妈妈，他情不自禁地将两人一同抱紧。

叶小茵和张妈妈都是通过新闻才知道了这件事，新闻里说在"胜利女王"游轮恐袭后，获救的幸存者中的中国公民，便是张翼。如果不是这件事，叶小茵还单纯地认为张翼应该在津巴布韦的国家公园，而不是在地中海的度假游轮上。

对于这样的结果，叶小茵又惊又怕。恐惧和震惊之余，她还来不及多想什么，也没有多问。她只是一边流着眼泪，一边庆幸张翼能平安回来。

张妈妈却是哭成了泪人，小声念着："都说大难不死必有后福，你之前差点没了，这次又……"说到这里，声音几度哽咽。

张翼并没有提及在地中海上发生的事情。叶小茵与张妈妈也默契地不说这些让人不愉快的事情，免得张翼又胡思乱想。

回到深圳后的日子，一家人也有说有笑其乐融融，不过这些都只是表面上的安逸平静。

虽然张翼的病情得到控制，但还是需要定期复查接受相关治疗。这一切还是得瞒着他最亲近的家人，他有太多秘密不能言说。

这天，张翼早早送叶小茵去了公司，他又前往医院接受定期体检和治疗。

上班的时候，叶小茵电脑屏幕的角落里闪烁着周静的头像。叶小茵心情不佳，也懒得去点开。

过了一会，周静神神秘秘地溜了过来，坐在叶小茵身边，低声说："你那个男友怎么感觉不靠谱啊？"

"啊？"叶小茵目光呆滞，一脸迟疑。

周静拽了拽叶小茵的衣角，神神秘秘地说道："不是说公司安排他去津巴布韦弄什么反盗猎的巡护队吗，怎么就跑到了地中海游轮上呢？"

叶小茵一脸不耐烦的模样，摆摆手对周静说："巫婆静，就你没事找事……"

周静也不介意，继续小声说着："听说这种游艇超夸张的哦！他没告诉你什么吗？"

"他当然跟我说啦，公司安排的业务活动啊！"叶小茵脸涨得通红，她开始撒谎给自己台阶下。这些问题她不敢问，因为张翼也没打算说。

周静又不合时宜地推波助澜，摇头说："不会是他自己找的借口吧，公司如果有这个安排，怎么其他的高层都不知道？高层在听说张翼在地中海失事游轮上的时候，也是相当惊讶的！"

"你到底想说什么啊？"叶小茵皱着眉，气鼓鼓地看着周静。

周静是个很没眼色的人，没心没肺地继续说："你说这事情奇怪不奇怪？"

"好烦啊你，一边去！"叶小茵控制不住情绪，忍不住用压低的声音斥责。随后两手捂着耳朵，下巴支撑在桌面，一副气鼓鼓的模样。

周静吐吐舌头，悻悻而归。

……

下午2点，张翼从医院回到家中。他站在门口，看着厨房里忙碌的妈妈。

张妈妈正准备煲一锅虫草花老鸭汤给儿子补补身体，却发现有几味香料用光了，便手忙脚乱地关了炉灶，解下围裙，准备去一趟超市。

"妈，我陪你去。"张翼接过妈妈手中的小包，挽着妈妈的胳膊向门外走去。

这家超市就在小区外，隔了一个十字路口。

两人在超市采购了不少东西，回来的路上，张妈妈也不禁感叹，超市设计得跟迷宫一样，原本就想买点桂皮，结果花了这么多冤枉钱。

张翼笑着说："不都是要用的吗，有什么……"

张翼话还没说完，这时一辆失控的黑色轿车发了疯一样向两人冲过来。两人还来不及反应，就被这辆轿车撞飞出去。

张翼重重地摔倒在地，在昏迷前最后一眼，模模糊糊地看见他的妈妈犹如一片孤独的树叶飘向天空，手里提着的东西也如雪花一般纷纷撒落。

那辆黑色轿车一头撞在了商铺的墙壁上，车头深深凹陷进去。周围惊恐的路人很快报了警，救护车在几分钟后赶到。

叶小茵匆匆忙忙赶到医院，在手术室外焦急地等候。此时的她，面无血色、目光呆滞，身体摇摇欲坠，却不肯坐下休息，执意站着。

周静搀扶着虚弱的叶小茵，生怕她受不了打击晕过去。

时间一分一秒过去，这时一名医生走出手术室的大门，看着叶小茵问："你是张翼的家属？"

一旁的周静立刻说："她是张翼老婆，情况怎么样了？"

医生神情严肃，"你先生已经脱离生命危险，只是那位老人在入院的时候就已经死亡，节哀。"

周静扶着摇摇欲坠的叶小茵，招呼一旁的阿刚快去买点维生素饮料。

医生又说道："你先生患有急性白血病，你知道吗？"

"白血病？！他没告诉我……"叶小茵惊讶不解。

医生立刻解释道："你不用担心，他已经接受正规治疗，而且病情也得到了控制，这种'急性早幼粒细胞白血病'是可以治愈的。"

叶小茵面如死灰地靠着墙闭目休息，她神态疲累，不想说话，接二连三的打击已经让她的脑海里一片混乱。她总算明白，张翼这段时间行为异常的原因了。张翼所患的急性白血病虽然是可以治愈的，但这个病多少会让人感到惊恐和无助。他选择一直隐瞒病情，从而造成他们之间的猜忌误会，这一切都是因为他不想让家人担心吧？

叶小茵反复告诉自己，艰难的日子总会度过，她一直憧憬着与张翼的未来。

63 蓄意事件

经过抢救，张翼从昏迷中清醒过来。

得知母亲去世的消息，张翼没有出现剧烈的情绪波动，只是一个人一言不发地靠在床头，呆呆望着天花板。

叶小茵坐在张翼的身边，握着他的手，静静地注视着他。

叶小茵向公司请了假，每天晚上要陪护，白天还要回家熬汤送来，几日下来整个人实在是憔悴不堪。

在医生的劝说下，叶小茵才肯回家休息。

病房里，张翼一人靠坐在病床上，电视里播放的肥皂剧的声音也渐渐变得模糊，他又陷入了孤寂的黑暗里。

一个念头从张翼的脑海里生起：这场交通事故并不是偶然，而是蓄意的谋杀。

很快，这个猜测得到了印证，刘安超的来访也说明了事情的不同寻常。

这间独立的病房具备较好的隐秘性，保证了张翼与刘安超对话的私密安全。

刘安超没有拐弯抹角，直接说道：“很遗憾，也请你节哀。撞上你们的那辆车原本是正常行驶的，但在离你们大约2千米的时候，车辆的无人驾驶系统被黑客入侵，人工操作系统被恶意锁闭。现有证据表明，这是一场谋杀。我们追踪黑客，发现他使用的是一台位于日本的傀儡代理服务器，并入侵该品牌车辆无人驾驶系统，从而对车辆进行操控。黑客真实身份隐藏很深。不过我推测，多半跟'盖亚'有关。"

张翼心口绞痛，浑身不由自主地抽搐起来。他自己侥幸又逃过一难，但母亲却因此被拖累，他无论如何也不会原谅自己。

刘安超继续问："你跟尉林从津巴布韦去了德国，之后又到了摩纳哥的蒙特卡洛，随后你们乘坐的游轮发生了恐怖袭击……你能告诉我，这期间还发生过什么吗？"

张翼摇了摇头："当时我去德国进行治疗，也将海月云山琴的回国手续办好，我不知道尉林安排我去蒙特卡洛的目的。"

凭借丰富的经验，刘安超判断出张翼有所隐瞒。

刘安超语气平静地说："海月云山琴已经顺利回国，但我们在海月云山琴的琴腹里发现一把钥匙。这钥匙的设计很复杂，我猜这把钥匙应该不属于琴的一部分。"

"你们在搜查之前有得到过我的同意吗？"张翼的情绪有些紧张，不过激动过后，张翼也明白，他们要搜查证据，并不需要得到张翼的许可。

刘安超面无表情，继续说："十分抱歉，事态紧急，而且你当时的情况也不太方便配合调查。琴身完好无损，存放在银行地下保险库，不过这把钥匙我们已经取走做证据分析。"

"有发现吗？"张翼有气无力地回了一句。

"暂时没有。"刘安超语气不见波澜，"你知不知道尉林在哪？"

张翼神情冷淡，"游轮事故之后，都没他的消息。"

刘安超回答道："游轮事故的获救者中，也没有尉林的名字。"

听到这个消息，张翼怔住片刻，那枚藏有"盖亚"组织关键信息的芯片也在尉林那里。转念又想，尉林既然能制定那么复杂的计划，肯定不会就这么轻易地送命。

刘安超面露遗憾，对张翼说："你的处境很危险，他们盯上了你。"

张翼不发一言，眼帘疲累地垂下，眼前的景物变得模糊。

刘安超微微抬头，神情严肃地说道："2小时前在美国发生了一起类似的事故，当时君耀珠宝董事长陈寰宇乘坐的车辆，同样因为无人驾驶系统被黑客入侵，车辆失控坠入了湖里。车上三人，包括他的司机，还有他的长子都死于这场事故。"

"什么？！"张翼神色愕然，脑袋像遭受了重创，嗡嗡声充斥脑海。

刘安超神色严肃，说道："同样的作案手法，绝对不是巧合。目标偏偏是你和陈寰宇，综合分析尉林作案的可能性很大。2小时之前的事情，消息暂时被封锁，我刚刚从ICPO得到的消息，但很快新闻就会报道。"

张翼嘴唇白中带紫，整个人焦灼到了极致，他没有料到事情竟然发展到这一步，而尉林……当真是幕后主使？张翼不太愿意相信，毕竟孤注一掷地将筹码压在尉林这边，倘若全都错了，他如何面对自己，如何对得起无辜的妈妈?

刘安超面露哀伤,微微颔首说道:"尉林这个人,是我们低估了他。从现在开始,我们的合作关系终止,你不需要再参与任何同'盖亚'有关的调查项目。不过,你一旦有尉林的消息,需要在第一时间通知我。"

新闻报道很快就有了:"著名企业家、慈善家陈寰宇先生乘坐的汽车失控坠湖,车上三人溺亡。"

接连两起恶性事故,都因为汽车的无人驾驶系统被黑客利用。这直接导致了这两个型号的无人驾驶汽车被裁定召回。

陈氏集团的董事长以及长公子出事的消息,对于君耀集团来说无异于一场空前的地震。几大股东陷入了股权纷争,陈氏家族内部也开始了旷日持久的遗产争夺战。

……

张翼今天从医院出院,他不知道为什么自己和医院总是纠缠不清。自从神仙洞考察事故之后,他几乎有三分之一的时间都要在医院度过。

出院后的第一件事情就是来到安葬母亲骨灰的墓地祭拜,从母亲骨灰提取的碳元素被制成了一枚小小的、微微泛着金光的人造金刚石。

从墓地出来回到家中,张翼将这枚骨灰钻石放置在粉彩瓷盒中。张翼目光呆滞地望着粉彩瓷盒,一句话也不说。

叶小茵在厨房里忙碌,她为张翼精心熬制了猪肚汤。

叶小茵的宽厚忍让、不离不弃,足以感动任何铁石心肠的人。但是张翼在面对她的时候,却变得胆怯起来。母亲的去世带给张翼太大的震恸,他又有多少把握能保证叶小茵的安全?

张翼的情绪突然失控,抱着叶小茵大哭不止。

叶小茵踮着脚尖,贴着张翼的脸颊,温柔地说道:"有天大的事情,我们一起面对。妈妈在天上看着我们呢!一切都会好起来的,对吗?"

64 恐惧

张翼几近崩溃,哭泣到面部抽搐,将怀里的叶小茵抱得更紧。

叶小茵的眼泪也不住地流下,"我想明天就辞职。"

"为什么？"张翼用沙哑颤抖的声音问道。

叶小茵踮着脚搂住张翼的脖子，小声说："陈董和大公子出了事情后，公司变得乱七八糟、乌烟瘴气的。我想自己开一家设计个性首饰的网店，你支持我吗？"

"好，挺好的。"张翼渐渐恢复平静，用感激的目光注视着叶小茵。

叶小茵给张翼盛了一碗汤，说道："医生跟我说过，你患的那种白血病并不难治疗，病情也得到控制了。你只需要按时服药，定期去医院体检就行。答应我，以后有什么事情告诉我，我们一起面对，千万别一个人扛着。"

张翼僵硬的脸上露出难得的微笑，这一刻的所有温暖都是发自内心的给予，叶小茵无私的守护，让他似乎又看到了希望。

"要不你也把工作辞了吧，这段时间你好好休整，现在公司的氛围太乱，真不适合你去。几大派系争权夺势，你这个部门经理夹在中间只会受气。"叶小茵眨巴着眼，期望得到肯定的答复。

张翼目光黯淡，欲说还休的样子，随后又假装轻松地微笑着点头，说道："这个……要不等你的小店收入稳定了，我再辞职，就让你养着我。"

叶小茵自信地笑着，连连点头："那我的小网店得尽快做出点成绩，到时你辞职了给我当员工，好不好？！"

"好。"张翼点点头，但随后他又陷入了莫名的恐慌中，握着汤匙的手不住地颤抖。

翌日上午，叶小茵就跟公司提交了辞职申请，很快得到了批准。大家都知道叶小茵与公司策划部的经理张翼是情侣关系。张翼自从神仙洞考察事故之后就多灾多难，接连几次都是死里逃生、大难不死，不知道该说他是幸运还是不幸。很多人也猜测张翼是因为八字跟公司犯了冲，他女友辞了职，那么他在这个公司里也待不长了，估计过几天就该拿着公司给的高额补偿去过舒服日子。

辞职后的叶小茵将自己每天的生活都安排得满满当当，房间的一个角落被她开辟成了首饰制作的工作台。她每天的生活就是准备早饭，接着是晨练、买菜，回家做做家务，然后打理网店，画首饰的设计稿，到了下午再准备好晚饭等张翼回家。这样的生活简单充实，不至于太忙，也不会太闲。凭借着出色的才华和圈内好友的推荐，叶小茵原创的网店也熬过了最初的艰难期，开始有了一些起色，陆陆续续也接了一些高端客户的订单。她以为命运的捉弄会到此为止，一切都是朝着好的方向在发展，她憧憬着张翼会在某一天跟她求婚，然后带给她一个梦幻的婚礼……

时间过去了两个多月，张翼并没有从君耀离职，他每天按时上下班，工作还是如以往一样有条不紊。虽然公司股东的争斗以及陈家内部财产的争夺战还没有平息，但这些并没有影响到张翼对工作的态度。

已经夜里8点，张翼还在办公室加班。他给叶小茵留了言，今晚不用等他吃饭。

夏夜的风吹得人恍惚，张翼暂时不想回家，并不是厌倦，而是害怕。"盖亚"是一群隐藏在黑暗中的邪恶魂灵，他们加在张翼周围的恐怖阴影不仅没散去，反而随着时间的推移愈加强烈。

停止了与"灵语"课题组的合作，张翼能得到的消息十分有限，和尉林也一直联系不上。虽然刘安超承诺会尽力保证他与家人的安全，但他不知道"盖亚"会不会有进一步丧心病狂的行动，他担心自己会连累到叶小茵。这时候的张翼感觉到，原来人生还会有这么无助的时刻，爱的人遭遇不幸，而自己却在苟延残喘。他无力保护叶小茵，无法面对叶小茵对他的期盼，无法兑现他们关于未来的承诺……

张翼沿着步梯缓慢走到了公司楼顶，楼顶的天台是一处露天花园，中西合璧的设计，原本也是给员工休闲散心的地方。

夏夜的微风，吹拂着夜灯下迷离的花叶草木，地面上都是斑驳细碎的光影。

风声中，夹杂着女人的啜泣声。循声望去，原来是陈菀青。她一个人坐在角落的蔷薇花架下，伏在桌面上低声哭泣。

因为家族突遭变故，造成了家族其他成员之间的反目成仇。几家合作方也想趁火打劫，趁机侵吞陈氏集团的产业。

所谓的情义在金钱面前，果然不堪一击。

陈菀青临危受命，来到深圳的公司处理财政危机。不少人认为这个胸大无脑的任性大小姐是个可以欺骗蒙蔽的角色，好事之人都抱着看热闹的心思来等着看笑话。

陈菀青来这里不到一个星期，也能感受到周围人对她表面恭敬实则不屑的态度。但出乎很多人的意料，这位大小姐一改以往的作风，在谈判时雷厉风行、分毫不让，在财政问题上也让几家原本想趁机讹一笔的合作方都尝到了厉害。不过外表强势的她，也会在夜深人静的时候一个人躲在公司楼顶的花园里偷偷哭泣。

因为遭遇类似，张翼能理解陈菀青此时的感受。

陈菀青面带泪痕，看着一旁的张翼，语气平淡地问了一句："张经理今天也加班？"

"刚做完报表，上来透透气。"张翼在一旁坐下，目光平静。

陈菀青做了几次深呼吸，随后摇头笑着："这公司你待着也没意思，你可以申请离职，公司会给你一笔补偿金，除了你后期的治疗康复费用，剩余的钱也足够在深圳再买套房子。"

"我还不想走。"张翼十分坦然，说出了答案，"我要等尉林的消息。"

张翼的这句话，像是刺痛了陈菀青最脆弱、最敏感的神经。陈菀青原本已经恢复平静的面孔一时间不自主地颤动起来，眼神已经被恐惧和惊疑填满。

65 桃色绯闻

"你……有他的消息吗？"陈菀青声音颤抖，却又带着几分期待。

张翼神色凝重，稍稍摇了摇头，"暂时还没有，有些事情我要当面问他。"

"你相不相信？"陈菀青语调里也都是矛盾。

"相信什么？"张翼蓦然一惊，似乎意识到了。

陈菀青用手捋了捋散乱的头发，苦笑着说道："爷爷和爸爸出事后，联邦调查局的人到我们家搜查，还把所有的电脑和存储设备都带走。他们怀疑我家人是恐怖组织的成员……可笑！"说到这里的时候，陈菀青抱头痛哭起来，这样的打击，一般人确实很难承受，陈菀青在白天还能装作坚强，但到了夜晚，脆弱无助就将她完全吞噬。

哭了好一阵子，陈菀青突然抬起头，布满血丝的泪眼注视着张翼，咬牙切齿地说道："我有好多疑问要问尉林，我也在等他出现。这个混蛋，现在居然失踪！亏我爷爷这么信任他！"

陈菀青稍稍停顿片刻后，又说道："那辆撞上你的车……还有我爷爷和爸爸乘坐的车……刚好这么巧，一定都是他策划的！他是个魔鬼！"

"我要找到他问清楚。"张翼声音沙哑低沉，他竭力压制着内心的悲愤。

陈菀青仰面看着头顶上繁复艳丽的蔷薇花，虽然景色优美，但无人有心欣赏。

两个人就这么静静地坐着，任凭晚风吹拂，花瓣落满了天台。

"很晚了，你怎么还不回去？"陈菀青转头看着张翼，看似无意地问了这句。

"不敢回去。"张翼很坦白。

"为什么？之前在公司里见过你女朋友叶小茵几次，挺温柔可爱的女孩子，你怕什么？"陈菀青假装没事人一样，用调侃的语气问道。

张翼摇了摇头，紧锁的眉头布满愁绪，用低沉的声音回答："担心连累她，这些我都没法跟她说……"

陈菀青猛然间一怔，她能理解张翼的恐惧担心。他们两人的遭遇类似，形成了这种同理心。他们两人都因为莫名其妙的原因被牵扯到一个神秘的恐怖组织，家人遭遇厄运，自己也被恐怖的阴云笼罩着。

"考察队在神仙洞遇难，就我一个人幸存。我妈妈被我连累，我却又活了下来。我这个人，'小强'一样的命。"张翼虽然强忍着，但声音已经带了明显的哭腔。

陈菀青眉头蹙紧，全身微微颤抖着，沉默片刻后说："所以你怕连累她？"

"是。"张翼很疲累，他害怕自己无法给予她一个美好的未来，更害怕来自"盖亚"的威胁会对她产生不利。

陈菀青咬了咬嘴唇，那种从骨髓里透出的恐惧没日没夜地折磨着她。她与张翼也算同病相怜，能理解他此刻的心情。

思索片刻后，陈菀青又问："你这样也挺没担当的，到底是怎么计划的？如果鼓起勇气打算跟她好好过的话，就别用冷暴力。如果你觉得自己给不了她未来，就别耽误姑娘的好时光。"陈菀青的话一针见血。

张翼咬了咬牙关，停顿几秒后回答道："我计划跟她分手。"

陈菀青右手托着脸颊，会意地苦笑着，"是怕连累她？我能理解。"

陈菀青能猜到张翼跟尉林的关系匪浅，单凭那张海月云山琴就能证明。能料到张翼肯定承担了很多不为人知的苦衷，却又不能跟最亲近的人说明。她之前太荒唐了，叛逆、特立独行，处处跟家人作对，现在却已经没有机会弥补。

"你打算怎么跟她分手？"陈菀青微微仰头，看着对面的张翼。

"还没想好。"张翼看着地面斑驳的灯光树影，忐忑难安，"接连出了几件大事，我又被查出患了白血病。这时分手的话，就算是我提出，也会让她有精神负担。"

"你是担心有人乱嚼舌根，以为叶小茵在你人生最低谷的时候离开你？"陈菀青能明白"人言可畏"到底有多可怕。

"我不希望给她套上这种道德枷锁，太伪善。"张翼苦笑着。

陈菀青思索片刻后，突然豁然开朗笑了笑，说道："我有办法帮你，不仅能让叶小茵跟你这个'天煞孤星'撇得干干净净，而且没人会指责叶小茵。不过这样做，舆论的火力都会集中到你这里来，你心理素质够不够强？"陈菀青调侃地笑了笑，略略挑了挑眉毛。

张翼微微一怔，随后立刻意识到了陈菀青的言外之意。

陈菀青看到了张翼神色间的犹豫，站起来拎着包准备离开，说道："想好了再答复，别后悔就行。"

张翼这时也站起身，用镇定的语气回答："我想好了，但这样对你是不是影响不好？"

陈菀青坦然地耸耸肩，装出不在乎的神情笑了笑："我早习惯了，随便他们说去。"

"谢谢。"张翼眼帘微微颤抖着，他虽然还很矛盾，但决定已经做出。即便万分不舍得叶小茵，但在这个时候，他也得学会放手。

这时陈菀青深呼吸一口气，又接着说道："那群记者最近总瞄着我家财产争夺的事情，让他们换换口味也好！"

从天台下来后，陈菀青在卫生间补了妆。随后走出来坦然地挽着张翼的手臂，侧过脸对他说："还有1分钟的时间走出这栋大楼，别后悔。"

"决定了，谢谢。"张翼将陈菀青的手臂挽紧，摆出轻松的神态。

公司里值夜班的保安人员着实吓了一跳，他看见陈大小姐和策划部的经理张翼在这么晚的时候手挽手从办公大楼里走出来。

张翼和陈菀青两人也丝毫没有避嫌的意思，毕竟就是要演戏给所有人看的。

公司外蹲守了不少敬业的狗仔，他们捕捉到陈菀青在公司密会帅哥的镜头欣喜若狂。狗仔们立刻跟上车，就为了捕捉抓拍劲爆新闻图片。

陈菀青开车带着张翼来到了她的豪宅，那群记者尾随其后。两人在进入豪宅前，也不忘在门口拥吻，以便提供更多新闻素材。

娱记狗仔也趋之若鹜地一路跟随，拍下了不少高清照片。

张翼在豪宅的二楼，站在窗户旁向外看去。

陈菀青用玩世不恭的语气问："是不是被自己的演技感动了？"

张翼眉头紧锁，他这时心情复杂，没有回答这个问题。

陈菀青又补了一句："你这么做确实挺让人感动的，不过别人都没法分享这份感动，所以最终只能感动自己。"

"也许是吧。"张翼神情失落，内心纠结。

"把自己变成个人渣是个痛苦的过程，要适应这种角色转换。"陈菀青拍了拍张翼的肩膀，随后她转身走出了这间房间。

……

这一场戏做得很足，虽然两个人的演技青涩浮夸，但没人会去怀疑陈菀青的豪放作风。在家族遭受变故的时候，还能密会美男，简直坐实了陈菀青的荒唐千金设定。

第二天，各大娱乐头条的新闻都是关于陈菀青和张翼的，正在公司上班的周静被突然弹出的新闻照片吓得不轻。那么清晰的拥吻照，加上正面、侧面、背面各个角度的清晰抓拍。所有人都十分肯定，那位跟陈菀青在公司密会、又去豪宅"鬼混"的"美男"就是张翼！

君耀公司也在一瞬间炸开了锅，所有人都在聊着这条惊天大新闻。有人认为，张翼是在陈菀青家族变故的时候趁虚而入，好分一杯羹……各种流言蜚语甚嚣尘上，越听越玄乎。

周静一反往日的没心没肺，这时候她最担心的是叶小茵。于是找了个借口偷溜出公司，直奔叶小茵的住处。

周静敲了好半天的门，打了不少电话，叶小茵才半睁着红肿的眼睛、顶着一头乱蓬蓬的头发来开门。看来她也看到了新闻，已经哭了许久。

周静得知张翼一晚上没回来，手机也不接听。按照娱乐新闻的实时报道，猜测这小子估计还在温柔乡里逍遥快活。周静坐在沙发上，不停地咒骂着张翼这个死扑街。

叶小茵一言不发，布满血丝的水肿眼睛呆呆地望着手机屏幕。

周静一把握住叶小茵的手，用焦躁的语气问："圣母当够了没啊！这家伙没救了！狼心狗肺的东西，老天都想收了他，还指望能挽回！赶快分了，分了赶紧！你这么好，还怕嫁不出去，守着这个'渣男'干什么？"

叶小茵神情恍惚，随后点了点头，拿过手机，编写了一条讯息"我们分手吧"点击发送。然后，她将手机关机，抱着周静开始大哭起来。压抑许久的感情一瞬间爆发，整个人哭得撕心裂肺歇斯底里，就连周静也忍不住哭了起来。

叶小茵恢复些许理智后，开始收拾屋子，把跟自己有关的一切物品都收走，就像自己从来没有来过一样，就连梳子上残留的几根长头发都毫不留情地带走。不过那枚张翼赠送给她的海螺珠、景泰蓝的扇子，还有张妈妈送她的一对玉镯,她都取出来放在了床头柜的抽屉里,并没有带走。

……

豪门的财产恩怨和桃色新闻是娱乐头条最青睐的素材,刚好这两个陈菀青身上都具备了。无怪乎她所居住的豪宅外,蹲守的娱记的数量成倍增加。

张翼作为君耀部门经理的身份很快就被扒了出来,不少人发挥天才般的想象力脑补着他们两人的故事,甚至有人冒充张翼的正牌女友在网上控诉,还恶意编造一些"劲爆"故事制造噱头、混淆视听。吃软饭、白眼狼、渣男的罪名在张翼这儿算是"坐实"了。

虽然张翼已经料到了这种多米诺骨牌式的效果,但他还是没有做好充分的准备面对这一切。张翼在陈菀青的家中住了一整天,这足以让旁观者添油加醋、想入非非。

张翼看着手机里叶小茵最后发过来的那条分手消息,虽然这是计划中的结果,但这一刻真正来临的时候,他才发现,人原来可以这么孤独。

66 实验室

撒哈拉沙漠终年异常干燥酷热,空气中的水分含量几乎为零。

撒哈拉腹地的那次实验造成的时空扭曲,让数万平方千米的区域都成了禁区。

禁区边界之外,又有数百千米的缓冲距离。

缓冲边界外13千米处,有一处干涸的盐湖。白色的氯化钠结晶铺满了曾经的湖底,形成如海浪褶皱般的白色盐晶海。盐海四周则仍然被金色的沙丘包围,一白一黄两种纯净到极点的色泽互相冲撞着,营造出一种不似人间的诡秘感觉。

在这干涸的盐湖地底,距地表大约1千米的深处,有着一座秘密实验室。

这里距离缓冲区域的边界不远,虽然在安全范围内,但也承担着难以想象的风险。

这处实验室是"盖亚"所建造的安全级别最高的秘密实验室,之所以选在这里,是因为可以借助撒哈拉的荒芜严酷来掩藏踪迹。另一方面,谁能想象"盖亚"会将这么重要的实验室设置在距缓冲边界仅十几千米的地方。

在这里设立实验室可以分析研究五维克莱因瓶的超高维空间所带来的特殊效应,实验室中根据量子效应制造的精密设备拥有目前能达到的最先进水平，"盖亚"也希望通过支离破碎的信息能够窥见高维空间的冰山一角。

多年前的那场实验，导致了一系列不可预估的恐怖后果。事故发生后，甚至有悲观者认为这个已在撒哈拉形成的五维克莱因瓶的"空间黑洞"会如同失控的魔鬼一样，吞噬整个地球、毁灭所有的文明遗迹……

但事故发生几年后，观察者们惊奇地发现，这个五维克莱因瓶的能量增长似乎停止了。它维持在了一个相对稳定的尺度，它的视界范围也控制在一定范围内，这一场"末日浩劫"暂时得以平息。

但这场事故笼罩在科研上的阴云并没有就此消散，因为不了解所以恐惧，因为恐惧自然会畏惧科技的前进，这多少有点因噎废食的味道。自此世界各地的研究机构都达成了一项协议，不再盲目试验空间折叠的叠加效应，利用强能量折叠空间的实验只能进行到四维空间而不能更进一步。因为一旦突破理论阈值，造成的后果可能会让地球毁于一旦，并不是每次冒险的尝试都能跟撒哈拉实验一样"走运"。

当然，以上观点虽然占据主流科学界，但主流之外总有一部分特立独行的"声音"。总有一些人明知道是潘多拉的盒子，也要因为好奇心驱使去打开。

从某种层面说，这所秘密实验室所处环境的恶劣程度并不逊色于太空环境，这里时刻都要面临突然爆发的高强度射线。

虽然这所实验室的安全防护十分完备，但出于安全考虑，常年留守在这里进行研究工作的科研人员也不足5人。而且能进入此地的，也都是"盖亚"核心集团的成员。但现在的情况突破了以往的常规，现在实验室里一共有17人，除了刚刚进入的尉林，其余都是"盖亚"最核心的成员。

因为实验室所处地段的特殊性，加上并没有外部监控网络，安排在这里会面也是绝对安全的。

监控是人类发明的一项避免犯罪的远程监视手段，但所有事情都具备两面性，监控这种手段也会被敌人反向利用。所以人类科技的发展历程，很多时候会经历螺旋式过程，有时甚至会有倒退。就目前而言，那些号称坚不可摧的安全防护手段，都存在被破解的可能性。

很多时候简单粗暴的手段，反而是管用的，除了取消外部监控之外，实验室的内部网络也不与外界联网，大幅度地减少了泄密的可能性。要将实验数据传递出去，必须通过一系列复杂的程序。这里的网络数据上载点就是位于实验室东南角落中的《伊甸园》数据中心，虽然这是《伊甸园》

分散布置的数据中心中的一小部分，但这个数据中心存储有"盖亚"近些年高维空间实验所得到的最高机密数据，以及"盖亚"核心集团所制定的机密计划，所以显得格外重要。

四维空间不同于五维以上的超高维空间，四维空间不具备真空能蓄积效应，但这些四维的空间罅隙湮灭时亦会产生巨大能量，从而造成强烈天震。所以对空间武器的研究计划，任何一个有实力的国家都不会轻易放弃。所谓的《高维空间和平条约》根本不足以约束人内心的邪恶，人类历史的发展，多数时刻与战争杀戮密不可分。不能低估了在文明外表下掩盖的杀戮心，就像无法预测地震何时发生一样。

人类科技还没有突破维度束缚，无法对高于所存在世界维度的空间进行直接操作。而借助于已经成形的思维，则暗藏了太多的风险和不可预估。毕竟科技探索不是掷骰子，"维度"成了一个无法逾越的天堑。

思维到底是什么？我们被三维空间束缚，但从"通天塔"的最终结果来看，人类的思维能突破空间限制对高维进行干预及操控。将已经成熟的人类思维反向利用导入，这种逆向的人工智能技术让人感受到的不仅仅是科技的可怕，还有对未知领域的恐惧。可科技发展到现在，对思维的理解仍然十分片面，无法得到一个整体的结构。

脑电波是人类探索思维活动的一个手段，但脑电波并不是意识，它只是人类意识可被探测的部分。就像无法通过物体的投影去判断这个物体本体的完整特性一样，单凭脑电波也无法解析人类思维深度的秘密。

现有的技术无法单纯分离出人体意识，因为脑电波技术本身的局限性，使得之前那些愿意参与脑电波量子化实验的人员绝大多数都付出了失智的代价。

不过"盖亚"的野心不会因为"通天塔"的挫折而有所收敛，他们反而变得更加迫不及待、肆无忌惮，反击复仇的欲望愈加强烈。

……

盐湖地底的实验室内，尉林穿戴《伊甸园》设备进行测试。他一边回答问题，一边又若无其事地品尝着杯子里的红茶。对于这些尖锐的提问，他的神情显得漫不经心，在场其他人的耐心快被耗尽了。

"再问一遍，'胜利女王'游轮事故跟你有没有关系？"一位深目高鼻的中年男子操着带有浓重意大利口音的英文询问尉林。这个人名叫拉斐尔，是欧洲核子能机构的研究人员，同样也是"盖亚"决策组的核心成员。

尉林显得平静从容，将手里的茶杯放下，靠坐在沙发靠背上。他微微仰头，用带着挑衅和轻蔑的目光看着面前的十几个人，耸耸肩膀说："多少有些关系，当时我在这艘游轮上度假，可惜完美的地中海假期被汉斯这个混蛋给毁了。"

"为什么刚好你在这艘游轮上的时候，就发生了一系列事故？！"周围人对尉林的态度并不友好，完全一副审讯犯人的架势。

"我确实是去找汉斯商量事情，不过他们没给我机会。"尉林眼神锋利，也是分毫不让的架势，"汉斯这个蠢货，四处散播他的战争理论，恐怕早就惹了相关部门注意。还有那个保罗行迹也很可疑，你们在吸纳成员的时候，都没有做进一步的研究探讨吗？到底是怎么让这两个行为偏差得离谱的疯子成为《伊甸园》的高级管理员的。根据现有的记录，当时导致《伊甸园》系统发生整数溢出的错误也是源自汉斯设计的'永恒之门'实验。所以，像汉斯这种疯子炸毁整艘游轮并不奇怪。当然，也有可能是保罗做的。"

"现在这两人都见了上帝。"旁听的人也只能给出这种答案，那些线索都已经被浩瀚幽蓝的海水吞没，只留下众说纷纭的猜测。

尉林通过了设定的一系列测谎问题，随后他将头上的头盔摘下放在一旁，语气挑衅，"我也很意外，你们竟然能让我活到现在。"

拉斐尔脸色微微一沉，明知故问地反问道："怎么这么说？"

尉林用坦然自若的目光静静地扫视周围人，说道："你们用那么低劣的手段谋杀陈寰宇，愚蠢的行为只能让敌人们觉察到'盖亚'决策层已经沉不住气了，是让整个'盖亚'蒙受损失。"

"我只是好奇，你说的整个'盖亚'都因此蒙受损失有什么依据？"拉斐尔的目光锋利如炬。

尉林神色平静，一字一顿地说道："陈寰宇建立的几所实验室能给我们的研究提供很多帮助。在这时候除掉他造成的损失，应该由哪个蠢货补上？"

尉林的话激怒了一小部分人，他们不能容忍一个无权无势的亚裔成员用这种语气跟他们说话。

"我们除掉你身边的陈寰宇，是想警告你：如果我们觉得没有留下你的必要的时候，自然也会送你去见上帝。"拉斐尔目露凶光，脸部的肌肉也在抽动。

"你们谋杀陈寰宇就是想要掌握'蚩尤计划'的主动权，除掉这个绊脚石，你们在中国南海自然会有进一步的动作。我想，我没有猜错。"尉林微微侧了侧脸，用自信的目光轻轻扫遍身边的几个人，没有露出半点惧色。

"尉先生，你有时候的确很聪明，不过聪明的人更加危险。"

"我和安德鲁不同，这招在我这不管用。"尉林并不惧怕这样的威胁，云淡风轻地笑道，"'通天塔'计划，我是策划者之一。这么完美的计划在最后一刻失败，我比你们任何一人都不甘心失败。现在世界各地都有了相应的防范手段，几乎所有的高维空间实验室都不能直接连接外部网络，所以我们没办法再重演'通天塔'。"

拉斐尔的面部表情显得十分扭曲，神情也变得有些怪异，他用讽刺的语调说道："你是那场计划的设计者之一，不过你却没能控制住整个局面。所以，你应当为自己的愚蠢负责。"

67 马太福音

尉林直直地望着拉斐尔的眼睛，并没有任何惧怕的神色，从容不迫地说："那场事故后我们并不是一无所获，起码我们能确定，人类有可能换一种形式存在于高维空间世界里。"

尉林的话让在场所有人的脸上都浮现出微妙的神情，他们不由自主地被吸引。一个完全被量子化的人，按我们世界的标准应当可以被判定为死亡，但量子化的董菲传递出了信息，让人对生死的界定变得模糊起来。

"我也是《伊甸园》的创建者。"说到这里的时候，尉林的眼神笑容都变得微妙起来，"一个古老的传说，人类的祖先因为犯了罪从《伊甸园》中被驱赶而出。"

在场的人互相交换了眼神，尉林的话正好戳中他们的要害。"盖亚"核心集团近年来所研究的方向就是关于高维空间的秘密的。"通天塔"计划虽然以失败告终，但似乎又为人们推开了一扇窥视新世界的门窗，对高维空间的向往逐渐战胜了原本的恐惧。"盖亚"设计《伊甸园》的时候还暗藏了另外一层意思：人类的祖先是否因为某种原因，而被囚禁在这个三维囚笼中。

"盖亚"一直相信在高维空间有主神的存在。当年"盖亚"没能通过"通天塔"计划重返天堂，但他们不会就此甘心。

"蜻蜓事件"之后，"盖亚"的大部分成员开始相信：将一个人量子化后意识仍然能以某种形态存在于高维空间，从而与神交流。这是自古以来的梦想，而如今借助科技手段，实现这个梦想指日可待。

拉斐尔眼光冷冷地从尉林身上扫过，用沙哑阴沉的嗓音说："囚禁我们祖先的牢笼就是这个三维空间，三维的牢笼禁锢着我们的灵魂，让我们沉沦在这个污浊的世界里。我们有能力，也有必要突破牢笼的束缚，获得新生。"

果然，尉林猜到了他们的目的，自信的笑容从眼神里掠过，但转瞬间又隐藏不见，他是一个善于隐藏情绪的人。

尉林顺着拉斐尔的话题，语调沉稳地说道："当一群人被牢笼禁锢了太久，反而会将这牢笼当成一种习惯。习惯，呵，是可怕的。"

拉斐尔的目光变得诡异，带着让人难以捉摸的笑容，用刻意拉长的怪异语调说道："被流放到这个丑陋的三维世界，有些囚犯会逆来顺受，将监狱当成一种依靠。他们没有摆脱囚禁的勇气，注定了被奴役的命运。"

这时一位拉美裔的科研人员用急躁的语气说道："这个计划有些疯狂，万一失败了，岂不是让参与的人都去见上帝？"

"你害怕？！"

"不是害怕，是我觉得这个计划本身就有漏洞！"

"哼，那就是怕了！所有的惊喜是留给那些准备充分的人！没有胆量，就活该被牢笼囚禁！"

……

这个话题引起了这一批"盖亚"核心成员的激烈争论，尉林却自始至终显得十分从容坦然，他要做的就是在这场激烈争吵中独善其身，再时不时地煽风点火。

"这个本身就是伪命题！如果我们被量子化后是彻底死亡而不是进入高维空间，又有什么方法可以挽回这错误？"

"我们是要创造一个新世纪，而不是拿自己的命做赌注！"

"后来的实验已经有人尝试过，将整个人量子化之后，我们根本没能接收到所谓高维空间传递回来的信息！也就是说，'通天塔'那次的信息传递是不可复制的！"

"也许这根本就是一个骗局！"在场的一些人情绪开始激动起来。

"懦夫没有资格走出牢笼！而勇者会成为英雄。"

对于这样疯狂的计划能接受的人毕竟是少数，不少的"盖亚"成员是功利主义者，他们更加在意自己在这场博弈中获得的实际利益。功利主义与理想主义之间的矛盾一直潜藏在"盖亚"体系的内部，这次因为这个话题而彻底爆发。

此时，尉林补充说道："我们不能低估人类本身的潜质。"

"你有证据证明你说的这些吗？你跟董菲很可能就是串通的。什么虫子和蜻蜓的故事，本身就是个天大的骗局！"情绪最激动的那位拉美裔科研人员额间青筋暴起，用咆哮的口吻怒斥尉林。

尉林注视着对方的眼睛，没有一点退缩和惧怕。尉林的这种处变不惊的坦然气度，让那些陷入疯狂的人们渐渐平息下来。

尉林语调从容，保持着惯有的风度，不紧不慢地说道："薛定谔的猫还有惠勒延迟选择，这两个思想实验足以证明我的观点。"

"什么？！"持反对意见的几位听众对尉林的这个回答表现出极大的失望。

这两个理论在量子力学思想实验中，已经是一点新意都没有的陈词滥调，但问题是针对这样的"古董"理论居然到现在都没有一个相对合理的解释。所谓的主流科学界一直在规避一个敏感的话题：意识到底是什么？

尉林目光沉稳平静，"思维可以冲破三维牢笼的束缚，我们无法真正解答思维的定义，正是因为意识思维无法以三维的维度去解释！脑电波也只是人类意识的片面投影，怎么可能通过有限的、片面的投影去判定一个事物的真相？目光短浅。"

尉林的观点引发在场众人的深思，拉斐尔和他的几位心腹都是尉林所讲述观点的支持者。

尉林用冷静的目光扫视了身边的人，用沉稳的嗓音说道："我们没必要太悲观，三维牢笼束缚了我们原本所具备的能力，但没有束缚住我们的思想意识，而且三维牢笼本身就存在缺陷。光速被设定为我们世界的最高速度，但量子纠缠的超距离感应现象却说明有种超距离作用力的传播速度超过光速。量子纠缠很可能就是高维世界的某一个量子在我们世界所呈现的不同投影。"

"这又说明什么？！"还是有人不服气，用尖锐的嗓音质问。

尉林的眼神变得耐人寻味，刻意放缓了语速，"当改变其中一个投影的时候，另外一个投影也在瞬时改变……这很可能是因为那个存在于高维空间的本体也被改变。这说明，三维世界对于高维世界来说并不是完全的被动。"

众人的争吵在一瞬间停止，这死寂般的沉默持续了十几秒，然后被一个尖锐的声音打破。

"荒谬，太荒谬了！'盖亚'现在是什么？已经不是以科学为基础了，它已经沦为巫师的团体！"一位来自挪威的成员情绪变得异常激动。

在这样一个周边充满危险，又极度封闭的地下试验室环境中，人的身体机能和心理因素都在不自主地产生着变化，更容易变得焦虑，也更容易暴怒。人的情绪很容易被外界各种不同的因素操控，只不过身在局中的当事人却毫不知情。

"那么请问，什么是你认为的科学？"拉斐尔的目光变得锋利，死死地盯着这位提出异议的挪威籍成员，这让在场的人不由得倒吸一口冷气。

"科学允许被证伪，也允许大胆的猜测。"拉斐尔自问自答，"你现在的样子就像坚持认为地球是平的，大地的尽头是断崖，从断崖会直接坠入地狱！"拉斐尔作为"盖亚"的核心决策者之一，不允许自己的权威被挑战。尉林看中的也是这点，将自己最后一搏的砝码压在了这里。

"你们要进窄门，因为引到灭亡，那门是宽的，路是大的，进去的人也多。引到永生，那门是窄的，路是小的，找着的人也少。"拉斐尔默念着《新约·马太福音》中的句子，眼神里闪烁着诡异的光芒。

68 稳定岛

深圳的夏日，正午的阳光照得人昏昏欲睡。张翼跟陈菀青的绯闻被媒体炒热后，他也饱受流言蜚语的侵扰，但他终于如愿让叶小茵远离了危险。人生最大的遗憾，恐怕就是在最没有能力的时候遇见了最想保护的人。

张翼也一直在追查尉林的下落，还有太多疑问需要尉林解答。

那篇名为《撒哈拉之眼》的连载小说也断更了，尉林留给张翼的线索并不多，这篇未完成的小说里应该暗藏着什么玄机。同样，常钧言方面也监视着这部小说的更新进度，以期获取有价值的线索。

可惜事与愿违，不论是常钧言还是张翼，都未能从这部小说中获得什么有价值的信息。

尉林失踪后，公司也并没有再聘任新的总经理上任，办公室里保持着尉林失踪前的原样。

那套寄存在尉林办公室的游戏设备，又被张翼带回了家中。张翼每天晚上都会登录《伊甸园》游戏，期待能收到尉林的信息。但时间过去了这么久，始终是一无所获。

张翼明白，生活的平静只是一种假象，就像风暴眼的中心，随时都有可能掀起滔天巨浪。

身边最重要的人接二连三地离去，这让饱受摧残的张翼变得麻木起来，每天的生活除了按照既定的计划进行，便再无新意。

这天晚上9点，张翼刚刚回到黑暗杂乱的家中，疲惫地靠坐在客厅沙发上，又一次进入了《伊甸园》的世界。

今晚，他在游戏里扮演蜻蜓的幼虫，水虿。这种不起眼的小虫，生活在幽暗阴森的湖水之下。从湖面折射而下的阳光撩动着水虿的视觉神经，也让扮演者渐渐融入了角色。当一个人尝试放弃人类的思维，去体验看似"低等"的动物的生活后，呈现在眼中和思维中的世界果然又换了一种存在方式。

游离在梦境与现实之间，张翼似乎已经忘掉了人类的意识，全然融化在冰冷幽深的湖水里，如一只水虿一样，四处游荡。

这时候，突然响起了一声系统邮件的提示音。提示音响过之后，游戏自动退出到登录界面。这种情况之前从未出现过，似乎暗示了这封突然来到的邮件的不同寻常。

张翼从水虿的梦中逐渐清醒过来，忐忑不安地点开了那封突然到来的邮件。邮件被打开后，一系列复杂的数据喷涌而出，迅速填满了整个屏幕，快速跳动的数字犹如天书。

不只张翼，此时此刻，所有连接了《伊甸园》游戏终端的玩家都收到了这封古怪的邮件。

对于绝大多数人来说，这封邮件就像是毫无意义的乱码，但对于严密监控着《伊甸园》系统一举一动的"灵语"课题组而言，这些跳动的数字绝对不简单，这些正是他们辛苦开发的计算机病毒"流浪狗"所获取的所有数据。这些数据，让那个隐匿在神秘暗网之中的"盖亚"体系清晰地浮现出来。

当日在"胜利女王"号邮轮上，张翼和尉林利用指数增长造成了《伊甸园》的整数溢出事故，从而伺机植入了"流浪狗"病毒。病毒所获得的海量数据，又被尉林通过汉斯的身份权限保存在了《伊甸园》系统的数据云端，通过海量加密数据掩护隐藏。到了预设的时间，这些数据以定时邮件的形式发送到了每一个连接到主机的游戏终端。

这封席卷全球的邮件无异于一场"地震"，分散在世界各地的那些隐藏很深的"盖亚"成员一时间全部暴露了身份和位置。而各国一直秘密监控"盖亚"及《伊甸园》的安全部门，也陷入了不安和惊喜交错的复杂情绪中，不少人仍然担心这一场突然降临的好运是"盖亚"设计的圈套。

此时，在撒哈拉沙漠秘密实验室内也掀起了滔天巨浪。面对这封突然的邮件，所有人都陷入了极度的惶恐不安。他们用愤怒惊恐的眼光扫视着身边之人，料定是内部出现了叛徒。

每个人都有可能是内奸，而尉林的嫌疑最大。一位愤怒惊恐的成员用枪抵住了尉林的脑袋，声嘶力竭地怒吼："该死的叛徒！"

"最近发生的一系列事情，谁最可疑？！"尉林很善于表演，他无辜的表情，确实容易让人相信他是无辜的。

"汉斯。"一旁有人喊出了这个名字。

"但这个家伙已经死了！"

"已经追查到来源，是汉斯在游轮上传的数据，通过定时定点的方式传递到每个游戏终端。"在数据中心忙碌的安全人员很快给出了解释。

"整数溢出的事故是汉斯造成的，都是以他的身份访问关键位置，时间与整数溢出刚好吻合。"拉斐尔眼神如鹰隼般寒冷锋利，专心地注视着屏幕上跳动的数据。

尉林看了看四周，用十分清晰的声音说道："这里还有汉斯的内应。"

这时，一位来自德国的成员瞬间慌乱起来，他竭力否认这项指控。但他的否认辩白并没有作用，一声枪响后，他便僵硬地倒在了血泊中。

这一声枪响并不是争斗的结束，剩下的人又开始互相怀疑，甚至有人认为这一切都是拉斐尔搞的鬼。

人在丧失理性的情况下，是听不进任何规劝和解释的，即便是一群高智商的人，也难逃这个魔咒。人与人之间的互相猜忌是爆发战争的根源，尤其是在这样一个高压力的危险环境下，处于紧张和恐惧情绪中的人更容易出现攻击杀戮的行为。

相互猜忌很快变成了成员之间的相互杀戮，这所与世隔绝的地下实验室很快被血腥味填满。

在这个封闭的环境中，拉斐尔像是一位独裁暴君，他不会允许有人对他的权威提出质疑。拉斐尔以这次事故为借口，借机除掉了跟他意见不合的8个人。

"他们没有资格重返天国，只能进入地狱。"拉斐尔用鄙夷的语气看着地上横七竖八的尸体，示意工作人员将这些"内奸"的尸体处理掉。

尸体被堆放在一个角落里，地上的血迹也被擦拭干净，但空气中弥漫的血腥味仍然让身处其中的人感觉到压抑恐惧。

"尉先生，我很欣赏你的远见。"拉斐尔很赞赏尉林在刚才突发状况中的表现，他对尉林的态度也在短时间内发生了反转，从猜忌变得信任。

尉林在刚才的争斗中受了点轻伤，不过这点伤对他而言并不构成太大威胁。

尉林从容不迫，微笑着点头说道："我相信自己的选择。"

拉斐尔意味深长地笑着，"凭感觉做事很危险。"说到这里他稍稍停顿了几秒钟，又继续说道，"不过很多天才的决定就是依据感觉而完成的。这个世界本来就不合理，他们所拥有的理性也是病态的。"

"陈寰宇死后，'蚩尤计划'全面暂停，位于中国南海晋卿岛的实验室全部停止运行，人员也都全部撤离。"尉林假装不经意地提及这个话题，"也许会对高维空间的研究造成不利的影响。"

而这时，拉斐尔的神色中透出了一种难以言状的狂喜，他看着尉林说道："我们将有机会摆脱三维牢笼的束缚，重获新生。"

尉林读懂了拉斐尔言语中更深层的意思，他早已经猜到了他们接下来的计划一定与晋卿岛实验室有关。

尉林从容平静，说道："晋卿岛附近发现的高维空间的投影非同寻常，撒哈拉沙漠中心的五维克莱因瓶结构已经造成了上万平方千米的空间出现了时空扭曲。但那个存在于晋卿岛附近的超高维空间居然能如此和谐且稳定存在，真是令人难以置信。"

拉斐尔的眼睛里闪着诡异的光芒，用怪异的腔调说道："我们管这个叫作'维度稳定岛'。"

尉林目光微微一沉，随后说道："之前听安德鲁提到过，化学里有超重元素的'稳定岛'概念。安德鲁痴迷于这个方向的研究，总期望以强子对撞机制造出能够稳定存在的超重元素。现在通过对撞机制造的超重元素的存在时间还难以达到毫秒级，有预言说在具备幻数质子和中子的情况下会出现超重元素的稳定岛，有数学家试图通过计算得到解答。"

拉斐尔点头表示认同："'维度稳定岛'和'化学稳定岛'有一定的相似性。"

尉林目光沉静，微笑着点头说："我们的三维世界稳定存在，加速器制造的四维空间罅隙也能相对稳定地存在，但在撒哈拉沙漠中，利用叠加效应制造的五维空间却引起如此大的空间扭曲和能量波动。据我所知，晋卿岛发现的高维空间罅隙的性质特点，既不同于实验室目前能制造的四维空间，也不同于撒哈拉沙漠中的五维克莱因瓶。现有的证据表明，那个超高维空间很可能是一个八维的超高维空间。如果是真的，那就说明维度增加到一定程度，又会出现相对稳定的情况。"

"上古文明留下了许多启示。"说到这里的时候拉斐尔两眼放光，他激动地点击着屏幕上的资料。

尉林很配合地接过这个话题，问道："我曾经也想过这个问题，地球已经探明的历史中，人类文明出现的时间实在是太短暂。"

拉斐尔这时冷笑着说道："现在的主流观念，一厢情愿地认为人类是从那些低等猿类进化而成。那些低等的猿人，只不过是一些废弃的实验品。"

"是什么原因让史前文明的遗迹消失得这么干净？只留下一些零星的证据。"尉林适时问出这个问题，他很善于揣测他人的想法。

拉斐尔的眼神里多了些内容，他用特有的怪异腔调说道："从土葬、水葬，再到火葬，现在又有了什么树葬，一些企业也推出了将逝者体内的碳元素提炼成钻石的业务。"

说到这里，拉斐尔微微顿了几秒，清了清嗓子，"但这些都没有突破一个局限，也就是这个人以及存在于他身体里的全部元素仍然在这个三维的牢笼里反复循环。"

尉林顺着拉斐尔的话题，说道："毕竟我们现在的科技并没有实质性地发明过一样东西，都是在发现这个世界的基础规律，任何最新的创造都是基于最基本的物理定律和数学规律。我猜测，上古的史前文明发展到一定阶段，或许他们会发明一种新式的葬礼，也许不是单纯的葬礼，而是一条重生之路。这条路彻底摆脱三维时空中的所有物理定律限制，迎来一套全新的宇宙法则，获得前所未有的视野和新生。"

尉林的这一套理论果然奏效了，他完全猜中了拉斐尔的心思。这时候，拉斐尔对尉林已经不仅仅是单纯地相信，甚至有种引为知己、相见恨晚之感。

69 超维空间

因为那封泄露了"盖亚"体系的邮件，世界各地的安全部门都已经火速对暴露的"盖亚"成员实施了抓捕，截获了大批没有来得及销毁的绝密资料。

"盖亚"，这个渗透分散在世界各个角落的恐怖体系在几天内土崩瓦解。不过，撒哈拉沙漠深处的秘密实验室并不在被暴露的名单之内。"盖亚"不会让自己存在被一网打尽的可能。于是，他们设计了这处秘密的指挥中心作为避难所。

"整数溢出"的事故发生后，"胜利女王"号沉入了地中海，"盖亚"的核心指挥就已经料到事态的严重性。在没有调查清楚之前，部分核心成员都被召集到了这最后的指挥中心里，于是便有了尉林也被"押解"来此的一幕。

突然出现的那封邮件，让隐藏在《伊甸园》平台内的绝大部分"盖亚"成员暴露。中心需要花费很多时间，才能全面检查程序、浏览代码、寻找根源。

面对巨大损失，拉斐尔却比想象中要平静得多。因为在他看来，这些打击并不能影响他下一步的计划。

尉林已经获得了拉斐尔的信任，他跟随拉斐尔来到角落里一处秘密的控制室内。拉斐尔在接受虹膜扫描和步态识别后，才获得了进入权限，可见这间控制室的安全级别之高。

房间的四周布满曲面屏，尉林立刻认出屏幕上所展示的正是晋卿岛蓝洞实验室的内景。

拉斐尔露出张狂的笑意，看着尉林问："你应该很熟悉，陈寰宇在中国南海设立的实验室。"

"你们除掉陈寰宇之后，外界都以为'蚩尤计划'已经停止，现在这么看来中国南海海底加速装置还在继续运转。"尉林表现得相当淡定，虽然言语中还是难免有些诧异。

拉斐尔虽然是个城府很深的人，但因着虚荣心的驱使，此时他对尉林也不再隐瞒，开始炫耀起他天才般的构想。

拉斐尔指着屏幕上的超高维空间投影的模拟图，说道："虽然我们缺乏直接观测到高维度空间的能力，但思维是不用被束缚的，千万不能被眼前的景象迷惑而变得愚蠢。稳定的八维超空间在中国南海被发现，就是上帝赐给我们的机会。我们要让这个世界的所有灵魂都重新回到真正属于他们的世界里，而不是作为高维空间的投影被囚禁在这个三维牢笼中。"拉斐尔的腔调带着点吟唱的意味，略显疯魔，像是在进行一项神圣的宗教仪式，"你们东方也有这种说法，不仅要把自己送到大海的岸边，也要把其他在苦涩海水里挣扎的愚昧生灵也送到岸边。"

尉林微笑着点头，语调沉缓，说道："在原始时期，宗教和科技都是同源的，后来分道扬镳。没想到科技发展至后期，与宗教的界限又变得越来越模糊了。"

拉斐尔的神情变得亢奋起来，用怪异的腔调说道："存在于南海的超高维空间罅隙是天神给我们的启示，让我们能够通过这扇门重新回到原本属于我们的乐土。"

"怎么实现这项伟大的计划？"尉林目光沉静。

"给一个初始力。"拉斐尔得意地看了尉林一眼，又继续说道，"存在于蓝洞附近的八维空间有很强的蓄积真空能的能力，但不定期产生的伽马射线暴又会让它损失一部分能量。所以总体来说，这个超维空间罅隙处于一种动态的平衡中，在一定范围内，它可以保持相对稳定。但当能量吸收的速度高于能量释放的速度时，这个动态平衡就会被逐渐打破。一旦突破临界点，就会呈现爆炸式增长。这个八维超空间的能量蓄积会呈现出指数式的暴涨，现在的世界将会被迅速吞入高维空间，就像宇宙中黑洞吞噬物质一样。进入高维空间后，新世界的一切将会变得不可思议。我们不应当在这个三维牢笼里重建世界，而是要摆脱三维牢笼的束缚，开启全新的世界。"

"所以你除掉了安德鲁和其他的反对者？"尉林平静地听完拉斐尔的描述。

这时，拉斐尔露出了轻蔑的笑容，嘴角高高地扬起，拉长语调说道："安德鲁目光短浅，他只想在现存的世界里构造所谓的理想国，太可笑了。这个三维牢笼的漏洞和限制太多，根本就不是完美的，不论怎么改变都只会陷入文明兴起和覆灭的死循环，无药可救。他认为自己可以跟真理抗衡，这种自恃过高又顽固不化的所谓权威是我们'盖亚'的障碍，会严重妨碍我们实施文明的升华计划。"

尉林目光深沉，微微点头说："整个世界进入八维超空间的稳定岛后，那么三维世界还会存在吗？"

"可能在，也可能不在。"拉斐尔耸耸肩，自信地笑着，"或许存在于高维空间的新世界会在这个三维世界里留下一个投影。即便是黑洞在吞噬物质之后，也不一定会将物质信息都毁去，只是换了一种保存状态。"

"或许我们本身就是投影……谁又能确定呢？"尉林笑容平淡，但内心的争斗纠葛从未停止过。他此时已经明白了，之所以拉斐尔对绝大部分成员被抓捕的事情不是太在意，是因为这根本构不成对他后期计划的威胁。

不论是南海看似被废弃的实验室，还是撒哈拉沙漠核心腹地中的指挥所，都不在被暴露的名单内。

尉林还是低估了"盖亚"的手段,他现在面临的最大问题,就是如何将他已知的消息传递出去,这个消息关乎世界的存亡。

70 蜻蜓密码

近期,世界各地的安全机构对"盖亚"成员实施了联合抓捕行动。因为担心"盖亚"会以过激手段报复,刘安超已经来到深圳,专程接张翼去往北京的高能物理研究所暂时避难。张翼侥幸从那次车祸事故中逃生,但仍然可能成为"盖亚"的报复对象。

张翼明天就要动身去往北京,他的内心积压着难以释怀的苦闷。

盛夏的阳光从芒果树的叶间透过,张翼在芒果林旁的荷塘边漫无目的地散着步。几只蜻蜓在荷塘水池上盘旋飞舞,预示着风雨欲来。

这时,不远处的路口传来打斗声。一个人受了重伤,躺在地上哀号,围观的路人报了警。在警察和救护车赶来之前,那群行凶的人已经逃之夭夭,只留下围观的人和仍然躺在地上喘着粗气的伤者。

张翼认出那个浑身血迹、气息沉重的伤者正是吴小龙。石磷之玉拍卖得到的6000多万早已被他挥霍一空,被狐朋狗友欺骗盲目买的理财产品也是一个骗局。之后,吴小龙又沉迷豪赌希望能挽回损失,结果不仅十赌十输,还欠下了巨额高利贷。

张翼冷漠地看了一眼躺在地上的吴小龙,这时救护车赶来,医护人员将受重伤的吴小龙抬上担架运走了,随后七七八八围观的人群也都散了。

张翼面无表情地回到公司,丝毫不在意同事怪异的眼光。

因为跟陈菀青传绯闻,公司里的人都不太待见张翼,但表面上还是客客气气的。张翼一离开,那些八卦是非精就开始嚼舌头。

自从公司里派系斗争、遗产争夺的大戏码上演后,公司股票暴跌,业绩也是直线下降。不少老员工都提交了辞呈,包括叶小茵的闺蜜周静,她正在办公桌上收拾着东西。

张翼这时来到了周静的办公桌前,看着周静打了声招呼。周静一副爱理不理的样子,用鼻子哼了声表示回复。

"你现在有小茵的消息吗?"张翼声音不大,语气却很真诚。

周静微微哂笑，用嘲讽的语气说："不劳费心！小茵现在好得很，有一个对她特别好的男朋友，还是个海归高富帅！对了，他们马上要结婚了！"周静信口胡诌，全程没有正眼看张翼一眼。

张翼平静地点了点头，挤出一个苦涩的笑容，说道："祝她幸福。"

"她也得谢你的不娶之恩啊！"周静瞥了张翼一眼，将抽屉里的各种乱七八糟的过期零食都倒进了废纸篓里。

"这个请你交给她，祝她婚姻美满、百年好合。"张翼将一只精致的珠宝盒递给周静。

周静迫不及待地打开盒子，惊讶地瞪着张翼："哇！这估计都3克拉了吧？梨形切割的粉钻，这么好的净度和火彩，我的天！"

"2.8克拉。"张翼情绪低落，平静地笑了笑点点头。

周静将锦盒合上，又质问道："你如果真打算挽回叶小茵，就应该当面去道歉啊！如果连当面道歉的勇气都没有，算什么啊！"

"麻烦你了。"张翼的笑容略带苦涩，没有解释太多。

"张经理，你信得过我？你这是让猫去送鱼啊。"周静撇嘴耸肩，随后将珠宝盒递到张翼面前，表示爱莫能助。

张翼没有接过盒子，笑容里带着歉意，"给她的新婚礼物，别说是我送的。"

周静原本打心眼里瞧不起张翼，但这时候突然又被他的伤感和无助感动，鬼使神差地想帮他一次。

周静低着头思考了几秒钟，随后点头说："那好吧。"

"谢谢。"张翼点头表示感谢，随后转身离开。

这天下午，张翼来到了存放海月云山琴的银行金库。

在这里，张翼与博物馆馆长签订了海月云山琴的转赠协议。张翼决定将这张琴无偿捐赠给博物馆，捐赠协议中约定不能公开张翼的身份，因为一切都是秘密进行的。

第二天，各大媒体头条都报道了稀世名琴海月云山琴的回归。而那位不愿意透露姓名的捐赠者，自然就被各大媒体猜测是海月云山琴原来的主人尉林，因为很少有人知道尉林已经将这张琴送给了张翼。但张翼并不在意这些，因为他从来就没有认为自己是海月云山琴的主人。

……

翌日，张翼跟随刘安超来到了北京，在高能物理研究所中再次见到了常钧言。

"你不应该隐瞒。"常钧言责备道，说罢，递给张翼一只透明的证物袋，里面装了一枚钥匙。

张翼从常钧言手中接过钥匙，目光复杂，"尉林是《伊甸园》的创建者，他知道《伊甸园》最隐秘的漏洞。在当时的情况下，我不得不跟他合作。"

"这样做非常冒险，如果……"常钧言顿了顿，他还是无法相信尉林。

"是'蜻蜓'告诉我的。"张翼目光沉稳，他非常坚定自己的判断。

"你确定是'蜻蜓'，而不是尉林植入的概念？"

"是，我能分清。"张翼斩钉截铁地回答道，"《伊甸园》并不仅仅是游戏，也是'盖亚'选择成员的手段……但是，这都是由'蜻蜓'设计，再由尉林实施。"

常钧言难以置信地看着张翼，眉头紧锁，沉默了许久。

"《伊甸园》让分散的'盖亚'真正地连成了一个体系，'盖亚'依赖《伊甸园》而存在。一旦《伊甸园》被攻陷，'盖亚'体系也会全军覆没。"常钧言注视着张翼，语调低沉，"《伊甸园》、神仙洞……还有你，都在'蜻蜓'的设计之中。"

张翼的声音带着颤抖，"'蜻蜓'是在什么时候找到了我？"

常钧言目光沉稳，说道："一个闭合的圆环，没有始、没有终。从任何一点正向或者反向追溯，因果之间的关系都是可以互换的。你是学数学专业的，自然能理解。"

张翼闭目凝思，"一个闭合的圆环上的因果互换，在三维世界里变得荒谬，但在高维度的世界里却是可行的。"

"'蜻蜓'还有什么启示？"

张翼语气疲累，摇头说："叠加状态。"

"叠加状态？"常钧言陡然一惊，张翼的话印证了他的预感。

这个世界正处于一场危险的变革之中。就如薛定谔不死不活的猫，既生，又死。既有，又无。

不仅四维空间中的"蜻蜓"处于叠加状态之中，从"蜻蜓"的视角所"看见"的三维世界也处于叠加状态。叠加状态下，无法分辨未来的发展趋势。未来或许存在，或许消失……除非某一个状态塌缩，才能显现出一个确定的状态。

能造成四维空间中的"蜻蜓"的叠加状态的根源，必然来自更高的维度。

三维世界的命运，连同四维"蜻蜓"的命运，都被困在一个未知的黑箱之内，成了"不死不活的猫"。

因为那封突然而至的邮件，各国安全部门迅速行动，藏匿在世界各地的绝大部分"盖亚"的成员被一网打尽，还缴获查封了大批资料信息。

多数人乐观地认为，这次对"盖亚"的战争可谓是大获全胜。但常钧言保持着一贯的冷静，并没有因为眼前的胜利而失去理智，尤其在这个时候更要保持冷静，否则只怕会乐极生悲。

指挥中心除了分析破解近期获得的"盖亚"内部资料之外，仍然需要对他们的通讯网络进行严密监控。服务器没有了维护管理，如今的《伊甸园》已经是处于半瘫痪状态，比之前要死寂沉默得多。

但常钧言知道，"盖亚"还藏有更深层的秘密未被发现。

因为张翼在此次针对"盖亚"的行动中起到了关键的作用，他也被允许重新加入到"灵语"课题组中。

来北京的这些时日，张翼的活动范围相当有限，主要还是出于对他人身安全的考虑。

这一天，监视《伊甸园》系统的工作人员收到一条不同寻常的信息。指挥中心的屏幕上跳动着一连串数字，多位数学家和密码专家正在紧锣密鼓地破译这段突然出现的密文。但这份密文的加密方式非常复杂，破译工作一时陷入了僵局。

"是来自《伊甸园》平台，发送端定位在撒哈拉沙漠，离缓冲区边界20千米不到。"

"离缓冲区边界这么近！？"常钧言清癯的脸上露出了些许惊讶神色。

"是谁？"张翼的眉头微微动了动。

"尉林。"常钧言声音低沉，他已经知道了答案。

指挥中心内的气氛压抑紧张，密码专家正在分析这一系列看似毫无规律的乱码，希望能从中找到破译的方法。

张翼的神经绷紧，脑海里闪出无数个念头。他默默注视着屏幕上跳动闪烁的毫无规律的字母和数字，突然间似乎意识到屏幕中跳动着的代码字符整体看起来就像一只振翅的蜻蜓。

张翼的目光专注，不由自主地念道："蜻蜓！"

"蜻蜓"对于尉林的意义非凡，如果这串密文是尉林发出的，那么很可能是以"蜻蜓"代码为密钥进行加密。

经过张翼的提醒，密码破译人员很快确定了这封复杂的密文就是以

《伊甸园》系统中"蜻蜓"的代码为密钥进行加密的。当确定了密钥之后，破译工作变得异常顺利。

随着密文被破解，拉斐尔与他策划的南海计划终于浮出水面——这一切，让在场的"灵语"课题组成员都感到了恐惧。

也有人提出反对意见，认为这个可能是敌方的陷阱，故意引诱调查组偏离正确方向。成员之间发生了激烈的争论，但不论是支持还是反对，谁都不敢贸然下定论。

撒哈拉沙漠发送端口的确定位置被分享给了反恐合作国摩洛哥的安全部门，摩洛哥方面已经开始采取军事行动突袭那所隐藏在撒哈拉沙漠深处的实验室。临时成立的南海紧急事故调查组也已经火速赶往了密文中所指的位于晋卿岛附近的君耀实验室，加紧调查实验室情况。

等这两方面的确切消息送达，才可以进行下一步的论定。

71 猜测

时间在焦急的等待中一分一秒过去，接近凌晨3点，终于得到了摩洛哥方面的答复。身穿特种防护服的摩洛哥特战队员在沙漠中找到了那所暗藏在深处的"盖亚"秘密中心，不过在那里没有发现一个活人，也没有检测到除特战队员以外的任何生命迹象。

在那所"盖亚"的秘密实验室中，总共发现了16具尸体，13名男性、3名女性。尸检结果显示：6人死于枪伤，2人死于钝器伤，包括拉斐尔在内的另外8人则死于大剂量辐射。死者的身份都已经核实，但并没有中国方面提到的尉林。

有人推测那些死于枪伤和钝器伤的人是因为内讧争斗，而这地方经常爆发强伽马射线，虽然距离缓冲区边界还有十几千米，但在这个范围之外也并不意味着安全。撒哈拉沙漠中心不稳定的五维克莱因瓶空间能量震荡性衰减，常常伴随着不定期爆发的伽马射线暴。这些人藏身的隐秘建筑原本有强磁场防护墙用以保护内部安全，但防护系统已经被人工关闭。现场的勘查结果还显示那些因辐射而死的人没有穿戴紧急防护装备，而那些能够抵御伽马射线的厚重的防护装备与他们只有一墙之隔，但门被恶意锁闭，导致他们无法及时穿戴。

很显然一切都是蓄意的，有人推测也许"盖亚"这个邪恶的团体因为近期遭受的巨大挫折，相约在这里集体自杀。但其中一部分人临时反悔从而被杀，剩下的人则采用了关闭能量防护墙，将身体暴露于高剂量伽马射线中的方式自杀……

"盖亚"的总部就以这种方式完美覆灭，调查过程都显得异常顺利。

可这些只是部分人的推论，那么多人为什么会死在这里，目前尚没有一个明确的结论。这一场血腥的厮杀是怎么开始的，又是怎么结束的，只能靠支离破碎的片段去拼凑推测。那个从这里传来的神秘信号以及尉林的去向，都成了一个难解的谜团。

去往南海晋卿岛的调查队到目前还没有传回确切的消息，多数人认为那个关于南海君耀实验室的消息不切实际。而且大部分人认为对抗"盖亚"的战斗已经大获全胜，他们并没有把这些疑团放在心上。

但常钧言和张翼仍然无法入眠，焦灼难安。

在常钧言的办公室里，张翼和常钧言两人对坐在办公桌前，两个人的内心都充满了疑虑和不安。

常钧言看着手中的文件，眼睛里布满血丝。他已经七十多岁，对于风浪危机早已经司空见惯。但此时，在多数人觉得已经是大获全胜的时刻，常钧言却变得异常焦虑，心中潜伏着强烈的不安情绪。

"你相不相信这里面说的？"常钧言首先打破了沉默。

张翼眉头紧锁，思索几秒钟回答道："晋卿岛实验室设备的能量有限，'盖亚'没有能力在短时间内建造大型加速器。晋卿岛实验室只能做一些初步研究，连四维空间罅隙都无法制造。"

"理论上是这样。"常钧言微微咳嗽着，语气中还藏着另一层含义。

"常教授担心信息里所描述的情况会出现吗？"张翼内心也是极度矛盾，他希望能从常钧言这里得到让他安心的答复。

常钧言神情凝重，用沉稳沙哑的声音回答道："信息里提到了'稳定岛'概念……千万不能低估那群人。"

"稳定岛？"张翼的内心咯噔一下。

常钧言垂下眼帘，两手的大拇指按压着太阳穴缓解紧张，"三维空间能稳定存在，而目前的实验室能产生相对稳定的四维空间罅隙，但在此基础上利用叠加效应所产生的五维空间却相当不稳定，撒哈拉沙漠中的五维克莱因瓶的结构就是这种情况。现在撒哈拉沙漠中的五维克莱因瓶已经停止了扩张趋势，以频繁的震荡性衰减释放大量能量。根据计算，它会在200万年后衰减到不可检测。但'稳定岛'是高维空间研究中提出的最新概念，也许在维度展开到某个特定数值的时候，又会出现相对稳定的高维空间，如果南海晋卿岛附近的高维空间为稳定岛的话，那么它的最低维度应该在八维。"

"八维空间稳定岛？！"张翼一脸错愕，一时间难以理清头绪。

常钧言点点头，"陈寰宇将这个重大发现刻意隐瞒，他们希望借此进行商业开发而获利。但'盖亚'还是得知了实情，所以他们杀了陈寰宇，进而又控制了尉林。"

张翼的脑袋里已是一团乱麻，虽然自己也接触到了很多核心的商业机密，但对于八维稳定岛这件事情，他确实一无所知。其实张翼也明白，陈寰宇不会让自己成为真正的合作伙伴。

常钧言目光深沉，继续说道："八维稳定岛空间的'稳定'也不是真正的稳定，而是在一定范围内的动态平衡，这种稳定还是可能会被打破。"

张翼有意放缓了呼吸，他也立刻意识到了问题的严重性。

常钧言用了一个比喻："例如在地质断裂带上，即便是在小型河流上蓄水修建水库，也有可能会改变断裂带原本的地应力平衡，从而引发连锁效应，由此引发破坏力惊人的大地震。这个比喻也许并不合适，因为大地震根本无法与超高维空间的扰动失衡相提并论，两者完全是天壤之别。"

张翼认真地听着常钧言的讲述，心也被揪紧。

常钧言目光凝重，"八维空间具有极强的真空能蓄积能力，它在能量的释放和吸收之间维持着一个相对稳定的动态平衡。我们收到的信息里说到，'盖亚'在暗杀陈寰宇之后已经修改了设备数据，给八维空间施加了一个初始力，打破了原有的平衡。在最初时刻，能量的蓄积效应并不占优势，但这个过程就像指数增长，一旦突破临界点……后果不堪设想。"

张翼面色惨白，用颤抖的声音问道："最终，这个失衡的高维空间会吞噬整个世界？"

常钧言双手握拳放在身前的办公桌上，声调沙哑，语气里充满了自责，"疏忽了。"

这时，办公室的电话响起。南海调查小组的反馈信息佐证了上述猜测。

"'盖亚'的那些人认为通过这种方式可以进入到高维世界，重获新生。"常钧言的目光变得深远。

张翼似有所思地说道："如果这些人的猜测是对的呢？"

"你改变主意了？"常钧言的语气冰冷。

张翼摇头说道："我很清楚自己的立场。"

"很好。"常钧言微微点头。

张翼的目光凝重，看着窗外的光影，"尉林认为我们的世界只是高维世界的投影，是囚禁灵魂的三维牢笼。"

"他如果坚信这些，为什么还要帮我们？"常钧言道出了心中的疑惑，"我不太清楚他的立场。"

张翼眉头稍稍一动，说道："也许，尉林认为其他人都没有资格进入他所定义的'天堂'吧。所以我猜测，他已经通过自己的方式，进入了高维世界。"

常钧言此时露出了复杂的神色，"就算这个推测是正确的，但任何人都没有资格拿整个世界去冒险。我们不能替其他人选择生死的路，这就是我们跟'盖亚'的区别。"

72 钥匙

常钧言等人乘坐飞机飞往了三沙市的永兴岛，这里距离晋卿岛的实验室不远。此时的南海依然风景如画，但暗藏的危机却足以在瞬息之间吞噬所有的美景。

常钧言在永兴岛的临时办公室召开紧急会议，会议中决定将南海的海啸预警级别提高到最高。已经开始疏散撤离周边的民众及驻军，附近海域的所有船只也被勒令尽快撤离到安全区域。

常钧言没有把握这样的做法是否能挽救岌岌可危的世界，但他必须尽可能争取更多时间，减少伤亡的发生。

事不宜迟，常钧言即将前往那所位于晋卿岛附近的实验室。

海风呼啸，伴随着直升机螺旋桨的轰鸣声。

常钧言等人匆匆登上直升机，被汗水浸透的衬衫紧紧地贴在他瘦弱的躯体上。同行的还有两位专家，郑鹏、程志。

张翼追上了常钧言的脚步，声嘶力竭地问道："常教授，这么做是不是送死？！"

"不是送死，是求生。"常钧言的声音不大却十分坚定，丝毫没有被直升机的轰鸣声淹没，随后他命令道，"你尽快撤离！"

"我更了解实验室！带上我！"张翼的态度坚决，他是在主动请缨。

常钧言怔住半秒，同意了张翼的要求。

在最后关头，张翼的加入让阵容发生了改变。

现场气氛肃穆哀伤，但所有人都强忍着眼泪，目送常钧言一行人乘坐的直升机起飞，向着晋卿岛的方向飞去。留给他们的时间不多了，这场送别仪式很可能就是永别。

直升机越来越靠近那座位于"风暴中心"的实验室，晋卿岛周边的海域仍是幽深碧蓝，看上去风平浪静，但常钧言他们知道海底蓄积的能量随时都能掀起惊天巨浪。

距离晋卿岛1.3海里外，那所被荒废的实验室孤零零地矗立在人造岛礁上，建筑物白色的外立面反射着灼目的阳光。

经过几个小时的飞行，直升机停在岛礁的停机坪上，常钧言一行四人镇定地走下了直升机。

直升机的飞行员不知道发生了什么事，但他也猜得到走下飞机的四个人肩上所承担的责任非同小可。

飞行员向常钧言、张翼、郑鹏、程志敬礼致敬，目送一行人进入控制中心。

依据命令，直升机将在这里等候1个小时。1个小时后，不论这四人有没有走出控制中心，直升机也必须撤离。

……

这所实验室已经对外宣布中止了研究计划，所有的工作人员都已经撤离。没有人员维护，这间号称投资了上百亿的实验室已经变得有些破败。

门外的电子锁处于通电状态，张翼输入密码后再进行指纹确认，重新开启了这间实验室。

打开实验室的大门后，里面的所有陈设都还保留着当时撤离时的样子。虽然海平面空气中的悬浮颗粒物含量很低，但这里还是落了一层薄薄的灰。

张翼检查着实验室内的装置，他的心也是一直悬着的，他知道这些都是非同寻常的迹象。因为根据公司的记录，当日所有研究人员撤离的时候，所有的仪器都已经停机封存。但现在所见到的是，这些仪器仍然在运转，而且偏离了最初设定的参数。

"控制中心在哪？"常钧言扫视四周。

"在下面。"张翼示意几人从楼梯走下去。

实验室的控制中心位于海平面以下32米。此时乘坐电梯不是明智的选择，还是走楼梯更加稳妥。

这一段楼梯曲折陡峭，每一步都让人迈得心惊胆战。沉重的脚步声在漆黑幽深的空间里回荡，众人的心也被一步步揪紧。

从楼梯下至最深处，距离海平面32米的地方，一盏泛黄的灯光照亮了这片不大的空间。

前方一扇沉重的大门紧锁着，这里的气氛诡异凝重，四个人都不由自主地放缓了呼吸节奏。

张翼反复输入密码，但都提示错误，无法打开这间幽黑晦暗的控制室。

"怎么回事？"张翼的神情变得焦灼，手指也不禁发起抖来。不仅密码被修改，就连指纹识别也显示失效。

"是'盖亚'修改了控制室的出入密码。"同行的郑鹏和程志在努力尝试着破译密码，但"盖亚"换了十分复杂的加密手段，让破译工作变得异常困难。而这时候，也不可以采取爆破手段强行突破。因为一旦强行进入，很有可能损毁内部关键设备，从而导致后续工作无法进行。

"那把钥匙？！"张翼取出那枚放在透明证物袋中的小钥匙，递到几人面前，"海月云山琴里的钥匙。"

张翼在脑海里反复搜索着所有跟这把钥匙相关的信息，却仍然不得其解，但他本能地感觉到尉林在海月云山琴中藏入这把钥匙绝对是另有深意。

就在这时，张翼恍然间意识到什么，神情恍惚地说道："常教授，帮我找找，这附近有没有暗藏的门。"

四个人在四周分头搜索，果然在一个不起眼的角落里发现了一扇矮门的门缝痕迹。

"果然有备用的出入口。"常钧言仔细检查着，希望这把神秘的钥匙能打开这扇紧锁的门。但经过一番搜索后，才发现这扇门根本就没有钥匙孔。

当众人再一次陷入绝望的时候，郑鹏发现了一个暗藏在隐秘角落里的线盒一样的秘密装置。他将这个不起眼的装置打开后，才发现原来是一套虹膜扫描的识别系统。

这套装置张翼在三亚君耀的另一所实验机构中也见到过，是用在视频通话上的。尉林为了防范"盖亚"，竟然在这里还暗藏了一套虹膜识别系统。

张翼的虹膜识别成功，那扇隐蔽的小门缓缓打开后，露出了藏在其后的一堵笨重的、配带机械密码锁的防盗门。

张翼拿起那把小钥匙，说道："尉林说过，'高科技的那套虽然先进，但越复杂的系统出现漏洞的可能性也越大'。用先进的识别技术再结合这种老土笨重的古董门，才是安全性最高的防盗手段。"

张翼将手中的钥匙插入锁孔，沉重的防盗门被推开，控制室内的灯光亮起，照亮了这所布满显示屏和各种仪表、控制按钮的压抑空间。

常钧言看着控制室操作台上闪烁的仪表及按钮，表情变得凝重起来。眼前所见的复杂数据与脑海中的信息一一对应，他紧绷的面部肌肉微微颤抖着。

目前，单单切断加速器对八维空间的能量供应并不能有效阻止恐怖事件的发生。

常钧言需要在郑鹏和程志的协助下，重新设定加速器数据，这是一系列极其复杂精密的操作，容不得半点疏忽。他们还在等待时机，他们需要留给周边波及范围内的民众充分的撤离时间。

常钧言看着手表上的时间，对张翼说道："再过2小时27分钟，附近海域的人员撤离疏散工作应该全部做完了，你们也要尽快撤离。"

其他三人一言不发，面色凝重地注视着常钧言。

常钧言指着屏幕上的数据，说道："已经重新设定了数据，我将会重新启动能量加速器装置，给已经偏离'稳定岛'的八维空间施加一个反向的作用力。"

常钧言用手在布满灰尘的工作台上画了一个图案，语调平静沉稳，"八维空间已经偏离稳定状态，它的能量蓄积效果会有显著的放大作用，就像放大镜一样。'盖亚'花了数个月的时间缓慢推动八维空间偏离稳定状态，达到临界点后，放大作用才会凸显。"

常钧言沧桑的目光落在屏幕上，平静地说道："现在已经接近临界点，高维能量的累积相当惊人，所以一旦反方向的能量施加，'湮灭'将一瞬间发生。"

"把握有多大？"张翼注视着常钧言，内心万分沉重。

"叠加状态，没有人能判断未来的走向。"常钧言的嗓音沉稳而沧桑，"或许成功，或许失败。"

"常教授……"张翼的双眼血丝密布，他知道，自己正站在一个临界点之前。已经多次与死亡擦肩而过，此时的他不再惧怕什么。

郑鹏将调试的结果呈交常钧言，神色凝重，"常教授，数据调试完毕，接下来就是听天由命了。"

常钧言的语气变得愈发严厉，"时间不多，你们尽快乘坐直升机撤离！"

"常教授跟我们一起撤离！"

"我不能离开。"常钧言目光沉稳，否决了三人的要求，"数据随时可能产生误差，必须及时修正。"

"常教授！我留下来修正数据！"程志双目赤红，声音已经嘶哑。

"立刻撤离！"常钧言严厉呵斥，"这是我以组长身份，下的最后一道命令！"

风暴眼的中心，笼罩着哀痛肃穆的气氛。

时间所剩无几，郑鹏、程志和张翼三人与常钧言进行了最后的告别。

最后时刻，直升机载着张翼等人起飞，迎着强风向陆地飞去。

······

海面下的实验室安静异常，只能听见仪器运转的声音。

常钧言从容平静，体会着最后的宁静，自言自语："很快就会知道答案。"

在这个幽闭的空间内，时间一分一秒地流逝。

那一刻终于来到，常钧言毫不犹豫地按下了启动按钮。

······

洋壳剧烈震动，这片海域突然涌起了数个高达百米的恐怖巨浪，露出了洋面深处斑驳的海底。

惊天海啸携带毁天灭地的能量，席卷了所经之地。

张翼等人乘坐的直升机，也被强大的气流卷入，坠落大海。

海口市距离晋卿岛实验室有数百千米，也被突如其来的狂风暴雨席卷摧残，古木大树都被连根拔起。

海口郊区临时组建的灾难应急中心内，气氛悲壮。刘安超左手拿着警帽，右手敬礼默哀，泪水从眼眶滑落，这位坚毅的硬汉是第一次在这么多人面前恸哭流泪。

因为预警及疏散工作做得及时，这一场海啸灾难的损失被降到了最低，功劳被授予南海海啸预警系统。

因为事件的特殊性，为避免引发不必要的恐慌，常钧言的事迹不能被公开报道，他的名字也只能被为数不多的知情者铭记于心，默默缅怀。

时间一分一秒过去，控制中心仍然没有搜寻到直升机的踪迹。

……

距离那场灾难已经过去三个多星期了，一切也渐渐归于平静。

广西的北海市，被狂风和大雨侵袭了多日，街上很少能看见行人。

叶小茵坐在新开的首饰工作室里，看着镊子端头夹着的那枚梨形切割的粉色裸钻，神情略显复杂。

周静坐在一旁笑嘻嘻地问："2.8克拉的粉钻，火彩净度能到这个级别的也是少见。2.8克拉，有什么特殊含义吗？"

"我生日是2月8号。"叶小茵面无表情地将那枚粉钻放入盒子里。

"哇！我真是傻了，连你生日都忘了。哎，如果你的生日是12月的，那岂不是要赚大发啦！"周静神色狡黠，语气里带着点调侃。

叶小茵面无表情地问："你不是说要替我揍他一顿吗，怎么转眼又帮他送东西？"

周静一脸委屈地感叹道："哎呀，你是没看到当时他那可怜样啊！真的，我发誓！你看到也会心软。而且这是钻石哇，就算这男人再渣，你也不需要跟钻石过不去。他欠你那么多，你拿着也不亏心。"

"他跟你还说了什么？"叶小茵还是藏不住对张翼的关心。

周静若有所思地想着："他说希望能补偿你啊，还有希望你能原谅他。"周静添油加醋地说了一堆。

"你有没有出卖我？"叶小茵从深圳离开后，回到了老家北海开了一家私人首饰工作室。她问这个问题，心情也是挺复杂的。一方面她不希望张翼找到自己，但另一方面又会忍不住去想念。

"我说你要结婚了，让他别打扰。"周静挤出一个坏坏的笑容。

"啊！"叶小茵的惊讶表情出卖了她内心的真实想法。

周静趁热打铁继续说："你看，你对他还是有感觉的吧？"

叶小茵微微垂下眼帘，低声问："他跟陈菀青呢？"

"他们之间也没啥消息了。"周静伸了个懒腰，打着呵欠。

叶小茵一言不发，微微抬起头，出怔地看着窗外在风雨中剧烈摇曳的榕树枝丫。

周静自嘲着安慰道："离职后本来想到你这里旅游散散心，结果还碰到这种鬼天气，哎呀！难不成我也水逆？看来我下次出门应该看看黄历。"

叶小茵笑得勉强，她的内心此时也是纷乱难平。

周静靠着椅背长叹口气说:"你如果要跟张翼来个彻底地了断,就当面把这个钻石还回去吧!其实呢,我觉得你们之间有必要开诚布公地谈一谈。看你这样子,根本没有彻底放下这段感情。"

叶小茵将那只放着粉钻的小盒放在手里反复摩挲,思索着点头说:"是有必要跟他好好谈谈,他有自己的选择,我也没必要怨恨,否则就是自己折磨自己。好聚好散,对吧?"

"对啊!好聚好散。"周静释怀地笑了笑。

叶小茵又转头看向窗外,神情怅然地说道:"这雨什么时候停啊?都下了三个多星期了。感觉心里毛毛的,堵得难受。"

周静这时候拿出手机,点开收藏的网页链接,对叶小茵说道:"哎,你之前跟我推荐的那部小说好久都没更新了啊!刚看到精彩的地方就没了下文,真讨厌啊!"

叶小茵心不在焉地回答:"我也好久没看了,写到哪里了?"

"写到撒哈拉之眼是通往高层世界的通道,女主被吞噬后,男主通过心灵感应能觉察到女主仍然还活着……真的有这么神奇吗?为什么这种惊天动地的爱情只存在于小说里?好想知道男主角会不会去撒哈拉之眼里寻找他的女友啊!"周静一脸哀怨,撇着嘴叹着气。

"爱情就像鬼,听过的人很多,见过的没几个,对吧?"叶小茵抿了抿嘴,似乎在自言自语。

窗外的大树,依然在风雨中飘摇,雨下得更大了。